周極星

Circumpolar Star

幸田真音

Kohda Main

中央公論新社

目次

プロローグ 5
第一章 引力 34
第二章 星蝕 116
第三章 自転 173
第四章 黒《ヘイ》洞《ドン》(ブラック・ホール) 247
第五章 爆発 318
エピローグ 421

装　幀　泉沢光雄
DTP　ハンズ・ミケ

周極星

周極星（しゅうきょくせい）◉極の周囲をまわり、一日中沈むことのない恒星

プロローグ

1

「来《ライ》、来、来、来……」

けたたましい声とともに、猛烈な勢いで自転車が近づいてくる。日本ではついぞ見かけなくなった荷車付きの無骨な黒い自転車は、どこもかもが錆《さ》びついて軋《きし》み、いまにも潰れそうなしろものだ。

方浜中路《ファンビンヂョンルー》を西へ、老街門《ラオジエメン》をくぐったあたり。左右には雑然と小さな店が軒を連ねている。上海《シャンハイ》の南部、明《ミン》や清《シン》の時代の風情をそのまま残したここ豫園界隈《ユーユエンかいわい》を、「浅草寺《せんそうじ》前の如《ごと》し」とは、かの永井荷《ながいか》風《ふう》もよくぞ言ったものだ。

ときおり通る古びた乗用車が容赦なく粉塵を巻き上げ、朝っぱらからむせかえるような暑さに、息苦しいまでの湿気。あたり一面に立ちこめる靄《もや》にまで翠《みどり》色の藻《も》でも生えているのではないかと思わせるような、得もいわれぬ臭い。

上海老街《シャンハイラオジエ》。

また、この街に帰ってきた。

織《お》田《だ》一輝《かずき》は、ひとわたり周辺を見渡して、自嘲気味に鼻を鳴らした。腐りかけた板を張った荷車の上には二つばかりの大きな桶《おけ》を積み、自転車の男は、煮しめたようなランニング・シャツに黒い短パン姿で、平然とこちらに向かってくる。

上海の人間は、前しか見ない。

誰が言ったか知らないが、織田自身も、これまで何度思い知らされたことだろう。だからこそ、自分はこうして性懲《しょうこ》りもなく、またもこの地に舞い戻ってきた。

ふと、広い道路の向こう側から、こちらに渡って来ようとする男が一人、目にはいった。手にしっかりと握りしめたガイドブックの表紙には、見覚えがある。歳は五十歳前後、がっしりとした肩幅に、贅肉《ぜいにく》のつき始めた胴回り。日本人観光客だというのは、誰の目にもすぐにわかる。

せいぜいが大手企業の部長クラス、それもおそらくは金融関係といったところだろう。織田は、体格の割に神経質そうな男の風貌《ふうぼう》に、値踏みするような視線を向けた。

男は、左右に目をやり、安心しきった足どりで、こちらに渡りきろうとしている。

いくらなんでも避けるだろう。そう思ったのは、誰もが同じだった。だが、観光客は、道を渡りきる寸前で立ち止まり、自転車はそんなことなどまるで意にも介さず、平然と突進してくる。

「来《ライ》、来、来、来……」

埃《ほこり》まみれのシャツが、織田のすぐ目の前まで迫り、自転車の耳障りな軋み音が一段と高くなる。それでも自転車はスピードを落とす気配もなく、観光客はなにがなんだかわからぬように、呆然と立ち尽くしたままだ。

危ない。

と思った瞬間、織田は無意識に観光客の袖口《そでぐち》をわしづかみにして、その太い腕を思いきり自分のほうへ引いていた――。

2

「何なんだ、いまのは……」

状況を呑み込むまで、倉津謙介《くらつけんすけ》には、いっとき時間が必要だった。

睡眠不足で、宿酔《ふつかよい》の頭に、ひとつわかっているのは、目の前の若い男に助けられたということだ。この暑さだというのに、たったいま仕立て下ろしたばかりのような、糊《のり》の利いた長袖シャツ。その格子柄のブルーのシャツに合わせたスーツは、おそらくどこかのデザイナーものに違いない。濃い眉と、端整な目鼻立ちには、育ちの良さが匂い立つようで、どう見ても二十代なかばにしか見えないが、日本人の若者とは明らかに違って、落ち着いた印象を備えている。

それにしても、と倉津は思った。暴走してきたさっきのあの汚い自転車の男は何なのだ。こっちが道を渡ろうとしていることぐらい、目にはいらなかったはずはない。この若者に腕を引いてもらわなければ、あやうく衝突されるところだった。

「いやあ、助かりましたよ。と、言ってもわからないか……。ええっと、あのう、謝謝《シエシエ》」

精一杯の笑顔を浮かべ、若い男に向かって、覚えたての言葉を口にしながら、倉津は二度ばかり頭を下げた。

「来《ライ》、来、来、来……」

振り向くと、さっきの古びた自転車は何事もなかったように通り過ぎ、しわがれた声が遠ざかって行く。

「まったく、なんていう国なんだ」

あきれはてて、所在なく立っている倉津のすぐ後ろから、若い女の間延びした声が追いかけてきた。

「すみませーん、倉津さーん。大丈夫でしたかぁ？」

今日一日、街を案内してもらうことになったガイドの森下未亜《もりしたみあ》は、倉津と若い男とを見較べながら、心配そうな顔で走ってきた。

「ああ、ちょうど良かった。君、この方に礼を言ってくれないか。お蔭でぶつからないで済んだ。ありがとうって、な」

倉津の言葉を待つまでもなく、未亜はまっすぐに男を見て、中国語で話しかけた。男が返す中国語には淀《よど》みがなかった。端整な顔立ちと、落ち着いた声。その流れるような語り口からは、男の並々ならぬ聡明さが伝わってくる。とはいえ、もちろん何を言っているかまでは、倉津には理解できない。ただ、その佇《たたず》まいや、澄んだ声の調子は、清潔感に満ちた雰囲気で、相手を強く惹きつけるような、天性の何かが備わっているようだ。

やがて、ひとしきり未亜と話をし、楽しげに笑ったあと、倉津に向き直って、日本語で告げてきたのである。

「どうぞお気を付けて。上海の人間は、前しか見ないですから……」

発音に、心なしか癖がある。中国語なまりとでもいうのだろうか。

「あなた、日本語がお上手なんですね」

思わず口にした倉津に、若者は白い歯を見せて、はにかんだ笑みを浮かべた。

「こちら、日本の方だそうですよ。でも、中国語は、私よりずっとお上手ですけど」

未亜の説明に、かすかな恥じらいの色を浮かべ、若者はそのまま軽く会釈をして、立ち去ろうとした。

「なんだそうでしたか。それは失敬。さきほどは、どうもありがとうございました。お蔭でぶつからずに済みましたよ。こちらの道路を渡るのは、なかなかコツが要りますな。私は、昭和五洋銀行の倉津と言いますが……」

とくにどうと思ったわけではない。倉津は感謝の意味もあって、旅先で世話になった相手の名前ぐらいは訊《き》いておくべきだと思っただけだ。そのために、まず自分から名乗ったのだが、勤め先の昭和五洋銀行の名前を出したことにも、深い意味はなかった。来年で勤続三十年、自己紹介の際に勤務先の名を添えるのは、知らぬ間に身に染みついた職業病の一種とでもいったところか。

「織田と申します。それでは、僕はこれで」

若者とも思えぬ礼儀正しさでそれだけ言うと、織田は軽く頭を下げて、倉津の目的地とは逆の方向に歩き始めた。倉津は、聞きのがした名前をもう一度確かめようかとも思ったが、そこまでする必要もないだろうと、あえて問わずにいた。

見送っている倉津の耳に、未亜が補足するように告げてくる。

「あの方も、東京からなんですって。ただ、中学までこちらにいらしたようで、どちらかというと、こちらの言葉で話すほうが楽なんだって言ってましたけど」

二人の会話が、中国語だったので、倉津にはそれ以外にどんな言葉が交わされたのか、知るよしもなかったが、未亜の声は、倉津と二人で話すときよりも、間違いなくずっと弾んでいた。

「ところで、ねえ、君。さっきの自転車の男が言っていた、ライ、ライ、ライ、っていうのは、どういう意味なんだね？　どけ、どけ、って言っていたんだろうか」

上海の道路事情を見るかぎり、車も、人も、それぞれが勝手に自分の行きたい方向に行くばかりで、互いに譲り合うことをしないように見える。

「というより、行くよ、行くよ、っていう感じでしょうか。英語で言えば、アイム・カミング、っていったところでしょうね」

「こっちが前に行くんだから、そっちは自分で気をつけろ、っていうことか」

「こちらの人は、他人のことなんか気にしてはいませんからね。ですから、倉津さん。申し訳ありませんが、なるべく私から離れないようにお願いしますね。さっきみたいなことがまた起きたら、困りますから」

咎《とが》めるように言ってから、未亜はすぐににっこりと笑ってみせた。

上海の人間は、前しか見ない。

倉津は、青年の言葉を思い出し、ひそかに苦笑した。それは、自分も同じかもしれない。いや、もっと正確に言うなら、これまでの五十二年の人生では、たとえどんなことが起きようとも、あえて後ろを振り向かないようにして済ませてきた。

今回の旅のように、自分のためだけに夏休みを取り、家族を東京に残して、たったひとりで気ままに出かけてくるようなことも、かつてなかったことだ。いまのうちに、やりたいことをやっておかないと、そのうちなにもできなくなる。そんな気がして、妙に焦りを覚えたのは、同期入行で、高校の同級生でもある佐藤真一《さとうしんいち》が、出勤してきたばかりのエレベーターのなかで、突然クモ膜下出血で倒れたまま、意識も戻らず逝《い》ってしまった日からだろうか。

五十代という、はるか先だと思っていた年代に突入し、勤続三十年を前にして、そろそろ自分の着地点を探るときがきたという思いは、日々強くなる一方だ。自分が決して役員になれるタイプでないことぐらい、誰よりもよくわかっている。三十代のころ、まだ昭和銀行と合併する以前の五洋銀行で、一時は当時の資金証券部に所属し、為替市場の花形ディーラーなどと新聞に書かれた時代もなかったわけではない。だが、その後、予想もしていなかった営業部に異動になり、大手企業向けの営業も経験した。

同期のなかでは、ひとまず順調に部長までには昇りつめたものの、この先はきっとどこか地方の支店長にでもおさまるのが自分にあてがわれたコースといったところだろうか。

今回の旅行を思いついたのは、佐藤の葬儀からの帰り道だった。

上海を選んだことには、理由があった。いまこの国が、なにやら得体の知れない強い引力でも備えているかのように、周囲が騒いでいるのが気になったからだ。九二年から九五年にかけて第三次対中投資ブームに沸いたあと、九六年以降は日本国内の不況もあって、いったんは投資も減少傾向にあった。だが、現在は第四次対中投資ブームとやらのさなかで、以前にもまして多くの日本企業が中国に目を向けている。そうした事実については、いやしくも金融業界で三十年近くも生きてきた人間として、無関心ではいられない。

経済誌や新聞を見るまでもなく、中国という文字を目にしない日はないぐらいだ。惹きつけられているのは日本企業だけに限らない。まさに世界中の金が集まるいまの中国は、銀行マンとして避けて通れない話題の国である。

だが、本音を言えば、それは口実に過ぎなかった。

行き先は、実はどこでも良かったのだ。それよりむしろ、ひとりでどこかへ出かけることに、意味があった。上海への気ままな一人旅。それだけで、ともかく贅沢な気持ちになれる。そのことがなによりいまの自分には必要だった。

家族に不満があるわけではない。ただ、ほんの数日間、後にも先にも、長い一生のわずか五日間だけ、妻の美紗子や娘の理沙に、会わないで過ごす日常離れしたひとときというものを味わってみたかったけだ。

　おそらくこのあとは、二度と来ることもないだろうから、どうせなら効率よく見てまわろうと、知り合いを通じてガイドを頼んだのだが、いやでも理沙を思い出させるような、こんな若い娘と一緒に歩くことになろうとは、なんとも皮肉なことだ。

「わかったよ、森下さん。ゴメン、ゴメン。さて、それよりこのあとは、どこへ連れていってくれるんだい？」

　気を取り直して、倉津は言った。どちらにせよ、衝突事故を起こさなかったのは、幸いというものだ。さきほどの青年の助けを得られたのは、まさに幸運な偶然だった。お蔭でまた、娘ほども歳の違う若いガイドと、こうして知らない街を歩くことができる。

　だが、未亜に案内されるまま、次の目的地に向かって歩き出したときは、彼のことなど、倉津の頭からはすでに完全に消え失せていたのである。

3

　流行の最先端を行くエリアと言われ、若者たちでにぎわう新天地《シンティエンディー》は、旧フランス租界《そかい》のすぐ裏手に広がっている。

　一九二一年七月二十三日、毛沢東《マオヅートン》も出席した中国共産党の第一回全国代表大会が開催された煉瓦《れんが》造りの建物は、いまや観光名所「一大会址《イーダーホエヂー》」として、旅行者たちの格好の被写体と化している。

　そのすぐそば、戦前の雰囲気をそのまま残した路地を曲がり、複雑な迷路にも似た通りを抜けた先に、織田の行きつけのカフェがある。

西欧風の古くて瀟洒《しょうしゃ》な建物の一角、新天地のなかの洒落《しゃれ》たカフェで、織田は今回もただひとり、昼間からシャンパンのグラスを傾けていた。待つ人もなく、することもなく、ただときを過ごす。そんな贅沢も、久しぶりのことだ。

それにしても、先週は忙しかった。夏場にしては、激しく乱高下を繰り返す市場《マーケット》に翻弄され、だが、そんな場面においても確実な収穫を手にするために、いつも以上に集中力が必要だった。

織田は、身体中に溜まった疲れを洗い流そうとでもするように、早々と二杯目のグラスをあおった。租界時代に建てられた煉瓦造りの建物の内部は、完璧なまでに改装され、西欧とアジアが混じりあった不思議な空間を生みだしている。ウィークデイの昼間は、訪れる客もまばらで、薄暗い店内には流れる音楽もなく、ひっそりとして思索をめぐらせるには最高の場所だ。

今朝の豫園の喧騒とは別世界だ。織田は、自転車とぶつかりそうになった観光客を思い出して、苦笑いをかみ殺した。あの男、まだなにか話したそうにしていたが、かかわり合いになるつもりなど毛頭ない。ただ、そばにいた娘は、悪くなかった。

「日本の方ですか？」

そんな質問は、これまで何度も受けてきたが、それを上海語で訊かれることは多くない。ましてや日本人から、それもモデルのような若い女からなら、なおさらのことだ。確か未亜と名乗っていたが、なかなか勘のいい女だった。わずかな時間に、織田は未亜のなかに、自分と同じ匂いを嗅ぎ分けていた。

細長くまっすぐに伸びた白い手足。そして、手入れの行き届いたきめの細かな肌。歳は自分より三、四歳は上だろう。いや、もしかしたら三十は超えているのかもしれない。だが、なにより織田の心を捕らえたのは、その瞳だった。

日本人にしては色素の少ない明るい茶色の虹彩《こうさい》は、角度によっては緑色にも見える。なにより、前方しか向いていないようなあの眼には、たとえあどけない笑顔を浮かべてみせても、その底に欲が透けて見える。この世で欲しいものを、はっきりとわかっている眼だと、織田は思った。

自分と同じ種類の人間だ。織田は、自嘲気味の笑みを浮かべて、またテーブルのグラスに手を伸ばした。

「きれいな北京語ですね。それに、途中から私に合わせて上海語まで。自在に使い分けられるんですね。うらやましい」

未亜は、自分の中国語を恥じていた。この謙虚さは本物なのか。それとも、社交辞令というやつか。

「いつもは北京訛《なま》りの普通話《プートンホワ》です。僕はこちらで生まれましたから」

織田は、未亜の目をまっすぐに見て答えた。

「ああ、それで……」

さも納得したような目で、未亜もじっと織田を見つめ返した。

織田が生まれたのは確かに北京だった。十三歳で両親の転居と同時に日本に帰り、東京での暮らしが始まった。白金《しろかね》の屋敷での生活は、慣れるまでに少し時間がかかったが、そのうち日本語にも不自由がなくなった。生まれてから中学に入学するまでのあいだ、両親に連れられ、日本と中国を何度となく往復して育った。貿易商だった父は、その取引先が、早くから中国の各都市にまたがっていて、かなりの成功をおさめてきた。

豪胆で、押しの強い成功者の例に漏れず、父の周囲には、常に日本と中国両方の、政府関係者の影がつきまとっていた。

東京のインターナショナル・スクールに通うようになってからも、中国と日本を往復する暮らしに変わりはなく、ときには何カ月も休学して、中国に滞在することもあった。以来、二十六歳になる現在まで、いったい自分は何度両国を行き来したことになるのだろう。

日本人かと問われれば、もちろんそうだと即座に答える。自分は、日本人であることの自覚は人一倍強いと思うし、厳しかった父からは、それなりの躾《しつけ》も受けてきた。

どの国であれ、海外で生まれ育った人間というのは、そんな一面がある。国内の暮らしだけしか経験していない者より、はるかに高い頻度で、みずからのアイデンティティーについて自問するのではないか。いや、本人は大して自覚していなくても、否応なしにそうした場面に遭遇しながら育つものだ。

その意味においても、確かに自分は平均的な日本人ではなかった。それ以上に、中学生で株取引に魅せられた人間ということからして、日本人のなかではかなりの少数派だ。ましてや、それを良しとし、奨励するような父を持っていたのも稀なことだろうし、さらには二十六歳になったいま、十人の有能なスタッフを抱え、顧客からの受託資産額が三百八十億円におよぶ投資顧問会社の社長になったということも、日本人のなかでは限りなく珍しいケースに違いない。

健康的な「欲」を「善」とし、金への執着心を肯定する環境で育ったことが、果たして自分にとって良かったのかどうか。答えを出すには、自分はまだあまりにも若い。だが、そんなふうにして、ごく自然に、自分が金の匂いにまみれて育ったことだけは、否定しようのない事実だった。

株との出会いは早かった。

貿易会社の経営者である父は、当然ながら自分でも株取引をやっていた。だからこそ、幼い息子に、おもしろ半分で参加させ、あて推量で銘柄を指名させたのだ。

遊びには褒美《ほうび》がつきものである。ゲームの報酬は、株価が上がった分に相当する金額の小遣いだった。つまり、織田が選んだ銘柄の株価が、その日の引けまでに十円上がったら、父から十円の小遣いがもらえる。日本へ帰国して間もないころ、友達ができずに家に閉じこもりがちな息子を、なんとか楽しませるつもりで、父が考え出した新しい遊びだったのかもしれない。案の定、息子はすぐに夢中になった。父にとってはちょっとした遊びのつもりでも、負けず嫌いの織田の性格は、こんなところでも育てられた。

そんなことが続いたあと、織田が生まれて初めて自分で実際に株を買ったのは、中学二年生の春のことだ。両親と、祖父や祖母、それから親戚連中からお年玉としてもらった金は、初めて開いた都銀の口座に貯まり、知らぬ間に四十二万円という額に達していた。

その金で、株を買おうと思ったきっかけが何だったか、いまはもう自分でも思い出せない。ただ、いまの織田一輝を知る人間からすれば、十三歳で株を始めたこと自体については、何の不思議も感じないらしい。

華僑《かきょう》の社会を間近で見て育ったからだとか、インターナショナル・スクールという自由な教育環境のせいだとか、そうでなければ、いずれは父の後継者として、貿易商に育てたいという両親の幼児教育の賜物《たまもの》だなどと、訳知り顔で口にする多くの大人たちとは関係なく、少なくとも株取引は、どんなゲームよりも中学生の織田を夢中にさせるものだった。

そしてそうした大人たちの誰よりも、父は寛大だった。それまで、どんなおもちゃを与えてもすぐに飽きてしまった息子が、他のどのゲームよりも熱中し、長続きしている「遊び」について、心の底から喜んでいた。

最初に株を買おうと決めたあとも、すぐには手を出そうとせず、夢中になって新聞を読み始めた息子を、父は目を細めて観察した。日本のテレビ番組にかじりついている息子が、最も関心を寄せたのが、番組そのものではなく、始終流れているコマーシャルだと気づいたときは、なにより嬉しそうだった。

上昇株の銘柄当てという遊びを通して、織田は知らず知らずのうちに、市場には波があることを学んだ。遊びのなかで培《つちか》った感覚は、そのまま確固たる相場観となって、ひそかに育っていたのである。

二万円を小遣いに残して、残りの四十万円をすべて株投資にまわそうと決めたと口にしたときも、分散しないで一銘柄に全額つぎ込むことしか頭にないと告げたことについても、父は黙ってうなずいた。

悩みに悩んで、考え抜いて心を決め、初めて買った日本株のことは、織田はいまでも決して忘れられないでいる。いまにして思えば、選んだものはあまりに象徴的な銘柄だったが、そのリゾート開発会社の株を選んだ第一の理由は、なにより織田自身が、以前からその経営者に惹かれていたからだ。

主要取引先の銀行から、数千億円にのぼる融資を引きだし、次々と大規模開発に着手する姿は、中学生の織田にとって、憧れ以外のなにものでもなかった。

後になって、その会社の歪《ゆが》んだ経営姿勢そのものが、経営手腕を誇っていた社長自身とともに、世間を揺るがすような刑事事件にまで発展し、ある大手銀行との癒着《ゆちゃく》問題で社長本人が国会で証人喚問まで受けることになってしまうという、いわくつきの企業だったとしてもである。

混乱を極めた果てに、相手の銀行を破綻《はたん》にまで追いつめる遠因となったことも、あれほど輝いて見えた社長の顔が、テレビ画面に映った不正融資にからむ検挙のシーンでは、どれだけ無残に変貌したかということも、あの株を買わなければきっと見過ごしていたに違いない。

世の中には光と陰が存在する。中学生だった織田にとっては、そんな苛酷な現実を知るための、これ以上望めないほど示唆に富む教訓となった。

手痛い失敗は、人間を成長させる。それが、人生最初の失敗だったことが、織田を懲りさせなかったどころか、さらに株の世界に引きずりこむこととなったのは、皮肉と言うべきか、幸いと言うべきか。

一括で投資したなけなしの貯金が、最終的に大きく目減りしてしまったことを知ったとき、織田は猛烈に勉強を始めた。もっと広く、さらに深く、世の中の仕組みを知りたいと願ったのは、中学生らしい純粋な知識欲というより、損をしたことへの悔しさだったのかもしれない。

それがどんな形であれ、一度火が点いた中学生の無念さは、若さゆえの学習熱と集中力に取って代わるものだ。

「ませた中学生だった……」

織田は、シャンパン・グラスを手に、薄暗い店内に視線を泳がせ、路地の壁に切り取られた狭い空に目を移した。

親からの小遣いや、親戚連中からもらったものを貯めた貯金で、次に株を買ったのは、高校に入学したころだった。そしてそのとき、ついに勝ったのである。織田の銘柄選びは、このときから徹底していた。自分の金を託せる銘柄は、その企業の社長が信じられるかどうかにかかっている。そんな社長を探すために、情報収集の手段は選ばない。

最初の失敗で織田が心に決めたことは、そのころの倍の年齢、つまり二十六歳という現在の年齢に達し、数百億円の資金を動かすようになってからも、決して揺らぐことがない。

初めて株で儲けた喜びについては、織田は片っ端から周囲に告げた。この誇らしい気持ちを、誰かに言いたくてたまらなかったからだ。自分には投資センスがある。社会にあまた存在する社長たちのなかで、信頼に足る本物は誰かを言い当てることができる。そんな自負の思いを、誰かに伝えたくて抑えようがなくなり、織田はメールを使うことを思いついた。

高校三年生になってから、織田が自分なりに制作したメール・マガジンは、いまで言う定期的な投資リポートの体《てい》をなしていた。ただ、織田自身はそんなことなど意識はしていなかった。自分なりに、思いのたけをぶつけるような個人的なリポートではあったが、メルマガの世界に年齢は関係ない。

思いつくままに、メール・アドレスを知っている友人たちに発信するごく素朴なものが、そのうちに、なんらかの形で転送され、送信者の知らないところで、ひそかに毎回読んでいる人間が増えていったとしても、なんら不思議はない。

株式市場での経験は増え、失敗談や成功例も増えていく。それらをもとに、投資への考え方や市場の読み方など、自分なりに得た情報を整理し、相場予測としてまとめたものを、詳細なリポートとして定期的に発信することに、織田の興味は尽きなかった。

市場は毎回その表情を変え、刻々と変動する。それを必死で追いかけ、投資先の企業に関する情報収集にいくら時間を費やしても、飽きるということがなかった。

市場は、織田の生活そのものと化していった。企業への興味も際限なく膨《ふく》らみ、『会社四季報』を読むことは、織田にとっては、とてつもなくおもしろい物語を読むことに等しかった。株の値動きがどこかおかしいと感じたときは、その企業まで出かけて行って、直接話を聞いた。

織田自身の投資の腕が上がるにつれ、情報網はさまざまに拡大し、織田の知識が増えるに従って、リポートも年月とともに充実したものになっていった。

そんなある日、織田の情報を買いたいという人物が現れたときは、さすがに驚いた。半信半疑で返事を送り、実際に会って話をし、織田が初めて自分の情報が金になることを知ったのは、大学一年になったときのことだった――。

4

「森下さん、中国語はどこで勉強したの?」

昼食のテーブルをはさんで向き合ったとき、最初は黙々と箸を動かしていた倉津が、遠慮がちに訊いてきた。つまらない質問だと未亜は思った。倉津はきっと、若い娘が相手で、話題に困っていたのだろう。初対面の若い娘と、気の利いた話ができるようなタイプでないことは、最初に見たときすぐにわかった。

未亜にとっても、個人客を相手に街をガイドするような仕事など、普段なら決して引き受けたりはしない。フリーランスではあるが、マスコミ関係のコーディネイターや、通訳として、これまで着実に実績を積み上げて、来年で十年目を迎える。

知人もコネもなにもなく、単身飛び込んだこの国で、誇りを失わずに生きていくことは容易ではなかったが、ここへ来てようやく足場が固まってきた実感がある。とくに最近は、雑誌など出版関係の仕事が急増してきた。それだけ日本人のこの国への関心が高まっている証拠なのだろうが、仕事の依頼はここ二年ほど途切れることがなく、むしろ日程調整に腐心するぐらいにまでなってきた。

この夏も、立て続けに仕事が来て、三週間あまりぶっ続けで働いた。いずれは若い通訳を何人か雇って、できれば会社形式にしたいという思いもある。そのための資金作りという意味もあって、無理を承知で仕事を詰め込んできた。通訳の勉強をしたいという若者をアルバイトに雇って、スタッフを育成するつもりで教え込んだりもしている。

とはいえ、いざというとき頼りにできるほどの人間はまだ誰もいなくて、なかには医学生が将来の留学のために日本語を習いたいなどと、語学学校と間違えているようなことまで言い出す始末だ。生真面目さにほだされて、とりあえずはつき合ってやっているが、結局は仕事を請けた分だけ、未亜が一人で背負い込むことになる。ここへきて、たまに少しは休みを取りたいと思っていた。そんな矢先のこと、昨夜遅くに、ガイド仲間の後藤敬三《ごとうけいぞう》から電話があったのである。

「ねえ、頼む。助けてよ。明日オフだって言ってただろう？」

　自分で何人ものスタッフを抱えている後藤は、旅行代理店と契約して、パッケージ・ツアーへのガイドの派遣を主な業務にしているが、スタッフの一人が突然辞めた直後に、急病で休む者が出たとかで、パニックになっている様子だった。

「街のガイド？　それも、個人相手なんて……」

　いまさらそんな仕事などしたくはない。私を誰だと思っているの、と喉元まで出かかった言葉を、未亜はかろうじて飲み下した。上海に来て、中国語を学ぶために通っていた大学を出たばかりのころ、仕事を始めるにあたってこの後藤にはずいぶん世話になった。そのときの借りは、もう十分以上に返したつもりだが、困っていると聞いて無視するわけにもいかない。

「未亜しか頼めるヤツがいないんだよ。知りあいから泣きつかれて、つい引き受けてしまった仕事なんだけど、客は銀行員できちんとした人だし、それにガイドは半日だけでいいんだ。適当に連れて歩いて、当人が行きたいと言うところに案内したら、あとはタクシーに乗っけてホテルまで送り返せば、それでいいからさ」

　泣きそうな声で言う後藤に、無下《むげ》にノーとは言えなかった。

「中国語を習ったのは、こっちの大学でやっている語学クラスです」

未亜は、失礼にならない程度に気遣いはしながらも、そっけなく答えた。身の上話などするつもりはない。たった一日だけ、断り切れずに助っ人で引き受けた客などと、かかわり合いになりたくはない。未亜は、早く仕事を切り上げて、帰ることだけを考えていた。

「なんだ、そうなの。日本で中国語を専攻していたわけじゃないんだ。だけど、だったらなんでいきなり上海に来たの？」

話題が見つかって嬉しいのか、食事に合わせた青島《チンタオ》ビールが効いたのか、倉津は次第に饒舌《じょうぜつ》になってくる。所詮《しょせん》は一人旅だ。何日上海にいるのか知らないが、明日からは、話し相手のない旅になる。

「なんとなく、でしょうね」

うまくごまかしたつもりだった。

「なんとなくって言ったって……」

「でも、本当にそうなんです。いまから九年も前ですし、若かったですからね」

別の話題はないものか。もっと一般的なことを、そう、上海の話ならいくらでもしてあげるのに。

未亜は、バッグから煙草を取り出し、倉津の了解を得て、火をつけた。

「へえ、そんな前から、いまのような中国を予測していたなんて、若いのにすごいじゃないか。先見の明があったんだね」

倉津は、テーブルから身を乗りだすようにして、訊いてくる。

「そういうことではないんです。別にどこでも良かったんですけど、アメリカやヨーロッパじゃ、旅費も生活費も高くつきそうに思ったものですから。実家は田舎だし、そんなにリッチというわけでもないし、弟もいますしね」

「それでも、自分で上海に来るって決めたわけだよね？」

「まあ、それはそうなんですけど。周囲にいた友人が、これからは中国の時代よ、なんて言うのを聞いて、じゃあ行くか、って思っただけで……」

「ずいぶん度胸があったんだね」

倉津は、心底感心したような顔をした。

「僕なんか、香港までしか行ったことがなくてね、みんなが最近あんまり中国、中国って、口にするからさ、一度は見ておかないと話にならないと思って、それでやっと来てみる気になったというわけでね。遅きに失したかなあ」

「そんなことありませんよ。私の場合は、結果的にそうなっただけですから」

倉津に問われるまま、未亜は当時のことを思い出していた。

あのころの自分にとって、行き先はどこでも良かったのかもしれない。だが、上海を選んだのは、自分にそれだけ運があったということだ。いや、いまでは、この手でつかみ取った運なのだと、思うことにしている。運は、巡り合うものではない。自分からつかみに行くものだ。それを教えてくれたのが、上海という街だった。

郷里の秋田の小さな町にある短大を卒業後、すぐにはいった地元の信用金庫は、半年で辞めた。その後、乞われるままに塾の教師になったのだが、結局は四カ月しか続かなかった。

なにもかもが窮屈だった。親も親戚も、近所の人間づきあいも、友人たちまで、すべてとの関わりが息苦しかった。家を出たい。出るしかない。こんなところにいては、自分が腐ってしまう。あのころ自分がなぜそこまで思いつめてしまったのか、いまとなっては不思議なぐらいだが、一度宿ってしまったそんな思いは、なにをしても消えなかった。

家を出よう。そう心を決めたのはいつごろだったろうか。その願いが、生まれた町を出て、できるだけ遠くに行きたいという思いに膨らんでいくのは、ごく自然なことだった。ただ、それが日本からも出てしまう結果になるとは、正直なところ、自分でも思っていなかった。

ものごとには、すべて弾みというものがあるのだとしたら、家を出て、故郷を出て、ついでに国外脱出までにいたる過程は、まさにその弾みだったのかもしれない。

未亜は、誰かに背中を押されるように、いや、見えない何かに強く引っ張られるようにして、上海にやって来た。

あの日、誰にも見送られず、それでも胸を張って、成田から飛び立った。相談する人もなく、精一杯粋《いき》がって、いまから思えば滑稽《こっけい》なまでに悲壮感に満ちて、上海に降り立ったのは、未亜が二十三歳の夏だった。

5

金というのは、正直なものだ。

それは、織田一輝がいつも感じることだ。

投じる先がビジネスであれ、市場であれ、動かす金額が大きくなればなるほど、人をよけいに昂揚させる。決断するときの緊張感は、間違いなく金額に比例して高まり、失敗するのではないかという懸念や不安も増していく。当然ながら、その分だけ、成功したときの達成感や満足度も大きくなるというものだ。

生まれて初めて四十万円の小遣いを投じて日本株を買ったときの、あの身体が震えるほどの興奮は、いまもはっきりと覚えてはいるが、次に百万円を投じたときには、明らかに前回以上のスリルを味わった。

このころは、まだ耐えきれないほどの不安というのではなく、あくまでゲームの延長だった。それから徐々に投資額が増え、百万円が、百五十万円になり、二百万円になっていくにつれ、スリルはさらに高まり、出資金を失うことへの不安感は増していく。

初めて一千万円という額で大勝負に出たときは、大学一年のときだった。さすがに緊張のあまり夜も眠れないほどだったが、不思議なことに一度それをこなすと、今度は百万円単位の売買など、まったく平気になっていく。

そのうち一千万円でも、もちろん緊張はするのだが、さほどの不安感はなくなり、やがては物足りなさすら覚えるまでになっていく。一日として同じことが起きない市場は、際限なく織田を勝負へと駆り立て、さらに大きな挑戦へと夢中にさせていったのである。

まったく、金というのは呆れるほど正直なものだ。

織田は、心地良いシャンパンの酔いに任せて、不敵な笑みを浮かべてみせる。

投資金額の大きさは、そのまま相場のおもしろさにつながり、次第に人間を麻痺させる。そうして、なにがしかの自信を身につけ、勢いづいて調子に乗ってきたときに限って、市場は必ず、それ見たことかと嘲笑《あざわら》うように手痛いしっぺ返しを用意して、不意打ちを食らわせてくる。

悔しさに、また眠れない夜を過ごし、投資計画を一から建て直す。その失敗をも含めて、もっと厳しい緊張感を、さらに強い刺激や興奮をと、人は市場と真っ向から対峙して、飽くなき欲望を剝《む》き出しにするようになる。

一千万円の勝負に震える大学生だった自分は、いまや日々、億単位の勝負を繰り返す二十六歳の経営者に成長した。社員は、社長の織田と女性秘書を含めわずか十二人に過ぎないが、パフォーマンスの良さに関しては、業界でも脅威だと口にする人間すらいる。

「怖いね、まったく」

織田は、自分を嘲笑うように、声に出して言ってみる。

負けたときは、その負けを取り返したくて、勝ったときは、さらに大きな喜びを味わいたくて、相場への興味はこれまで尽きることがなかった。ふと考えてみると、生活のほとんどを相場の勉強のために費やしていることに気づかされる。この先自分は、いったいどれだけ勝負を続け、どこに行き着くことになるのだろうか。

自分のなけなしの金だけでなく、初めて他人の資金を任されたのは、織田がある大手企業の社長に面会を申し込んだのがきっかけだった。

「自分の金をつぎ込む先のことは、自分の目で徹底的に確かめろ」

それは、子供のころ父や周囲の大人たちから繰り返し教わった鉄則だ。だから、相手が大企業の社長であれ何であれ、自分がその会社の株に関心を持ったら、直接経営者に会って確かめたいと思うのは、織田にとってはごく当然の行為に過ぎなかった。

これはと思った銘柄の企業については、社長の講演会が開かれるのを知ると、片っ端から聞きに行った。社長の自宅の住所を調べ出して、早朝からスポーツ・ウェアに着替えて家を出て、そ知らぬ顔をして社長のジョギングのルートに合流したこともあった。

毎朝、決まった時間にすれ違ううちに、自然と挨拶を交わすようになるものだ。何日かそれを繰り返すと、やがて肩を並べて走ることも不自然ではなくなってくる。

当時大学生だった織田には、とにかく時間だけはたっぷりあった。ちょっと頭を働かせて、入手した情報を生かせれば、社長とコンタクトを取れる方法などいくらでも見つかるものだ。

ときとしてゴルフ場の玄関で、あるいは会員制の高級スポーツ・クラブのフロント前で、あるいは社長が講演会を終え、帰宅の途につくときの出迎えのハイヤーの前でなどと、織田はわずかなチャンスをとらえて、何人もの経営者を相手に自分の存在を知らしめた。

「なんだ、また君か。ずいぶん熱心だな」

向こうから、声をかけられたらしめたものだ。

「織田一輝と申します」

「なんだ、なにか用なのか」

そこまで言葉が交わせたら、あとはもう一気に本題にはいれる。

「教えていただきたいことがあるのですが……」

織田の欲しいものはただひとつだった。その会社の経営方針であり、自分がその会社の株を買うに値するかどうかの一点である。だから、聞きたいことも的を射ていた。社長が少なからずどきりとするような質問もあったはずだ。

「どうしてそんなことを訊くんだ？　なぜ、わが社にそんなに興味があるのかね？」

たいていの社長は、最初にそう訊き返してくる。それも当然のことだ。二十歳にもならない若造から、会社の経営方針や将来の展望について訊かれても、本気にする者などいるわけがない。

「おたくの株を買っていいかどうか、迷っているものですから」

それでも織田はめげなかった。恥ずかしさなど微塵も感じない。損をしたくない気持ちのほうが強かったからだ。

「ほう、君がわが社の株を買いたいのか？」

「いいえ、まだ買うと決めたわけではありません。それは社長からお話をうかがったうえで、決めようかと思っておりますので」

いくら唐突であっても、礼儀だけは欠かさない自負がある。日本語は決して流暢《りゅうちょう》ではなくても、敬語の使い方は父から徹底的に仕込まれていた。

織田がズバリと質問をすると、相手の反応が明らかに変化する。相手の目が輝き始め、ちょっとした驚きから、称賛になり、やがては目の前の青年に対する強い興味に変化するのを、織田は痛快な気分で眺めていた。

「ここ一週間の御社の株価の動きは、どう考えてもおかしいのではないでしょうか？」

「ほう、どうしておかしいのかね？」

「新製品の評価が、適切に反映されていない理由はなにかありますか？」

織田は、どんなときもストレートに話をした。初対面の場所選びには、それなりに気遣いをしたり細工を凝らしたが、いざ話をするときは、こちらの熱意をそのままぶつけた。自分が疑問を抱くまでにいたった経緯や、自分なりの相場での経験はもとより、相手の会社に関して調べ上げた情報を披瀝《ひれき》することで、投げ掛けた質問点にもがぜん説得力が加わってくる。

「なるほど、それで？」

社長は、織田の読み通りに、話にのってきた。質問が決して稚拙《ちせつ》でないことも、それなりにポイントを突いていることにも、自信があった。

「君は、なかなかおもしろい青年だね。よかったら、ちょっとうちに寄っていくか」

二日ばかり連続して連れ立って走りながら話をした織田を、ジョギングの帰りに、最初に自宅に呼んでくれたのは、岩根剛造《いわねごうぞう》だった。織田が選び抜いた一部上場企業のオーナーとしてもトップ・クラス。いまは会長の座から経営をサポートし、さまざまな団体の代表も務める要人でもある。

なにより、その一貫して健全な経営方針が、会長自身の私生活に如実に表われていると思えるのは、岩根のストイックなまでの走り方と、七十四歳とは思えないような健康的な脚力だった。

汗まみれで突然やってきた織田を、岩根の妻のフキは驚きもせず、柔和《にゅうわ》な笑顔で迎えてくれた。一緒にはいった風呂は、ちょっとした山あいの温泉旅館を思わせるほど広々とした石造りで、まだ芳しい香りの残る真新しい檜《ひのき》造りの浴室の隣には、家庭用にしては大きすぎるほどのサウナが備え付けられていた。

それにもまして驚いたのは、客用に特別に用意されていたバス用品やバスローブなどの多さである。常時相当数の来客がある様子が窺われ、タイミング良く供せられた豪華な朝食の席でも、織田は執事から一人前の大人として、いやそれ以上に、賓客のような扱いを受けた。

なにより強みとなったのは、自分がまだ大学生だったことにある。織田は、自分の置かれた状況を冷静にそう分析していた。だから、できる限りそれを利用したのだ。なんといっても、織田が接近した相手は、ほとんどが若くても六十歳前後か、たいていはそれ以上の成熟した大人ばかりだ。世の中の裏も表も知り尽くしたような老人にとって、体当たりで質問をぶつけてくる奇妙な学生は、ひどく新鮮でもあり、興味を覚えないはずはない。

実際彼らのほとんどが、最初は戸惑った顔を見せるものの、すぐに懐《ふところ》深く受け入れてくれたのである。

「君は、どんな相場が好きなのかね?」

織田の質問が途切れたとき、岩根がさりげなく訊いてきた。

「基本的には順張り《トレンド・フォロワー》です。堅実過ぎると言う人もいますが、損はしたくないですからね」

「そいつはいい。若いのに、安全志向というわけだな」

「でも、一生に一度の大勝負というのも、いつかはしてみたいと思っています」

「それは、どういう大勝負かね？」

「たとえば、戦争とか……」

「戦争？」

「そうです。いつも順張りでは退屈ですから、情報収拾や勉強を常に続けて、いつか、そうですね、一生に一度ぐらいは、世の中が揺さぶられるような、それまでの価値観が、一日ですっかり覆されるような、そういう大きな局面に賭けてみたいですね。戦争というのは、勝つか負けるか、確率は二分の一です。ですから勝つほうに賭けて、投資額を百倍ぐらいにするんです。考えただけでもゾクゾクしませんか？」

「確率二分の一か、そいつはおもしろい」

相場の話題は尽きなかった。やがて、運転手が声をかけてきて、岩根が出勤する時間が来たようだった。

「いきなりうかがったのに、すっかりご馳走になりまして……」

織田は、心から礼を言った。岩根は部屋着の上にガウンを重ねたままの格好で立ち上がり、食後にゆったりとくゆらせていた葉巻を灰皿に押し付けた。

「いや、今朝は愉快だった。君の話はなかなかおもしろい。よかったら、明日も一緒に走らんか。そのあと、またここへいらっしゃい。最近の中国の話も、もっと聞かせてほしいからな」

岩根は、昔を懐かしむような目をして言った。中国にはよほど大切な思い出でもあるのか、それともなにか複雑な事情でもあるのだろう。多くを語ろうとはしないが、とくに最近の上海の様子にひそかな関心があるらしく、織田がそのあたりの事情に詳しいことも、岩根の関心を引いたことは間違いない。

「はい。こんなおいしい朝ご飯をいただけるなら、喜んでうかがいますよ。でも、こんな朝早くからご迷惑じゃないですか？」

「なに、遠慮なんか要らん。若者は、遠慮なんかしちゃいかんのだよ。それに、わしよりも、どうやら家内のほうが君が来るのを楽しみにしておるようだからな」

岩根は嬉しそうな顔で言い、隣でうなずいているフキを振り返った。

「ありがとうございます。そんなふうに言っていただけると、毎朝でも来ちゃおうかな」

そんな織田の言葉は、その通りに実現した。しかも、翌週からは、専用の部屋まであてがわれ、ほぼ一カ月にわたって岩根の屋敷に泊まり込むことにまでなったのである。

その間岩根は、織田の質問にどこまでもつき合わされた。企業経営とは何たるかについて、経済の動向や日本という社会システムについて、さまざまな角度から容赦ない質問攻めにあった。若さゆえの未熟さはもちろんある。青臭い理想論を掲げてはいても、思わぬ盲点を突いてくる織田の姿勢には、岩根のほうがしてやられることもあった。どこまでも妥協しないところにも好感が持てた。答えても、諭《さと》しても、なお食い下がって訊いてくる織田に、岩根は目を細め、ついつき合っているうちに時間を忘れた。

岩根が、織田を家族のように名前で呼び捨てるようになるのには、さほど時間はかからなかった。

そしてしみじみと言ったものだ。

「いやあ、愉快だ。孫のなかに一輝のような男が一人でもいたら、うちの会社を安心して全部任せられるのに……」

その言葉が、存外冗談でなかった証拠なのか、織田が一カ月間居候を決め込んだ岩根の家を出る朝、真顔で告げてきた。

「一輝、君に少し金を預けることにした。君の思うとおりに運用してみないか」

海外のプライベート・バンクに専用口座を開き、そこに預けてある邦貨にして一億円相当の個人資金について、織田の考えるままに投資してみろと言うのである。

「はい。ぜひやらせてください」

織田は目を輝かせた。きっと儲けて、岩根を喜ばせてみせる。ファミリーは、決して裏切らない。幼いころ叩き込まれた華僑たちの言葉を、織田はひそかに繰り返していた。

6

倉津謙介の夏の休暇は、あっけなく終わった。

未亜のガイドは半日だけだったが、翌日から合計四日間、倉津は足の向くままに、あちこちと歩きまわって、短い上海滞在を堪能した。

最後の日は、ホテルのコンシエルジュに頼んで、住所を書いてもらったメモを運転手に渡し、黄《ホアン》浦《プー》江《ジャン》を渡った地区にも足を延ばしてきた。

だだっ広い上海のビジネス街は、まだまったく熟していないまま箱のなかに並べられたハウス栽培の緑色のトマトみたいだと、倉津は思った。真新しい高層ビルが立ち並ぶ街には、ただ人工的なばかりで匂いもなければ味もない。

そのよそよそしいまでの佇まいは、これまで倉津が訪れたことのある、ニューヨークやロンドンなどといった海外のどの金融街とも違っていた。

ひとまずこの目で上海を見てみたが、もうこれが最後だ。東京のあの職場に戻れば、またいつもの慌ただしい生活が待っている。若い部下たちと、上司とのあいだに立って、なにかに急《せ》かされるように仕事に追われる日々。大事なものを手のなかからぼろぼろこぼしながら走り続けるような、倦《う》んだ暮らしが始まるのだ。そして自分は、今回の旅などすでに遠い昔のできごとのように頭から追いやり、二度とこの街にやって来ることもあるまい。

なぜかそんな確信めいたものを抱いてあとにした上海に、赴任の辞令が下りたのは、倉津が帰国後しばらくしてからのことだった。

第一章　引　力

1

世の中に偶然などというものはないのかもしれない。

人間というのは、生まれた瞬間からすべてが決まっていて、自分の意志とも、あるいは独自の判断による選択とも、ときとして必死の抵抗とも関係なく、気づかぬままに定められた道を歩かされているのではないか。

倉津謙介《くらつけんすけ》は、ふとそんな思いに駆られて、廊下の途中で立ち止まった。

昭和五洋銀行本店ビルの二十三階にある役員フロアは、ほかのフロアとはまるで別世界だ。両脇を深い飴色の木製の壁に挟まれた廊下は、招かれざる客を欺《あざむ》くためか、招いた客への誇示のためか、迷路のように折れ曲がってエレベーターに続いている。

廊下にまで隙間なく敷き詰められたワイン・レッドの厚いカーペットも、無造作に壁に飾られた名画の数々も、いや、なによりもこの重厚な静寂こそが、特別のものだった。この階に足を踏み入れることのできる者だけに味わうことを許された、限りなく自尊心をくすぐる特権なのだ。

唇を強く結び、足を止めたまま、ここの空気を強く記憶に焼き付けておこうとでもするように、倉津はひとつ大きく息を吸い込んだ。

おそらく自分は、このフロアの住人になることはない。どんなに逆立ちをしても、それはあり得ない。今朝の今朝まで、それは自分にもわかり過ぎるほどわかっている現実だった。あきらめというわけではない。いや、あきらめるという行為にすら達しないほど、遠い世界のことだと思ってきたのである。

だが、ドアは、向こうから勝手に開いてきた。

唐突に、そして、倉津の戸惑いを嘲笑うかのようにあっけなく。

「君には、西に行ってもらうことになった」

法人部門のなかでも国際部の副責任役員であり、常務取締役でもある平田光則《ひらたみつのり》は、神妙な顔で部屋にはいって来た倉津を見て、にやりとした顔で言った。

「は？　西、とおっしゃいますと」

動揺が顔に出ぬように、必死で平静さを装って、倉津は訊いた。

人事異動の時期としては、まったく異例のことである。為替のディーリング部門一筋に生きた時代を経て、慣れない法人営業の部門で苦労した倉津を知る平田ではあるが、当時はことあるごとに嚙みついてきた反逆児の部下を、本音のところでどう感じていたか、推し量るのは簡単ではない。

ディーラー時代は華やかだった。八〇年代の相場環境の良さもあって、市場で派手な取引を繰り返し、一時は有頂天になっていたこともあった。外資系の金融機関から、札束で頰を撫でるような転職のオファーも舞い込んだ。

なかでも一番条件の良かった米国系の証券会社に転職しようと、五洋銀行に提出するつもりの辞表を書くところまで進んだが、下級官僚の末娘に生まれ、無風で実直な一生を強く望んだ妻の涙に思い止まったのも、いまでは酔ったときの笑い話としてすら口にしなくなった。

世間的には辣腕《らつわん》ディーラーと称され、それなりの市場取引による実績や、顧客とのつきあいから引きだした収益チャンスも含めて、五洋銀行には自分なりに精一杯の貢献はしてきたつもりだった。

だが、昭和銀行との合併後は、銀行内の視界がすべて一変した。

いままで見えていたものを、そのまま信じていてはいけないと自分を諭し、なにより組織の延命のためにと、若い部下たちの不平を抑え込んでもきた。そんなこんなを、あえて逐一報告することはなかったが、よもや平田が知らなかったとは言わせない。

だが、新しく生まれ変わった昭和五洋銀行のなかで、最近は、平田自身がみずからの保身に苦戦しているという噂も聞こえてくる。そうした彼の思惑から発した、平田自身の起死回生をかけた人事となると、その真意を予測するのは困難だった。

倉津は良かれと思ってのことだったが、なにかにつけて苦言を呈してくるような、怖い物知らずの部下の存在を、平田が疎《うと》ましく思って手を焼いていたとしても無理はない。平田にしてみれば、いまの倉津のポストをなにかの交換条件に差し出して、倉津をどこかに押し付けるかわりに、忠実な誰かを身内に引き込みたいところだ。その代償として、倉津一人を切り捨てることぐらい、いまの平田には痛くも痒《かゆ》くもないだろう。

どちらにしても、倉津にとっては非情な宣告になるはずだ。クビにこそならないまでも、つまりは、体《てい》よく窓際族入りさせようという魂胆か。無言で平田を見つめながら、倉津の頭はめまぐるしく回転していた。

たとえどんな言葉を聞こうとも、いや冷酷な宣告であればあるほど、見苦しい真似だけは見せまい。倉津はことさら胸を張り、無意識のうちに両の拳を握りしめていた。

「西といったら、西だよ、倉津君」

平田は、妙に愉快そうな声で繰り返した。

そこまで嫌われていたとは知らなかった。突然、常務の部屋に呼びだされたときから、人並みの覚悟はしてきたつもりだったが、いざとなると、さすがに心が乱れる。早朝から深夜までなりふり構わず顧客開拓に奔走していた自分が、無性に愚かしく、哀れにも思えてくる。

「福岡支店ですか……」

心なしか、語尾がかすれた。

福岡支店の支店長に飛ばされるのか。中枢の本店を離れ、どこかの支店長におさまるにしても、せめて都内の大型支店ならば、と思っていた。そのポストでも、倉津にしてみれば、受け入れられる精一杯の限界だった。

ディーラー出身の常で、なんとか立ち直ろうと、咄嗟《とっさ》に気持ちの切り替えを始めている自分がいる。倉津謙介よ、それならそれでいいではないか。温暖な気候の地にしばし住まいを定め、うまい魚を楽しみ、酒に溺《おぼ》れるもよし。中央のことも、同期入社の仲間たちの出世話にも耳を塞《ふさ》いで、銀行マンとしての余生をまっとうすればいい。

倉津の頭の片隅で、自分を無理にも納得させようとする声が聞こえた。もう一度、しっかりと顔をあげると、平田はほとんど笑いだしそうな顔になっていた。

「違うね。もっと西だよ」

「は？　もっと西、ですか……」

福岡支店の支店長の席すら惜しいというわけか。となると、いったいどこなのだ。あまりの無念さに、鼻の奥あたりから目頭にかけて突きあげてくるものがある。倉津はそれを必死で飲み下した。静まりかえった役員室に、ごくりと倉津の喉の鳴る音が響いた。

「苦労は覚悟して行けよ。だが、君なら大丈夫だ」

「はあ……」

「赴任の前に、一度ざっと見に行っておいたほうがいいだろうな。君は、上海には、行ったことがあるのかね？」

「上海？　西とおっしゃいましたのは、まさか上海支店ということで？」

大きく目を見開き、思わず頓狂な声をあげた倉津に向かって、平田は声をあげて笑いだした。

「そうだよ、君。上海は、福岡よりもっと西じゃなかったかな？」

「はあ……」

「おいおい、さっきから、はあ、ばかりじゃないか。ほかになんか気の利いた返事はできんのかね。中国はおもしろいぞ。あと十年、いや、ここ五年が勝負だろうな。思う存分暴れてこい。君が腕を試すには、不足のない舞台だと思うがね」

平田は嬉しそうに言う。上海に赴任するとなると、初めての海外勤務である。平田に言われるまでもなく、中国は世界が注目する巨大市場を抱えた挑戦の地だ。それだけに、苦労も覚悟して臨む必要があるが、どちらにしてもどうせ支店長になるのなら、いまは国内のどの支店より数倍やりがいがある。

「ありがとうございます」

倉津は深々と頭を下げた。

「礼を言うのは、まだ早いかも知れんぞ」

「はい、それはもう……。倉津謙介、精一杯務めさせていただきます」

「急成長を遂げている上海市場のことだから、君がやり方さえ間違えなければ、上海支店は大いに化けてくれるだろう。だからこそ、君に白羽の矢が立ったのだからな。くれぐれもそれを忘れぬよう。まあ、赴任後半年間の成績次第では、執行役員への道が保証されたようなものだがな」

緊張しきっている倉津をじっと見つめて、平田は真顔でつけ加えた。

2

因縁は、それだけではなかった。

倉津をつかのまの上海旅行に導いた同僚、佐藤真一《さとうしんいち》の突然死が、ひそかにもうひとつの奇縁を用意していたなどとは、平田から呼びだしを受けるまでは、想像もしていなかった。

上海への異動を告げられたあと、倉津は気もそぞろに自分の席に戻り、一カ月後になろうかという海外赴任を家族に知らせるより先に、迷わず高井正隆《たかいまさたか》に電話をかけていた。

出勤直後の会社のエレベーターのなかで、もしも佐藤が不幸にもクモ膜下出血に倒れなかったら、そして、意識も戻らないままに逝ってしまわなかったら、中学、高校と同級生だった高井とは、おそらく会うことはなかっただろう。

高校の卒業式以来、三十四年間も一度も会わなかった二人が、通夜の席で隣り合わせたのもなにかの巡り合わせなら、高井が、北京と上海で現地法人を設立させて三年目になるという話をしてくれたのも、いまにして思えば奇妙な偶然だった。

高井からあの夜渡された二枚の名刺のうち、高井が経営する日本での企画会社「コミュニ・ライン」本社の社長室に電話をしながら、倉津はいま、自分がなにか得体の知れない強烈な引力に導かれているような気がしてならなかった。

「おう、倉津か。俺も今夜あたり、おまえに電話をしようかなと思っていたところだったよ」

高井は、心底嬉しそうな声で言った。

「このあいだは、どうも……」

倉津は短く言葉を切った。わずかそれだけの言葉で、この高井となら分かち合えるものがある。強い連帯感に、倉津は言いようのない安らぎを感じていた。

高校時代の同級生の突然死を、冷静に受け止めるには、五十二歳という年齢はあまりに中途半端だった。仮に二十代や三十代だったなら、佐藤の死を完全な他人事だと割りきることもできただろう。いっそ六十代かそれ以上だったら、逆にそれなりの納得も覚悟もできたかもしれない。

だが、五十二歳という歳には中途半端な現実感がつきまとう。肉体的な老いの実感を、無心に笑いとばせるほど若くもないかわり、納得ずくであきらめられるほど枯れてもいない。そしてそんな感覚は、同い年の高井だからこそ、共有できるものだ。

「あのあと、佐藤のカミサンに会ってね」

わずかな沈黙のあと、高井は続けた。

「弔問客が来なくなる時期になって、本当に堪《こた》えるものなんだろうな。気丈にしていたけど、なんか痛々しくてさ」

高井の声は、同情に満ちていた。ああ、この男は昔から変わっていない。鷹揚《おうよう》で、口は悪いのだが、表面で悪ぶって見せる分だけ、人知れずこまやかな気遣いをするところがあった。きっと葬儀のあとも佐藤の家を訪ね、力になってやろうとしていたのではないか。

倉津は、通夜のあいだも毅然《きぜん》と顔をあげていた佐藤の妻を思い出した。結婚が遅かったとかで、まだ小学生の末息子が、神妙な顔をして親族の席に並んでいた姿が浮かんでくる。

「これからは大変だよな、彼女も……」

「なあ、倉津。急なんだけど、おまえ、今夜ちょっと時間作れないか？」

言いだしたのは、高井のほうだった。

「いいよ。こっちも、ちょうど相談にのってもらいたいことがあったんだ」

もとより、そのつもりで電話をしたのだった。高井が言いださなかったら、自分から誘っていた。

倉津は二つ返事で承諾し、行きつけの麻布十番の割烹《かっぽう》に予約を入れた。

3

「へえ、上海支店の支店長なんて凄いじゃないか」

神妙な顔で事情を打ち明けた倉津に、高井はまず言った。そして、芝居がかった仕草で高々とビール・グラスを掲げ、倉津のグラスにぶつけてくる。

「栄転おめでとう。よかった、よかった。相談事があるなんて言うから、どんなことかと心配したよ」

高井は、大層安心したような声になる。

佐藤の通夜で会ったときは、喪服だったせいかさほど思わなかったが、あらためて見る今夜の旧友は、倉津の目にはまぶしいほどの貫禄《かんろく》があり、堂々として見える。

一目で仕立ての良さがわかる深いグレーのダブルのスーツに、ストライプのシャツと無地に近い趣味の良いネクタイ。ゴルフにでも凝っているのか、それともジム通いでもしているのか、日焼けして引き締まった顎《あご》や、俊敏さを感じさせる身のこなし方。若いころに自分で会社を起こし、ずっと経営者として生きてきたせいか、倉津の銀行にいるどのタイプの同僚たちとも明らかに違う。

昔から変わらない童顔の高井だが、髪全体に少しずつ白髪が混じり始めているのが、歳相応の落ち着きを与えていて、貫禄のなかにも、なんとも言えない温かみを感じさせる。

「栄転と言えるかどうかは、怪しいもんだけどな」

冷えた生ビールを自分も一口飲んでから、倉津は言った。高井には謙遜しているように聞こえたかも知れないが、それは正直な感想だった。できればこれまでのように、本店のメイン・ストリームを歩いていたいというこだわりが、心の奥にひっかかっているのは事実だ。

「いや、上海はいいぞ。この時期、銀行から上海に送り込まれるなんていうのは、絶対に栄転以外のなにものでもないよ」

高井はどこまでも嬉しそうだ。

「ありがとう」

言いながら、倉津の思いは複雑だった。

「いま中国に行かずして、いつ行くんだよ。昭和五洋銀行も、合併後のゴタゴタでなにかと噂になったりしているが、まだまだ捨てたもんじゃないってことだな。おまえを上海支店の支店長に据えようというのだから、結構人材の使い方を知っている」

「そこまで言うか」

高井にしては、精一杯の褒め言葉なのだろう。倉津は苦笑せずにはいられなかった。

「で、おまえいつから来るんだ？」

上海に行くではなく、高井は「来る」という言い方をした。

「まだ、わからん。なんせ、今日常務から言われたばかりだからな。来週になればはっきりとするかもしれんが、たぶんそう遠い話ではないと思う。地方でも海外でも、決まったら即座に行けというのが、うちの上層部のやり方だしな。ま、少々の不満があっても、上の言いなりになるしかないのが、サラリーマンの辛《つら》いところさ」

「なに言ってるんだよ、それにしたって全部会社持ちだろう？　気楽なもんさ。それより、俺は毎月必ず一度は通っているから、次におまえと会うのは向こうでだな。任せておけ、いろいろおもしろいところに連れて行ってやるよ」

「頼むよ。上海についてては、なんにも知らないからさ。高井社長にはいろいろと教わりたいと思って、それで電話したんだ」

高井に対してなら、冗談が冗談のまま伝わる安心感がある。倉津はひさしぶりに心から寛いでいる自分を感じていた。

「いいよ、なんでも訊いてくれ。俺が知っていることなら、全部話すから」

次々と運ばれてくる料理を前に、高井もゆったりと座り直した。

「心配の種はいろいろある。なにせ、初めての海外赴任だ。上海には一回しか行ったことがないし、向こうの事情はほとんど知らないのも同然だ。それに、問題は言葉だ。英語は、外資の連中とやり合ってたときしかたなく使っていたけど、中国語なんてからきしできないしな」

こうしていざ口に出してみると、不安の種がさらに増殖していくような気がしてくる。その思いは、きっと倉津の顔に出ていたのだろう、高井は急に優しげな笑みを浮かべた。

「心配するな。中国語なんかな、三つ覚えたらそれで十分だ」

「三つ？　単語を三つだけか？」

「ああ、そうだ。ひとつは、小姐《シャオジエ》。二つ目は、啤酒《ピージウ》」

「シャオジエに、ピージウ？」

「うまい、うまい。それから三つ目は、発票《ファーピャオ》。簡単だろう？」

「ファーピャオ？　シャオジエに、ピージウ、それから、ファーピャオか」

真顔で、すぐに真似てみる倉津を、高井は満足そうに見ている。

「完璧だ。合格だよ。この三つを覚えておけ。向こうでは必須の単語だ」

高井は、さらにいたずらっぽい目になった。

「わかったよ。だけど、どういう意味なんだ？」

「意味か？　これだけ知っていたら、向こうでの暮らしはほとんど事足りるという単語さ。要するにな、シャオジエは姉ちゃん、ピージウはビール」

「おいおい……。それで、最後のファーピャオは？」

「決まってるだろう。領収書だよ」

「まったく、おまえときたら……」

あたり構わず大声をあげて笑った。そうやって古い友と笑い合えることが、いまの倉津にはなによりの救いに思えるのだった。

4

久しぶりで倉津に会い、乞われるままに中国での仕事について語るような機会でもなければ、高井はこれまで自分が歩いてきた道を振り返ることなどなかっただろう。そんな心のゆとりなどなかったし、振り返るよりも先を案じることで必死だった。一日として安穏とした記憶がなく、毎日が綱渡りの連続のようなものだった。

それでも、さほど辛いとは思わなかった。よくやってきたものだ、といまさらながらに思う。倉津に訊かれて、そのつど説明してやりながら、少なくとも目の前の倉津に較べると、自分だけを頼みに生きてきたという実感がある。それは、組織に守られてきた者とは違うのだという、強い自負だったのかもしれない。

中学、高校と、世間では東大をめざすのが当然のように言われている私立の名門を出たが、高井は東大には行かなかった。この倉津や、死んだ佐藤とは、その時点で歩く道が大きく分かれた。

大学卒業後入社した大手の電機機器メーカーで、宣伝部に配属になったが、そこで出会った三年先輩の村山正司《むらやましょうじ》に誘われて、入社一年半で会社を飛び出した。深く考えもせず、村山と一緒に小さな会社を作ることに、なんの迷いもなかった。どんなことでも自分にできないことはないと思えたあのころは、つくづく若かったのだと思う。

自分では「偉大なるセカンド」と称し、村山を立てて会社を切り盛りしてきたが、十年前、その先輩の病気をきっかけに、自分が社長をやることになった。

三十人にまで増えた社員はもちろんのこと、億単位の借金も丸ごと抱えての再スタートだった。村山という男は、人間は悪くないのだが、いや、その人の良さがかえって災いして、さまざまな場面で貧乏クジばかり引かされるはめになった。いま一歩というところで度胸に欠け、そのことで、何度チャンスを逃してきたことか。他社に先を越され、人の分まで苦労を背負い込んで、くだらない見栄と、見え透いた自己弁護の狭間《はざま》でしか生きられない社長だった。

もっとも、とうの昔に見切りをつけながらも、いざとなると正面切ってそれが言い出せず、その尻拭いに奔走してきた高井だった。資金繰りの苦しさには、毎月血反吐《ちへど》を吐く思いをしてきたが、村山をどうしても切り捨てられない自分の甘さも、そして弱さも、高井自身が一番よくわかっていたことだ。

結局村山は、みずから病気になることで、高井との長い腐れ縁に自分から幕を引いた。高井が社長になった直後は、しばらくは村山を会長に据えてやり、それなりの役員報酬を与えていたが、会社の株だけは渡さなかった。

あえて倉津に話そうとは思わないが、そうした経緯について、笑って口にできるようになったのも、やっと最近になってからのことだ。当時のことを思い出すと、支払い前夜に味わったあの胃の締めつけられるような感覚が蘇ってきて、いまでも掌《てのひら》に脂汗が滲《にじ》む。

いまの成功があるのも、あのとき自分を頼ってきた従業員と、巨額の負債の存在があったからだ。少なくとも高井は、なにがあっても村山のようには逃げることを許されなかったからである。

「どんなことをやっている会社なんだい？」

倉津は、屈託のない顔で質問を投げ掛けてくる。

「そうだな。一言で言うのは難しいんだけれど、まあ、イベントの企画会社とでも言ったらいいかな。大手の広告代理店から請け負うことが多いけど、うち自身が広告代理店のような立場になることもある。企業が販売促進《SP》のためにやるイベント全般を丸ごと請け負って、プランニングから実施までトータルでやるんだ」

高井は、具体的にわかり易いようにと、顧客《クライアント》の名前を三、四社口にした。それは、日本の大手自動車メーカーや、家電メーカー、携帯電話や通信関係などの名だたる大企業ばかりで、決して自慢するつもりではなかったが、その名前を聞いているだけで、高井のいまの成功が誰にでも容易に想像できるものだった。

「大したもんだよな。当初はさぞ苦労したのだろうけど、その甲斐があったってわけだ。その上、いまは上海と北京に支社を出して、さらにビジネス・チャンスを拡げているわけだし」

倉津の視線に、少しずつ羨望《せんぼう》と尊敬の色が滲んでくるのがわかる。

「それほどでもないんだけどね。海外に支社を出すなんて、以前なら思いもしなかったしな。ただ、なんと言うか、あの国の引力なんじゃないかなと思うよね。世界中のなにもかもを、あの国は強烈な引力で自分のもとに引き寄せている。いまの中国以外に、そんなパワーのある国が、他にないだけだよ」

「引力か……」

倉津が大きくうなずくのがわかった。

この男も、その引力に引き寄せられた類《たぐ》いの人間だ。あの国の強力な磁場のなかに、まさに飛び込もうとしている一人なのだ。自分が、三年前にそうだったように。限りない野心と欲望に血走った目をして、叫びだしたいほどの昂揚を内に秘めながら……。

そして、いまに気づかされるのだ。彼が、果敢に獲物に飛びかかり、その手がやっと届いたと思った瞬間、実はとてつもなく大きな罠のなかに、自分から進んで足を踏み入れてしまったのだということに。

目の前の倉津の姿に、三年前の自分の姿が重なってくる。高井は、自分自身の中国進出の経緯について、思いを馳《は》せるのだった。

5

きっかけは、思いがけないルートでもたらされた。

高井の会社にとっては、二番目に大きい顧客である大手広告代理店の役員、江口智《えぐちさとる》を、いつものようにゴルフに誘い出したときのことだった。

「高井さん、いい話があるんだ」

その日は、早朝から気持ちいいほどよく晴れて、絶好のゴルフ日和。だが、前夜の睡眠不足がたたってか、ホールを進むにつれ、高井のスコアは崩れていく一方だった。ところが、そんな高井に反比例するように、江口のそれはホールごとに絶好調だった。

ことさら落ち込んでみせる高井に、江口はよけいに上機嫌な顔になり、きわめつけとも言うべきバーディを取った直後、我慢できないような顔で、そっと耳打ちしてきたのである。

「なんですか、専務。いい話って？　今日はせめてそういうことでも聞かせていただけないと、私は立つ瀬がないですよ」

高井は、スコア・ブックに書き込んだ惨憺《さんたん》たる数字を見せながら、同情を買うような目をして江口を見た。

「このあいだ、役員会でちょっと耳にはさんだことがあってさ」

江口は含みのある言い方をした。この男が、自分からこういうことを口にすることはめったにない。もちろん、彼らの会社か、そうでなければ彼自身にとってメリットがあるからこその発言だろうが、だからよけいに、絶対に聞きのがしてはいけないのだ。

これまでの長いつきあいから、こうした場面での手応えを敏感に察知する訓練は積んできた。高井はいつになくはっきりと感じるものがあり、あえて内心とは正反対の態度を取った。

「なんだ仕事のことですか、専務。私はてっきり、ノース・ポールにいい娘《こ》がはいったなんていう話かと思いましたよ」

ノース・ポールというのは、銀座にある江口のお気に入りのクラブのことだ。ゴルフのあと、のんびりと風呂で汗を流して、銀座に繰りだす用意があることを、江口に確認させたつもりもあった。

喉から手が出るほど欲しい情報でも、そんな気持ちをあからさまに出すことを、この江口が好むはずはない。広報堂の江口智といえば、業界きっての豪胆で知られる男だ。その反面、天《あま》の邪鬼《じゃく》とも呼びたいほど神経の細い面を持ちあわせていて、知らずにうっかり地雷を踏んで、何人の下請け業者が出入り禁止を食らっているか知れないぐらいだ。

高井は、江口との長いつきあいのなかで、多額の接待費を使いながら、彼の絶妙な扱い方を習得してきた。

「まったく、これだから高井ちゃんはダメなんだよ。いつも遊ぶことばっかりで、からきし商売気がないんだからな。そんなことでよくこの業界で生きていられるよ」

江口は、どうしようもないといった顔をして、愉快そうに声をあげて笑った。この男が、自分を以前のように高井ちゃんと呼び始めたら、しめたものだ。若いころからのつきあいだが、役員になってからは、意識して昔のような呼び方を避けているようなところがある。それだけ距離を保っているのだという、意思表示のつもりだろう。

「すみません。なんとか生き延びさせていただいていますのも、専務のおかげでございます」

おどけて言う高井だったが、この冗談も、タイミングを熟慮しないと地雷になりかねない。

かくして、一緒にゴルフ場の風呂にはいり、上機嫌の江口をそのまま銀座の割烹に移動させ、さらに馴染《なじ》みのクラブへと、予定通りに導いたのである。

「高井ちゃんも知ってのとおり、日本の自動車業界は、中国進出の点で欧州勢に遅れをとったわけよ。だから、このあと躍起になって出ていくことになる……」

コニャックのグラスを手にした江口の舌はなめらかに動き、なにより聞きだしたかった情報が流れるようにあふれ出る。高井は、酔った素振《そぶ》りで笑みを浮かべながら、全神経を耳に集中させた。

そうなると、当然ながらショー・ルームの創設が不可欠になる。販売促進のプログラムに従って、各種のイベントも開催される。大手顧客として、広報堂は自動車業界の日本のビッグ・スリーをかなりのシェアでカバーしている。

「問題はうちからの発注先なんだな。どうしたって現地でやるほうが便利だろうけど、向こうの連中はクオリティの面でも、納期の面でも、どんなものか心配だ」

「それで、専務は、うちに現地法人を作れと？」

高井は、ズバリとポイントを突いた。江口は、すかさずニヤリと笑う。

「そんなことは言わんよ。ただあんたの会社が、中国に出てみる気があるなら、早いほうがいいと言っているんだ。いまならどこも行ってないからね。ほぼ独占状態になる」

小躍りしたいような気持ちを抑えて、高井はあえてしかめ面を作ってみせた。

「あああ、これでまた大変なことになりますわ。専務は、私にこれ以上まだ働けとおっしゃるんですね。いまだって少ない遊ぶ時間が、ますます減ってしまいます」

「知らんよ、そんなことは」

嬉しそうに言って、江口は高らかに笑い声をあげた。

リスクは大きい。苦労もきっと想像以上だろう。初めての海外現地法人を創設する。それはいつか高井が手をつけたい分野ではあった。

江口が言うからには、彼らにとっても目算があるからにほかならない。それは、彼らの顧客からの確実な需要に裏打ちされた商機を実感してのことだ。本気でやるなら、早いほうがいい。それは、間違いのないことだった。

翌日から、高井は早々と行動を開始した。

前夜、最後まで上機嫌の江口としこたま飲み続けたため、宿酔《ふつかよい》の兆候はあったのだが、それでも頭の芯は冴えきっていた。

拠点を北京と上海の二都市に決め、現地法人を設立することは、予想以上に順調に進んだ。勝因は、なんといっても長い仕事仲間で半歩先に進出を果たしていた創作宣伝社と組んだことだった。プランニングや、イベントのコーディネイトなどソフト的なものが業務の中心になる高井のコミュニ・ラインとしては、ショー・ルームやイベントに用いるブースの実際の制作など、ハード部門を請け負ってくれる創作宣伝社のようなところと協力態勢を取ったほうが、相互の補完が望める。

経費やリスクを二社で分担し、さらには互いの強みを生かしてメリットを倍増させようという両社の発想は、まさに的を射たやり方だった。株式会社コミュニ・ラインの海外現地法人第一号、倉津に渡した二枚目の名刺に書かれていた「高井創宣社策劃諮詢（上海）有限公司」は、こうして無事設立させることができたのである。

6

倉津が、あまりに真顔で聞いているのを見ていると、高井はつい茶化してみたくなる。

「だけどさ、実は最初っから大きくコケてしまってな。いまなら笑っちゃうような話なんだけど」

他人事のような言い方だった。だがその言葉どおり、上海での事業展開は、創立当初から波瀾に満ちていた。

「どうしたんだ？　参考までに、なんでも聞かせてくれないか」

倉津は、かえって心配そうな顔になる。

「まず、うちの上海現地法人は、今年でまだ設立三年目なのに、いまでは社員も下請けの工場やなんかも、スタート時点と較べるとみんな総入れ替えしている」

「総入れ替え？」

「そうだ。スタート時のメンバーは全員クビを切って、新しい人間に入れ替えたんだ。発注先の工場やなんかも、ひとつ残らずつきあいを絶った」

「全員クビにした？　なにが原因なんだ？」

「言ってみれば、実に中国らしい原因なのかもしれないな。まあおそらくこの先、おまえも遅かれ早かれ一度は洗礼を受けるはずだけど」

「洗礼？」

と、問い直しておいてから、倉津はすぐにわかったという顔になって言った。

「賄賂《わいろ》か？」

高井は、ふん、と自嘲気味に鼻を鳴らしてみせる。

「話には聞くけど、やっぱりそっちのほうは相当なものなのか？　役人ですら金次第だと言う向きもあるみたいだけど」

倉津は俄然身を乗りだすようにして、先を促してくる。

「あのな、一度面と向かって、誰かに賄賂のことを質問してみるといいさ。最近はずいぶん良くなったとは言うけれど、そういうとき、『うちは絶対にやっていない』という人間ほど、実は裏で確実にやっている。俺が出会った限りでは、百パーセントと言ってもいい」

「なんだそれ？　じゃあ、逆に正面切ってやっていますという人間は、まだマシだということなのか？　そこまでひどいのか」

驚いた顔で、倉津は椅子に座り直した。

「まあな。日本で言う仁義なんていうものは、絶対に期待してはいけない社会だと思ったほうがいい」

当時を思い出すと、苦笑せざるをえなくなる。

高井の最初の失敗は、あの陸勇《ルーヨン》を責任者として採用したことだ。右も左もわからなかったあのころ、高井は、日本での取引先の重役からの紹介で、初めて陸と会った。たとえ長年信頼してきた大口客からの紹介でなかったとしても、おそらく自分は初対面から陸に好印象を持っただろう。

陸勇というのは、そういう男だった。

流暢だが、癖のある陸の日本語は、会った瞬間から剽軽《ひょうきん》さと親しみやすさを感じさせた。その柔和な表情や、飄々《ひょうひょう》とした素振りと相まって、周囲の誰からも「ルーさん、ルーさん」と慕われるような、独特の温かい雰囲気も作り上げていた。

「高井社長と仕事できて、ワタシ幸せね。ワタシ、カトマンズに温泉持ってるよ。社長さん、きっとワタシのうち遊びに来てください」

陸は、どんなときも笑顔を絶やさない男だった。温泉を持っているというのが彼のなによりの自慢で、それが本当なのかどうか、いや、高井はカトマンズに実際に温泉が出るのかどうかも知らなかったが、そんな陸の口癖をいつも微笑《ほほえ》ましく聞いていた。

人情味があって、親切で、まさに善人といった風貌だった。そのうえ甲斐甲斐しく働いてくれる陸に、高井はすべてを任せて安心しきっていたのである。いい人間を紹介してくれたと、日本の知人に心から感謝もしていた。

陸の部下に雇った現地採用のスタッフは、日本から上海に留学してそのまま現地で就職した日本人が一人と、日本語を話せる中国人が二人で、その人選も陸の助言通りに決定した。

発注先の下請け工場に関しても、すべて陸が探してきたところに決めた。もとより高井には上海の事情はわからない。他から勧められた工場もなかったわけではなく、そういうところも二、三社当たってみてはどうかと相談すると、陸はそのつど丁寧に現地の事情を説明してくれ、仕事の緻密さや、納期のことなどを優先すると、陸が見つけてきたところのほうが数段上だと納得したのだった。

「なにせ、工場のなかでは道具の一個ずつに番号をふって、毎日全部点検しないといけない世界なんだからな。ルーの助言が本当に助かったことは事実なんだ」

鋸《のこぎり》の一本、メジャーの一個にいたるまで番号をつけて管理しないと、従業員は平気でそれを自宅に持って帰って私物化してしまう。そんなモラルのなさに、日々驚かされるようなありさまだった。

「ところが、彼はとんだ食わせものだったんだよ」

「食わせもの?」

「そう。まさかと思ったけどね」

「やっぱりリベートか？」

「そのとおり。陸は、うちが契約を結んだ全部の下請け工場と裏でつるんでいた。現地で雇った人間も、全員が陸の息のかかった者ばかりでね。下請け工場は、うちから仕事を回してもらうかわりに、陸にキックバックを払っていた。みんな金、金の世界だったね」

「だけど、陸という男を最初に紹介してくれたのは、日本でのおまえの会社のクライアントだったんだろう？　常識的に考えて、いくらワルでも、大事な人からの紹介先となれば、そういうことはしないもんだがな」

「そこが上海の上海たるところなんだよ、倉津」

「上海たるところ？」

「要するに、日本人が言うところのいわゆる常識というものは、まったく通用しない世界なんだ。仁義も、恩義もありはしない。最初からそう思っていないと、必ず失敗するということさ」

言いながら、つい力がこもってくる。信頼できる人物の紹介であろうが、容貌から受ける印象が良かろうが、問わず語りに耳にする陸の暮らしぶりや、個人的な情報がどれほど立派でも、関係がない。常識的に見て、たとえどれだけ身元の確かな人間だとしても、その人間が裏で繋がって金を着服しないという保証はないのである。

「彼には、罪悪感がないんだろうか？」

「たぶん、裏で金をもらうことのほうが、彼にとっては常識なんだろうよ」

それが証拠に、と高井は言い足した。

「向こうの経理の人間のなかでは、どういう人間が偉くて優秀かわかるか？」

「優秀な経理と言えば、正確さとスピードとか？」

「あのな、経理のなかで一番偉くて優秀なのは、金を支払わないで済ませられる人間だ」

「まさか……」

「ところがそうなんだ。で、二番目は、いかに遅くまで支払いを延ばすことができるかという経理だ。請求が来て、すぐに支払うなんていう経理は、一番できが悪いと評価される」

「嘘だろう？」

「だから言っただろうが。あっちでは、日本の常識が通用しないって」

これまで味わってきたさまざまな場面が、懐かしさとともに胸に蘇ってくる。ときとして高井を驚愕させ、だがどことなく憎めない、数々の顔も同時に浮かぶ。仕事が完結しても、入金の確認ができるまでは決して気を抜かないことも、いつの間にか身についてしまった。

「取引相手が、日本の大手自動車メーカーと中国の会社との合弁会社だったから、まさかと思っていたんだよな。ところが支払い期日が過ぎても入金がない。再度請求をしても、まったく支払う気配がないので、強く言ったら、そのあとどうなったと思う？」

「日本の親会社からクレームが来て、急いで払ってくれたとか？」

「いやいや、経理の担当者が、自分の銀行振込の口座番号を知らせてきたよ」

「なんだって？　自分の口座番号って、どういうことなんだ？　まさか、その口座にキックバックをよこせというんじゃないよな」

「ところが、そのまさか、なんだよな。しかも、こそこそとじゃなく、堂々と口座番号を言ってきたのには、おそれいったね」

「だけど、口座振込なら向こうだって証拠が残るんじゃないか？　高井は、払ってやったのかい？」

「しかたがないさ、こっちはビジネスだ。資金の回収ができなければ、仕事が全部ボランティアになってしまう」

「それで、先方の支払いのほうはどうなった」

「あっけないぐらいさ。それまでいくら待っても、まったく埒《らち》が明かなかったものが、担当者の口座に言い値で払ってやった途端、あっさり入金してきたよ」

「言い値って？」

「連中も巧妙だったね。要求してくるのが、実に微妙な金額なんだ。せいぜいが一パーセントか、多くても三パーセント程度。あのころうちで受けていた仕事の規模が、一件三千万円程度のものだったから、こっちがキックバックを払ってやるとしても三十万円ぐらいのものさ」

「なかなか、絶妙な金額だな」

「だろう？　そのへんのところは、向こうもよく考えているんだよな。完全に足許を見られているというか、こっちの懐具合を読んでいるんだよ。この程度なら大して腹は痛まないという額だね。これ以上高いと本業に影響するという金額は、うまくはずしてくる。賄賂というのは、本体に影響しない範囲がベスト。向こうにしてみても、実際に金が取れないと意味がないからね」

　倉津は、あきれるのを通り越して、感心したような顔をしている。

「凄い裏の世界だね。ワルはワルでも、小悪党というところか」

「日本人の感覚で言うと、ものごとにはまず本線というものがある。本線があって、そのほかに裏が存在するわけだよな。だけど、あっちは全部が裏なんだ。裏しかないんだよ」

「全部が裏ねえ」

「そう。だから説明がひどく難しい。つまりね、ひとつの事象だけを見て全体を語ると間違うということかな。まず、平均とか概略とかっていう基本概念がない。全部がバラバラなんだよ」

「どういうこと？」

「たとえばさ、所得層について言うとしても、単純労働者なら月に五千円という人間が普通にいる。普通の大学卒でたいてい月、四、五万円程度かな。日本語をきちんと話せて、専門知識があると月給何十万円というのもいる。月給だけでも、五千円から五十万円まで幅があるわけさ」

「日本じゃ、いくらなんでも、月五千円はないものな」

「だけど、月五千円でもそれなりに食べていくことは可能なんだ。安く暮らすつもりなら、暮らせる手段がある。食べ物だって、住まいだって、その気になればいくらでも安いものがある」

「貧富の差が大きいんだ」

「日本の比じゃないだろうな。とにかくなんでも幅がある。だから、説明がきわめて難しいんだよ。日本の場合だったら、なにか説明をするとき、まずこれがあるでしょ、で、そうじゃない例外がこれなんだ、ということになるけど、向こうじゃみんなが例外。平均でものを見ようという概念をまず捨てたほうがいい」

「なあ、高井。ひとつ訊いてもいいか？」

倉津が、遠慮がちに口をはさんできた。それを見て、高井はまたもにやりとした。

「そんな国で、なんで商売をしたいのか、っていう質問だろう？」

「わかるのか？」

「おまえの顔に書いてある」

こんどは倉津のほうがにやりとする番だった。

「じゃあ、遠慮なく訊くけど、そんな思いまでして、みんなが中国に進出するのは何故なんだ。どうして、みんなあの国の引力に引きずり込まれるのだろう。あの国でビジネスをする魅力って何なんだ？」

高井は、まじまじと倉津を見つめ、おもむろに口を開いた。

「なあ、倉津。ビジネスのおもしろさって、なんだと思う？」

「おもしろさ？」

「質問を変えようか。おれの会社は、あるとき某大手自動車メーカーが上海で立ち上げた合弁会社から、ショー・ルームを作る依頼を受けたんだよ。企画から、販促のプロジェクトなんかも一括して受けたんだけど、なによりそのショー・ルームについて、彼らは真面目な顔して言ってきた」

「それで？」

「それでだ。うちのブロシュアを見て、見積りと設計図を提出しろと言ってやって来た。そのとき、彼らはいったい、何店舗作りたいって言ってきたと思う？」

「さあな。その世界のことはよくわからんけど、まあ少なくはないだろうな。たとえば、十店舗とか、二十店舗とか？」

倉津が答えるのを見て、高井は黙って首を横に振った。

「いや、六千だ」

「ほお……」

倉津の目から、妖しげな光が放たれた。顔つきまでが明らかに変わっている。

「ボールペンを六千本買いたいって言ってるんじゃないんだぞ。椅子を六千個作れっていうわけでもない。ショー・ルームだ。ショー・ルームが六千なんて言われてみろ」

高井の声にも、つい力がはいる。当時の興奮が蘇ってくる。

「仮に一店舗百万円で抑えたとしても、それだけで六十億円になるな」

つぶやいた倉津の声も、間違いなくこれまでとは違っていた。ここに至る長い会話のなかで、もっとも敏感な反応だった。為替のディーリングをしていた男だけのことはある。数字の持つ意味の理解や反応はさすがに鋭い。

ビジネスというものは、その規模が大きくなればなるほど、リスクも膨大なものになる。それを抱えることの緊張感も比例し、迷いや不安も増大するかわり、達成したときの喜びや自信もはかりしれないほど大きなものになる。倉津は長年、為替市場の現場で修羅場をくぐってきた。ビジネスにおける数字の魔力を、嫌と言うほど味わってきた男だ。そんな男が、いまの上海に惹かれないわけがない。

高井は倉津の変化を、あらためて思い知った。

「もちろん、そんなものが全部実現するとは俺だって思っていないさ。ましてや、日本の常識が通用する社会ではないことも、重々わかっている。だけどな、この六千店舗という数字をだ、臆面もなく口にできるところがいまの中国なんだろうな」

「巨大な市場か。象徴的な話だな」

「仮に、話半分としてだ。いや、話一割でも構わないさ。男なら、そんな世界に、ちょっとぐらいは関わってやろうと思わないか？　あの国が、どっちに向いて行こうとしているのか、リアル・タイムでその同じ空気のなかにいたい。そう思うのがビジネスマンの感覚なんじゃないのかな？」

「簡単に手にはいらないものほど、欲しくなる。釣りだって、鰯《いわし》よりはカジキマグロのほうがゾクゾクする」

「いや、サイズからすれば、鯨《くじら》かもしれんぞ」

「鯨を釣り竿で釣るような話かもな」

倉津は、遠くを見つめるような目をして言った。

「必死で釣り上げてみたら、張り子の鯨だったりしてな」

「おいおい……」

「そうだ。それからあともうひとつ、簡単に手にはいりそうにないから、よけいに欲しくなるものがあったっけ……」

高井は、含みのある言い方をした。

「上海娘なんて言うなよな」

今度は、高井の言葉を倉津が先回りして言った。

「おっ、わかるか？」

「もう顔に書いてあるよ、高井」

二人は、高校生の顔に戻っていた。

「おまえが上海に来たら、会わせてやるよ。うちの会社でやるイベントに、コンパニオンを派遣してくれているんだけど、モデルの会社を経営しているとびきりの美人社長がいる」

「相変わらずだな、高井は。それで、相手は才色兼備ってやつだな？　昔からおまえの好みだった」

倉津は、大げさにあきれて見せる。高校時代には、よく女子学生の品定めをしたものだ。

「いや、彼女は特別だ。きっとおまえのほうが興味を持つと思うよ。名前は、胡夏琳《フーシャーリン》っていうんだけどな。夏に生まれたから夏琳。まだ二十九歳なのに、とにかく鼻息が荒いんだよ。なんせ、モデルの会社とは別に投資会社も持っている」

グランド・ハイアットの高層階に住み、運転手つきのリムジンで上海中を走りまわっていることも、高井は自慢げにつけ加えた。

「ほお……」

「そっちの方面では、絶対おまえと話が合うよ。その投資会社、ヘッジ・ファンドみたいなものだそうだから」

「ヘッジ・ファンド？　二十九歳の上海娘がか……」

倉津の目が、またも妖しげに光を放った。

7

「ああ、ひさしぶりの日本。ひさしぶりの東京。ひさしぶりの六本木……」

高層階のホテルの窓から、眼下にひろがる懐かしい街を見下ろしながら、森下未亜《もりしたみあ》は大きく伸びをしてみせた。六本木ヒルズにあるこの真新しいホテルのスイート・ルームは、上海で手にいれた日本のファッション雑誌のグラビアで、何度見たことだろう。

「ねえ、やっぱり素敵だったわね、このホテル」

未亜は、同意を求めるように後ろを振り返った。

「どうせなら、素敵な男と一緒に来たかったたって、そう思っているんでしょ？」

すかさず未亜の本音を突いてきた胡夏琳は、早々と着替えを始めていた。さっきまで着ていたブランドのジーンズを脱ぎ捨て、クローゼットにかけてあった洋服を持ち出してきては、ベッドの上に所狭しと並べている。

「もちろん……」

未亜は笑いながらそう答えた。夏琳にはいつも心のなかまで見透かされる。そして、彼女は必ずそれを口にする。だから、お互い気がねは無用なのだ。少なくとも、この夏琳はそう思っている。

知りあってまだ二年にしかならないが、初対面のときからお互い妙に気が合った。正確に言うと、夏琳のほうがなぜか未亜に興味を示してきた。

「あなたには、不思議に気を許せるのね。どうしてなのかわからないけど、気がついたら、ついなんでもしゃべってしまっている」

自分でそんなふうに告げるとおり、夏琳は、最初から言いたいことをぶつけてきた。遠慮も、ことさら気遣いもなく、思ったままを口にする。そして、それは未亜も同じだった。

いや、本当のところを言えば、夏琳にそう思わせているだけだ。互いになんでも言い合える対等の関係。それは未亜が常に心して努めてきたことだ。そもそも自分が、夏琳と同じでいられることなど、到底あり得ないのだから。

夏琳は、生まれたときからすべてを備えていた。

どんな男の視線をも、惹きつけないではおかないほどのその容姿は、金の力を借りて日々磨きがかけられている。たとえどんなに気まぐれで、身勝手なことを言っても、簡単に許されてしまうだけの育ちの良さがある。

常人ならば間違いなく顰蹙《ひんしゅく》を買いそうな言葉なのに、彼女の口から発せられると、男たちの耳にはなぜかそれが可愛さと理解されてしまう。未亜はそんなシーンを、奇妙なマジックでも見るような思いで、何度も目にしてきたものだった。

なにより夏琳には、深く秘めた利発さがあった。教養に裏打ちされた聡明さはもちろんだが、どんな場面でも男を不快にさせない巧みな計算といったものを、相手には決してそれとは悟らせずにやってのける。実は飽きっぽくて、人一倍移り気であることなど、微塵も匂わせないような、女としての賢明さだ。

まったく、夏琳にはなにをやってもかなわない。

誰よりもそれを知っているからこそ、未亜は夏琳のそばにいた。たとえ彼女からどんなに我儘《わがまま》を言われても、そのためにどれだけ自分の時間とエネルギーを費やしても、夏琳ならそれに見合うだけの価値がある。未亜は、初めて会ったときに受けたそんな直感に自信があった。

いくら彼女に振り回され、ついて行くのに必死な思いをしても、事実、これまで未亜は、予期せぬほどの見返りを得てきたのである。


「困ったわ……」

夏琳は、そうつぶやきながらジーンズだけでなくシャツまでも脱ぎ捨て、あっという間に下着だけの姿になった。シャンパン・カラーのフレンチ・レースのブラとショーツは、ダウン・ライトの下に惜しげもなくさらした彼女のきめこまやかな肌を、さらに白く際立たせ、李朝《りちょう》の白磁を思わせる。

「どれにしよう……」

夏琳は両手をそのくびれた腰にあて、あたかも人生最大の迷いに直面したかのような溜め息をもらして、ベッドわきに佇んだ。

このあとの外出に、どれを着ようか決めかねているのだ。いつも考えるより先に行動するこの夏琳が、着る物を選ぶときだけはなぜにこうも優柔不断なのだろう。

二人の会話は、中国語だったり日本語だったり、ときに英語が混じったりする。それもたいてい途中から入り乱れてしまうことが多いのだが、夏琳はなぜか困ったときに限って日本語を使う。

未亜はくすりと含み笑いを洩らすと、すぐにベッドのそばまで行って、無造作に並べられた夥《おびただ》しい数の服のなかから、迷わず黒のミニのワンピースを選んで、夏琳の胸に押し付けた。

「これにしなさい。今夜はデートなんでしょ？」

襟元はおとなしいが、肩先を大きく露出するノースリーブのラインが、夏琳の華奢《きゃしゃ》な身体つきをさらに品良く、そして若々しく見せてくれるはずだ。今夜のデートの相手を考えると、この若々しさという要素はなによりの決め手となる。エステとジム通いのお蔭で、申し分なく引き締まった夏琳のふくらはぎが、ミニ丈のドレスからどんなふうにのぞいて相手の男を魅了するかも、未亜には目に浮かぶようだった。

「これじゃシンプルすぎて、つまらなくない？」

夏琳は、少し不満げに口をとがらせた。

「とんでもない。エスタブリッシュされた年上の男と会うときに、これ以上のドレスはないわ。あなたを一番ゴージャスで、エレガントで、なによりセクシーに見せてくれるもの」

褒め言葉に遠慮は要らない。未亜はすべてを心得ていた。

「そうかしら……」

夏琳は、すぐにまんざらでもないという顔になると、窓ガラスに映った自分の姿に目をやった。

「もっとも、夏琳は二十九歳にしては、ゴージャスすぎるほどの女だけどね」

「それはどうも」

黒のミニドレスをハンガーごと手に持って、夏琳はうやうやしく会釈をした。ブラとショーツだけの姿なのに、まるでステージ中央でライトを浴びているプリマドンナのようだ。

夏琳は褒められることに慣れている。いや、褒められるのが当然だと思っている。だから、常にその要求を満たしてやらなければならない。それもこの二年間のつきあいのなかで、未亜が学んだ最大のことのひとつだ。

「で、このドレスの丈だと、靴はどれがいいかしら。そうね……」

未亜は、言い終えるより先にクローゼットに向かい、思いきり華奢で高いピンヒールのパンプスを選んでやる。

「ストッキングはこれね。そしてバッグはこれ、それから手にはこれをさりげなく持って。今夜のアクセント・カラーは、このターコイズよ」

次々と勝手に引きだしを開け、今夜の装いを全部決めていく。最後に鮮やかなトルコ石の色をしたシルクのショールをつまみ出して、肩にかけてやると出来上がりだ。

「ねえ、やっぱり未亜は本気でプロのスタイリストになるべきよ。通訳なんかやっているのはもったいないわ。その気があるなら、きちんと勉強しなさいよ。なんなら私がお金出してあげてもいいから」

夏琳は半分真顔だった。またその話かと未亜は思う。もちろん嬉しくないわけではない。だが、そんな言葉を本気にするほど若くはない。上海で、たったひとりで十年近くも生きてきた、それが未亜の三十二歳の本音だった。未亜は小さく笑みを浮かべた。

「はいはい。そのときが来たらお願いね。それより、肝心のあなたのほうはどうなの？　邦光証券のセミナーは、今日が初日だったんでしょ？　今度のは、すごい講師陣が揃うセミナーだって言っていたけど」

今回夏琳が東京に来たのは、日本の大手証券会社が顧客向けに開く三日間の投資セミナーに出席するためだ。ついでに一週間ほど滞在するから、途中からでも一緒に来ないかと誘いの電話があったのは、夏琳が上海を発《た》つほんの五日ほど前のことだった。

夏琳の誘いならば、よほどのことがないかぎり、少々の無理をしても行くことにしているのだが、今回は運良く仕事がぽっかりと空いている。断る理由がなかった。たまには営業を兼ねて、東京の雑誌社に顔を出しておきたいと思っていたところでもあり、一緒に泊まっていいならホテル代が浮く。未亜にとっては願ってもない申し出だった。

「だけど、本当にいいの？」

未亜が問うと、夏琳は悪びれもせず答えたものだ。

「あなたに来てほしいのよ。だって、ホテル代は彼が払うわけじゃない？　もしものときに逃げられないと困るでしょ。だけど、女友達がどうしても一緒に来たいっていうからと言えば、仕方ないなってことになるじゃない。まさかあなたがいる部屋に、彼がやってくるわけにもいかないわけだし」

男に高価な部屋代を持たせておいて、それでも最後の一線までは踏み越えさせない。こういうことを臆面もなく口にできるのが、夏琳の夏琳たるところなのだ。三十代を前にふたつの会社を経営し、決して金に不自由しているわけではないのに、夏琳にとっては男が自分に貢ぐのは至極当然のこと。とりもなおさず、女としてのステイタスであり、プライドだというわけか。

なにもそれは夏琳に限ったことではない。コンパニオンや、モデルや、通訳や、それ以外のさまざまな上海の女たちは、未亜が出会ってきた限り、ほとんど例外なく、似たような女ばかりだった。

そう言っては悪いが、中華思想が根強く残る国の女たちだ。彼女たちに言わせれば、上海娘は世界で一番素晴らしいのである。世界中の男たちが、彼女たちの前にひれ伏し、その魅力に額《ぬか》ずいても、そんなことはごく当然のことだと思っているふしがある。それも、未亜自身がこれまでの九年間で、嫌というほど見せつけられてきたことだ。

たかが一週間、いや、たとえそれが一カ月であれ、一年であれ、世界で一番価値ある夏琳のためになら、ホテル代を支払ってやることぐらいどれほどのことだと言うのだ。そんな夏琳の思いが、相手の男には決して高慢さとして映らないことに、未亜は不思議な思いを抱きながらも、納得させられるのだった。

近年、一億円を超える年収を得ている人間の数を較べると、すでに中国のほうが日本より多くなってきたと聞く。もちろんこの夏琳も、その一人であることは間違いない。周囲を見回しても、上海での友人たちは、ここ数年で年収が四倍にも五倍にもなっているという。単に、国の急激な経済成長過程の時期に生を享《う》けただけなのに、無邪気にそれを当然のことと受け入れている世代の人間たちがいる。

二ケタに届く勢いの成長率を、そのまま手放しで享受する中国の若者たち。彼らの辞書には、バブル崩壊や景気後退《リセッション》などという言葉は、決して存在しない。偶然いい時代に生まれただけのことであっても、手にしたそれなりの所得を、ほんの少し頭を働かせて投資に回せば、さらにいくらでも富が膨らむのが、いまの中国の現実だ。

二十九歳の夏琳が、まるで世界を掌中におさめたかのような言葉を発し、形の良い小鼻を膨らませながら、その存在を誇示するように生きられるのが、中国におけるいまの時代なのだ。

だからこそ、自分はこの上海娘から離れられないでいる。あの国から抜け出せないでいる。未亜は、小さく溜め息を吐《つ》いた。

8

初めて夏琳と会ったのは、上海で開かれた国際モーター・ショーの会場だった。

当時未亜が契約していたのは、日本の大手自動車メーカーで、上海での大規模なイベントに準備段階から一貫して関わるように要請されていた。結局その後、中国各都市で開かれる新車発表会にも参加することになるという大掛かりな仕事にまで発展した。

自動車産業という慣れない世界でもあり、ひょんなことから、通訳する相手が企業の上層部の人間になる場面もあって、あのときの緊張感を思い出すと、掌にじっとりと汗が滲んでくる。

そのイベント会場に、コンパニオンを派遣していたのが夏琳の会社だったのである。

最初は、夏琳がまさか社長だとは知らなかった。いや、てっきりコンパニオンの一人だとばかり思い込んでいた。それほど若く、プロポーションが抜群で、なにより周囲の目を一身に惹くような強い存在感があったからだ。

そんな夏琳について、あたかも深刻な犯罪の密告のような顔をして、そっと耳打ちしてくる日本人がいた。坂口《さかぐち》という、どこから見ても精彩のない三十代なかばの男だった。

「ねえ、君からなんとか言ってくれない？　女同士だから、言いやすいだろうからさ。コンパニオンの娘《こ》たちときたら、僕らがすぐそばでこんなに忙しい思いをしているのに、手を貸そうともしないし、時間がきたらさっさと帰っちゃうしさ、あいつら、チームワークとか、共同作業っていう言葉を知らないのかねえ」

嫌みたっぷりな言い方でもあるが、ほとほとあきれるといったところが本音だろう。

彼女らにチームワークを求めるなら、出直したほうがいい。そんな喉元まで出かかった言葉を飲み下して、未亜は遠慮がちに口を開いた。

「でも、彼女らはあくまで会場のコンパニオンとして契約しているわけですから……」

上海娘たちが、しかも、自分の美貌に誰よりも強い自信をみなぎらせているコンパニオンたちがである、たとえ目と鼻の先でどんなに忙しがっている人間がいたとしても、手を貸そうと考えることなど断じてあり得ない。

時間外勤務もまったく同じで、そういう事態になるのなら、あらかじめ時間外はどうするかという契約を交わしておくべきなのだ。それは男であれ女であれ変わらない。上海で人を使うときの常識だ。未亜は、言外にそんな含みを持たせたつもりだった。

「そりゃあさ、契約では五時までになっているよ。だけどさ、何時間もオーバータイムで働けって言っているわけじゃないよ。たった半時間、長くて一時間だけの延長なんだよ。たかが三十分やそこいらの残業なんて、どうってことないじゃないか」

「まあ、そうなんですけど……」

「予定の時間が少しぐらい延びることなんて、この世界の常識だろう。日本でイベントやるときなんか、仮に徹夜になったってつきあうもんだよ」

ここは上海だ。日本の常識なんか通用しない。未亜はまたも言葉を飲み込んだ。

「はあ、でも、それも契約で謳《うた》ってなければ……」

精一杯口にできたのは、これだけだった。言っても無駄だと未亜は思った。上海でビジネスをやるのなら、こちらのやり方に馴染むしかない。そうやって自分も生きてきた。それができないなら、人に頼まずに自分で直談判すればいい。「できるものなら、やってみれば？」未亜は心のなかで、言葉にならない声をあげた。

「契約、契約って、こっちはスポンサーだよ。金を出しているのは、うちなんだ。それを、たかがコンパニオンのくせに……」

と、そこまで言って、坂口はさすがに言葉を濁した。

「だけどさあ、見てごらんよ、あの女。さっきから、なんだよあの態度」

坂口が憎々しげに指さした方向に目をやって、未亜は笑いを堪《こら》えるのに苦労した。慌ただしく人々が行き交う会場の隅で、そばにはべらせた若い男に灰皿を持たせて、のんびりと煙草をくゆらせている鼻持ちならない女がいる。坂口は、それが気になって仕方がないらしい。

男を灰皿代わりに使えるのは、女にとってなによりのステイタス。すべての賛辞と喝采は、自分のためにある。そんなふうに平然と言えるのは、上海娘の典型か。

だが、坂口が腹を立てれば立てるほど、未亜には痛快でならなかった。高慢な上海娘をなじる前に、黙って灰皿役に甘んじている男のほうを批判したらいい。そんなひそかな思いが通じたわけではないだろうが、未亜があらためて視線を向けたとき、婉然《えんぜん》と微笑んできたのが胡夏琳だった。

「あの女さ、コンパニオン会社の社長なんだって」

「へえ、そうなんですか。あんな若いのに？」

コンパニオンたちよりは確かに歳は上で、どことなく落ち着きや風格はあるが、どう見ても自分よりは若い。

「北京だか大連だかの、いいとこのお嬢さんらしいってちょっと聞いたけど、どうせわがまま娘なんだろうさ。いい大学を出て英語と日本語ができるのをいいことに、親の七光りで気ままに会社なんかやっているに決まっているさ。だいたいコンパニオンたちの態度が悪いのは、彼女のスタッフ教育がなっていないからだよ。社長みずからあんな態度じゃ、無理もないよなあ」

坂口の言葉が辛辣《しんらつ》になればなるほど、夏琳に対する興味は増していった。

9

「ねえ、未亜。お金って本当に臭《くさ》いのよね」

あるとき夏琳が言った言葉が、いまも頭から離れない。

「臭い？」

問い返しながら、そのとき未亜は、夏琳の日本語の使い方が間違っているのだと思った。なにがあったのかは知らないが、豊かな家に生まれたと聞いている夏琳だけに、金にからんで周囲から嫌な思いをさせられたのだろう。裕福なゆえに、なにか苦い経験があったとしても不思議ではない。そのことを、臭いと表現したのだと理解したのだ。

「そうよ、臭いの。金庫のなかに入れてあるだけで、部屋中全部が臭くなるのよ」

夏琳は、古いなにかを思い出したのか、怒った顔になって細い眉を思いきりしかめ、大げさなぐらい肩をすくめてみせる。

「お金の臭《にお》いで、部屋中が臭くなるですって？」

すぐにはピンとこなくて、未亜は訊いた。

「たぶん、お札を印刷するときのインクの臭いなのか、それとも紙の臭いなのかわかんないけど。湿気ともちょっと違うし、黴《かび》の臭いでもないし、ただものすごく嫌な臭いなのよね。お金が置いてある場所は、すぐにわかるわ。ほんとに部屋中が臭くなるし、じっとしていられないぐらい。十分間でも耐えられないような悪臭よね」

夏琳は、思い出すのも嫌だという顔で繰り返した。彼女が言いたかったのは、つまりは大量の札の臭いということだったのである。それにしても、部屋中が臭くなるほどの大金など、これまで一度だって見たことがない。未亜は、あらためて夏琳の顔を見た。

「残念ながら私にはそういう経験はないけど、そんなふうに部屋中が臭くなるのって、いったいいくらぐらいのお札が置いてあったのかしらね？」

　ちょっと茶化したつもりで言って、未亜が笑ってごまかそうとすると、それを遮《さえぎ》るように、夏琳は真顔で口を開いた。

「たぶん、いつも三億円ぐらいは置いてあったかしら……」

　こともなげにそう言ってから、遠くを見るような目をしていたが、すぐに自嘲ぎみの声で言い添えた。

「父の思い出って、私にはあの臭い部屋のことぐらいしかないけど」

「え？」

　夏琳が、幼いころに別れたという父の話をしたのは、そのときが初めてだ。未亜は、驚いて夏琳の顔をじっと見つめた。

「私にとっての父の存在よ。本当にあの家中に染みついたお金の臭いしかない……」

　吐き捨てるような夏琳の言葉は、寂しさというよりも憎悪を感じさせる響きがあった。

　最初口にしていた「部屋中の臭《にお》い」という表現は、いつのまにか「家中の臭《くさ》さ」に変わり、未亜には、彼女が父親の存在そのものに対して、全身で嫌悪感を訴えているようにすら思えてくる。

　札の臭いが、夏琳にとっては、そのまま父への憎しみの象徴になっているのに気づいたのは、それから少ししてからのことだった。

　いまもときおり、洗面所で神経質そうに何度も手を洗っている彼女を見かけることがあるのだが、それが決まって、夏琳が仕事でなにかまとまった額の札に触れたあとだと気づいたのも、おそらくそのころだったと思う。

そして、夏琳の父親が実は日本人で、名のある資産家だったことも、さらには、彼女の母である胡《フー》冬琳《ドンリン》が、正式な結婚をせずに夏琳を生んだことも、未亜が知ったのはそれからまもなくのことだ。

「だから私、日本人は嫌いよ」

そのあとも、ことあるごとに夏琳は言った。それも、わざとはっきり聞こえるように言うのである。コンパニオンを派遣する先が、ほとんど日本企業主催のイベントであり、当然ながらスポンサーの九割近くが日本企業であるにもかかわらず、夏琳はあたりかまわず繰り返した。

そういう場面に居合わせると、最初は周囲の日本人を気遣って、未亜のほうが必死で言い訳をしたものだ。あれこれと言い繕《つくろ》って、夏琳のことを弁解してみたりもしたが、それもすぐに止めてしまった。周囲の男たちはまったく冗談としか思わないらしく、それで揉《も》めごとになることなどいっさいなかったからだ。未亜の心配は、いつもまったくの杞憂《きゆう》に終わった。

「私、日本人は嫌いなの」

夏琳はますます調子にのって何度も言い、だから未亜もそのたびに毎回言い返した。

「でも、私も日本人よ」

そんなとき夏琳は、さも愉快そうに、顔一杯に笑みを浮かべてみせる。

「いいの。未亜は別だから」

「だって……」

夏琳の顔があまりに晴れやかで、未亜はその先なんと答えていいかと困ったものだ。

「それから、うちの会社にお金を払ってくれる日本人もね。そのときだけは、国籍は関係ないわ」

ちゃっかりしているというか、調子よすぎるというべきか、札の臭いには過敏なくせに、金にはこだわりを捨てられない。いや逆に、金への強い執着を消せないことを夏琳が自覚しているからこそ、金の臭いに敏感になるのだろうか。

「まったく……」

さまざまなことを包括して、未亜はわざとらしく溜め息をついてみせる。

夏琳はみごとなまでに勝手な女だった。そしてどんなことがあっても、夏琳と未亜の会話は、最後はいつも他愛ない冗談になって終わる。

ただ、それでも夏琳の父への憎しみだけは本物だった。

最初のころは、思い過ごしであってほしいと願ったこともあったが、夏琳とのつきあいが深くなるにつれて、それがごまかしようのない事実であることを、未亜は嫌でも確認することになる。

ある日、夏琳から、コンパニオンの派遣会社だけでなく、もうひとつ投資会社を持っているのだと聞かされたとき、奇妙な胸騒ぎのようなものを感じたのはなぜだろう。なにかが背筋を這《は》いのぼってくるような、得体の知れない気持ちの悪さを感じたが、それがどこから来るものか、どうしてそんな思いをしたのかも、未亜には自分でも説明がつかなかった。

「ねえ、夏琳。その投資会社って、もしかしたらあなたのお父様となにか関係があるんじゃないの？」

なんの気なしに、ふと直感的に口にしただけだ。それなのに、自分が発したはずのその言葉に、なぜかどきりとしている自分がいた。

「どうして？」

一瞬ひどく蒼ざめた夏琳の顔が、強《こわ》ばった声で問い詰めてくる。

「ううん。ただ、なんとなくそう思っただけ」

「なんとなくって？」

「ごめん。そんなわけないわよね。あなたがコンパニオンの派遣で得た収益を、効率よく運用するためにグループ会社としてもうひとつ投資会社を作った。まあ、聡明な夏琳らしい多角経営っていうところよね……」

妙にどぎまぎしながら、曖昧《あいまい》に言葉を濁したのは、それ以上踏み込むことに、未亜自身がどこか怖さを覚えたからだったかもしれない。

「日本人は嫌いよ。父も大嫌い」

その後も相変わらず、夏琳はことあるごとにその言葉を繰り返した。

彼女が、こうまで父親を嫌う背景がなんなのか、訊けば話してくれそうな気もしたが、ついぞ問いただす勇気が持てないまま、未亜自身もいつも決まり文句のように、そのつど同じ言葉を繰り返した。

「でも、夏琳。私も、日本人なんだけど……」

そして、そう口にするたびに、未亜の心には小さな疑問が生まれていったのである。

自分は本当に日本人なのだろうか。そんなことはどこで決まるのか。日本で生まれ、日本で育ったから日本人なのか。それとも戸籍があるから、ただの一枚の紙切れが、自分を日本人にしているのか。

日本にいたときは、決して浮かびもしなかった問いを、未亜はその後何度も自分に突きつけた。

夏琳にそれを訊ねる気にはなれなかったが、もしも彼女なら、きっと自分は気高い中国人だと心の底から主張するだろう。その実、半分は日本人の血が流れていることになる。ならば、日本人であることとは、いったいどういうことなのか。

そんな堂々めぐりの問いかけが、自分のなかで少しずつ育っていくことに、未亜はあえて気づかない振りをして、ただ日々の忙しさのなかに自分を埋没させていた。

10

「それで、今日のセミナーはどうだったのよ？」

未亜は、質問を蒸し返した。

なぜセミナーのことが気になったのかは、彼女の投資会社の存在を気にかけたのと同じ理由だったのだろう。ただ、正直なところ未亜自身にもよくわからなかった。

あまたいる信奉者のなかから、あえて上海での取引相手の日本人社長を選び、セミナーの参加費用からホテル代にいたるまでほとんど全額を負担させ、仕事を休んでまでも、夏琳はなぜかそのセミナーへの参加にこだわった。

それがソウルにできた新しいホテルに泊まりたいだの、パリにショッピングに行きたいだのという、いつもの彼女らしい我儘な話なら、いくらでもうっちゃっておいた。

だが、普段はなにより仕事優先の夏琳が、そうでなくてもこの忙しい時期に、わざわざ日本の証券会社が主催するセミナーに参加するなど、どう考えても彼女らしくない。

しかも未亜のセミナーについての問いかけを、夏琳は二度も無視しようとした。

「邦光証券のセミナーのこと？　あんなの最初から目じゃないわ。だって、まるで幼稚園なんですもの」

「幼稚園？」

「そう。選りすぐりの講師陣という話だったけど、あれじゃ出席者も気の毒ね。あまりに初歩的だし、おもしろくないし受講料を返してほしいぐらい」

「よく言うわよ。返してほしいというのは、自分でお金を払った人間が言う言葉よ」

「あら、そう？」

「それに、だったらどうしてそんなセミナーに出ようと思ったの？　なにもいま無理して東京に来る必要はなかったんじゃない？」

「いい質問ね。さすが未亜だわ」

「ごまかさないで。夏琳は、最初からセミナーが目的ではなかったのよ。セミナーを受講して、いまさら投資についてなにかを勉強したかったというわけではないものね。それでも、セミナーには出たかった。つまりは、出席者のなかの誰かに会うためとか？」

「鋭い推理ね。それも未亜ならではだけど」

「夏琳は、なにかの理由があって、ほかの場所では会えないような人間に、なんとしても会わなければならなかった。ただ、不自然さを感じさせずに会いたいと思ったら、同じセミナーの受講者になるしかほかに方法がなかった……」

わざと芝居がかった口調でそれだけ言うと、探るような目で夏琳を見た。夏琳は、しばらく黙っていたが、やがて思い詰めたような顔で、口を開いた。

「わかった？　そうよ。未亜の言うとおり。私はあいつの会社をぶっ潰したいの」

鎌《かま》をかけたのは自分からだ。だがそのつもりが、返ってきた言葉があまりに予想外だったので、未亜はどう受け止めていいのかわからなかった。

「あいつの会社？」

それだけ訊くのが精一杯だった。口のなかがひどく渇く。無意識のうちに、未亜の喉がごくりと鳴った。

「そうよ……」

不敵ともいえる目で、夏琳はまっすぐに未亜を見返してくる。

「あいつの会社って、夏琳、あなた、まさかお父様の会社のことじゃ……」

言いながら、胸のあたりが騒ぎだすのを感じた。

一瞬、夏琳の瞳の奥で、得体の知れないなにかが蠢《うごめ》いた。

「ほかにある？」

そう答えると、返答に窮している未亜を問い詰めるような目でじっと見つめてきたが、やがて、夏琳はもう我慢できないという顔になって、思いきり噴き出したのである。

「嘘よ。冗談」

「え、嘘？」

「決まってるでしょ。バカみたい。ねえ、未亜。あなた変なミステリーの読み過ぎじゃないの？」

笑いすぎて涙がにじむ目で、未亜の肩を何度も叩いてくる。

「まったく、夏琳ったらあ。私、本当にびっくりしたんだから……」

「そんなこと、当たり前じゃないの」

さんざん笑い転げてから、夏琳は言った。そして最後に聞き取れないほどの低い声で、「できっこないもの」とつぶやいたのを、だが、未亜は聞き逃さなかった。

夏琳は、あくまで冗談にしてしまうつもりだ。

「そうよ、未亜がいけないのよ。あんまり変なことを言いだすから、ちょっと脅かしてやりたくなるじゃない」

「ごめんなさい。悪かったわ。でもいいのよ、別に。あなたがなにをしようと、私はそれを詮索するつもりは毛頭ないわ。ただ、ちょっと気になっただけ。夏琳がなぜこんな時期にわざわざ東京に来たのかなってね。それと、どうして私を誘ってくれたのかっていうこともなんだけど。やっぱりその理由が知りたくて」

「理由？　そんなもの。私がどこかに行くのには、いつだって理由なんかないわ。東京には来たいと思ったから来た。それだけよ」

「ほんとにそれだけなのね？」

未亜が、珍しく執拗《しつよう》に訊いたせいだろう。夏琳は、しかたがないという表情で、首を横に振った。

「わかったわ。教えてあげる。ドレスを選んでくれたお礼ね」

手早くドレスに手を通し、話し始めた夏琳の話を、未亜は新鮮な思いで聞いていた。

「夏前に、杭州《ハンヂョウ》に行ったのは知っているわよね。あのとき、占い師に言われたの。今年は行動を起こしなさい。すべては大きな展開を見せる、ってね。その時期は桂花香《グイホアシアン》漂《ピアオ》完之後《ワンヂーホウ》……」

語り始めた夏琳は、強い決意に満ちた目をしていた。

「桂花香漂完之後。金木犀《きんもくせい》の香りが終わるころ？」

「そうよ」

深くうなずいた夏琳の表情からは、その決意がなんなのかは読み取れない。

「大きな展開って、ビジネスのこと？　良い展開かそうでないのか、どちらかしら？」

「もちろん、私も訊いてみたわ。でも、それはすべて私次第だっていうの。私の行動如何《いかん》によって、おのずと答えも決まる。ただ、どちらにせよ私が長い間願っていたことが、大きく動き始めることだけは間違いないみたい」

「長い間、あなたが願っていたことって？」

「いくつもあるわ。だから、心を静かにして、金木犀の香りが終わるころ、変化のありそうなことがらについて、いろいろと調べてみることにしたの」

「東京に来たのは、そのためなの？」

未亜の質問には答えず、夏琳は思いがけないことを訊いてきた。

「ねえ、未亜。日本のお札が新しくなるのは知っているよね？」

「ええ。そうらしいわね」

新札発行が決まり、十一月から出回るということは、ずっと以前仕事で上海にやってきた出版社の人間にもらった日本の新聞で読んだ記憶がある。

「新円切り替えとか、預金封鎖なんていう言葉は、知ってる？」

「まあ、言葉の意味ぐらいならね」

最近、日本もようやく長い不況から抜け出せたようだが、一時期は相当厳しい様子だった。なにせ、日本からやってくる未亜の客たちが、ことごとく口にするので、その閉塞感がどんなものか、容易に想像がついた。

国が膨大な借金を抱え、大量の国債を発行してそれを穴埋めしているなか、そのうちすべての借金を棒引きにするため、政府がとんでもない手段に訴えるのではと、極端な政策に転じるのを先読みして、懸念を口にする者もいたらしいとのこと。

そんななかで、新円切り替えや預金封鎖といった噂が浮上していたのも、それとなく彼らの口ぶりから耳にはいってきた。

「新円切り替えって、新しいお札を発行して、その後はそれまで使っていた古いお札を使えなくするっていう政策でしょう？　でも、今回日本のお札が新しくなるのは、新円切り替えとは違うわよね？

古いお札もずっと使えるって聞いたけど」

「そのとおりよ」

「預金封鎖については、終戦直後の日本では実施されたと聞いているけど、まさかそんなことが起きるとは思えないし」

未亜は、母に任せっきりにしてある日本の銀行口座がまだあったことを、一瞬思い出しながら答えた。実際に日本で預金封鎖が実施されたのは、母の母、つまり未亜の祖母の時代、昭和二十一年二月のこと。預金封鎖と新円切り替えが起き、多額の国債が紙切れ同然になったころの話である。

預金が下ろせなくなるとしたら、人は少なからずパニックになる。財産が消滅するとなれば、その前になんとか手を打とうとする。世の中では、債券や株券のペーパーレス化が着々と進み、不動産登記の電子化や、住基ネットなど、国民の財産はデジタル化され、見方によってはいざとなれば手も足も出せなくなるような環境が整備されつつある。

「私も、日本が本当にそんな極端なことをするとは思わないわ。ただ、まことしやかな噂が流れたり、そういうことに関する本がベストセラーになったりしていて、一部の日本人の間では、相当本気で心配している人もいたみたいよ」

「でも、本当のところは大丈夫なんでしょ?」

「もちろんよ。ただし、たとえそうでも、人の心に一度芽生えた心配は、なかなか完全には消えないものなのよね。実体はなくても、漠然とした不安がある限り、人は行動を制限される。そういう風説を信じている人間がいる限り、いろんな行動が起こされるものよ」

「それが、今回のセミナーとどんな関係があるの?」

夏琳が、なんのために新円切り替えや預金封鎖のことを言いだしたのか知りたくて、先を促した。

「まあ、そう焦らないで聞きなさいよ。世の中には、そんな噂を真に受けて、貸金庫を現金で満杯にした人もいたっていうわ。とにかく、いくらか現金にして持っていようってわけね。だから一時期日本では、その貸金庫の申し込みにもお客が殺到して、貸金庫を借りることすらできなかったっていうわね。本当なのかどうかは知らないけれど、なんでも、日本の銀行の貸金庫には、千ドル紙幣にすると五億円分が入れられるっていう話だけど」

「五億円を現金で？」

いつかの夏琳の弁ではないが、それこそ、貸金庫にはいまごろ金の臭いが充満していることだろう。思わずそう言いそうになったが、未亜は慌てて言い直した。

「日本人は、だいたい他人の言葉に流されやすいから……」

「そこが、まさに狙いなんだけどね。十一月から、お札が変わる。これは大きなきっかけね。もちろん古いお札が使えなくなるわけではないけど、それならこれまで現金で置いてあったものは、いずれ早い時期に、新しい紙幣に替えておこうとするはずでしょう？　万が一のときのためにね」

「それはそうね。たとえ大丈夫だと言われても、安全策をとって、なるべく早く新札に交換しておいたほうがいいと思うに決まってるわ。でも、私だったら、新札に替えるときには、たぶん旧札と同じ金額にはしないわね。そのうちのいくらかはなにか別のものを買って、より安全にしておこうとする」

少し考えてそう答えると、夏琳は目を輝かせて、抱きついてきた。

「だから好きなのよ、未亜のこと。まさにそのとおり、私の狙いもそのあたりなの。最近の日本に流通している現金の総額は、七十六兆円近くあるのね」

「凄いわね」

「そう、凄い額よね」

「違うわ、私が凄いと言ったのは、そういう情報をみんな頭にいれている夏琳のことよ」

「それはどうも。でね、そのなかのなんと三割が日本人がよく言うところのタンス預金。つまり二十三兆円ほどが現金のままでどこかに眠っていることになるわけ」

「二十三兆円かあ。金額が大きすぎて、私には全然ピンとこないわ。でも、そんなことどうしてわかるの？　それこそタンスに貯めてある現金なんか、調べようがないはずだと思うけど」

未亜は、素朴な疑問を口にする。

「いい質問だわ。まずね、日本のお札は、一万円札、五千円札、二千円札、千円札の四種類あるんだけど、それぞれ流通する金額の伸び率が違っているのね。それぞれ使い方が違うからでしょうけど、二千円札はまあ特別として、なかでも千円札の伸び率はデパートの販売額の推移と相関するのがわかっているの。千円札って、貯めるというより、たいてい消費のときに使うからなんでしょうね」

「たしかに、現金決済に一番多く使うのが千円札というのは納得がいくわ」

「バブルのころは、どの種類もみんな伸びたんですって。私にはそのころの日本の状況なんてあまりピンと来ないんだけど、やっぱりバブル時代の現金の需要というのは、ものすごく高かったでしょうからね。ところが、九五年あたりからは、ぐっと様変わりしてきて、一万円札の伸び率だけがぐんと大きくなってきたんですって」

「九五年っていうと、日本ではいろんな銀行がバタバタと危なくなってきたころだわ」

「そのとおり。つまり一万円札の伸び率だけが目立って高くなってきたというのは、それだけタンス預金が増えてきたことを反映していたわけね。タンス預金って、たいてい高額紙幣、要するに一万円札で貯められているケースが多いからなんでしょうね」

「わかるわ。ヘソクリって、たいてい一万円札で貯めるものですもの」

「それでね、九五年以降の一万円札の伸び率のうち、千円札の伸び率を越えた部分だけを累計してみたら、その額が二十三兆円になったというわけ。二〇〇四年の六月末までの数字らしいけど。最近の統計では、家計で保有されている現金の総額は約四十兆円とされているんだけど、タンス預金はその六割にも達しているわけね。ついでに言えば、二〇〇三年六月の世論調査による数字も出ていてね、日本の一世帯あたりの現金保有額は三十六万円にも達しているんですって」

「そんなに多いの？」

「驚いたのは、そのなかで百万円以上を現金で保有している家庭が、全体の半分以上を占めているというアンケート結果が出たことよ」

「凄い」

「いまの『凄い』も、私の情報が素晴らしいって言いたかったのよね？」

「もちろんよ」

先回りして言う夏琳が可笑《おか》しくて、未亜は笑いながらうなずいた。

「でも、私がさっきから一番気になっているのは、そのタンス預金が、あなたのセミナー受講とどうつながるかっていうことなんだけど」

夏琳のことだ。なにか巧妙な目算があってのことに違いない。なによりそれが気になるのだ。

「未亜はどう思う？」

斜め下からすくいあげるように絶妙な角度から、意味ありげな視線を向けながら、夏琳は言った。相手に詰め寄られたとき、巧妙に質問をかわし、逆に自分のペースにもっていくために、彼女はいつもこういう顔をするのだろう。そして、見つめられた男たちは、一瞬にしてまいってしまうに違いない。逆にこちらに訊いてくるあたりも、夏琳らしい。

「そうね……」

と、未亜はいったん言葉を切った。そして、思いつくままに告げたのである。

「きっとあなたは、いまが絶好のチャンスだと踏んだ。日本のタンス預金の一部が、そうした古いお札から新札に交換される時期をきっかけに、必ずどこかへ逃げると考えた。だったら放っておく手はない。その分のいくらかでも、なんとかしてあなた自身の投資会社に引き込みたい。そういうことなのかしら？　なにせ二十三兆円もあるタンス預金ですもの。うまく行ったら、それこそ凄いビジネス・チャンスだわ」

「ビンゴ！　さすが、未亜は私が目をつけただけのことがあるわね」

「目をつけたって、どういうことよ」

夏琳の物言いが気になった。だが、そんな未亜など無視するように、夏琳は嬉しそうに両手をからませてくる。

「ねえ、未亜。チャンスはまだまだこれからよ。すでにこの傾向は早くから始まっているけど、来年四月はじめの日本のペイオフ全面解禁もあるから、動きはこれからもさらに加速するかもしれないと言われている」

「だから、日本のお客に目を向けたのね？　それで邦光証券のセミナーに参加して、そこに集まってきたお客のリストを入手しようというわけよ。さも自分が邦光証券のお客のような素振りをして、実は横のつながりを作る。うまく考えたものね。それなら最もてっとり早くて、効率の良い新規顧客開拓ができるもの」

未亜が断定するように言うと、夏琳は声をあげて愉快そうに笑った。

「違うの？」

「その点は、まあ、ご想像におまかせします」

夏琳は曖昧に答えた。否定はしなかったが、かといって肯定もしない。

「で、どうなの？　いいお客は見つかりそう？」

未亜は、さらに誘導的な訊き方をしてみる。

「まあね。その気になれば、きっといくらでも……」

「どういうこと？　わかんないわね。夏琳は、その気にならないっていうの」

「こっちにも、いろいろと条件があるから」

「ねえ、あなた本当はなにがしたいの？　それだけじゃない、なにか別のことを企んでいるのね？」

「それもまだ内緒。でもね、未亜、あなたも手伝うのよ」

「私が？」

「そうよ。ここまで聞いた限りは、ダメとは言わせない。協力するのが当然でしょ？」

「なによそれ、どういう理屈？　私は夏琳が一緒に来ないかって言うから、だからついて来ただけだわ」

それとは気づかないままに、自分は少しずつ夏琳の思惑に取り込まれているのだろうか。聡明で、計算高いこの夏琳が、緻密な情報とそれなりの人脈を得て、いったいこの先なにをしようと考えているのか。

「あら、未亜は東京に来たくなかったの？　話題の六本木ヒルズを見てみたいって、ずいぶん前から言っていたんじゃなかったっけ」

「そりゃあ、そうだけど……」

未亜は口を閉ざすしかなかった。急に恩着せがましくなるところも、絶妙なタイミングと言うべきか。

「だったら、いいじゃない」

夏琳はからめていた指を解《ほど》くと、諭すように未亜の髪を撫でた。こちらのほうが三歳も年上なのに、夏琳のこうした仕草には、目下の者に対する威厳すら感じさせる。

「そうよ、来られてよかったわ。おまけに、こんな素敵なお部屋にタダで泊まれて……」

「感謝してる？」

決して威圧するわけではない。むしろたっぷりと甘えを含んだ、限りなく柔らかな声だ。

「もちろんよ。感謝してるわ」

言いながら、うまいなと内心思った。この手練《てれん》は、おそらく夏琳の生来のものだろう。

「でしょ？　だったら、つまらないこと気にしないで、思いっきり楽しみましょうよ」

「それはいいんだけど」

ひっかかりは、いくつもあった。疑問はまだ消えたわけではない。だが未亜は、それ以上なにも言うつもりはなかった。

夏琳の気まぐれはいまに始まったことではない。ただ今回の夏琳は、なにかを隠している。まちがいなく、なにかをしようと企んでいる。それも、とてつもないことを。そして、それがなにかわからないまま、自分はすでにその一部に組み込まれている。

動物的ともいえる嗅覚で、未亜は鋭くそれを嗅ぎ取っていた。

「あ、いけない。もうこんな時間だわ。じゃね、未亜。私は行ってくる。そうだ、よかったらあなたも一緒にこない？」

その言葉が本心からではないことぐらい、あなたが見抜けないはずはないわよね。夏琳の目は、そうも語っているようだった。

「とんでもない、いくらなんでも、そこまでお邪魔をするつもりはないわ」

だから未亜は、笑って手を振った。

やがて、これ以上ないほど優雅な仕草でストッキングに足を通し、華奢なピンヒールのパンプスを履いた夏琳は、ドアまで送りに出た未亜の前で婉然と微笑んで見せた。

「行ってらっしゃい。高井さんによろしくね」

今夜の相手であり、今回の旅のスポンサーでもあるあの高井正隆とは、未亜も以前通訳の仕事で一緒になったことがある。はたして彼は、夏琳にとっては共犯者なのか、それとも哀れな餌食《えじき》なのか。

ふと頭を過《よぎ》ったそんな思いを、振り払うように頭を振って、未亜は夏琳のみごとに伸び切った長身の後ろ姿が、廊下の先に消えてしまうまで、ずっと見送っていた。

11

最初から、妙な予感があった。

それがなんなのか、どんな背景に根差しているのかは想像もつかないが、とにかく不思議な感覚があった。

行けばなにかが待っている。間違いなく自分が得をするなにか。新しいビジネスの案件か、それとも、将来自分にとって役に立つような強力なコネクションか。

平田光則、昭和五洋銀行の常務取締役。父が最近知りあったというその男との面会については、なぜか会いに行く前から、そんな手応えにも似たものを感じてならなかった。

そうでもなければ、父に言われたぐらいで、この忙しいさなか、わざわざ会いに行こうなどとは思わない。織田一輝《おだかずき》は、特別に秘書も同行させずにひとりで約束の場所へと向かいながら、知らずしらずのうちに、不敵な笑みを浮かべていた。

たとえばどこかの企業のオーナー社長とか、富裕な個人資産家というのならまだしも、最近の邦銀の役員レベルがどれだけ個人資産を持っているものか、見当はつけ難い。それでもなお、貴重な時間を割《さ》いてまで会いに行く気になったのは、それなりに意味があるからだ。

会いに行って、損はない。織田はそう判断した。父は、基本的には自分と同じ種類の人間だ。若いころから「欲は力なり」を口癖とし、「欲は善なり」と言い切って、事業のためならなんでも切り捨てることができると豪語してきた人種である。

もっともこのところは、金のための割り切り方や、人に先んじるその行動力において、父の不甲斐なさが目についてきた。取引で扱う金額も、決断の素早さにおいても、自分のほうが父をすっかり追い抜いてしまった観がある。

つい先日も、織田はテレビのある情報番組から取材を受けた。いまの時代、二十六歳で企業の経営者というのは、さほど珍しくないのだろうが、年間三百八十億円もの資金を自在に操っている二十六歳となれば、話は別だ。

テレビの取材は初めてだった。その日の織田は、買ったばかりのいつものプラダのグレーのスーツに、同じく気に入りのプラダの白いシャツを合わせ、ネクタイから靴までをさりげなくプラダでコーディネイトして出かけたものだ。

いつものように、秘書と有能なファンドマネージャーを従えて、商談に出向くときも、仕事を終えて愛用のマセラティ・スパイダーで都内をドライブするときも、どこへ行くにもテレビ・カメラを抱えた数人の撮影クルーにぴたりと密着された。二十四時間自分の行動を逐一カメラに追いかけられるというのは、どこかくすぐったい思いがあったが、それはそれで悪い気はしないものだ。

そしてその番組が流れたとたん、新聞社や出版社からの電話がひきも切らず、秘書がついには対応に音《ね》を上げるほど、取材依頼が殺到した。

織田の人生に挫折などという文字は存在しない。学生時代に立ち上げた会社の企業収益は、倍々ゲームの伸び率で、たっぷりと税金を取られ、秘書をはじめ十人のスタッフたちに目の覚めるほどの給与を支払っても、まだ年間一億円近い個人収入を得られるまでになっている。

そんな自分を、マスコミ連中が放っておくはずがない。

もちろん、次々と押し寄せてきたのは、なにも取材記者たちだけではなかった。

織田が相手にするにはどう見ても力不足と思えるような弱小企業も含めて、ビジネスのパートナー志望の企業家や、合併話を持ちかけてくるライバル会社、はてはおこぼれを狙った小判ザメのような連中まで、織田に向ける世間の注目が日増しに高まっているのは明らかだった。

織田は、すべてに満足していた。

目鼻立ちがはっきりとして、意志の強さを感じさせる整った容貌と、育ちの良さを思わせる知的な雰囲気を、母の聡子《さとこ》から受け継いだのは幸いだった。少し癖はあるにしても、いまどき貴重な礼儀正しい日本語と、なにより流暢な中国語を難なく話せる環境を与えてくれたのは、もちろん貿易会社を営む父の織田昭光《あきみつ》だ。

そしてこの二人が共同で息子にしてやったのは、彼を新しい日本人に育てることだった。少なくとも息子の一輝を、自分たちとは違った人間に作り上げることである。長い中国での暮らしのなかでは、自分たちが結局は心の底から日本人であることをいやでも自覚させられ、その限界を味わわされてきた。だからこそ、自分の息子だけは同じ目に遭わずに済むようにと望んだのである。

中国人のような価値観を持ち、中国人と同じように行動でき、現地に根差した生き方をする。中国人のように割り切り、判断できる逞《たくま》しさを備えた、気位の高い男。そんなこれまでにはなかった日本人になるようにと、意識して教育したのだ。

口にこそ出さなかったが、歳をとるにつれて昭光は、自分が中国人になりきれなかったことを悔やんでいた。日本人にしては豪胆だと言われてはきたが、所詮は日本人の域を越えられなかった。相手のなかに人間としての素朴な弱みが見えてしまうと、そこを一突きすればいいとわかっていても、できなくなってしまう。冷徹な人間には徹し切れない甘さは、自分でも認めざるをえない。商談相手とのかけひきの場において、自分は最後の最後で、競合相手の息の根を止められず、勝負に負けた。ふとした情けから、とどめを刺すことをためらったがために、結果的に自分が追いつめられる事態に何度陥ったことだろう。商談がようやく成立し、すべての納品を終えた段階で肝心の金を取れず、悔しさに歯噛みしたことも一度や二度ではなかった。どこまでもしたたかで、巧みな相手の話術についほだされ、非情になりきれぬがゆえに、金を取りそこねて、何度もみずからの限界を見せつけられてきた。だからこそ息子だけはなんとしてもシビアな中国人として育てたかった。

日に日に成長していく息子を、頼もしく感じていた。自分の限界と弱さを知れば知るほど、息子がそれらを軽々と超えていくのを見て、歓喜したものだ。少しずつ自分の手を離れていく淋しさも、一方で味わいながら。

そんな父親の望みにたがわず、織田一輝は幼いころから利発だった。自分が周囲の大人たちから、なにを望まれているかということについて、瞬時に察知する能力を生まれながらにして備えていた。

さらには、自分が手にしているものの価値についても、本質的に見抜く能力に長《た》けていた。自分が置かれた立場の利点をあますところなく理解し、自分に託された大いなる期待も、だからこそ得ている特権も、子供ながら十二分に心得ていた。

かくして織田は、中国人のごとく強欲《グリーディ》に、日本人のように礼儀正しく、そしてなにより緻密な計算のできるコスモポリタンとして、みずからの心地良い位置づけを学んでいったのである。

さらには、誰に習ったわけでもないのに、中国人の大人たちの前では日本人の子供の顔になり、一方、日本人の大人たちの前では中国人の子供になる技も体得した。「僕は中国で生まれたので」と言い訳することで、許され、与えられるものがいかに多いかを知っていたからだ。同時に、「中国語のできる、お行儀の良い日本人の男の子」という顔が、いかに好意的に受け入れられるかも、しっかりと気づいていた。

二つの顔を持つ利点は、その場に応じて使い分けることによって、さらに倍加する。それは、織田にとって容易《たやす》いことだった。大人を喜ばせると、得になる。中国人でもあり、同時に日本人でもあるという、選ばれた子供だけに与えられた特権を、フルに活かさない手はないのだ。

利発で、謙虚で、従順な子供。

巧みに大人たちを欺くことは、痛快だった。結果的に大人を手玉に取ることになっても、それでとくに罪悪感を抱くということはない。内にどれほどの欲を秘めていても、それを表に出すのは愚かなことだ。二重《デュアル》のアイデンティティーは、織田にとってはごく当然のことであり、その使い分けもまたなんの不自然さもないことなのだ。

ましてや、誰かにそれを指摘され、責められるべきものであろうはずがない。織田の信念は、微塵も揺らぐことがなかった。

すべては大人たちがそれを望むからであり、織田のような境遇に生まれた子供にとって、それは大人たちを喜ばせるための、ささやかな技術にすぎないのだから。

12

胡夏琳は、タクシーの窓から外に目をやりながら、窮屈そうに足を組み替えた。

六本木ヒルズのホテルを出て三十分。運転手の話では、高井正隆が待っている銀座のフレンチ・レストランまでは、いつもならあと十分ほどの距離のはずなのだという。だが、ここまで渋滞している様子をみると、遅刻するのは確実だった。

それにしても、上海でなら毎回リムジンで移動しているのだから、ホテルまで高井の車を迎えにまわしてくれてもよかったのだ。レストランに着いたら、高井にはそのことについて真っ先に文句を言わないといけない。

きっといまごろは、何度も腕時計を気にしながら、そわそわと夏琳が現れるのを待っているだろう。やっと現れた夏琳を迎えながら、高井は二つ返事でリムジンの約束をしてくれるはずだ。

そしてすぐに、今夜の装いは実に夏琳に似合っているなどと言って、すぐに照れ笑いを浮かべるのだ。「五十二歳にもなった自分が、ついそんな言葉を口走ってしまうのも、夏琳がそれだけ素晴らしいからだ」などと言い添えて、いくらか熱を帯びたような目を細め、こちらをじっと見つめてくるに違いない。

日本の男の言動は、みんな予測がついてしまう。夏琳は、ひどく醒《さ》めた頭でそう思った。

男たちの執拗なまでの視線にも、熱心に繰り返されるありきたりの賛辞にも、すでに辟易《へきえき》している。

夏琳にとって、「取り巻き」という名で呼ばれるような、複数の男が存在するのは、物心ついたころから当然のことだった。自分にかしずき、繊細な壊れ物のように扱って、夏琳が望むものを完璧に揃えるために、日々心を砕く。そんな男たちの五人や六人は、いつも事欠かなかった。

彼らが夏琳に向ける最大の称賛も、夏琳のために整えてくれる最高の環境も、もちろんそれはそれで、歓迎すべきものであることには違いない。だが、実際にはどれもステレオタイプで、予定調和的で、新鮮さに欠ける。

どうしてこうまで退屈な男ばかりなのだろう。

夏琳はいつも驚きを求めていた。だからこそよけいに新しい何かを、もっと別の男へ、さらに新しい男へと、際限なく新鮮な刺激を求めてしまうのかもしれない。

高井正隆は、夏琳が驚く顔を見るのが好きだった。だから、いつも彼なりに工夫を凝らし、さまざまなサプライズを用意して、いかに夏琳を喜ばせようかと努力してきた。

そして高井も夏琳と同じように、さらに、より多くを、と、先を望む人間だった。

「見てごらん。夏琳のために、今日は珍しいものを持ってきたよ」

上海に出張してくるたび、それは高井の口癖になった。お土産だと言って、毎回必ずなにか目新しいプレゼントを用意してくるのだ。忙しい彼にとって、それはかなりの努力が要るだろうに、夏琳と会うとき、高井は欠かさずなにか、工夫を凝らした贈り物を持ってきた。

いつだったか、日本古来のものだと言って、京都で買い求めた伝統的な砂糖菓子を持ってきてくれたことがある。

「これはね、日本の皇族たちが結婚式の引き出物に使ったりするような、由緒ある菓子なんだよ」

愛おしむような仕草で夏琳の手をとり、その掌にそっと載せてくれたのは、ところどころに宝石を配し繊細な薔薇の彫刻がほどこされた小さな銀製のボンボニエールだった。そっと指で蓋をつまんで、開いてみると、なかには白い薄紙に包まれた星の形をしたカラフルな砂糖菓子がはいっている。

「わあ、可愛い」

思わず声をあげた夏琳に、高井はことさら嬉しそうな顔をして言った。

「だろう？　これは、金平糖といってね。僕が小さいときからあったお菓子なんだ」

「コンペイトウ……」

繰り返し声に出して言ってみると、高井は満足げにうなずいてみせる。

「うん。この砂糖菓子は、まさに俺だな」

「コンペイトウが、高井さん？」

どうして、というふうに、夏琳は首を傾《かし》げた。

「いま日本では、社会をこの金平糖に譬《たと》える説があるんだ」

「社会をこの小さな砂糖菓子なんかに譬えるの？」

「そうだ。いろんな日本の特性というか、強みを金平糖の角に譬えるわけだよ。たとえば、世界で有数の技術力だとか、高い国内総生産《GDP》だとか、貿易黒字だとか、金平糖の角のように、いくつか突出しているものはあるけど、その角の部分をひとつずつ折っていったら、残りの核の部分は、案外ちっぽけな国なんじゃないか、という説だ」

自己反省の好きな国だ。夏琳は不可解でならない、という顔で肩をすくめた。

「それでな、その説を私自身に置き換えて言ってみたら、同じかなと思ったのさ。この角の部分、つまり突起のところだけどな、たとえば私の場合、会社の社長という社会的な地位だったり、それなりに金があったり、いい車を持っていたりさ。そういう私が突出している部分、つまりは突起の部分なんだな」

「お金も車も、突起の部分なの？」

「そうだよ。だけど、そういうものを、ひとつずつポキッと折っていけば、あとに残った本当の私は、角がとれた金平糖みたいに他愛ない、ちっぽけな存在だってことかな」

高井は、珍しく頼りなげな声を出した。誰かになにかを言われたのか、それとも自分を誰かと較べて卑下してのことか。どちらにせよ、その日の高井は妙に神妙だった。

だから、夏琳は思い切って答えた。

「そのとおりかもしれない。うん。高井さんは、とってもちっぽけだ」

夏琳があまりにズバリと言いきったので、逆に高井は驚いた顔になった。

「おいおい。また夏琳は、ずいぶんハッキリと言ってくれるねえ」

「だって、少なくとも自分からこんなことを言い出す限り、男はダメだもの」

そう言ってから、夏琳はわざとらしく口を尖らせてみせる。こういうことを言うときは、ストレートなほうがいい。あえて突き放してみせるのだ。ただし、少し子供っぽく、甘えた声になって言わなければいけない。

「そうか、ダメか。夏琳にそう言われると、落ち込むなあ」

案の定、高井はどこか愉快そうだった。口で言っているほどには、落胆している様子はない。むしろ、言われて喜んでいるぐらいだ。こんなときは、逆に、夏琳が妙な気遣いを見せたら、高井は本当に傷ついたに違いない。

「でも、私は好きよ。男は他人より突出しているものがないと絶対ダメ。それに、どうせなら突起はたくさんあったほうがいいものね。少しぐらい折れても関係ないぐらい、尖った突起がいっぱいある男は素敵」

最後はにっこりと笑ってやる。それが決め手になるはずだ。夏琳は、思わせぶりな目で、高井の顔をのぞきこんだ。

「そうか、そうか」

案の定すっかり上機嫌になって、高井は夏琳の肩を強く抱きしめてくる。

容易《たやす》いものだと、夏琳は内心うなずいた。男は、どうしてこんなに単純なのだろう。他人が展開する勝手な論理を真に受けて、いとも簡単に自己反省をしたり、そうかと思えば、他人のたった一言で、単純に自信を取り戻す。

男なんて、そんな程度だ。

だったら、金も、家も、車も、それから仕事や、社会的な地位も、男を飾るものはとびきり上質なもののほうがいいに決まっている。

だが、と夏琳はまたも思った。本当はそれ以上に、角も突起も一切関係なく、なにもなくてもその存在が丸ごと大きくて圧倒されるような、もしもそんな男が存在するなら、ぜひとも会ってみたい。

夏琳は、あとの言葉は口を閉ざし、心のなかでつぶやいていた。

13

父から告げられていた約束の場所、大手町にある高層ビルのエントランス・フロアに立って、織田一輝は、抜かりのない目で、ひとわたり周囲を見回した。

相手にとって不足はない。織田は、またも不敵な笑みを浮かべたのである。会社を出るときから抱いていた不思議な予感は、いまはすっかりなりをひそめていた。だが、そのかわりこの銀行への限りない興味となって、織田を満たしている。

　昭和五洋銀行。

　巨額の不良債権の処理を当局から突きつけられ、四苦八苦してきた長い受難のトンネル時代は、ようやく終わりを告げた。その心からの安堵感は、満身傷つきながらもなんとか立ち上がり、さらに前に進もうとする気迫となって、こうしてフロアに立っている織田にもひしひしと伝わってくる。

　織田はいっとき目を閉じた。

　株価の動きに見るこの銀行のあえぎの歴史は、昭和銀行と五洋銀行の合併以前から知っている。日本の金融システム不安から、邦銀株がのきなみ打撃を受けた局面では、織田自身も欧米の小賢《こざか》しいヘッジ・ファンドの動きに便乗し、思いきりカラ売りを仕掛けて思わぬ収益をあげた記憶もよみがえってくる。

　織田は、自分がこの場に出向いてきたことに、またも因縁めいたものを感じていた。

　あの父が、珍しく人に会って来いなどと言い出した理由はわかっている。どうせ自分の口から言えない愚痴を、織田に聞かせるためだろう。さもなくば平田には、父親の自分に代わって、息子に説教のひとつもしてもらいたいとでも思っていたのかもしれない。

　父親がまだ幼かった息子に望んだはずだったのに、最近の織田はすでにその手を遠く離れて、ビジネスの世界に飛び込んでしまった。しかも投資ファンドなどという父親にとっては理解し難い熾烈で非情な金融市場の最前線である。

　日本人離れしたようなシビアさと同時に、極端な金への執着を身につけてしまったかに見える息子に、いまになって慌てて軌道修正を望んでも、無茶なことだ。普段の織田ならそんな父のことなどどうっちゃっておいて、取り合わないところなのに、なぜか今回ばかりは父の言う人間に会ってみようという気になった。

もちろん平田が常務取締役をしているのが昭和五洋銀行で、ＱＦＩＩ《キューフィー》（指定国外機関投資家Qualified Foreign Institutional Investors）である投資信託会社、昭和五洋アセット・マネージメントの親会社だったのは偶然だ。だが、織田にとってはそれだけでも会いに行くための大きな理由のひとつになる。

中国では、国内外での資金の自由な出入りを規制しているのだが、二〇〇二年十二月、ＱＦＩＩに指定した海外の優良金融機関にだけ、これまで禁じていた中国証券市場への投資を条件付きで正式に開放した。

当時は、中国の証券市場がようやく本格的な対外開放へ踏み出したとか、海外投資家の導入によって、情報開示などインフラ面での整備が進み、上場企業の財務内容に関する精度がレベルアップするなどと騒がれたものだ。

日本の金融機関のなかでも、この適格海外機関投資家に指定されたのはごく限られたところだけで、これまでは大手証券会社三社と、生命保険会社一社の合計四社のみだった。そこに加えて、新しく昭和五洋アセット・マネージメントも最近この認可を受けたばかりだ。

だが、織田が平田に会おうと思ったのはなにもそれだけのためではない。得体の知れない引力とでもいうか、そんな自分の直感を信じてやって来たことに、織田はなおも言いようのないこだわりを捨てきれなかったのである。

父から紹介された男との出会いは、はたしてどんな世界への入り口に通じ、自分にどれだけの利益をもたらしてくれるのだろうか。

正面の受付カウンターでは、自分と同じ年代の女が二人、能天気な愛想をふりまいている。逸《はや》る心を無理にも静めて、織田はいつものように、さりげなく一歩を踏み出した。

受付で名刺を差し出し、平田常務と約束がある旨を伝えると、二人のうちの年上らしい女が、一瞬、驚いたような目で名刺と織田の顔を交互に見た。代表取締役の肩書きにしては、目の前の男はあまりに若すぎるとでも思ったのか。あるいは、いつかのテレビ番組で、織田の顔を見知っていたのだろうか。

織田は丁重に、威厳を保って礼を言い、教えてもらったとおりにフロアを突っ切って、エレベーターで上がる。指定された二十三階で降りると、若い秘書らしい女が待っていて、迷路のような廊下を案内され、小さな会議室のような部屋に通された。緊張ぎみにソファに腰をおろして待っていると、三分もしないうちにドアをノックする音が聞こえる。

織田が急いでソファから腰をあげようとすると、それより先に、ゆっくりとドアが開かれ、驚いたように大きく口を開けた男の顔が見えた。

「あっ、あなたは、あのときの……」

五十歳前後の、がっしりとした肩幅の割に、神経質そうな目付き。どこかで見たような気がしないでもなかったが、すぐには誰だか思い出せない。戸惑いを隠せない織田の内心を見抜いているはずなのに、男は急に嬉しそうな表情になり、親しげに握手の手を差し出してくる。

「ご記憶ではないですかな。いつぞや、上海で、あなたにはすっかりお世話になりました。その節は、ありがとうございました」

「いえ、こちらこそ……」

曖昧に答えを濁して、織田は必死でかすかな記憶をたぐり寄せる。

「あれは、たしか豫園《よえん》とか言いましたかな、失敬な自転車の男にぶつけられそうになったところを、助けていただきました」

「ああ、あなたはあのときの……。あなたが、平田常務でしたか」

「いやいや。違うんです。平田は、本日はあいにく急用ができてしまいまして、大変失礼ながら、私が代わってお会いするようにと言われましてね。私は、昭和五洋銀行の倉津謙介です」

そう言われれば、あのときの男も、たしかそんなふうに名乗っていた気がする。だが、正直なところ、ほとんど記憶にも留めていなかった。

「そうですか。平田常務はご不在ですか」

隠しきれない落胆の色を見抜いたのだろう。倉津は慌てて言葉をついだ。

「平田からは、お父上のこともすべて聞いております。なんですか、ゴルフをよくご一緒させていただいているとか。ずいぶん古いおつきあいなんだそうですね」

「はあ、父がなにかとお世話になっておりますようで……」

織田はあたりさわりのない答え方をして、相手の出方を待った。父からは、最近知りあったばかりだと聞かされているが、あえて否定することもない。

「私のほうも、今回、平田常務にお目にかかるのを楽しみにしてまいりました。でも、急なご用では仕方ありません。それでは、あらためて出直してきますので」

平田が不在なら長居は無用だ。要らぬ期待を膨らませてきたものの、どうやら思い過ごしだったらしい。織田はやむなくそそくさと退室しようとした。

「いえ、平田からは、織田さんには、ぜひお会いしておけと言われておりまして。と、申しますのも私、実は、まもなく弊行《へいこう》の上海支店長を務めることになっておりますもので……」

ああこれだったのだ、と織田は思った。

「そうでしたか、支店長として上海支店に。あらためまして、私、織田一輝と申します。東京でまたこうして倉津さんにお目にかかるのも、なにかのご縁ですね」

しっかりとその手を握りしめながら、織田はさらに思った。

この男は使える。

それは、一種のひらめきにも似た、強い手応えだった。かつて、自分が得たこの種の直感は、はずれたことがない。この倉津もまた、同じ目の色を持つ人間だ。自分が、この世で本当に欲しいものがなにかを、知っている目だ。

自分のなかに芽生えたアイディアや、すでに走り始めている案件はいくつもある。なかでも練りに練った特別のスキームには、とりわけ自信があった。問題はただひとつ、織田の名前と、織田が作った会社名だけでは得られない信用だ。要するに、客を信用させてやまない大看板だけである。

客はいくらでも見つけられる。中国でも、もちろん日本でも、織田が創出した新種の金融商品は、大手邦銀が持つ信用という裏付けさえあれば、すでに成功を掌中におさめたようなものだ。とくに日本国内には、看板で判断する人間があまりに多い。

予感はやはり当たった。

ほとんど記憶には残っていなかったが、すでに上海で、偶然にも一度倉津と会っていたというのは、なにかの暗示だったのかもしれない。

「縁というのは、やはり大事にしないといけませんな。上海は、ほとんど初めて行くのも同然ですが、いろんな意味でおもしろいところだと思っています。お父上同様、これからもよろしく頼みますよ」

倉津が、含みのある目をして言った。

「こちらこそお願いします。僕は子供のころからしょっちゅう行き来していますので、上海に来られたら、いろいろな方をご紹介しますよ。なにかおもしろいビジネスで、ご一緒できるような気がします」

織田は、ひそかな期待をこめて、今度は自分のほうから、倉津に二度目の握手の手を差し出していた。

14

胡夏琳が、その次に高井と会ったのは、真夏の東京での再会から三カ月ばかり後、秋も深まってきた上海でのことだった。

「おう、やっと現れたか。夏琳はいつも遅刻だからな」

高井は、一階のバー・ラウンジで、ひとりゆったりとシャンパン・グラスを手にしながら、責めるような口振りとは正反対に、嬉しそうな笑みを浮かべた。

「あら、そんなことないわ。この前の銀座のお店のときと、今日の二回だけでしょ？」

マホガニー製のいかにもアンティークといった雰囲気の椅子に腰をかけ、夏琳は優雅に足を組んだ。そしてその形のよい顎を、高井の席からもっとも綺麗に見える角度に持ち上げて、挑戦的な目を向ける。

木製の壁も床も丹念に磨き込まれ、部屋全体がセピア色の空気に包まれたような重厚なインテリアは、夏琳を包んでいる今日の白いシンプルなスーツを、より一層際立たせている。

上海の一等地、淮海中路《ファイハイヂョンルー》一一一〇号にある、ここ「大公館《ダーゴングァン》」は、一九二五年に建てられたという三階建てのフランス式洋館である。文化大革命を推進した江青、張春橋、姚文元、王洪文の「四人組」が、一時期上海での根城にしていたこともあるという由緒ある建物だが、いまは香港から超一流の料理人を招聘《しょうへい》し、二階と三階が高級レストランになっている。

クリュッグのシャンパンがボトルの半分ほどに減ったところで、ふたりは二階の窓際のテーブル席に案内され、高井は庭に目をやりながら満足そうにつぶやいた。

「ここの庭は、いつ見ても文句なく素晴らしいよな。夏琳と初めて食事をしたのも、この店のこのテーブルだった」

「あなたのお気に入りですものね」

「そう。ここにはうちの得意客とたまに来るんだが、やっぱり夏琳と来るときが一番だな。この角度から緑の芝生を背景にして見る夏琳の顔が、とくに魅惑的だし、料理のオーダーは、君に全部任せておけば安心だし」

「でも、あなたのお客さまに、この建物の歴史を教えてあげると、喜ばれるでしょ？」

夏琳から聞かされた話を、高井は接待のための客をこの店に案内するたび、繰り返したものだ。この建物は、裕福なユダヤ人商人の依頼で、当時上海にあったフランスの建築会社によって建てられた。時代とともに何人もの所有者を経て、一時期は秘密結社「青幫《チンパン》」の首領、杜月笙《ドゥーユエション》の手に渡ったこともあるという。

「とくに、杜月笙《とげつしょう》が、昼の世界でも市長になろうと野望を抱いて、こんなみごとな屋敷なのに自分では住まないで、賄賂として国民党の実力者に差し出すくだりはおもしろいから」

「その先の話をするのも忘れないでね。もらったほうの男も、すぐに当時人気女優だった自分の愛人に、さっさとプレゼントしちゃったっていうんですからね」

夏琳がつけ加えると、高井は弾かれたように大きな笑い声をあげた。

「そうだな。この建物は、八十年もの間、この国の歴史を見てきたんだ」

「八十年なんて、六千年の中国の歴史のなかでは、まばたきするほどの短い時間だわ」

「おいおい、中国は四千年の歴史じゃなかったのか？」

「いまは、六千年の歴史っていうのが定説なのよ」

「歴史のインフレ現象だな。しかし、それにしても六十年ぐらい前にも、私のような哀れな男はいたんだな。美しい女は、男から理性も物欲も奪ってしまう」

芝居がかった口調で言う高井に、夏琳はくすりと笑い声を立てる。

「あら、私はまだ、あなたからお屋敷をいただいていませんけど」

「そりゃ、悪かったな」

間髪をいれず、高井もやり返した。小気味いい軽口のやりとりは、なにより仕事の疲れを癒《いや》してくれる。運ばれてくる料理は、どれも素材を生かした品のいい味付けで、極上のブルゴーニュ・ワインとも相性が良い。ワインが白から赤に進むにつれ、ふたりの会話は際限なく広がっていく。

「ねえ、それより、あなたのお友達には、いつ会わせてくださるの？」

夏琳は、ふと思い出した素振りで口にした。ずっと気になっていたことだったが、こういう話は、切り出すタイミングが大切だ。

「友達って？」

やはり、高井はすっかり忘れているらしい。

「ほら、この前、銀座のレストランでおっしゃっていた、同級生の話。ぜひ会ってほしい、なんて言っておきながら、それっきりでしょ？」

紹介してほしいと思っているのは、むしろ夏琳のほうだったが、それをストレートに口にするほど愚かではない。

「ああ、倉津のことか」

さほど興味のない声で言い、目の前の上海蟹と格闘している。

「倉津さんっておっしゃるのね。上海には、もう赴任していらしてるんでしょ？　たしか、どこかの銀行の上海支店長だと言っていらしたんじゃなかったかしら？」

つとめてさりげなく、だがもっとも訊きたい話題にもっていくのには、技が要る。夏琳は、性急に思われないように気をつけながら言って、またおもむろにワイングラスに手を伸ばした。

「よく覚えていたね。そう、倉津謙介だよ、昭和五洋銀行の新しい上海支店長だ。さては夏琳、その支店長に興味を持ったかな？」

「違うわね。私が興味があるのは、むしろあなたのほうですもの」

「どういうこと？」

「つまりね、そういう同級生の前では、あなたがどんなふうに変わるのか、気になるわけ。一緒にお食事なんかしたら、きっとこれまで見たことがないような、高校生みたいな顔になるのかしらってね。あなたの新しい面が見られて、いい観察ができるだろうなってちょっと思ったわけ」

「まったく。夏琳らしい答えだな。ただ、彼も赴任直後でなんだかひどく忙しいらしくてね。私もまだこっちでは一度も会っていないんだよ。そういえば、なんでも、おもしろいプロジェクトを立ち上げるんだと言って、このあいだ電話をしたら、張りきっていたよ」

「そうなの……」

気乗りのしない声をあげてはいるが、夏琳は全神経を、耳に集中する。

この前、銀座で高井と会ったとき、倉津の話を聞いて小躍りしたい思いだった。日本の金融機関の優秀な人材で、なおかつ中国の事情に通じた人間を探していたところだ。証券会社のセミナーでも、参加者のなかに心当たりを探ってみたが、思うような逸材と巡り合うのは簡単ではなかった。

まさに渡りに船とはこのことだ。経歴《キャリア》といい、性格といい、高井から漏れ聞いている限り申し分がない。なにより絶妙のタイミングではないか。世の中は、自分を中心にまわっている。夏琳はわが身の強運をあらためて強く実感したものだった。

「私も、その方と会うのをちょっと楽しみにしていたんだけど……」

あくまで控えめに、言ってみる。

「まあ、慌てるなよ、夏琳。そのうち必ず会わせるからさ。あいつ、なにを考えているんだか、最近は二十六歳の青年と、一緒に組んで仕事をすることになったらしくてな。いまはその男にべったりなんだそうだ。なんでも役員の知りあいの息子らしいんだがね」

「上司からベイビー・シッターを頼まれたってわけね」

からかうような声で夏琳は言った。

「いや。ところがその男、とんでもない若者だなんて言って、興奮して話していたよ」

「二十六歳の部下に興奮しているわけ？」

「いや、昭和五洋の人間ではないらしい。夏琳は知らないだろうけど、織田って言ってね、二十六歳で大層な投資会社を作っているので、東京ではちょっとした有名人だ」

高井が、ついでのように口にしたその男の名前を聞いて、夏琳は思わず大きな声をあげた。

「え？　いまなんておっしゃった？　その二十六歳の男って、もしかして織田一輝のことなの？　まさか、あの男が、昭和五洋銀行と組んでビジネスをすることになったっていうの？」

夏琳の驚き方が、あまりに激しかったからだろう。高井のほうが面食らった顔で、訊いてくる。

「知っているのかね？　その織田という青年を。二十六歳だと言っていたから、夏琳よりもまだ三歳も若いのに、彼も一端《いっぱし》の会社経営者なんだそうだけど」

「ええ、まぁ、子供のとき、ちょっとだけね……」

夏琳は、無理にも笑顔を作って、平静をつくろった。

15

自分を打ちのめすほどの、強い男。確固たる信念を持って、どんなときも持論を貫くだけの矜持を持った男。憎らしいほど、操縦不可能な男……。

ふと気がつくと、夏琳は心のなかで、繰り返しつぶやいていた。

限りない憧憬をもって、探し続けている気がするのに、そんな男には、会ったことがない。二十九年間の人生で、ただひとりの例外を除いては……。

いまはすっかり陽が落ちて、暗闇と化した広い庭に、置き忘れたなにかを探すような目を向けながら、夏琳は、遠い日のことを思い出していた。二人が初めて出会ったのは、夏琳が十五歳で、あの男が十二歳のとき。いまからもう十四年も前のことになる。

当時、上海でときおり開かれていた上流社会の集まりだったかなにか、いまとなっては記憶はさだかではないが、親に連れられて行く食事会の席で、二人は子供同士なぜかよく顔を合わせた。

織田一輝は、初めて会ったときから、驚くほど自分に似ていた。生まれながらにして備わっている恵まれた風貌。豊かな家に生まれて、なに不自由ない暮らし。周囲から異常なまでに大事にされ、甘やかされるのが当然の環境。なにより共通していたのは、二人が日本語と中国語との二種類の言葉のはざまに生まれていることだろう。

言葉は文化であり、哲学《フィロソフィ》であり、生活そのものである。つまり、言葉こそが人間を作る基礎だとするなら、織田と夏琳は、二つの基礎を有していたことになる。

ときに日本語でもあり、同時に中国語でもあるかわり、本当の日本語ではなく、生粋《きっすい》の中国語でもない。すべてが混沌《こんとん》として、中途半端な、はざまの子供たち。

もちろん、あくまで二人の境遇が似ているというだけで、決して同じではない。いや、似ているからこそよけいに、そのなかに潜在する決定的な違いを見せつけられるような気がして、夏琳にとって織田一輝は、目障りでならない存在でもあった。

「作用と反作用って、知ってる?」

三歳も年下のくせに、いつも生意気な声で、織田はことあるごとに挑戦的な言葉を投げつけてきた。

「もちろん知っているわ」

だからどんなときも、負けじと夏琳は答えた。

「だったら言うけど、君は僕が好きなんだ」

突然耳に口を近づけてきて、囁《ささや》くような声になる。

「え?」

弾かれたようにその顔を見つめて、夏琳は眉を寄せた。

「僕を好きで好きでたまらないから、わざと嫌いな振りをしているんだ」

織田は自信たっぷりの顔で、嬉しそうに言う。

「冗談はやめて!」

夏琳は、思いきり憎々しげな顔をしてやった。信じられないほどの独りよがりだ。だが、思い込みは許さない。

「ほら、そんなふうに怒るところが、その証拠だよ」

口許に不敵な笑みさえ浮かべ、

「バカ！　あんたなんか、嫌いよ。大嫌い！」

思わず大きな声で叫ぶと、周囲の大人たちがいっせいに振り返った。何事かという顔のなかに、夏琳を責める目が感じられた。

織田を許せなかった理由は、ほかにもいくつかあったが、なかでもどうしても無視できなかったのは、彼の使い分けのうまさだった。

彼は、夏琳に負けないほど欲に忠実な人間だったが、自分のなかに秘めた欲を、微塵も表に出さないのだ。

夏琳は、自分自身について、強欲《グリーディ》さをストレートに表現できる人間だと思っていたが、彼はまったく逆なのである。表面上はきわめて純粋な日本人として、礼儀正しく振る舞い、純朴で謙虚な好青年を演じている。

中国で育ったという環境のせいか、むしろ日本に普通に住む日本人以上に、純粋培養された日本人を気取っているふしがある。そしてその演出は、彼の風貌とあいまって、穏やかで利発な青年として、完璧なまでに成功していた。

夏琳は、無意識のうちに織田と自分とを比較せずにはいられなかった。自分は、強欲をまっすぐに相手にぶつけてしまうけれど、それは内に秘めた弱さを隠すためではないか。そんな自問が生まれたのも、思えば織田に会ってからだ。

自分は、純粋な中国人ではない。かといって、日本人でもない。そんな思いが、どこか負い目になって、織田に対してよけいに反発を覚えるのだろうか。

まるで宿敵でもあるかのように、いがみあい、顔を合わせるたびに口論をしていたが、それがお互いを意識するあまりだと気づくには、二人はあまりに若かった。翌年、織田が十三歳の年、彼は日本へ帰国し、それを機に、二人が会うことはめっきり減った。

ただ、織田は親と一緒にたびたび上海にやって来たし、夏琳の生涯のライバルであることには変わりがなかった。

織田自身の内面が、実は中国人以上に強欲であることを、嫌というほど気づかされたのは、二年前のことだ。思いがけなく二人を再会させた運命は、一時期もう立ち直れないかと思うほど夏琳を打ちのめし、これ以上ないほどの悲惨な別れを用意していた。

二人が、まったく別の理由であったにせよ、ほとんど同時期に株取引の勉強を始めていたのは驚きだった。そのことを知ったのも、やはりその再会のときだ。思えば、子供のころに芽生えた根強いライバル意識は、二十四歳の男と二十七歳の女になったとき、別の形で倍加したといえるのかもしれない。

「夏琳はダメだね。昔とちっとも変わっていない。心のなかに逃げがあるもの」

織田はあのときこともなげに言った。冗談じゃない。この胡夏琳に向かってそんな言葉を口にする人間など、どこを探してもいないはずだ。

「逃げ？　なによそれ。私は逃げたりなんかしていないわよ」

言いながら、唇が震えそうになる。許せない。私を侮辱するなんて、許せない。夏琳は叫び声をあげたかった。

「逃げだよ。完璧に逃げているのさ。というより、弱さと言ったほうがいいかもな」

それなのに、さらに続く織田のなにげない言葉が、夏琳の心を否応なしに突き刺してくる。

「ちょっと待ってよ。どこが私の弱さなのよ？」

誰にも見られたことのない、無様な焦り。夏琳は固く拳を握りしめていた。

「わからないのかい？　まったく、見ちゃいられないよ。あのね、中国人なら、こうやるんだよ」

ことビジネスに関する限り、織田のやり方は徹底していた。

年齢に関係なく、金に執着を持つのは、中国人なら不思議なことではないかもしれない。だが、織田はそれ以上に冷徹だった。そして、夏琳がこれまでに出会ったことのあるどんな人間よりも非情だった。

夏琳の甘さを鋭く指摘したとおり、そして「こうやるんだよ」と宣言したとおり、織田が本当に裏から手をまわして、夏琳の事業を潰していたのを知ったのもこのときだった。

ビジネス・パートナーと組んで独自のビジネス・モデルを構築し、インターネットを使って投資コンサルティングの新事業を立ち上げようとしていた矢先のことだ。夏琳が新しい取引相手にと予定していた企業に圧力をかけ、あろうことかその取引銀行にまで手を退《ひ》かせて、新事業の立ち上げを阻止してしまったのである。

「君に教えてあげたんだよ。それにさ、あの銀行はいとも簡単に僕の言うことを聞いたんだよ。つまりは、夏琳をそれほど信用していなかったっていう証拠じゃないか。だいたい、君は端《はな》から甘い考えで、簡単に相手を信用するからいけないのさ。まったく馬鹿じゃないの」

織田は容赦ない言葉を浴びせた。

「夏琳はいつまでたってもだめだね。そんなことでは話になんないよ。ここは中国なんだよ。自分の権利はどうやって最大限まで拡大させるか。得るものはいかに大きくするかだね。そして、義務はいかに最小限まで縮小させるか。出すべきものはいかにゼロに近づけるかだ。この地で生きる人間にとって、これこそが人生の鉄則だよ。わかるかい？　もっとシビアにならなくちゃ」

「あなたは中国人じゃないくせに……」

夏琳にしてみれば、精一杯の抵抗だった。

「そうだよ。僕は日本人だ。だけど、子供のころから中国人を見て育った日本人だ。だから、よく知っている。君にはできないようだけど、僕はできる。中国人なら、ぜったいこうやるね」

織田はこちらがたじろぐほどの鋭い目で、まっすぐに夏琳を見て言った。その言い方に、口には出さない言葉が隠されているのを、夏琳は敏感に察知していた。

君は中国人じゃないからな。夏琳は、本当の中国人じゃないからな。

繰り返されるその声なき声に、耳をふさぎたくなる思いで、夏琳はただ必死で立ち尽くしていたのである――。

16

「どうしたんだよ、夏琳。恐い顔をして」

心配そうな声に、夏琳はふと現実に引き戻された。目の前には、こちらを優しく気遣う高井の顔があった。

「ううん。なんでもない」

「急に黙りこくってしまったから、気分でも悪くなったかと思ったよ」

「大丈夫よ。ねえ、高井さん。一生のお願いがあるの」

「穏やかじゃないね。夏琳に一生のお願いなんて言われると、恐くなるよ」

冗談めかして言う高井に、夏琳はまた真顔で続けた。

「ねえ、お願い。できるだけ早い時期に、その支店長さんと会わせてもらえないかしら？」

「倉津にかい？　それはいいけど、どうしたんだい、そんな真剣な顔をして」

「うん。ちょっとね……」

夏琳は、曖昧に笑みを浮かべる。

ぶっ壊したいのだ。なにもかも。あの男の勝ち誇ったような顔も、自信たっぷりな言葉も。なによりり、善人で穏やかな人物を装った、あの仮面の下にあるものを。

夏琳は、テーブルの下に隠した拳を、もう一度強く握りしめていた。

第二章　星　蝕

1

　ものごとは、強く念じていると、必ずかなう。

　それが、未亜《みあ》のいつもの口癖だった。

　どんなことも、あきらめずにひたすら心に念じていれば、いつか必ず実現する。そう信じて、これまで未亜は生きてきた。

　だから、あの男にまた会えたのは、決して偶然ではない。もう一度絶対に会いたいと強く願ってきたからこそ、人知を超えた大いなる力によって、偶然に見せかけながらも、再会がかなったのだ。

　強く念じるというのは、頭のどこかでいつも考えていること。つまり、自分の身体のどこかの部分が、常にその思考に向けて働いていることになり、無自覚ながらもごく自然になんらかの行動を起こしていることになる。その結果、たとえごくわずかではあっても、目的に向かって前進していたのである。

　だから、あの男とまた会えた。不思議な偶然の積み重ねではあったが、出会った瞬間、未亜は強く感じたものだ。これは自分の努力の結果だ。願いがついに通じたのだと。

ならばこそ、と未亜はまたも思う。この再会を大切にしなければならない。これは間違いなく、なにかの始まりなのだから。

それにしても、なぜにあの男のことがこうまで気になるのだろう。わずか数分、まったく偶然に出会っただけなのに、なにが自分をここまで執着させるのか。

「桂花香《グイホアシアン》 漂《ピアオ》完之後《ワンチーホウ》。金木犀の香りが終わるころ、すべては大きな展開を見せる……」

未亜は、思い入れたっぷりにつぶやいてみる。夏琳《シャーリン》がいまの自分の生活に深くかかわっているのなら、彼女が杭州《こうしゅう》の占い師に告げられた予言は、あながち自分にも無縁ではないはずだ。

この先夏琳を待ち受けているものが、いったいどんなものであり、どんなふうに大きな展開を見せるのかはわからない。だが、それがなんであれ、自分も夏琳のそばにいて、必ずそれを見届けてやる。未亜はそんな思いを強く抱いていたのである。

そんな矢先に、あの男との出会いが実現した。

織田一輝《おだかずき》との再会は、たしかに、未亜が想像していた以上に運命的だった。

あれは、夏琳に誘われて東京に行き、六本木ヒルズにあるホテルの部屋で一緒に泊まっていたときのことだ。あんなふうに、いくつかの偶然が、まるでなにかに吸い寄せられるかのように重なってしまうことなど、いまにして思えば信じられないことだ。

あれこそが奇縁というべきか、それとも、すべては夏琳を取り巻く運命が生んだ、はかりしれない引力だったのか。

どちらにせよ、あの織田との不思議な再会をなしえた瞬間については、いまもことあるごとに、未亜の脳裏に鮮やかに蘇ってくる。

2

高井《たかい》とのデートに出かけていった夏琳を見送ったあと、未亜はバスタブにたっぷりと湯を満たし、香り高いバスソルトを入れて、一人ゆったりと身体を沈めた。時間をかけて髪を洗い、そのあとはルームサービスを頼んで、バスローブ姿のまま、部屋でのんびり食事をしようと思っていた。

部屋にチャージすれば、支払いはどうせ高井にまわるだけだ。だったら、とびきり豪華な和食にしよう。値段のことを気にせず選べるとなると、ルームサービスの楽しみも倍加する。

このちゃっかりさ加減には、われながらあきれるほかない。それだけ、発想が夏琳に似てきたということか。

そんなことを考えながら、部屋に備え付けのメニューブックをめくってあれこれ思いを巡らせていた矢先に、バッグのなかの携帯電話が鳴った。

「未亜ちゃん？　真奈美《まなみ》だけど。あなた、いま東京に来ているんですってね？」

沢口《さわぐち》真奈美は、未亜が何度か一緒に仕事をしたことのあるフリーランスの女性カメラマンだ。現在は東京の出版社と契約を結んでいるとのことで、このところ立て続けに上海にやって来て、精力的に活動している。今年だけでももう四回はロケにつきあっただろうか。

「あ、お久しぶりです。沢口さんお元気ですか？」

「うん。相変わらずよ。ね、未亜ちゃん。いまなにしてたの？　今夜、予定はいってる？」

真奈美はすぐに訊いてきた。快活で、歯切れのいい口調と、少しせっかちなところもいつもと変わらない。どんなときでも洗いざらしのジーンズに、白いTシャツとジージャン姿。そんな格好がなにより似合う真奈美の化粧っ気のない顔が目に浮かぶようだ。

「いえ、とくには。いま、ホテルの部屋なんです。ちょうどお風呂からあがったところで、ルームサービスを注文しようかなと思っていたばかりで……」

未亜は正直に答えた。

「あら、やめなさいよね。いい女が部屋にこもって、ルームサービスで食べてるなんて、侘《わび》しすぎるじゃないの。いいから、いますぐこっちに出ていらっしゃい。約束がないなら、一緒にごはん食べようよ。私に任せてくれれば、悪いようにはしないから」

一緒に仕事をして知り得た限り、真奈美の周囲への気遣いは、外観とは正反対にこまやかだった。相手にそれと勘づかせることなく、あくまでさりげないのだが、その気配りは驚くほどで、見習うところが多い。

仕事で単身海外に行くことが多い真奈美は、一人で寂しくルームサービスを取ることも多いに違いない。だからこそ、未亜の夕食の相手を買って出てくれたのだろう。

「わあ、嬉しい。行く行く」

真奈美の心遣いが嬉しくて、未亜は、はしゃいだ声を出した。

一人で部屋にいるのも悪くなかった。ルームサービスで気楽に食事をするのも嫌いではない。だが、相手が真奈美なら気軽に出かけられる。未亜は手早く着替えを済ませ、部屋を出た。

真奈美の格好に合わせてジーンズを選んだが、真奈美のそれがロケ先での動き易さを優先させた労働着であるのに対して、未亜のは、引き締まった身体の線がくっきりと出る流行《はや》りのデザイナーものだ。さらに、襟開きの深い柔らかな素材のトップスをあわせたので、鎖骨がむきだしになり、未亜の華奢な身体つきをさらに強調してくれる。丈の短いトップスとローライズのジーンズのせいで、動くたびに贅肉のない裸のウエストや、手入れの行き届いた自慢の臍《へそ》が顔を見せる。

廊下を行き、すぐにやってきたエレベーターに急いで乗り込んだとき、男は未亜の真正面に一人で立っていた。

「あ……」

声をあげたのは、なぜか男のほうが先だった。太くて濃い、意志の強そうな眉。日本人離れした骨格の顎に、精悍《せいかん》ななかにも気品のある目鼻立ち。たった一度しか見ていないのに、未亜の脳裏に焼きついているあの顔が目の前にある。

「織田さんですね？」

未亜は、思わず日本語で答えた。

「ごめんなさい。どこでお会いしたんでしたっけ？」

織田は率直に訊いてくる。未亜は最初の出会いを細部まで覚えているが、織田の記憶は定かではないらしい。未亜が名前を知っていたことに、さほど驚きはなかったようだが、むしろどこか警戒心を抱いているようにも思える。未亜は、くぐもった声で含み笑いを漏らした。

「上海ですよ。ほら、自転車にぶつかりそうになった私のお客さまを、あなたが助けてくださって……」

「ああ、そうでしたね。あなたはあのときの？」

口ではわかったように言っているが、織田が未亜の顔をはっきりと覚えていないのは明らかだった。とはいえ、あの出来事だけは記憶に残っているようだ。

「こんなところでまたお会いするなんて、ほんとに奇遇ですね」

未亜は、押し付けがましくならないように言い、そのまま口を閉ざした。一階まで降りる間、ほかの階に止まることもなく、二人きりのエレベーターのなかは、ぎこちない沈黙が続く。目のやり場に困って、階数表示の数字に目をやっていると、織田が声をかけてきた。

「また、どこかでもう一度会ったりしてね」

いたずらっぽい目だ。

「まさか。でも、そんなことが起きると楽しいですね。織田さん、あのときは東京から来ているとおっしゃっていましたよね。この近くにお住まいですか？」

未亜はすかさず問う。

「ええ、まあ……。あなたも？」

やはり警戒心が解けないのか、自分のことは曖昧に答えを濁して、織田は逆に質問で返してくる。

「私は、住まいは上海ですけど、いまはこのホテルに滞在しています」

少し誇らしげに、未亜は言った。夏琳と一緒で良かったと、ふと思う。でなければ、このホテルには泊まらなかった。そうすれば、この再会もなかったのだ。

「僕は……」

と、織田が言いかけ、未亜がその先を促すように顔を向けたとき、皮肉にもエレベーターは一階に着いた。織田はすぐに言葉を切り、時間切れだと言わんばかりに、ちょっと肩をすくめてみせてから、ドアを片手で押さえて未亜を先に通す仕草をする。

「それじゃ、これで」

未亜は、あえてそっけない言い方をした。未練がましくするつもりはない。

「ええ、また……」

織田がなにげなく口にした「また」という言葉が妙に耳に残った。さりげなく会釈を交わして、二人はそのまま両側に分かれて歩き始めた。それでも未亜が、後ろ髪を引かれる思いで振り返ると、意外にも、織田もこちらを向いていた。

「ねえ……」

未亜が口を開くと、織田がそれを遮るように言った。

「もしも、もう一度どこかで偶然会ったら、そのときは、一回ぐらいお食事でもしませんか？　ええっと、あなたは……」

「未亜です。私も、ちょうどいまそんなふうに思っていたところでした。そうね。もしも、もう一度どこかで会えたら、そのときはご一緒しましょう。東京でか、上海でか。それともまったく別のどこかかもしれませんけど……」

なんと不思議な誘いだろう。織田のそんな申し出を、未亜はことのほか気に入った。

3

織田一輝は、いつもいきなりやって来た。

一応直前に電話をかけてきて、こちらの都合を確認だけはするのだが、あらかじめアポイントメントを取っておくことはしない。そして毎回、すまなさそうに顔を出しては、大事な用件なので半日でも早いほうがいいと思ったからなどと前置きしてから、自分の言いたいことを、これ以上ないほど熱っぽい声で語っていく。

「倉津《くらつ》さんも、すでによくご存じだと思いますが、ここ中国という国は、最初に仕掛けた人間が一番大儲けをする社会です……」

倉津が勧めたソファに腰をかけても、いまどきの日本人の若者のようにだらしなく姿勢を崩すこともなく、まっすぐにこちらの目を見て告げてくる。

謙虚で、礼儀正しく、あくまで年長者への敬意を忘れない態度ではあるが、倉津は日を追うごとに、この男のなかに隠しきれない作為を感じ始めていた。表向きは穏やかで、親密さを強く打ちだし、どんなときも相手に不快感を与えるようなことは決してしない。

だが、その端整な容貌のすぐ裏に潜んでいるものの正体は、会うごとに透けて見えてくるようだ。あたかも、自分だけがこの国のすべてを知り尽くしているかのような大いなる錯覚と、人生で一度も挫折を味わったことのない、若さゆえの傲慢《ごうまん》さか。

所詮は二十六歳の若造よ。

倉津は、内心そんなふうに言いたい思いを抑えながら、実際には目の前の織田に負けないぐらい作為的な親しさを装って、大きくうなずいてみせる。

「なるほど、最初に仕掛けた人間が大儲けをねえ……」

にこやかに笑みを浮かべて向き合った二人の前に、現地採用の若い女性秘書がやってきて、杭州の龍井《ロンジン》村で採れたという緑茶を置いていく。熱湯を注がれ、透明なガラスコップのなかで躍る茶葉に目をやりながら、倉津は不思議な生き物を見るように、しばしその動きを追っていた。

上海市浦東《プートン》新区銀城東路《インチェントンルー》。黄浦江《ホアンプージャン》を挟んで、外灘《ワイタン》の対岸にあたるこの新しいビジネス街にも、そしてこの超高層のハイテクビルにある昭和五洋銀行上海支店の支店長室の椅子にも、このごろになってようやく慣れてきた。

毎日秘書がいれてくれる緑茶が、日本のそれと似たような茶葉でありながらまったく違っていて、微妙に癖のある香りや味であることにも、やっとの思いで馴染んできた。

「そうです。倉津さんもご存じのとおり、とにかく人より先んじることこそが、大きく儲ける第一歩なのです。この国では、最初の一人にならないと、まったく意味がありません」

「市場《マーケット》と同じですね」

「いえ、もっと極端かもしれません。後れをとると、そのあとはあっという間に後続の参入者が殺到しますからね。それはもうみんなわれ先になだれ込んでくるんですよ。で、その結果は明らかです。恐ろしく厳しい価格競争を迫られることになるわけで」

「たしかに……」

織田の言葉には、倉津も同感だった。そのあたりの感覚については、赴任前にあらゆる手段で情報を得てきたつもりだ。さらに、まだ短い期間ではあるが、赴任直後から倉津自身の目と耳でも、少しずつ実感させられてきた。

「だからこそなんですよ、倉津さん。今回のビジネスでも、うちの社と一緒に一番乗りをしてください。このスキームには、僕自身もこれまでにない絶大な手応えを感じています。あとは二、三、協力者の確保が必要ですが」

「役人連中ということですね？　認可を得るための」

倉津はさりげなく探りをいれてみる。

「まあそんなところですが、それもほぼ目処《めど》は立っています。とにかく競合他社を出し抜くことが鍵です。だからこそ倉津さんのところに、真っ先にこの案件を持ってきたんです。僕だって、ここまで来てみすみすタイミングを失いたくはないですからね」

織田は、目の前の資料を、倉津の前に押しやりながら、さらにテーブルの上に身を乗りだしてくる。それにしても、織田は決して倉津を支店長とは呼ばない。あえて「さん」づけで名前を呼ぶのは、自分とはあくまで対等の立場でビジネスをしようという意思表示のつもりなのだろう。二十六歳という、倉津のちょうど半分の年齢でしかないことも、ビジネスの上では関係ない。たかが十人あまりの自分の会社を、いかにも昭和五洋銀行と対等かのように「うちの社」という言い方をするのも、まったく同じ理論だ。

昭和五洋銀行も見くびられたものだ。大人をなめてはいけないよ、坊や。これまでどんなところを相手にしてきたのか知らないが、こっちは銀行業や金融市場《マーケット》の最前線で、二十年間も生きてきたのだ。倉津は、またも心のなかで叫びたかった。

しかし、と倉津はすぐに自問する。

それも愚かなことではないか。こんな若造と張りあってなんになる。そんなことより、昭和五洋銀行を利用しようとやってきたこの若者を、こちらがうまく使いこなして、下働きさせるほうが何倍も意味がある。

なにより、織田が持ってきた自動車ローンの証券化に関するスキームには、倉津がざっと見ただけでも、それだけの価値を十分に認められた。

日本はいまやほとんど金利のつかない世界に埋没してしまっている。それに較べると、中国の高金利は、日本の投資家にとってどれほど魅力的かしれやしない。しかも、人民元の切り上げ期待を強調すれば、さらに為替差益も見込まれるので、誰もが興味を抱くに違いない。

中国での自動車ローンを証券化して、日本の投資家に売っていこうというアイディアだが、さすがに目のつけどころは悪くない。この若者には、生まれつき金への嗅覚が働くのだろう。倉津は織田が持参した資料を手に取った。もちろん、この分野に関しては、倉津の部下にも事前にリサーチさせている。その数字や周辺情報などは、すでに頭のなかにたたき込んである。そのうえで、織田の資料を読み進めると、この男の狙いがおのずと見えてくる。

倉津が上海に赴任したところ、部下に指示してレクチャーを求めたことがあった。なにごとも最初が肝心と資料を作成させたり、中国の市場については、どんなことでも知りたいと思い、昼食を一緒に取って話を聞いたりもした。夕食はほとんど連日のように日本から赴任している得意客を誘い、率先して彼らの懐に飛び込んで、情報を得たのである。

「中国での自動車ローンの分野は、最近の残高ベースでいえば一千八百億元程度の市場です。一九九八年から業務が開始され、二〇〇四年はほぼ横ばいか、微減という状態ですが、二〇〇三年までは前年比でずっと倍増の実績を上げてきています……」

部下は詳細な資料を作成し、熱心に倉津に語ってくれた。

「そうは言いましても、その九十九パーセントのシェアを、中国の商業銀行が占めています。ほかは、自動車メーカー系のＡＦＣ、つまりオート・ファイナンス・カンパニーのことなんですけど、こうしたところも最近認可され始めました。それ以外ですと、国有企業のグループ・ファイナンス会社、つまり集団財務公司ですが、こうしたところなどが、細々と融資事業を行なっています」

倉津があまりに熱心なので、周囲も次々と資料を持って支店長室にやってくる。倉津の情報はさらに精密さを増し、多方面にわたっていった。

金利については、中国には「公定レート」と言われる規制金利があり、この公定レートを基準にして、融資の利率が決められる。法律上は、最下限が「公定レートの九十パーセント」とされ、上限が「公定レートの百十パーセント」とされていたが、この上限が百三十パーセント、百七十パーセントなどと引き上げられ、ついには二〇〇四年十月二十九日の利上げで、上限が撤廃されることになった。

とくに自動車ローンの分野では、〇三年八月ぐらいまでは過激な融資合戦が繰り広げられ、最下限の利率でローンを組むところも目立ったが、後半以降は「公定レートの百パーセント」のレベルで落ち着いているという。

「中国での自動車ローンの期間についてですが、だいたい乗用車で三年から五年。トラックでは一年から二年が主流です。ローンに対する考え方で、中国がほかの国に較べて特異なのは、なんといっても広い国土ですから、そのなかでの地域性です。要するに地域によって、ローンにかかわる姿勢や向き合い方、受け止め方にわれわれの想像以上の大きな開きがあるんですね」

「ローンに対する意識の開き？」

「はい。とくにその地域格差についてなんですがね、支店長。例えば、四川《しせん》省にある成都《せいと》市などはその一方の典型と言えますでしょう」

「成都市って、あの三国志や麻婆《マーボー》豆腐で有名な内陸都市のことだな？」

「はい。あそこでは、ローンの利用率がなんと八十パーセントを超えています。成都市民はとにかく大の『消費好き』でして、欲しいものはたとえ借金をしてでも手に入れるといったタイプなんです。ちなみに、上海市のローンの利用率は二十パーセント。北京市は四十パーセントですが」

「ほお。そうなのか……」

倉津は、部下が提出したグラフを手に、時間を忘れて説明に引き込まれていったものだ。

「ところがですよ。同じ四川人の分類にはいるんですけど、お隣の重慶《じゅうけい》市を見てみますとですね」

「重慶といえば、成都市の隣と言っても、バスで四時間もかかるんじゃないかな」

「はい。でも、その重慶市では、ローン利用率はたった十パーセントに落ちてしまうんです」

「へえ、そこまで差が開くのかい」

「重慶の人たちは堅実なのか、自分の収入の範囲で生活することを好むんでしょうね。このふたつの都市の所得水準は、ほぼ同じですので、うっかりマクロ的な資料だけを頼りにマーケティングをすると、とんでもない目に遭うことになるわけです」

同じことを友人の高井正隆も繰り返し言っていた。倉津は、中国でビジネスをするうえで、日本での常識を捨てることがいかに必要か、またも肝に銘じたのである。

4

「あまり悠長に構えていると、カラスに油揚げをさらわれる可能性があります」

自信たっぷりの織田の譬えに吹きだしそうになり、倉津は思わず手元の資料から目を上げた。

「それも言うなら、織田さん。カラスではなく、トンビに油揚げでしょう」

精一杯虚勢を張っても、若者ゆえのボロが出る。とくに北京生まれのせいか、織田が好んでよく口にする日本のことわざや比喩には、ときとして妙なものが混じっていた。

「カラスか、トンビか、それとももっと鋭い嘴《くちばし》の別の猛禽類《もうきんるい》なのかはわかりませんが、僕の情報網によりますと、どうやらグローバル自動車が水面下で動き始めているという噂があります。僕らがなんとかその出鼻をくじくことですね」

さすがに利発な青年らしく、織田は自分の失言などにまったく悪びれることもなく、むしろ、さらに別の譬えにすり替えて迫ってくる。なにより驚かされるのは、すでに「僕ら」という表現を使い、織田の会社と昭和五洋銀行が、あたかも協力態勢を組むことを約束したかのような口振りだったことだ。

グローバル自動車は、米国の大手自動車メーカーだが、中国の金融界では、その動向には常に熱い視線が注がれている。というのも、二〇〇一年十二月十一日に晴れて実現した中国の世界貿易機関《WTO》への加盟に先がけて、一九九九年に開かれた中米交渉の席で、自動車ローンの解禁を中国政府に強く迫った立役者というのが、このグローバル自動車だと言われているからだ。

「グローバル自動車は、中国におけるオート・ローン条例を作成する人民銀行のアドバイザーにも就任していますからね。いまの条例の最大のネックは、人民元の調達手段の部分でしょうから、オート・ローンの証券化ビジネスについては、虎視眈々《こしたんたん》とタイミングを狙って、周辺固めにはいっていると見ていいでしょう」

ローンの証券化ビジネスについては、何年か前から、住宅ローン関係の取引に積極的な中国国内の銀行の一角が、そのスキームを国務院に申請しているのを倉津も聞いて知っていた。ただ、当時の金融担当副首相が、オフバランス化のために不可欠な特別目的会社《SPC》への債権の譲渡に対して懸念を表し、認可は保留のままになっていると聞く。

となると、仮に自動車ローンの証券化が認可されるとしても、それが住宅ローンの証券化の認可より先になることは、考えにくい。だが、逆に考えれば、住宅ローンの証券化さえ認可されれば、その次に来るのが自動車ローンの証券化ということにもなろう。

倉津はそのことに思い至り、思わずにこやかな顔になって、答えるのだった。

「タイミングの重要性は、ひしひしと感じますね。日本においてももちろんそうなのですが、むしろ日本の場合は先に手を出すことのほうにリスクがあるという発想です。その点、こちらは、ある意味で健康的なのかも知れない。私はこれでも元為替のディーラーですからね」

「もちろん存じています。だからこそ、そのビジネス・センスを信頼して、このスキームを真っ先に倉津さんにお見せしたわけですから」

織田は薄い唇に、にやりと笑みを浮かべて言った。

「機を見るに敏であれというのは、常に自分に課していることでしてね。やるからには、人の先手を打ちたいですな」

「ぜひとも、よろしくお願いします。邦銀さんは、日本国内では、なにをやるにもきわめて慎重ですが、倉津さんならわかってもらえると思っていました」

「いや、うちは他行とは違いますよ。上海で最初にデリバティヴをやったときは、かなり儲けさせてもらいましたしね。もちろんすべては弊行のお客様のためなんですがね。証券化ビジネスも、最初にやる人間が儲けられるというメカニズムは同じでしょう。みすみすグローバル自動車なんかに儲けさせたくはない。そうでしょう？　織田さん」

倉津は、意味あり気な目をして言ったのである。

5

織田との三度目の出会いが、そんなに早く来るとは思ってもいなかった。

ホテルのエレベーターで偶然再会したあの夜、未亜は、真奈美に案内された麻布十番にあるワイン・バーの二階で、真奈美が連れてきたカメラマン仲間と合流した。その夜の仲間たちは、未亜を含めて男三人、女二人の合計五人。ワインの品揃えが豊富で、カジュアルながらちょっと気取った雰囲気がある店で、にわか仕立ての飲み会は、大いに盛り上がった。

「あのあと片っ端から電話をかけまくってさ、あちこち招集をかけたんだけど、みんな取材で遠出をしているみたいでね。結局はこんなお粗末な三人しか集まらなくて」

真奈美は、若い男性カメラマンたちを前に、未亜に向かってすまなさそうに言った。

「ひどいな、真奈美さん。お粗末で悪かったよ」

一番年上の信也《しんや》と名乗る男が不服そうに言ったが、言葉の割には嬉しそうな顔をしている。男たちはそれぞれ自己紹介をし、歳の順に信也、達則《たつのり》、雅文《まさふみ》と名乗り、三人とも真奈美の後輩だとつけ加えた。真奈美が、彼らを前にしてそんなふうに堂々とけなせるだけ、気の置けない仕事仲間ということだろう。

「未亜さんって、上海で通訳していらっしゃるんですってね。中国語がペラペラなんですよね。すごいなあ。でも、通訳っていうより、モデルさんみたいな雰囲気ですよね。肌が白いし、手足が細長くて」

三人のなかで一番若く、二十四歳だという雅文は、まぶしそうに未亜を見て言う。

「ありがとう。お世辞でも嬉しいわ」

未亜は、自分より八歳も年下になる雅文に向かって、ゆったりと微笑んだ。

「違いますよ。お世辞なんかじゃありません。未亜さんは本当に綺麗だもの。今度、僕のモデルになってほしいぐらいです」

ムキになったように言う雅文に、未亜はさらににこやかに微笑んでみせる。

「まあまあ、すぐに盛り上がっちゃって。でも、未亜ちゃんは、どっちかっていうと、年下の男が好みだったものね」

上海ロケのとき、移動のロケバス内でした雑談を、真奈美はしっかりと覚えていたらしい。だから今夜の三人は揃って年下なのだ。未亜は、そんな真奈美の心遣いが嬉しくて、注がれるままにワイングラスに手を伸ばした。

やがて、信也が言いだして、これからカラオケに流れようという話になった。広い店内は一階と二階に分かれていて、もちろんエレベーターもあったし、階段も二カ所あった。それにもかかわらず、五人がわざわざ店の中央の螺旋《らせん》階段を選んだのも、いまにして思えばなにかの巡り合わせだったのかもしれない。

一階の床の一部には、浅く水をたたえたちょっとした池のようなディスプレイがあり、そのそばに一階と二階を結ぶ螺旋階段が設《しつら》えられていた。水中からのライティングの巧みさもあって、店内にしゃれた雰囲気を醸し出している。

雅文が、急に思い立ったようにポケットから小さなデジタル・カメラを取りだした。駆け出しカメラマンとしての感性がそうさせるのか、それとも未亜をもっと喜ばせようと思ってのことなのか、未亜をその螺旋階段に立たせて、写真を撮りたいと言いだしたのである。

真奈美は笑って見ているだけだったが、信也や達則までがそれに乗じて、それぞれにふざけ合いながら、さながら撮影会の様相になる。未亜もワインのせいで、すっかり弾んだ気分になり、軽くそれに応じた。

螺旋階段のなかばまで降りてくると、二人の男が両側からレフ板を持つような真似をして立っている。さらには、すぐ下で待ち受けていた雅文のカメラがシャッター音を立てる。未亜は、本当にモデルになった気分でポーズをとり、レンズに向かって笑顔を振りまいた。

そのときだった。未亜の視界の片隅に、テーブルから突然立ち上がる人影が見えた。

一瞬、正気に戻り、すぐに未亜は激しい羞恥心を覚えた。おそらく叱責《しっせき》を受けるのだろう。酔っていたからこその戯れではあるが、それにしてもはしゃぎすぎた。食事中の客にうるさいと怒鳴られても弁解はできない。

文句を言われる前に、先に謝ってしまうつもりで、未亜は人影のほうに視線を向けた。

「やあ……」

声をかけてきたのは、今度も男のほうからだった。

広い肩幅と厚い胸板。見上げるほどの長身に、整い過ぎているほどの顔立ち。未亜が驚いているのを見るのが、嬉しくてならないように、男は満面の笑みをたたえ、立ったままほんの少し首を傾げてから、大きく両手を拡げた。まるで恋人をその胸に迎え入れるかのような、どうみても芝居がかった動作である。

おそらく男のほうも、未亜と同じぐらい酔っていたのに違いない。ただ、なにより憎らしいのは、そんな気取った仕草があまりに似合っていることだ。

「お知り合いなの、未亜ちゃん？」

突然のことに、言葉を失って突っ立っている未亜に、背後から真奈美が小声で訊いてくる。

「え？　まあ、あの……」

頬を染めて、しどろもどろで答える未亜に、なにかを察知したのか、真奈美はやおら未亜の背中を強く押した。素直に相手の胸に飛び込めばいいとでも、思ったのだろう。

だが、未亜はその勢いで前のめりになり、水のなかに落ちそうになって、そのまま男の胸に抱きかかえられる。

「対不起《ドイブチー》」

ごめんなさい。咄嗟に中国語になって、未亜は言った。

「又見到你《ヨウジエンダオニー》、我很高興《ウォーヘンガオシン》」

また逢えて嬉しいです。男は耳元で囁いてくる。甘く、くすぐるような中国語独特の子音の発音が、ひどく久しぶりに思えて耳に心地よい。

「我也是《ウォーイエシー》」

私もよ。未亜は思わず答えていた。だが口にした途端、胸が異様なほど高鳴ってくる。こんな思いも、ずいぶんなかったことだ。

「あらあら、未亜ちゃんも隅に置けないわねえ」

真奈美が、意味深な目を向けてくる。

「いえ、そういうんじゃないんです。偶々《たまたま》、今日ホテルのエレベーターで乗りあわせただけで……」

未亜が弁解するように言うのを、織田が捉えて言った。

「本当にまたお会いしましたね。それも、こんなに早く」

「織田さん、あなた……」

まさか、あとをつけてきたわけではないだろう。まだ胸に抱かれた格好のまま、未亜はふとそう思った。

いや、もしも仮にそうだとしても、それならそれで、なおさら歓迎だ。未亜は、これ以上ないほどの笑みを浮かべ、酔いに任せて織田にもたれかかっていた。背中のあたりで、さかんに囃《はや》し立てる声がする。

「ごめんなさい」

未亜はやっと身体を離し、今度は日本語で言ってから、織田に向かって頭を下げた。

6

　未亜と織田との関係は、未亜の予想以上に、急速に進展した。

というより、おそらく未亜のほうが、加速度的に織田にのめりこんで行ったと言うべきだろう。真奈美がいみじくも言ったように、自分はやはり年下の男に弱いのだと思う。しかも背が高くて、もちろん美形で、仕事でもなんでも、押しの強いタイプの男ならなおさらだ。

　周囲の雰囲気をいち早く察知し、それなりの気遣いができるような大人の一面は持ちあわせながらも、年下のくせに内に高い志を秘め、鼻っ柱が強いぐらいの男なら最高である。

　その意味でも、織田一輝はまさに未亜の求めていたタイプだった。百七十センチもある未亜が、百メートル手前から猛烈にダッシュして胸に駆け込んで行っても、びくともせずに受け止めてくれるような、織田はそんな頼もしい外観を備えている。それが、なにより未亜の心をくすぐった。

　奇妙な再会を果たして以来、織田は上海を訪れるたびに欠かさず未亜に連絡をしてきた。いや、正確にいうと、上海に来ることが決まると、直前にその日程をメールでよこすので、そのたびに未亜がどこかのレストランを予約し、到着したころを見計らって、彼の携帯電話に連絡をいれるのである。

　かといって、織田のほうから電話がかかってくることはない。仕事でいつも飛び回っているのだから、それは仕方がないことだ。未亜はなんの疑問も抱かず、織田の訪れをいつも喜んで迎えいれた。

　食事のあとは、レストランから二人で未亜のマンションに帰り、織田は翌朝そこから直接仕事に向かうときもあった。未亜が自分の部屋に男を入れたのは織田が初めてで、そういうときは、ベッドの隣で眠りこけている織田のそばをこっそり起きだして、朝早くから手のこんだ朝食を用意してやるのだった。

自分だけならコーヒー一杯で済ませてしまう味気ない朝食が、織田が来ると途端に華やいだものになる。それがなにより不思議でもあり、新鮮でもあった。若い男のために早起きし、かいがいしく面倒をみてやることが、自分にとってどれほど満たされる行為であることか。未亜は三十二歳のこの歳になって、初めて気づかされる思いだった。

だから、そのせいで仕事に遅刻しそうになっても、大して気にはならなかった。これまで決して仕事に遅れたことなどなかった自分が、一輝のために少しずつ変わっていく。そんな未亜を、周囲がなにごとが起きたのかと心配するのを見るのも、愉快だった。

自分のことだけを最優先に考え、他人のことなど思いやる気持ちも、そんな余裕もなく生きてきたが、案外自分は面倒見のいい、他人思いの人間だったのかもしれない。未亜の心に、そんな思いすら芽生え始めていた。

「未亜は優しい女《ひと》だね。上海娘とは大違いだ。彼女たちときたら、高慢で、自己主張が強くて、こっちが右を向いてって言ったら、さっさと左を向いてしまうね、きっと」

織田は、彼のためにいそいそとキッチンに立つ未亜を、背後から抱きしめながら、言ったものだ。

「あら、私だってそんなことを言われたら左を向くわよ。ただ、あなたに対しては特別なだけで……」

未亜はすかさずそう答えた。それは、未亜の本心だった。上海に来てから、何人もの男に出会い、それなりに深いつきあいもしたが、織田のような男は初めてなのだ。

「だったら、なおさら素敵だ」

織田は未亜を抱く腕に力をこめた。外では微塵もそんな素振りを見せないのに、織田は未亜の部屋にいるときは子供のようにふるまった。まるで姉か母親に対するように、甘えた素振りを見せるのである。二人の普段の会話では、中国語も日本語も、そのときどきの気分によって両方を使って話したが、弟のように甘えてくるときに限っては、織田はなぜかいつも日本語になった。

未亜の前では、織田はいっさい仕事のことは語らない。

上海に出張してくるのだから、当然どこかの企業に勤めているらしいことは未亜にも想像がついた。身なりがきちんとしているし、それなりの仕事を任されているような雰囲気だが、具体的にどんな分野の仕事なのかはまったく知るすべがない。

言葉ひとつを取っても、織田はいくつもの違った顔を持っていた。彼が普段話すのは、いくらか巻き舌で口のなかにこもるような発音の北京語で、柔らかく、知的なイメージを与えるものだ。だが、北京語を母体としながらも、ときに流暢な広東語を話すこともあった。広東はビジネスの街だということもあり、香港人や、広く海外で活躍する華僑が主に使う言葉ということもあって、そんなときの織田はいかにも有能なビジネスマンという雰囲気になる。

いつもは中国四千年の伝統を重んじる生粋《きっすい》の巻き舌北京官話を使いこなし、あるときは広東語を自在に操るやり手のビジネスマンにも変貌を遂げる。さらには癖の強い上海語も話し、まだ聞いたことはないのだがおそらく台湾語も使えるのではないか。未亜は、そんな織田の多面性にも強く惹かれたのかもしれない。ただし、仕事のことだけでなく、織田は自分についてはほとんど話したがらず、未亜もあえてあれこれと詮索するようなことは避けてきた。

織田が嫌がることはしたくない。未亜がそう思ったのは、六歳も年上の、未亜自身の自尊心からだったのだろうか。そのくせ未亜のことについては、織田はなにかと質問をしてくる。未亜はそれが自分への関心の高さゆえであり、未亜の仕事への尊敬からだと、勝手に思い込んでいた。

あるとき、未亜が通訳の仕事について熱っぽく語り、契約をしているプロジェクトについて話したとき、織田はいつも以上に興味を示してきた。中国に進出してきた日本の自動車メーカーの上層部と、中国各地の都市をまわって、キャンペーンをした話などは、驚くほど熱心に質問をしてきたものだ。

初めて会ったときから、織田には驚かされてばかりだったが、なかでも最も驚いたのは、夏琳を知っていたことである。たしかに、古くから親同士の交流があって、幼なじみだったなどと聞くと、そういうことがあってもおかしくはない気がするが、未亜は世界の狭さをあらためて実感した。

「だけど、知っているのは彼女が子供のときだけだよ。大人になってからは、ほとんど話す機会もなくなったね。めったに会うこともなくなったし……」

織田は、気のない素振りで答えた。

「それに、未亜。僕らのことは、夏琳には言わないほうがいいよ」

なぜ織田がそんなふうに付け加えたのか、そのときは疑問にも思わなかった。

「もちろん言うつもりなんか全然ないわ。だいいち、私が誰とつきあっているかなんて、彼女はまったく関心ないもの。それにあの人……」

ふと口をついて言いそうになった言葉を、未亜はすぐに呑み込んだ。

男なんか、利用するだけのもの。本気で好きになるなんて愚かなこと。夏琳は男をそんなぐらいにしか考えていない。それに、もしも知らせて、夏琳に織田への気持ちを軽く笑いとばされてしまうのもたまらない。

ただ、仮に織田のことを告げて、万が一にも夏琳に彼を盗られるようなことがあってはと、そんな警戒心に似たものが未亜の心のどこかにあったとしても、それに気づくには、このころの未亜は有頂天すぎた。

「まあな。あいつが関心があるのは、自分のことだけだ。そういう典型的なジコチュウ女だもの」

織田の口から飛び出す夏琳を批判する言葉は、未亜には心地よく響いた。

「それにしても、一輝と私は、やっぱり会うべくして会ったのね。だって、二人の間には、何本も複数の糸が繋がっているんですもの」

驚くような発見があるたび、すべてを善意に解釈できたのはなぜなのだろう。未亜は、自分より六歳も年下の織田を、いつもどこかで守ってやらなければいけないと感じ、嬉々として、姉のように接してきたのである。

そのくせ、女として織田の前に身を横たえるときの自分は、どこか弱みのようなものを感じてならない。なにかにつけて、自分のほうにハンディがある気がするのだ。二十代のときには想像することすらなかった自分のなかの「劣化」と、かすかに現れ始めたみずからの肉体的な老化を、いつもどうやって織田の目から隠すかに腐心している自分がいる。

あの奇妙な再会のとき、偶然居合わせた女性カメラマンの真奈美は、そのあともたまに上海ロケでやってくるたびに、未亜と織田の進展を確認したがった。

「私は、あなたたちのあんなドラマティックな出会いの立会人だったんですからね。その後の二人のことを知っておく権利もあるし、義務もあるの」

妙な理屈をつけて訊いてくる真奈美に、未亜は、問われるままにそのつど近況報告をしてきた。

「未亜ちゃんはね、そういう心理的なハンディが好きなのよ。男からどこか頼りにされていて、そのくせこちらからは相手になにも求めないような、自分は健気な悲劇のヒロインだって思うのが快感なんだわ」

「そんなことないですよ。結構切ないものですからね」

未亜は、このときとばかり本音を漏らす。

「だからこそよ。そういう切なさというか、自分の弱みを見せつけられる部分が快感なのよ」

「それじゃ、まるでマゾヒストみたいじゃないですか？」

「その通りよ。ある部分マゾっ気がなければ、六歳も年下の男となんて、女はまともにつきあえないものよ。未亜ちゃんはね、きっと無意識のうちにそういう対象を選んでしまうんじゃないかしら。男と対等だったり、自分のほうがうんと年下だったりするのは、基本的に嫌なんだと思う。どこかで優位に立っていたいのね。そのかわり、それをカバーするために、外見にはいかにも頼れそうな体格のいい男であることを求めたりして」

「嫌だ、真奈美さん。そんなことないわよ……」

笑って反論しながらも、未亜はどきりとしていた。真奈美の分析は、未亜自身が目を背けてきた現実を鋭く突いている。たった一人で、田舎から東京に出て、そのまま上海にまで飛び出してきてしまった自分の生き方も、そんなふうにどこか自虐的なものだったのかもしれない。

だから自分は、会うべくして織田に会った。そして、自分のなかに潜んでいた、人としての優しさに目覚めたのではないか。

そのことに気づき始めると、ほかのものに対する目も違ってきた。これまでなんでもなく見過ごしていたことや、自分とは無関係だと思えたことが、急に放っておけなくなってくる。

「ねえ、一輝。私、このごろちょっと心配なことがあるの」

そんなあるとき、未亜は思い切って織田に相談をもちかけたことがあった。

「心配なこと？」

ベッドのなかで、未亜のほうに背中を向けながら、織田はさっきから手にしている雑誌から目を離そうともしない。

「うん。実は夏琳のことなんだけど……」

さしたる意図があったわけではない。むしろ未亜は、どこかで織田を試してみたいような気がしていたのかもしれない。

「彼女がどうかしたのかい？」

織田が急に振り返った。それまではまったく気のない素振りをしていたくせに、未亜が夏琳の名前を口にした途端、すぐに関心をしめしてくる。

「気になるのよね、私。というか、彼女のことがとても心配なの。最近の夏琳、なんだか人が変わったみたいに走りまわっているんですもの。なんとか止められないものかと思ってね」

「夏琳に仕事を止めさせるなんて、無理だよ。あいつは仕事の虫だもの」

織田が、親しげにあいつと呼んだことが、妙に耳に残った。

「それは私だってわかっているわ。仕事だけだったら私も気にしないもの」

「仕事のことじゃないの？」

「ただの仕事ならいいんだけど、あれはぜったいにそれだけじゃないわ。なんて言ったらいいのか、最近の彼女って、ちょっと鬼気迫るっていう感じがして」

「どういうこと？」

「きっと復讐だわね、あれは」

「復讐？　穏やかじゃないね。なんなんだよ、それ」

「なにがなんだか、詳しくはわかんないけど、とにかく彼女、このところ猛烈なエネルギーであちこち動きまわっている感じがするの。たとえば、高井さんっていうずいぶん年上の男性とつきあっているんだけど、それにしたって、高井さんの取引相手の日本の自動車メーカーに取り入りたいからですもの」

「日本の自動車メーカーに?」

織田は完全に未亜のほうに向き直り、さっきよりさらに熱心に、未亜の話に身を乗りだしてくる。

「それだけじゃないわ。どこか日本の銀行の上海支店に、積極的なアプローチをかけてる様子でね。なんだか、とても厳しい駆け引きをしているみたいなのよね」

「邦銀の上海支店?」

織田は、いきなり大きな声を出した。

「そうみたい」

「ねえ、もっと詳しく話してよ。あの夏琳が、邦銀とどんな駆け引きをしているんだよ」

完全に未亜の話に引き込まれてきたようだ。

「私は詳しいことまでは聞いていないし、具体的には名前もわかんないんだけど。どこかの銀行の支店長だかに、猛烈な攻勢をかけているらしいのね。どうも、なにかを探っているみたい。誰かのビジネスを妨害しようとしているのかもしれない」

「彼女、いったいなにをするつもりなんだろう」

「私、思うんだけど。たぶん、お父様に関係があるんじゃないかしら。夏琳のお父様って、どんな方なの?　夏琳と別れたときどんな経緯があったのかしら?　一輝は小さいころから知っているんでしょ?」

「いや、会ったことはないんだ。というより、お父さんのことは、ほとんど知らない。なんかタブーみたいな雰囲気があってね。そういうことって、直接には訊きにくいし、こっちが訊いたって決して言わないしさ。彼女のお母さんとは会ったことがあるけど」

「お母様は中国の方だけど、お父様は日本人だとかって……」

「らしいね。ちょっと複雑な家庭《ファミリー》みたいだよ」

「だからなのね。彼女は小さいときからそれが一種のトラウマになっているのかもしれないわ。可哀想な夏琳。これは私の直感というか、想像なんだけど、どうやら夏琳は、彼女のお父様を憎んでいるような気がする。だからそのお父様の会社と、なんらかの形で張りあおうとしているんじゃないかと思うのよ。いつだったか、ぶっ壊したい、なんて叫んでいたもの」

「夏琳が、彼女の父親の会社を？」

「たぶんね。いえ、間違いないわ。だって、そばで直接本人から聞いたんですもの。だけど、そんな不幸なことってある？　夏琳がなにをしようとしているのかわからないけれど、実の父娘の間でいがみ合うなんて、こんな不幸なことはないわ。ましてや娘が父親の会社をぶっ壊すなんて、そんなこと、絶対にダメよ。夏琳に手を出させては絶対にいけないのよ」

未亜は絶対という言葉を繰り返し口にした。

「未亜……」

あまりに真剣な顔で告げる未亜に、今度は織田のほうが驚いた顔になる。

「私、なんとしても夏琳を止めなきゃ。でないと彼女もお父様も不幸になるわ」

「夏琳のやつ、いったいなにをしようと企んでいるんだ……」

その質問に答えるより前に、未亜は織田にまっすぐに向き直った。

「ねえ、一輝。彼女を助けてもらえないかしら？　私ね、夏琳のことが本当に心配なのよ」

未亜はそう言って、じっと織田を見つめた。その目を見返しながら、織田は笑みを浮かべて言ったのである。

「未亜は本当に優しい女なんだね。夏琳のためにそこまで心配してやるんだから」

「だって、夏琳は私の大事な……」

「わかってるよ。僕もできる限りのことをする。なあ、未亜。いいことを思いついたよ。僕らの手で、あの父娘関係を修復してやろうよ」

織田は、心底嬉しそうだった。

「ありがとう、一輝。あなたも優しい人だわ」

未亜は素直にそう信じた。

「だけど、僕一人の力じゃ無理だからね。そのためには未亜も力を貸してくれないとね」

「もちろんよ。がんばるわ」

心から言ったのである。

「まず、夏琳からいろいろ訊きだすことが必要だね。本当のところなにをしようとしているのか、いま彼女が働きかけているのが、日本のどの自動車メーカーで、どこの銀行なのか、なんという人物なのかまで調べてほしいんだ」

「わかったわ。まかせてちょうだい」

「ただし、くれぐれも夏琳には内緒だよ。バレたら、かえって逆効果だから、いいね」

織田は、くどいぐらいに念を押した。

7

先に仕掛けた者こそが、一番獲り分が多い。

ビジネスの世界の絶対的なルールを、忘れてはいけない。

上海、浦東《プートン》地区にある超高層ビル、匯豊大厦《HSBCタワー》の高速エレベーターを降りながら、織田一輝は心のなかでまたも繰り返し、会心の笑みを浮かべていた。

とにかく他人《ひと》より一歩先んじること。それが世界の覇者になる唯一の道だ。そしてなにより、パートナーは厳選すること。こちらにとって少しでも良い条件の相手が現れたら、迷うことなく即座に乗り換えることだ。

「それにしても、こんなにうまくいくなんて、信じられないぐらいですよ、社長。なんといっても天下のグローバル自動車ですからね、もう少しはもったいつけてくるかと予想していたのですが、あそこまで反応が早いとは思いませんでした。いやあ、ちょっと驚きですね」

同行してきた社員の山中達也《やまなかたつや》も、頰を紅潮させ、うわずった声で言う。いつもは冷静きわまりないこの男が、こうまで興奮しているのも無理はない。織田は、そのことにも満足だった。

「しかし、さすがに社長ですね。目のつけどころが常人とは全然違うんだな。私はてっきり、社長が今回の証券化ビジネスのスキームを持ち込む相手は、南風汽車か、そうでなければトミヤマ自動車だとばかり思っていたんです。だって、ずいぶん両社の事前調査をされていたのを見ていましたからね」

しきりと感心してみせる山中を見ながら、織田は愉快でたまらないという顔になる。そういえば、夏琳を心配する未亜をうまく利用して、思いがけずひそかにトミヤマ自動車の上海での詳しい裏事情がつかめたのは、幸運だった。

夏琳親子の仲を修復するなどという、未亜の単純でおせっかいな発想には、苦笑するしかなかったが、どちらにしても利用できるものは、どこまでも利用するだけだ。

「あのな、山中。大きく儲けるつもりなら、相手はなんといってもグローバル自動車だろう。そのためには、どんな些細なものでも自動車業界の事情を知っておくことが必要なのさ」

「社長の人脈は、凄いものがありますよね。こんなことまで調べがつくのかと、メモを拝見していたら、びっくりさせられるような情報が、いくつもありました。どうやって、あんなことまでわかるんですか」

「蛇《じゃ》の道は蛇《へび》、っていうところかな」

「本来でしたら、今日は昭和五洋銀行の倉津さんもご一緒に来られるように、お声をかけるべきでしたでしょうか?」

「あのな、山中。なんで、そんなことをする必要があるんだよ」

「ですが、社長……」

「いいさ、あとで報告してやればいいよ。どっちにしても、ここまで話がうまく進んだのだから、あの男が喜ばないはずはない」

「そうですよね。もともと社長が発案されたスキームですし、グローバル社へのアプローチが成功したのも、すべて社長の手腕です。昭和五洋銀行としてみれば、ただ名前を貸して、座っているだけで、それなりの手数料が転がり込んで来るわけですもの、感謝こそすれ、文句を言う筋合いではないでしょうからね。やっぱり社長は凄い」

　山中は、どこまでも尊敬の目を向けてくる。それでいいのだ。織田はまたも笑みを浮かべた。この男、歳は自分より三歳も上だが、気持ちは妙に純粋だ。本来頭脳は明晰《めいせき》なのに、どこか脆《もろ》いのは、そのせいもあるのだろう。

　だからこそ、大学を出てすぐに入社した米国系の証券会社で、いきなり国際金融市場の最前線に配属された経験を持つ。ただし、あとで経緯を聞いても、あまりに情けないような不注意が原因で大損を出し、即座にクビになったとのこと。それもひとえに、この男の脆さゆえだと言うほかない。

　ただ、こういう男こそ、上に立つ人間次第で、良くも悪くもなるというもの。もちろん英語はできるし、織田が考え出したスキームをそれなりに補強できるだけの、基礎知識や理解力には信頼が持てる。少なくとも織田の会社のなかで、ほかのどの社員よりも優れていることだけは間違いない。

　クビになってひどく落ち込んでいたところを、前職とさほど遜色《そんしょく》のない年俸で即座に拾ってやったのだが、それもいままでのところは正解だった。社員がわずか十人ほどという、規模から言えば前職とは比較にならない会社でも、名刺に取締役というタイトルをつけてやったことが、なにより山中のやる気を引きだした。

「まあ、邦銀にしても、中国企業にしても、そんな程度の企業ばかりさ。中国人なんて所詮は大したことないからね。僕らがこれからビジネスの相手に選ぶのは、やっぱりグローバル自動車ぐらいの世界レベルの企業じゃなくっちゃな」

　織田は、なにもかも知り尽くしているような、自信たっぷりの顔で言う。

「はい社長。そして、昭和五洋銀行であれ、どこであれ、利用できるネーム・ヴァリューは、どんなものでも活用する。ただし、どんな案件についても、うちの社がすべての鍵を握る。そういうことなんですね、社長」

山中も、織田を信じきった目で、満足そうに繰り返した。

「そんなことは常識だ。いまさら言うまでもないよ」

織田は、またもにやりとほくそ笑んだ。

リーダーは自分たちだ。アイディアはこちらの掌中にある。ビジネス・パートナーについても、取引先に関しても、相手を選ぶ権利は常にこちら側にある。どんなときも、イニシアティヴは自分が握る。これもまた、どうしてもはずせない勝者の条件だ。

山中の言葉ではないが、それにしてもグローバル自動車の連中が、こうまで容易《たやす》くこちらの話に乗ってくるとは思ってもいなかった。それもひとえに、自分が考え出した自動車《オート》ローンの証券化ビジネスに関するスキームが、斬新で完璧だったからにほかならない。

「それにしても、スキームについて社長が詳しく説明してやったときの、アンダーセンの顔色ったらなかったですね」

山中が愉快そうに言うまでもなく、グローバル自動車上海支社のマネージング・ディレクター、ジョージ・アンダーセンの変貌ぶりには驚かされた。最初、スキームについて説明をし始めたときは、まるで相手にもならないと言いたげな顔で、見下したような態度だった。

アンダーセンは、身長が百九十センチは超えていそうなひょろりとした大男で、頭頂部の髪はすっかり薄くなっているが、見た目よりはるかに若そうだ。おそらく四十歳前後といったところだろうか。終始にこやかな表情ではあるが、銀縁眼鏡の奥からこちらを見る灰色の目には、猛禽類を思わせる鋭さがある。

それに較べて、隣の席に座っている営業部長のザッカリー・ブラウンは、どことい って特徴のない顔だ。上司のアンダーセンより三、四歳は年上らしく、たっぷり脂肪のついたウエストまわりを気にしてか、オックスフォード地の濃いブルーのシャツに、派手なピンクのサスペンダー姿だ。明るい金髪と、サスペンダーに合わせた幾何学模様のピンクのボウ・タイが、彼の顔をよけいに童顔に見せている。

その顔が、織田が説明を進めるにつれて、二転、三転と変わっていったのは痛快だった。

まず初めにブラウンが、ひどく退屈そうな顔をして見せた。まるで興味がないと言わんばかりの態度を示し、織田たちが持参したプレゼンテーション資料を、パラパラとめくるばかりで、ときおりこれみよがしの溜め息を吐《つ》く。当然ながら資料にはほとんど目も留めていない様子だった。

だが、話が国外の投資家、とくに日本人に向けて、中国国内で得た投資収益を、どうやって国外に送金するかといった部分になったあたりで、明らかに態度が変わってきた。

「だけど、われわれにとっては、自動車ローンの証券化のスキームなんて……」

それでも、まだ気乗りのしない言葉を吐き、早く会議を終わらせようと思ってかわざとらしい仕草を続けるブラウンを、突然アンダーセンが手で制したのだ。

「ミスター・オダ」

アンダーセンの呼びかけに、織田はすぐに顔をあげた。

「カズキと呼んでください。ミスター・アンダーセン」

「オーケイ、カズキ。では、私のこともジョージと呼んでくれたまえ」

「承知しました、ジョージ」

アンダーセンの口調には、この部屋にはいったばかりの時点とは、微妙な変化が生じている。それを敏感に察知して、織田はにこやかに告げ、あえて大きく足を組んでみせた。

「このスキームは、君の発案なのかね？」

アンダーセンの灰色の目は、角度によって青みがかって見え、探りをいれるように怪しく動く。

「ええ、そうです。それがなにか？」

だからこそ、かえって鷹揚に、織田は答えた。

「いや、実に素晴らしい。これは、日本人投資家にとっては、とくに歓迎されるだろうと思います」

「歓迎される？」

間髪をいれずにそう言い、織田は大げさに肩をすくめてみせる。

「とんでもないですよ、ジョージ。この商品が実現したら、歓迎されるどころかみんな即座に飛びついてきますね。それは間違いありません。なにもオーバーに言っているわけではないのです。なんといっても、日本はいまほとんど金利のない時代です。小数点のあとに、まだゼロが並ぶレベルなんです。五パーセントどころか、三パーセントだって、利息がつけば大喜びです。おまけに根強い元への切り上げ期待がありますからね。金利と、為替差益とに加えて、世界のグローバル自動車の信用がついているのですよ。いまの時代、これ以上の商品は望めないでしょう。長い間、金利をゼロに抑えられて、フラストレーションを募らせている日本の投資家たちが飛びつかない理由は、どこを探しても見つかりませんね」

これ以上ないほどに自信を見せて、織田は悠然と笑いながら言った。

「わかりました。さっそく前向きに検討してみましょう。弁護士にも諮《はか》って、こちらでも細部をチェックしたうえで、正式に返事をします」

「ジョージ、そんなことを言っては……」

隣の席で、まだ不安げな顔のブラウンが、横から口をはさんでくる。

「いいんだよ、ザッカリー。これは、わが社にとっても、大事な案件になるだろう」

アンダーセンは顔色も変えず、大きくうなずいた。

「ありがとうございます、ジョージ。そう言っていただけて、安心しました。今回の案件で、御社が積極的な選択をされることは、まずなによりも御社にとって間違いなくプラスであります。ぜひ、スキームを詳しくお調べのうえ、じっくりとご検討ください。私どもは、絶大なる自信を持ってお勧めしていますので、必ずやご満足いただけるものと自負しておりますが、契約に向けて、もしも追記したい点などがあるようならば、それもおっしゃってください。こちらでも検討の余地がありますので」

飛び上がって、快哉《かいさい》を叫びたいほどの気持ちを抑え、織田はあえて落ち着いた声で言った。

8

その夜、かなり遅くなってから、織田は未亜のマンションにやって来た。

「すっごく嬉しいことがあってね、うちの山中と一緒に、早々と祝杯をあげてきたんだ」

ドアを開けるなり、めずらしくかなり酔いのまわった声でそう言うと、倒れ込むように近づいてきて、いきなり未亜を強く抱きしめる。

「あらあら、一輝ったら。でも、商談がうまくいったのね。それは良かったわ。おめでとう」

酒と煙草の混じった織田の息を浴びながら、未亜は、久しぶりにやって来た男の存在を確かめるかのように、その太い首筋に、自分もむきだしの腕をからめた。

織田がどういう仕事で上海に来ているのか、詳しいことはわからない。今日どこで誰と会い、どんな話を進めてきたのかも、自分には知るよしもない。織田が話してくれることもないだろうし、きっとこの先も、自分からそれをあえて訊くことはない。

もちろん、知りたいと思わないわけではなかったが、それを知ったからといって、なにがどう変わるというのだろう。

そんなことは、むしろどうでもいいのだ。どんな仕事であれ、彼が日本でどういう暮らしをしているのであれ、織田がハッピーであれば、自分も嬉しい。織田の機嫌がよければ、そばにいる自分も幸せだ。そんなふうに単純に信じられることが、いまの自分には、なにより大切に思える。それでいい。それで十分だ。

未亜は、息苦しいまでに強く抱きしめられながら、自分のなかで繰り返していた。

そんなふうに信じているかぎり、この幸せは続くはずだ。自分がこのままでいるかぎり、織田はここにやって来る。これ以上を望まないかぎり、これ以上の失望もない。

「未亜は、最高だよ。君のお蔭で、なにもかもうまくいきそうだ」

酔いのせいで、朦朧《もうろう》とした表情のまま、織田は言った。

「嬉しいわ。ねえ、私がどんな役に立ったのかしら？」

さりげなく問いかけても、織田の目は閉じたままだ。

「うん。そうなんだ、未亜のお蔭だ……」

「ほんとに、そうなのかしら？　じゃあ、言ってみてよ。私のなにが役に立っているの？」

戯れに、繰り返す未亜の言葉を、織田はみずからの唇でさえぎった。乱暴に、性急に、自分を求める唇は、もしかしたら、これ以上の質問を未亜にさせないためだろうか。

「本当だよ。未亜は最高だ。上海一だ。いや、世界一だよ……」

突然離れた唇が、また同じ言葉を告げる。こんなときでも、決して答えを返さない織田を、だが、不満には思うまい。これでいい。これでいいのだ。いまが、長く続けばいい。

「あなたもよ……」

未亜は、じっとりと湿ったシャツの胸に、織田の汗の匂いを確かめながら、そっと囁いた。このシャツには、今日一日の織田の行動が染みている。この若さで、どんな商談をこなしてきたかは知らないが、それでもそれなりの苦労はあるはずだ。

いま、自分に求められているのは、ただひとつ。それを忘れさせてやること。

「うん、最高だよ……」

なんの脈絡もなく、状況の説明すらもなく、織田はひたすら繰り返した。そして、未亜を抱いたままベッドに倒れこみ、すぐに寝息を立て始めた。その無邪気なまでの寝顔を見ていると、抱かれているのは自分なのに、逆に自分が織田を包みこんでいるような、そんな錯覚すら起きてくる。

「もう、一輝ったら、ほんとに子供みたいなんだから……」

その乱れた前髪を直してやりながら、未亜は、織田をなじるというより、むしろ自分を納得させるような声でつぶやいた。

そして静かに腕のなかから出て、まるで看護師のような手際の良さで、いや、母親のような慈《いつく》しみの手で、そのシャツを脱がし始める。ベルトを緩《ゆる》め、スーツのパンツと、靴下を脱がせ、大きな身体を転がすようにして、洗い立てのパジャマに着替えさせていく。

だが織田は、そんなことにはまるで気づかないまま、結局、朝まで目を覚ますことはなかった。

目覚めたのは、もちろん未亜のほうが先だった。息がかかりそうなほど近くに、織田の顔がある。

「おはよう」

未亜は、聞こえないほどの声で言った。

寝顔には、まだどこか幼さすら残っている。じっと見つめていると、愛おしさで、胸が苦しくなるほどだ。

「ねえ、今日はお休みにしましょうよ。二人で一緒にどこかへ行くっていうのはどう？」

聞こえていないと思いながら、またそっと言ってみる。

「うん……」

聞こえているのか、いないのか、まだ半分眠りのなかから、織田は答えた。その唇のまわりに、うっすらと髭《ひげ》が伸びているのが見える。その髭が、なぜかほんの少し、織田を自分から遠ざけているような気がしてくる。よく見ると、唇のすぐ左の隅に、数本だけ余分に長いところがある。昨日の朝はよほど慌てていたのだろう。だから、きっとここだけ剃り残したのだ。

未亜は大層な発見でもしたように、さらに顔を近づけて、その部分を指で触れてみる。すると、すぐに気がついたのだろう、織田は目を閉じたままでその指先を取り、唇を寄せてきて、軽く噛んだ。

「そうだわ。ねえ、朝の豫園《よえん》に行かない？　湖心亭《こしんてい》で、ローカルのお年寄たちに混じって、一緒にお茶を飲むの。いい香りのする、いれたてのお茶よ。窓から朝靄が見えるなかで、二人向き合って、黙ってお菓子を食べるのよ。ねえ、どお？」

「そうだね……」

気のない返事だ。

「それとも、錦江楽園《ジンジャンラーユェン》で観覧車とかジェットコースターに乗って、キャーって、思いっきり大声で騒ぐほうがいいかもね」

怯《ひる》まず、未亜は問いかける。

「あんなしょぼい遊園地にか？」

寝返りを打ちながら、織田は答えた。

「あら、だって、上海にたったひとつしかない遊園地よ。それに、ちょっと古びているからいいんじゃないの。素敵なのよね。冬なんかとくに情緒があって。誰も行かないから、静かだし」

「未亜は、変わっているね。誰も行かないさびれた遊園地なんか、楽しいもんか」

「もちろん、一人で行ってもだめよ。一輝と二人っきりで行くからいいのよ」

思いをこめて、さらに言う。

「そうかなあ……」

だが、織田はまるで乗ってこない。

「だったら、いいわ。やっぱり今日はこのままお部屋でお昼すぎまでゆっくりしましょう。私、ピザでも焼くから。冷たい白ワインと一緒にどうかしら？　そうね。それがいいわよね。それでね、夜になったら、二人して日本から来た観光客みたいな振りをして、お決まりのコースを試すっていうのもいいと思わない？」

「どうして、僕らが観光客なんかに、ならなきゃいけないんだよ」

「いいじゃないの。私、観光客になってみたい」

「わかんないね。なんでいまさら観光客なんだよ」

織田のなにげない質問が、ことさら胸を突いてくる。

「だって、みんな幸せそうだもの」

言った途端、不覚にも涙が出そうになった。

「幸せそう？」

背を向けてしまった織田には、気づかれるはずはなかった。

「そうよ。観光客は、みんなすっごく楽しそうに歩いているわ。無邪気で、たわいなくてね。だから、私たちもそんなふうにするの。外灘《ワイタン》に行って、夕暮れの川べりを手をつないで歩いてね。そのあと、レストランで浦東《プートン》の夜景を眺めながら、シャンパンを空けるんだわ。ねえ、いいでしょ？　私たち思いっきりドレスアップして出かけるのよ」

　未亜は、次々と頭に浮かぶ情景を、そのまま言葉に写し取っていく。だが、言いながら、そのどれもが実現しないのも知っていた。

「あ、いけない。いま何時だっけ？」

　急に振り向いた織田は、大きく目を開いていた。そんなたった一言が、二人を一瞬にして残酷な現実に引き戻す。未亜は、織田から視線を逸《そ》らし、いっとき目を閉じた。この世から、時計がなくなればいい。

　だが、いくら願っても、織田はやがてここを出て行き、自分もいずれは着替えていつもどおり仕事に向かうことになる。

　切ないほどの溜め息になど、微塵も気づく気配もなく、突然跳ね起きた織田は、慌ててベッドサイドの腕時計をつかんだ。

「しまった、こんな時間だ」

「だって、まだ八時を過ぎたばかりよ」

　未亜は、つい怒ったような口調になる。

「今日は、朝からミーティングがあるんだ。ごめん、行かなくちゃ。シャワー浴びてくる」

　言うより先に、織田はバスルームに駆け込んでいく。新しいバスタオルを用意してやりながら、未亜は無理にも明るい顔になって、声をかける。

「わかった。その間に、急いで朝ご飯を作ってあげるわ」

「いいよ。コーヒーだけで、時間ないから」

「だめ。せめてトーストと目玉焼きだけでもいいから。ね、ちゃんと食べていかなきゃ、この部屋から出してあげないから」

愚かなことだ。いくら止めても、一輝は出て行ってしまうのに。そして、また、なにごともなかったように東京に帰っていく。

「わかった、わかった。食べるから、早くしてくれよな」

バスルームから、シャワーの湯気にくぐもった声がする。

「なによ。命令するみたいに」

聞こえないほどのつぶやきは、なぜか届いたらしい。少ししてから、織田はいったんシャワーを止め、思い出したように叫んできた。

「ごめん、未亜。今度はゆっくりしていくからね。そのときは、遊園地でも、外灘でも、つきあうから」

「うん……」

たったそれだけで、機嫌を直してしまう自分がふがいない。

「それからね、未亜。言い忘れていたけど、この前みたいに、このあとも夏琳のこと、頼むね？」

妙に優しい言い方だった。なにかを頼むときの、いつもの声だ。

「そうよ。夏琳のことは、あのあとどうなったの？　昨夜はそのことも訊きたかったんだけど」

未亜も、思い出したような口振りで訊いた。

「なにせ忙しくてね。まだ、具体的には少ししか動いていないんだけど、きっとなんとかできると思う。僕だって夏琳の力になりたいからさ、がんばるよ。ただ、そのためには、もっと情報が必要なんだ。だから未亜も、もっとがんばっていろいろ訊き出してくれよな。夏琳が手に入れてくる自動車業界の実情とか、銀行のこととか、できれば、上海での当局の動きとかもわかると、彼女がなにをしようとしているか、具体的につかめて助かるんだ。みんな夏琳と彼女のお父さんのためだからさ……」

「いいわ、やってみる」

フライパンを持ったまま、未亜は答えた。

これは夏琳のため、夏琳の父娘関係修復のためなのだ。いや、もしかしたら自分は、織田の力を借りて、夏琳に恩を売ろうとしているのではないか。そのあとに、自分が得られるもののために、織田を利用しているのでは……。

そこまで考えて、未亜は湧き上がってくる思いに、激しく首を振った。

「ねえ、一輝。でも、夏琳のお父さまのことはなにかわかったの？」

「いや、まだだけど」

「お願いよ、一輝。必ず夏琳を止めてよね。彼女のことが、本当に心配だから……」

自分自身に言い聞かせるように、未亜は言った。

「わかってる。わかっているから、安心して僕に任せて」

バスルームから湯気と一緒に出てきた織田は、濡れた身体をタオルで拭きながら、笑いかけてくる。寝不足の朝の肌が、たっぷりの水分を吸い込んで、朝日のなかで艶《つや》やかに光って見える。未亜は、若者の身体にまぶしげに目を細め、口を閉ざした。

「だけど、夏琳には絶対に内緒だからね。あいつは勘がいいし、もしも彼女にバレたら、うまくいくこともダメになってしまうから」

「わかっているわ」

「下手をしたら、未亜や僕が善意で始めたことが、まったく違うほうに誤解されかねない。そんなことになったらやっかいだし、嫌だからね。だから、彼女には気づかせずに、うまく話を訊きだすんだよ。夏琳がつきあっている高井という男が、昭和五洋銀行の上海支店の人間と古い友人だってことがわかったって、言ってたけど」

「そうみたい。詳しくは知らないけど、新しい支店長だって言ってたわ。ただ、その人、上海に赴任して来て、まだ日が浅いっていうことだけど」

「昭和五洋銀行の上海支店長ねえ……」

「一輝、知っているの？　その人のこと」

　そう訊いたことに、理由はない。

「いや、知らないよ……。まあ、名前ぐらいは聞いたことがあるかもしれないけど」

　織田はそう言ってなぜか言葉を濁し、さりげなく視線をはずした。そして思い出したようにタオルでことさら乱暴に頭を拭いた。

「夏琳は、高井さんに無理を言って、紹介してもらったらしいのね。もしかしたら、その人も夏琳に利用されているのかも」

「そうか。夏琳はその銀行とグルになって、なにかを仕掛けようとしているのだろうな」

「でも、いったい彼女は、なにをしたいのかしら。どうやって、お父さまの会社を？」

「それも、きっといまにわかるさ。僕が調べてあげるからね。それで、なんとか事情がわかったら、あとは僕が指示を出す。未亜には、僕の言う通りに動いてもらう。いいね？」

　有無を言わさぬ言い方だった。

「うん」

「みんな夏琳のためなんだ。僕が動けない分、未亜が僕の言うとおりに動かなきゃだめなんだよ。いいかい。彼女と父親を仲直りさせるためなんだからね」

今度は、どこか弁解するような声になる。

「わかってるってば」

そんなにまで念を押すことはない。自分が言い出したことだ。未亜は笑って織田を見た。

「いい子だ、未亜。あともう少し、夏琳のために、がんばるんだよ」

織田は、なぜか嬉しそうな顔になって、未亜の頬に湿った唇を寄せた。

9

織田一輝は、今度もいきなりやって来た。

「喜んでください、倉津さん」

朝一番で、駆け込むように支店長室にはいってくると、立ったままなにも言わずにブリーフケースを開け、あたかも敵の首を下げて凱旋《がいせん》してきた大将のように、手にしたバインダーを高々と掲げながら言った。

「ほう、なんですかな、今朝は?」

相変わらずの織田の大げさな態度には、あきれるのを通り越して、最近はいささか羨《うらや》ましさを感じなくもない。倉津は、ゆったりと微笑んでみせる。

「そんなに、落ち着いている場合ではありませんよ、倉津さん。来ましたよ、来たんです」

端整な頬を上気させ、焦っているせいか、日本語がいくらかしゃべりにくそうだ。

「来たって、なにが？」

だいたいの察しはついたのだが、倉津はあくまで知らぬ振りを決め込んで、訊いた。

「まったく、暢気《のんき》なんだから。グローバル社ですよ、グローバル自動車から、正式契約の連絡があったんです」

織田は、もどかしくてならないといった顔だ。

「ほう来ましたか。それはそれは」

「嫌だなあ、それじゃ、なんだか他人事みたいじゃないですか。この案件は、倉津さんご自身の将来がかかっているって、そうおっしゃっていたじゃないですか。もっと喜んでほしいなあ」

精一杯大人ぶってはいるけれど、不服そうに口を尖らせるところなど、まだ子供だ。倉津は、デスクから立ち上がって、織田にソファを勧め、自分も正面に向き合って腰を下ろした。

「それで、グローバル自動車はなんと言ってきたんです？　どんな、条件をつけて来ましたかね」

どこまでも落ち着きはらっている倉津が、気に障ったのだろう。織田は、ソファに深々と腰をかけ、威厳を保って大きく足を組む。

「彼らの提示してきた条件は、たったひとつだけでした。なあに、われわれが心配したほどには、大した条件ではありませんでしたよ」

ことさら胸を反《そ》らすようにして、バインダーを開き、こちらに向けて差し出した。

「でも、ともかく条件をつけてはきたんですね？　こちらがそれさえ呑めば、契約するというわけですか」

「ええ、条件というのは、このスキームを彼ら以外のところには一切提案しないということだけです。

要するに、これはグローバル自動車だけの独占で、ほかの自動車メーカーには、持っていくなというんですね。たったそれだけなんです」

「なるほど……」

グローバル自動車らしいやり方だ。倉津は納得顔でうなずいた。

「凄いでしょう？　これで、うちの会社は、グローバル自動車と、正式にフィナンシャル・アドバイザリー契約を締結することになったのですからね」

「ほかに、条件はなにもないんですか？」

「ええ、それだけです。それ以外は僕の出した条件のまま、呑んでくれるそうです。このあと、微調整をして、スキームを完成するまでには、たぶんそんなに時間はかからない。まあ、この契約で仕上がった証券化商品の知的所有権は、とりあえずグローバル自動車に帰属させることにはなっていますけど」

織田はますます誇らしげに告げた。だが、彼自身は、グローバル社が提示してきたことの重要性に気づいてはいない。倉津は、下を向いて資料を読む振りをしながら、込み上げてくる笑いを必死で嚙み殺した。

「やっぱりそうですか。彼らは、このスキームを、よほど他社に持っていかれないようにと、気にしているんですね」

そう告げても、織田にはきっと理解できないだろう。グローバル自動車の本心がどこにあるか。それを見抜くには、なんといっても織田は若すぎる。

「やっぱり、ってなんですか？」

それでも、少しは気になるのか、織田は怪訝《けげん》な顔を向ける。

「いや、別に……。あ、そうだ。ちょっと待ってください。せっかくですから、うちの沢野《さわの》にも同席させましょう。上海支店勤務が長いスタッフでして、この分野についてはかなり知識も情報も持っています。今後、織田さんの証券化ビジネスが実現したときに、日本の投資家を集める際には、彼にとりまとめを担当させることにしましたので、なにかありましたら、織田さんも遠慮なく沢野を使ってやってください」

倉津はそう言って立ち上がり、デスクのインターコムで秘書を呼んで、担当の沢野泰之《やすゆき》に部屋に来るようにと、告げた。

10

沢野にうまくおだてられたことで、ようやく気持ちがおさまったのか、織田は一方的に話したいことだけ話し終えると、上機嫌で帰っていった。

「どう思われますか、支店長？」

織田の姿が見えなくなった途端、沢野はそう言いながら、倉津のデスクの前に立った。

「いよいよおもしろくなってきたな、と思っているよ」

倉津はまっすぐに沢野を見つめ返し、にやりとする。

「そんな悠長なことをおっしゃっていて、いいんですか？」

すぐにバインダーを開き、ファイルされた分厚い資料のなかから、必要な箇所を開いて、こちらに差し出してくる。しっかり目をとおしたのか、とでも問いたげな目だ。

「まあ、落ち着けよ、沢野。君はどう思うんだ？」

倉津に意見を求められて、待ってましたとばかりに、身を乗りだしてくる。

「考えてもみてくださいよ、支店長。だいたい、グローバル自動車が、あんな若造をまともに相手にすることがおかしいと思いませんか？」

「きっとあの青年が、日本の投資家を大量に連れてくるとでも、いつもの調子で吹聴したんじゃないかな」

「それにしてもですよ、支店長。そもそも、グローバル社は中国におけるこの業界では、ずっと一人勝ちしてきた企業なんですよ」

「そうだな。人民銀行のアドバイザーという立場があるから、なにをするにも自分たちだけ優遇されるような、一人勝ちの構図ができ上がっている」

「そういう構図を、みずから作ってきたと言うべきでしょうね。グローバル社は、もともとこちらの国内企業と合弁会社を設立しているところです」

「たしかに、日本や欧州の自動車メーカーが、百パーセント外資での設立を目指してきたのとは、そこが大きく違っている点だな」

「それがそもそものポイントなんです。だいたい、自動車ローン会社の管理弁法だって、ほとんどグローバル社が作ったようなものだと、みんな言ってます。そのなかで、人民元の調達手段を厳しく制限しておきながら、一方で、中国国内に本社を持っている関連会社の預金を受け入れられるような一項をこっそり盛り込んでおいたのです」

「ところが、国内に関連会社を持っているメーカーなんて、グローバル社以外にはない」

「そうなんです。他社は、みんな百パーセント外資ですからね。実に賢いやり方ですよ。グローバル社が当初からパートナーにすると決めていた、南風汽車財務公司からの豊富な余剰資金を使うことができれば、資金調達の苦労なんかせずに、こちらで楽々と業務展開ができるようになります。だから、そのことを管理弁法に盛り込んで、自分たちだけに有利なように画策したのです」

南風汽車財務公司というのは、グローバル自動車が中国国内で人気の乗用車を製造している合弁会社のパートナー、南風汽車集団のグループ・ファイナンス会社である。以前は数百億元近い余資を有していると囁かれた、中国でもトップクラスのファイナンス専門会社だ。

「このところ、南風汽車財務公司については、勢いづいた派手な動きが目立つよな」

「はい。韓国やイギリスの自動車メーカーを、次々と買収したりしていますからね。グローバル社は、その南風汽車財務公司から、普通預金プラス・アルファ程度の安い金利で、余剰資金を受け入れることができるんです。なにも、わざわざ自動車ローンを証券化して売る必要なんかないはずです」

「そうか。グローバル社は、中国にある自動車メーカー各社のなかで、もっとも資金源に不自由しない、ファイナンスの努力が要らない会社だということか」

倉津は、何度もうなずいた。

「だからなんですよ。僕には、なんとしても解《げ》せないんです。そんなグローバル社が、なんであんな若造と、自動車ローンの証券化ビジネスなんか、契約するんですか？」

沢野は実にいまいましいという顔で、「若造」という言葉を繰り返した。織田が自分より若いことが、よほど気に入らないのだろう。その気持ちは、倉津にもわからないではない。

「なあ、沢野。これは、逆なんじゃないかな？」

「は？　逆とおっしゃいますと？」

怪訝な目が、じっとこちらを見つめている。その目に向かって、倉津は一語ずつ区切るように言った。

「グローバル社は、織田を、潰したいんだよ」

「潰したい？」

「つまり、織田にこのスキームをほかのメーカーに持っていかれては困るんだ」

「ええ、彼らは、契約にそういう条件を追記したがっていると、織田も言っていましたよね」

そんなことは当然ではないかと、目が訴えている。

「だからだよ。要するに、彼らは日本や欧州からの他の自動車メーカーの資金調達の道をなんとしても塞いでおきたいんだ。そうしておけば、グローバル社の一人勝ちの状況をキープできるからな。彼らの本音は、織田と契約して証券化を進めるのではなく、そのまったく正反対なんだ。あくまで証券化ビジネスの実現を阻止することなんだよ」

「ああ、そういうことなら……」

やっと納得したように、沢野は大きくうなずいてみせる。

「たしかに、そうですね、支店長。彼らの隠れた狙いが、そこにあったというなら、筋がとおりますよ」

「だから、グローバル社は、あんなスキームを考え出した織田に、表面的にはいい顔を見せておいて、最後の最後で、彼の案を握り潰すつもりなんだ。彼らの狙いは、とにかく織田が動き回れないように捕まえておいて、他社にこのスキームを持っていかせないことさ。他の外資が自動車ローンの証券化を仕掛けてきたら、たちまち潰してやりたいと思うはずだ。さりげなく、ことのついでで提示したように見せかけた条件が、実は彼らのメインの目的だったというわけだな」

「そうですよ。きっとそうに違いありません。これで、僕もやっとスッキリしましたよ、支店長。だからこそ、契約を交わす際、最終的に仕上がった証券化商品の知的所有権は、グローバル社に帰属させるという条項を盛り込んだわけですね」

「しかも他社には提示しないという条件もつけたうえでな」

「いやあ、グローバル社はそこまでやるわけですね。実に賢いやり方です。さすがに、したたかですよ。あんな若造に較べたら、一枚も二枚も役者が上です」

しきりと感心しているが、それだけでなく、沢野はどこか嬉しそうでもある。

「まあな。いくら虚勢を張っても、所詮は二十六歳の若者だったということかな。中国人を知り尽くしているような顔で、いつも自慢しているけど、グローバル社にとっては、まさに赤子の手をひねるぐらいのレベルだってとこだ」

そうとわかれば、少しは織田に対する同情も感じないわけではない。

「織田は、ずいぶん舞い上がっていましたけどね。いまに泣きべそかくわけですか」

「まあ、彼にとっても、ちょっとぐらいは、いい勉強になるかもしれんな」

「それで、支店長。うちとしてはどうしますか？　さっそく彼に教えてやりますか。手放しで喜んでいたら、そのうち足を掬《すく》われるよってね」

沢野は、勝ち誇ったような笑みを浮かべて訊いてくる。

「いや、それより、もっといい方法がある」

倉津はいったんそこで言葉を切り、沢野をじっと見つめて、意味ありげな笑みを浮かべた。

「なんですか、支店長？　もっといい方法って」

その言葉に引き寄せられるように、沢野はデスクに両手をついて、身を乗り出してくる。

「なあ、沢野。あのグローバル自動車の鼻をあかしてやりたいとは思わないか？」

倉津は、目の前のバインダーをおもむろに閉じ、沢野のほうに押しやった。

「グローバル自動車を？　そりゃあ、もちろん思いますよ。できることなら、彼らをアッと言わせてみたいですね。支店長がおいでになる前から、僕はこれまでずっとこの業界にかかわって、悔しい思いを味わい続けてきているんです。あの会社には、なにかと言っては、してやられてきましたからね。政治力をバックに、あれこれ巧妙な手口で出し抜かれてきています。何度も煮え湯を飲まされて、僕と同じ思いをしてきた人間は、数えきれないぐらいいますよ」

「だったら、もうやるしかないな」

倉津は、もう一度不敵な笑みを浮かべて言う。

「ですけど、やるって、なにをですか？　どうやったら、鼻をあかしてやれるんですか？」

「ちょっと準備が必要だけど」

「さっき支店長もおっしゃったように、彼らはものすごく賢いやり方を知っていますからね。ちょっとやそっと狡猾《こうかつ》なぐらいの程度では、中国人だって歯が立たない。そんなところを、僕らの力で切り崩せますかね？」

簡単にはいかないのは、重々承知している。だからこそ、このチャンスを逃す手はないのだ。倉津はますます確信を得ていた。

「なあ、沢野。これは、ますますおもしろくなってきたぞ。日本人もばかにしたもんじゃないって、この際教えてやろう。もしかしたら、役者はこっちのほうがはるかに上かもしれないっていうのを、いまこそ彼らに見せつけてやるんだ」

いざ口にしてみると、よけいに意欲が湧いてくる。倉津は無意識のうちに、拳を握りしめていた。

「そんなことが、もしもできるのでしたら、おっしゃってください」

「できるさ。いまならね。彼らの一人勝ちが通用する時代は、もう長くは続かない。それを僕らが思い知らせてやるんだよ。そうしたら、うちの銀行はヒーローになれるぞ」

「やりましょう、支店長。そのためになるのでしたら、人殺し以外なら、僕はなんだってやりますよ。でも、本当にそんなことが可能なんでしょうか。僕は、いったいなにをすればいいんですか？」

沢野は椅子を引いてきて、倉津のデスクの前に腰を下ろした。逆に倉津は、立ち上がって支店長室の入り口まで行き、一度外の様子をうかがってから、ドアを閉めてくる。普段は一日中開けっ放しにしているこのドアを、倉津がわざわざ閉めるということは、許可なく誰も入室できないという、暗黙の意思表示になる。

「いいか、沢野。このことは、まだ君と僕の間だけの話だ」

倉津は、まっすぐに沢野を見つめ、声を落としてゆっくりと告げた。

「はい、支店長」

沢野も、居住まいを正して、神妙にうなずき返す。

「いずれは、昭和五洋銀行上海支店の正式業務としてスタートする時期が来るにしても、それまでは絶対に誰にも口外するなよ。いいな？」

「はい、支店長。もちろんです」

沢野も、一段と顔を近づけて、低い声になった。

「なにより大事なことは、織田に絶対に気づかれないことだ。彼もばかではないからな。こちらがなにか動いていると感じたら、すぐに手を打ってくるだろう」

「織田には、このまま泳がせておくわけですね」

「そうだ。そのうえで、君には早急に資料を作ってもらいたい。織田と同じ自動車ローンの証券化のスキームで、彼のものよりもう少し詳しく、プロらしい資料だ。昭和五洋銀行が作れば、こんなふうに洗練されたものができるという手本になるような資料だ」

「プレゼン用ですよね。説得力のある、完璧な資料を作りますよ」

説明を最後まで聞く前に、沢野はなにかをひらめいたように、先回りして答える。打てば響くとでもいえばいいのだろうか、この男のこういう反応の速さが、いまはなにより心強い。倉津は大きくうなずいた。

「頼んだぞ」

「英語で作ればいいのですね？」

「いや、英語版も欲しいけれど、もっと必要なのは中国語のほうだろうな。もちろん日本語のものもないと僕が困るけど」

最後は冗談めかして、倉津は笑った。気持ちのゆとりが、いまから始まろうとする新しい世界への昂揚につながっていく。それは沢野にも十分伝わっているはずだ。

「わかりました、支店長。つまり、織田の裏をかくんですね。プレゼンの相手はどこにしましょうか」

「沢野、君……」

この男を部下に持ったのは幸いだった。倉津はいまそれをしみじみと感じていた。

「全部おっしゃらなくても、十分察しはつきますよ。支店長は、グローバル自動車以外の、百パーセント外資の大手自動車メーカーにそのスキームを持っていらっしゃるわけですよね？　日本のメーカか、ドイツ系にされますか。それとも……」

先回りするように言って、倉津を見る。

「君なら、どこへ行く？　どこが一番いいだろう」

倉津は、信頼をこめて言った。

「日系でも、欧州系でも、いいことはいいんですが。僕なら、もっとインパクトの大きい相手のところに行きますね。アプローチの材料として、こちらが強みを握っている相手のほうが断然有利ですし」

そこまで聞いて、倉津は思わず唸《うな》り声をあげたくなってきた。沢野が口にしようとしている相手は、まさに倉津自身が思っていたところだからだ。さすがに沢野だ。自分より何年も先に中国市場で揉まれてきただけのことはある。

「そのとおりだ。沢野の思っているところは、きっと僕と同じだと思うよ」

強い確信が、互いの信頼感となって、二人を結びつけている。

「はい、支店長。あそこなら、うちが合併する前の、五洋銀行時代からの強力なコネがあります」

すべて了解しているという顔だった。そうだ。沢野の言うとおりだ。自分を上海支店に送り込んだ、あの同じ五洋銀行出身の常務取締役、平田光則《ひらたみつのり》の人脈が生かせる。

「資料ができ次第、上層部とのアポをセッティングする。本店のバックアップもきっと得られるだろうから」

倉津は、東京の平田の顔を思い浮かべていた。上海で、思いきり暴れてこいと言って、送り出してくれたときのことは、いまもはっきりと覚えている。

「それに、支店長。あの会社は、いまは、なんとかして日本人に自分たちの名前を売り込みたいと願っています。それも、僕らにとっては強力なセールス・トークに使えますよ。日本人に、彼らの車をPRする絶好のチャンスだと言ってやりましょう」

「もしも証券化ビジネスが実現すると、日本人投資家が、いやでも彼らの社名を目にするようになる。

そのセールス・トークは、決して嘘ではないからな」

「彼らにとっては、それがなによりの魅力です。支店長、これで、この世界はとんでもなくおもしろくなってきますよ」

いいか、沢野。一緒に渦中に飛び込むんだ。激しい流れに振り回されるなよ。倉津は心のなかで叫んでいた。

「覚悟はできているな、沢野？」

「もちろんですよ、支店長」

倉津は、沢野の目の奥にも、自分と同じものが怪しく蠢《うごめ》き始めたのを感じていた。

第三章　自　転

1

はるか彼方に、白い月がかかっている。

目の下を流れる黄浦江《ホアンプージャン》の水面が、安っぽい天鵞絨《ビロード》のように黒く波立っているのが見える。胡夏琳《フーシャーリン》は、吹きつける川からの風に真っ向から挑むように、高く顎を上げて立っていた。

視線の先には、ライトアップされた浦東《プートン》地区のビル群がある。霧のかかった薄闇のなかで、あたかも媚《こび》を売るかのように立っている近代建築は、華やかで、だがどこかあざとくて、まるで人工着色料をたっぷり使った子供だましの駄菓子のようだと夏琳は思った。

それに較べると、長い歴史に洗われて、それでもなお租界時代のままに立ち並ぶ、ここ外灘《ワイタン》、中《ヂョン》山東一路《シャントンイールー》沿いの欧風建築のなんという奥ゆかしさ。

この対比が、この混沌とした不可思議なバランスこそが、いまの上海という街を象徴しているのかもしれない。そしてあるいは、この自分自身をも……。

久しぶりにやってきたレストラン「M《エム》 ON《オン》 THE《ザ》 BUND《バンド》」のバルコニーに立ち、夏琳は、風に向かって思いきり叫んでみたい衝動を抑えていた。

はたしてどこまでが真実で、どこからが嘘なのか。それともすべてが、つかの間の幻影か。

いいや、所詮はみんなまやかしなのだと。

「そんなところに立っていると、寒くありませんか?」

男の声がする。ゆっくりと、もったいぶったような仕草で振り向いて、夏琳はすぐに笑顔になった。

「いいえ」

「だけど、ずいぶん風が出てきましたよ。そろそろ、なかのテーブルに移ったほうがよろしいですね」

男は、手にしていた空のシャンパン・グラスを、そばにいた黒服のウェイターに預け、レストランのバルコニー席から、屋内に移ろうとしている。夏琳は、ゆったりと手で制した。

「ここで結構ですわ、倉津《くらつ》さん。外のほうが気持ちいいから」

「でも、少し冷えてきましたよ」

大きく背中の開いた黒いミニドレスから、惜しげもなく外気にさらしている夏琳の白い四肢《しし》に目をやって、倉津は心配そうな表情を見せる。

「シャンパンのせいかしら、ほんとに寒くはありませんの。ほらこんなに火照《ほて》っているぐらい。ねえ、あと少しだけ、やっぱりここにいましょうよ」

ほんのり染まった頬に片手をあて、わずかに上目遣いに倉津を見てから、夏琳は少女のように首を傾げてみせる。

「困った人だなあ。風邪を引いても知りませんよ」

あきれたような言葉とは裏腹に、倉津はどこか嬉しそうだった。それでいい。夏琳はひそかにうなずいた。この席にいれば、少なくとも男は自分だけを見ていることになる。

「だって……」

弁解するように口を尖らせる夏琳に、仕方ないなという顔をしてから、倉津は席から立ち上がった。白いクロスのかかったテーブルをゆっくりとまわって、すぐそばまでやってくる。そして、手早く上着を脱ぐと、男の体温をたっぷりと吸った上着を、夏琳の肩に着せかけた。

「あなたに風邪を引かせてしまったら、高井《たかい》に叱られますからね」

はにかんだ様子で、弁解がましくそう言うと、倉津は軽く夏琳の肩を抱いた。

「あら……」

「今夜は一緒のはずだったのに、やっこさん、来られなくてとても残念がっていましたよ。この前三人でご一緒したときは、あんなに盛り上がりましたからね。だけどあいつ、最近は、なんでも大きなプロジェクトを請け負ったとかで、なかなか東京を離れられなくなったそうでしてね。夕方、会社を出る前にちょっと東京に電話をしてみたのですよ。今夜のことを羨ましがらせてやろうと思いましてね」

「高井さんに？」

「ええ。あいつ、なんだかひどく忙しそうにしていましてね。一息吐《つ》く暇もないなんて、嘆いていましたけど」

「そういえばあの方、もうずいぶん上海にはお見えになりませんよね」

「でも、心配は要らないですよ。あいつのことだから、こうして噂していると、きっとそのうちに、ひょいとやって来ますから。あなたのような素敵な人を、そんなに長く一人にしておけるはずがない。今日の電話では、僕もちょっと脅かしておいてやりましたからね」

「まあ、なんておっしゃったんでしょう。教えてくださいます？」

「いや、それは内緒です」

倉津は即座にそう答えて、快活な笑い声をたてた。それから、今度はさっきよりさらに強めに肩を抱きしめてくる。驚いて倉津を見ると、軽く片目をつぶってみせる。いったいなんなのだ。その動作にどんな意味があるのか。それとも、ただの冗談か。夏琳は判断をつけかねていた。

いまいましい。こんな男に、どうしてこんなことを許さなければならないのだ。いったい私を誰だと思っているの。夏琳は唇まで出かかった言葉を必死で抑え、かわりに悠然と笑みを浮かべてみせる。それもこれも、あの男のせいだ。ことをうまく運ぶためには、ここはひとまず倉津に花をもたせるしかない。

「さあ、お座りください。極上のロブスターが来ましたよ」

ウェイターが、銀の皿を運んできたのを見て、倉津は夏琳のために椅子を引いてくれる。夏琳がしとやかに座るのを見届けてから、自分も正面の席に戻った。

「それにしても、あなたがこんなにタフな女性だとは知りませんでしたな」

テーブルをはさんで向き合うと、倉津は思い出したように言った。もう一人のウェイターがやって来て、シャンパンのおかわりを注いでくれる。夏琳は、それをちょっと掲げてから一口味わって、テーブルに置くと静かに口を開いた。

「私がタフ？」

いくら睨《にら》むような真似をしてみせても、倉津は相変わらず笑っている。

「そうですよ。高井と一緒に初めてお会いしたあと、すぐに私のところを訪ねて来られて、ビジネスの話をしたかと思うと、またこうして間髪をいれずに、個人的な時間を設けて、会いたいと言ってこられる。その絶妙なタイミングの計り方といい、押しの強さといい、下手な男なんか顔負けの、とびきりのタフさです」

「そうかしら？」

「気持ちがいいほどストレートで、そのくせとてもスマートだ。知的で、それから日本の若い娘とは比較にならないぐらい、なんと言えばいいのかな、そう、品がある」

「ありがとうございます。倉津さんが、ビジネスの相手に、お世辞なんかおっしゃる方だとは思いませんでしたけど」

　夏琳は鷹揚に微笑んでみせる。

「とんでもない、お世辞なんかじゃありませんよ。失礼な言い方になるといけないのですが、中国人としての誇りをお持ちだからなのでしょうな。やはり母上の教育の賜物なんでしょうか。まだお若いのに格調を重んじる雰囲気が素晴らしい」

　倉津は、どこまでも真顔だった。

「そんな……」

「先日お会いしたあとも、高井から何度も電話で聞かされましたよ。あなたがロンドンで教育を受けた才媛でいらっしゃることについてですがね。才色兼備という言葉は、ああいう女性のためにこそあるんだとも言っていました。もう手放しの惚気《のろけ》ですよ。あの男があんなことを口にするのは、長いつきあいの間一度もなかったことです。そう言えば、しばらくロンドン金融街《シティ》の米銀に勤めておられた経験もあるんですってね。どこの銀行だったのですか？」

「嫌ですわ。高井さんったら、そんなことまで話されたのですか。そんなに偉そうに言えるほどのことをしていたわけではないんですのよ。ただ、ひととおりの金融ビジネスの基礎をたたき込まれたのは、後々とても役立っています。あの世界は、新しいことを次々と学べて、どんどんおもしろくなってきますからね。私自身はもっと長くいるつもりだったのですが、今度は母が心配しまして、うるさく言うようになりましてね。シティにいたのは、結局大学卒業後のほんの短い期間だけでした」

「そうでしたか。だけど、きっとそのせいなんですね。その若さで、海外《オフショア》でヘッジ・ファンドもお持ちだとうかがいました。あなたが金融ビジネスに関心が高いのは、母上に反対された分だけ、あの世界に未練があるからなんだ」

ひとり納得顔で、倉津は言う。

「さあ、どうなんでしょう……」

「でも、天賦の才能なんでしょうね。それとも、小耳に挟んだ噂では、なんでもご高名な実業家の家系にお生まれだとか。やはりそうした父上の血を受け継いでいらっしゃるからなんでしょうか。そうそう、近々、中国のサッカー・チームを買収なさるおつもりだそうですね。どこかの記事で拝読しました。今回のお話も、だからというわけではないのですか?」

「ああ、あの話ですか。まだ正式に決めたわけではないんですのよ。それに、今回のことはあの話とは無関係に、純粋なビジネスですわ。昭和五洋銀行と私の会社のため、いいえ、倉津さんと私の、双方がハッピーになるための……」

「殺し文句だな」

「そうですわね」

夏琳はさらりと言ってのける。

「おやおや、あなたは正直だ」

「もちろんですよ。私は、彼とは違いますもの」

「彼？　ああ、織田一輝《おだかずき》のことですか？」

「ええ、そうです。私は、彼とは根本的に違います。倉津さんにも、すぐにおわかりいただけましたでしょう？　先日うちの社からご提案したビジネス・モデルが、どんなに将来性があり、他に抜きんでて収益性の高いものか」

夏琳は、ここぞとばかりに胸を反らす。

「ただ、今回あなたからいただいたようなオート・ローンの証券化商品については、これまでにすでに類似したものがなくもないのでねえ……」

「まあ、本当ですか？」

倉津が言うのに、夏琳はことさら驚いてみせる。

「でも、もしそうだとしたらきっとうちのスキームをコピーしたものですわ。誰がとまではいいませんが。だって、この分野はなんといってもうちが先駆者です。それに、その分だけスキームの細部にも改良を重ねて、完成させています。総合的に言っても、絶対ほかにはない斬新なものになっているはずです。邦銀の経営ポリシーを考慮してメリハリをつけ、さらに収益性を高めてありますしね」

言葉に力がはいってくる。おそらく倉津は織田をパートナーに選ぶつもりだ。だが、そうはさせない。なんとしてもあの男を打ち負かしたい。そんな思いに、夏琳はつい勇み立つ。

「斬新かどうかはともかくとして、そんなに収益性にこだわりますか？」

倉津は含みのある言い方をした。

「あら、それは当然でしょう？　これはビジネスですもの。それとも、倉津さんはビジネスに、お金以外にも、まだなにかを求めるのですか？」

夏琳が問いかけるのに、倉津はすぐには答えなかった。そして、いっとき間をおいてから、こちらの目をのぞき込むようにして、訊いてきたのである。

「それほどお金が好きですか？」

一瞬、なんのことかと思った。

「いいえ、大っ嫌いです」

夏琳は、即座にかぶりを振った。その言い方が、あまりにきっぱりとしていたからだろう。倉津は弾かれたように声をあげて笑う。

「これは愉快だ。そうなんですか、若いのにご自分で会社を興されて、あれだけの事業を展開しておられるのに、お金はそんなにお嫌いでしたか。いや、意外です。でもまたどうして？」

「臭《くさ》いからですわ」

「臭い？」

「だって、お札って、嫌なにおいがするでしょう？」

倉津は、またも我慢しきれないように吹きだした。

「なるほど、だからお金が嫌いですか。可笑《おか》しいなあ、実にあなたらしい。愉快ですよ。今夜は本当に愉快だ」

妙に感心したように言って、また嬉しそうに笑う。

「そんなに可笑しいですか？」

「可笑しいですね。それに、不思議ですよ。それなら、なぜ今回の案件を弊行にお持ちいただいたのですか？　高井は、あなたがどうしても私にまた会いたがっているので、ぜひもう一度会ってやってくれと言ってきたんです。だから、私も今夜はこうして……」

商談の続きならば、こんな場所に呼びださず、なぜ昼間正式に銀行に来ないのかと、暗にそうほのめかしたつもりなのだろう。それなのに、こんなところで会うというのは、特別な意味合いがあるということだ。夏琳は、当然だというように、大きくうなずいた。

「もちろん、あらためてオフィスのほうにもうかがうつもりです。いずれは、正式にうちの社の担当者にもお会いいただきます。でもその前に、今夜はどうしてもプライベートな席でお会いしたかったんです。もちろんビジネスのお話にも無関係ではないのですが、ただ、今回はそれと同時に……」

「ビジネスと同時に、なにか？」

夏琳が意味ありげに言い淀んだので、案の定、倉津は身を乗りだしてくる。

「こんなことを申し上げるのは、僭越《せんえつ》なのは承知しています。でも、ご忠告の意味もありましたので」

「忠告？　それは、ありがたいことですね。私に対しての忠告ですか。それとも弊行に向けて？」

口では礼を言っているが、警戒心の強い目だ。それだけ確かな手応えだと、歓迎すべきなのだろう。

「両方です」

夏琳は、つとめてさりげなく答えた。

「なんのことでしょうか。どうぞご遠慮なくおっしゃってください」

笑みさえ浮かべ、鷹揚に答えてはいるが、倉津の顔からは隠しきれない不快感が透けて見える。若い娘ごときが、なにを忠告したいというのだ、と内心感じているのだろう。夏琳は居住まいを正し、まっすぐに倉津を見つめた。

「それでは、はっきり申し上げます。織田一輝がどんな男で、いまなにを企んでいるか、倉津さんはきっとご存じないのではないかと思いまして」

「なんだ、あの男のことでしたか」

倉津は即座に言った。その声には、少なからぬ失望の色がある。

「夏琳さんは、織田一輝のことをそんなによくご存じで？」

それには答えず、夏琳はすぐに切りだした。

「ねえ、倉津さん。あの男を、あなたの銀行に近づけてはいけません。織田一輝という男は、とんでもない人間なのです。倉津さんを、ただ利用しようとしているだけですから。いえ、昭和五洋銀行を、と言ったほうがいいのかもしれませんが」

夏琳の言葉を聞いても、倉津はなぜか驚かなかった。それに、あえて否定も肯定もしない。押し黙ったその表情からは、どんな感情の動きも読み取れず、だから夏琳は、さらにたたみかけるように言葉を継いだ。

「織田一輝と組んでも、ただ利用されるだけです。人を人とも思わないような、冷徹きわまりない人間ですからね。ビジネスのルールもわきまえず、節度も、仁義もありません」

「仁義？　ずいぶん古い日本語をご存じですね。最近の若い人は、もう知らない言葉だろうなあ」

「でも、私と組めば違ってきます」

話を逸らせるつもりはない。夏琳は、倉津の言葉を無視して、先を続けた。

「あなたと組めば？」

案の定、倉津もこちらをまっすぐに見て訊いてきた。夏琳は大きくうなずいた。

「そうです。私と組めば、多くの付加価値が得られますよ。父との関係で、いろいろと有利な条件も生まれます」

「ほう、父上との関係でねえ。で、その有利な条件とは、具体的にどういうことになりましょうか？」

倉津は、手にしていたシャンパン・グラスをテーブルに置いた。

「倉津さんが、いま喉から手が出るほど欲しいものはなんですか？」

唐突な質問に、倉津の表情が一瞬強ばるのがわかった。

「それは、いろいろありますが」

思わせぶりな言い方だった。さすがは手練《てだれ》の銀行支店長。倉津はすぐには答えない。だが、撒き餌《まえ》は小出しにしなければならない。夏琳もシャンパン・グラスを置いて、ひとつ大きく息を吸った。

「例えば、こちらの外貨管理局と、密接で協力的な関係というのなどはいかがでしょう？」

どんな変化も見逃さないよう、夏琳は倉津の顔を見据えて告げる。

「それは、おもしろいですね。ただ、それも相手によりますがね。外貨管理局でしたら、わが昭和五洋銀行にも、それなりのおつきあいはありますので」

「もちろんそうでしょう。でも、上層部になればなるほど、正面からの頼みごとに不親切だったりしませんか？　そんななか、上層部で、しかもとびきり親切な方をご紹介することが可能になると申し上げているのです。倉津さんの銀行が、上海でビジネスをなさるうえで、この先なにかと必要なものがありますでしょう？」

みなまで言わずともわかるはずだ。夏琳は探るような目を向ける。

「なるほど、それは魅力的なオファーですな」

さすがに、倉津はすぐに答えた。

「それで、もしもそのご親切な方を紹介してくださるとして、あなたの条件は？」

「昭和五洋銀行には、織田一輝と即座に手を切っていただきたい。そして今後いっさい、あの男を近づけないでほしいのです」

「それだけ？」

「はい。すべては、倉津さんのためです。そのあとのカバーは、うちで引き受けます。そのために提示した今回のオファーですから。いかがですか？　昭和五洋銀行のためにもなることですよ」

「ねえ、夏琳さん。あなたは、どうしてそこまであの男にこだわるのですか？　高井を使って、私をわざわざこんな席に呼びだして、もしかしたら、今夜高井が来なかったのも、あなたがそう仕組んだからなのですね？　そんなに織田のことが気になりますか？　いや、あなたが排除したがっているのは、あの男自身なのですか。それとも、彼が考え出したスキームですか？」

的を射た質問である。倉津はやっと手応えを見せてきた。夏琳は、悠然と笑みを浮かべた。

「倉津さん。お間違えになってはいけません。別に、織田一輝が気になるのではありませんわ。私は、見ていられないのです。倉津さんのことが心配で。もちろん昭和五洋銀行のこともですが、それ以上にあなたのことが……」

もちろん、本心を明かすわけがない。夏琳は、目の前の男を包み込むような声になって、言った。

2

港区白金にある実家に帰ってくると、ガーメント・ケースも、お揃いの旅行バッグも、なにもかも玄関に置いたままで、なぜかまっすぐに台所に直行する。そして、必ず冷蔵庫を開ける。それが織田一輝のいつもの習慣だった。

とくになにか欲しいものがあるわけではない。喉が渇いているのでも、空腹だからというのでもない。だが、白金の家に帰ってくるたびに、まるでそれを実感するのはここしかないとでも言わんばかりに、冷蔵庫の前に立ってしまう。

独り住まいのマンションの冷蔵庫には、ミネラル・ウォーターとビールぐらいしかはいっていない。それに較べると、実家の冷蔵庫には、母が揃えたわが家の匂いが詰まっている。

二階にある自分の部屋は、以前両親と一緒に住んでいたときのままになっているのに、最近はその部屋にもほとんど足を踏み入れなくなっている。着替えもせず、出張帰りの格好でもとくに苦にはならないのに、帰国するたびに意味もなくこの冷蔵庫を覗いてみたくなるのはなぜなのだろう。

「一輝ったら、お腹が空いているの？　だったら、なにか作るけど」

なんの連絡もなく、久しぶりでふらりとやって来た息子にも、母の聡子《さとこ》はいつもと変わらない声をかけてきた。

「あ、お母さん。いいよ、別にお腹が空いているわけじゃないから」

「それなら、果物にする？　いただきもののメロンがあったから、よかったら切ってあげましょうか？　それとも、ほかのもの？　あなたの好きなイチゴもあるけど」

「いや、いらない」

息子の帰宅に嬉しそうに目を細める母に向かって、織田はそっけなく告げる。

「なんだ、おまえ帰っていたのか。出張帰りなのか、玄関に荷物が置きっぱなしにしてあったけど」

声がしたのを聞きつけたのか、いつの間にか父の昭光《あきみつ》が立っていた。

「はい。上海に行っていました」

こうして父の顔を見るのも、何カ月振りだろう。

「どうなんだ、仕事はうまくいっているのか？」

「ええ、順調です。それじゃあ、僕はこれで」

「おい、それじゃあって、いま来たばかりじゃないのか。たまには夕飯でも一緒に食っていけばいいじゃないか」

　そそくさと出ていこうとする息子を、昭光は慌てて呼び止めた。

「でも、すぐにマンションに帰らないと。仕事もありますから」

「仕事、仕事って、私の顔を見たとたん、逃げなくてもいいだろう」

「逃げるなんて、そういうわけではありませんよ」

「だったら、いったいなにをそんなに慌てて帰る必要があるんだ。母さんが心配していたぞ」

「心配って、なにをですか？」

　つい声が大きくなる。心外だという思いが、その口調にも出てしまう。視界の隅に、心配顔で立っている聡子の姿があった。またいつもの繰り返しだ。父と息子の会話が、次第に険悪な雰囲気になっていくのを、この母はいつも為《な》す術《すべ》もなく見ているしかないのだ。一回りも年上の父の前で、母はこれまでもずっともどかしいまでに従順で、文句のひとつも言えない人生だった。いや、文句どころか、疑問すら口にせずに来たのではないか。

　そんな母のやりきれないほどの無力さを、今夜はこれ以上見たくない。

　これ以上言葉を荒げると、母が辛くなるだけだ。そのことを嫌というほどわかっていながら、織田は、それでも言わずにはいられなかった。

「別に、ご心配をおかけするようなことは、なにもありませんが」

　言ってから、すぐに後悔した。それもまたいつものことだ。うんざりするほどの自責の念に、織田は聞こえよがしの溜め息を吐いた。その一言を言わなければ、それでこの場は済んだのに。他人の目ばかり気にして、本質よりも体裁ばかりを重んじる。自己の権利を拡大するため、主張すべきを主張するのは当然のことではないか。同じように、義務の範囲を最小限に抑えようと努力するのも、至極当たり前の発想だ。なのに父は、それすら満足にできない人間だった。

そのくせ、自分のなかに溜め込んだフラストレーションをもてあまして、最後は弱い母にぶつけるしかない自分に苛立っている。この父を見ると、なぜにこうも心が荒《すさ》んでいくのだろう。

「母さんがいつもどんなに心配しているか、おまえにはわからんのか」

「あなた、わたくしはそんな……」

父の剣幕に、母の消え入りそうな声が重なる。それを一方的に手で制しながらも、そんな母を盾にしてしか息子にものが言えない父の姿にも、我慢がならなかった。

「わかりませんね。なんのことですか？」

それでも、そこまで怒りを誘うことはなかったのだ。だが、織田にはもう途中で止めることなどできなかった。

「僕には、ご心配をおかけするようなことをした覚えはありませんが」

「だったら言ってやる。どういうつもりなんだ、あの様《ざま》は。この前も、偶々《たまたま》テレビをつけたら、おまえが出ていて、母さんも私もどんなに驚いたかしれやしない。なにを考えているのか知らんが、あんまり恥さらしなことをするな」

「恥さらし、ですか？」

睨みつけるような目を向けて、織田は言う。

「そうだ。あれが恥さらしでなくて、なんなのだ。あんなくだらない番組に出て、週刊誌なんかにも書き立てられて、ああいう連中からちやほやされていい気になっていると、いまに足を掬われるぞ」

「別に好んで出ているわけではありませんし、頼んで出してもらっているわけでもありません。マスコミが、勝手に僕を追いかけるだけで……」

「それはおまえに隙があるからだ。おまえが、話題を提供するからだろうが」

「それは、それで、うちの社の宣伝にもなりますから」

「宣伝だって？　あんな番組に出て、どんな宣伝になるというんだ。そもそもおまえがしているのは、事業でもなんでもない。ただの虚業だ。邪道なんだよ。ファンドだかなんだか知らないが、結局は博打の世界じゃないか。もっと地道に、額に汗して儲けるのが本当の事業というものだ」

「やめてくださいよ。まったく話にならない。金融や投資が虚業だというなら、世界中のソフトの部門やビジネスはみんな虚業になりますよ。頭脳の勝負になる無形の資産は、みんな価値がないことになる。年寄はなにかと言えば額に汗して働けなんて口にするけど、そんなものは時代に乗りきれない愚か者の自己弁護でしかありませんね。要するに自分たちの世代ができなかったことを、次々と実現していく若い世代を見て、ただ嫉妬しているだけでしょうが」

「一輝ちゃん！」

　母が、腕をとってきた。

「なにを言うか、頭でっかちな青二才のくせして。わしらの世代がいまの日本の土台を築き上げてきたから、おまえらの世代がのうのうと生きていられるんだ。口先ばっかり達者で、世の中を舐めていると、とんでもないことになる。せっかく大学まで出してやって、世界に通用するような男に育てたつもりだったのに、おまえにはがっかりさせられてばかりだ」

「あなた、なにもそこまで……」

「おまえは黙っていろ。だいたい、やれビジネスだ、宣伝だと大層に言っているが、ただくだらないテレビ番組に出て、ヘラヘラと軽率な馬鹿話をしているだけじゃないか」

「わかってないですね、お父さん。いまはマスコミの力をうまく利用できる人間の勝ちなんです。世の中なんか馬鹿ばかりだし、僕はみんな計算してやっているんです」

　この父に、なにを言っても無駄だろう。新しい価値観を認められない石頭に、説明をしても、理解されるわけがない。

「わかっていないのはおまえのほうだ。目先ばかり追わずに、もっとしっかり先を見ろ。マスコミなんて所詮は飽きっぽい連中ばかりだ。おだてられて担がれて、調子にのっているうちに梯子《はしご》をはずされるのがわからんのか。痛い目に遭うぞ」

　これが忠告なのか。親としての助言なのか。織田は、腹立たしさを隠せなかった。

「別管我了《ビエグアンウォーラ》！」

　言葉が、喉からほとばしった。咄嗟のことで、まったくの無意識だった。

「なんだ、その態度は。放っておいてくれとはどういうことだ？」

　父の怒りは、頂点に達した。

「走開《ゾウカイ》！」

　今度は、聞こえないほどに小さくつぶやいた。

「なにっ、どこかに行けだって？　親に向かってなんだ、それは」

　だが、父は聞き逃しはしなかった。

「一輝ちゃん、お父さまに謝りなさい」

　母が、いたたまれないように口をはさむ。

「そうだ、一輝。だいたいどういうつもりなんだ、その言葉は。日本人なら日本人らしく、最後まで日本語を使えというんだ。おまえのなかにあるその傲慢さはなんだ。そのくせ、弱虫で、すぐ逃げにまわる」

「弱虫？　僕は逃げてなんかいませんよ」

「少しでも自分の旗色が悪くなると、すぐに中国語で逃げにまわるじゃないか。そんなところが中途半端だと言っているんだ。だいたい、おまえはいつもそうだ」

「冗談じゃないですよ。そんなふうにしたのはいったい誰なんですか？」

織田の叫びに、父は一瞬絶句した。

「一輝ちゃん、あなたまでそんなことを……」

横からとりなしてくる母の顔が、急に老いて見えた。胸のどこかに、なにかが突き刺さる。それでも、織田は言わずにはいられなかった。

「僕は、なにも望んで北京に生まれたのではありません。誰のせいで、そんなふうになったんですか。僕をそんなふうに産んだのは、誰なんですか？　自分の都合で、僕を勝手に中国で産んでおいて、いまさら中途半端はないでしょう。そんなことを言われたら、僕はどうしたらいいんです？」

そこまで言うと、織田は台所を飛び出した。

すぐにあとを追ってくる音がする。

「待って、一輝ちゃん。お願いだから。あなたも、止めてくださいよ……」

いまにも泣きだしそうな母の声に、一瞬足が止まりそうになる。

「放っておけ、勝手にするがいい」

だが、母への思いは、父の声で完全に消えた。

もっと成功するのだ。そして、誰にもなにも言わせないだけの、金持ちになってやる。父の資産規模などはるかに超えるような、巨額の金をこの手につかむのだ。織田は、何度も自分に言い聞かせた。

ふと、岩根《いわね》剛造《ごうぞう》の顔が浮かんだ。

行くところは、あそこしかない。グローバル自動車と組んで、世界を制覇する日について、報告をしなければならない。

「まもなく、ビッグチャンスがやってきます」

そう言えば、あの岩根ならわかってくれる。

「よくやったな、一輝」

きっと笑って肩を叩き、褒めてくれるに違いない。織田の成功は、岩根自身にとっても、歓迎すべきことのはずだ。そうなのだ。だから、意気揚々と上海から凱旋するのは、この実家ではなかったのだ。

まもなくやってくる晴れの日は、決してこの家には、足を踏み入れまい。

織田は、玄関をはいるときより、なぜかひどく重く感じられる旅行バッグを抱え、やってくるタクシーに向かって、手をあげた。

3

ぶっ壊してやる。

今度こそ、痛い目に遭うのはあの男の番だ。

倉津と別れて帰宅したあと、真っ先にバスルームに飛び込んだ夏琳は、勢いよく流した水を掌に受けながら、鏡のなかの顔に向かってつぶやいていた。

二年前の、あの悔しさを味わうのは、今度は織田一輝自身だ。あのとき、彼のせいで陥れられたあの屈辱的な事件は、夏琳の脳裏にいまもはっきりと焼きついている。

たしかに、いまから考えると、少し詰めが甘いところもあったのかもしれない。楽観的に見積もりすぎていた面もなくはなかった。だが、あの男に指摘されるまでもなく、いずれは補強するつもりでいたのである。

とにかく、自分はあのビジネスの立ち上げにそれまでの苦悩の一年間を費やし、時間だけではなくどれだけの経費をかけ、エネルギーを費やしてきたことか。

苦心惨憺のあげく何人もの人間と会い、さまざまな人を介して人脈も拡げた。その過程では、人に言えないほどの苦労もし、最大限の努力もした。あらゆる状況を加味して、これならばという新しいビジネス・モデルを作り上げたのだ。

携帯電話の普及に乗じたＩＴ関連のビジネスは、無限の可能性を秘めているように思えた時代である。日本でも多くの若者が挑戦し、何人かが成功をおさめていた。その中国版の一人として、いまごろは胡夏琳の名前も、時代の先端を行く成功者のリストに連なっているはずだった。

組むべきパートナーに関しては、とくに細心の注意を払った。各種のシミュレーションを行ない、選びに選び抜いて、ようやくパートナーとして最適の相手を見つけたのだ。果敢に戦ってきた起業家同士、手を携えて、さらに大きな未来を手にする予定だった。

だからこそ、いくつか声をかけておいたそれ以外の相手には、先にキャンセルの意志を伝えた。そして、退路を断ち、ようやくこれと決めた一社に絞って、相手と本格的な商談を進めようとする直前になって、あの男に先回りをされてしまったのである。

後で知ったところによると、相手先を脅すような真似までして、夏琳とのビジネスから手を退《ひ》かせたということらしい。

「甘いね、夏琳」

大きな飛躍のチャンスを失ってしまった夏琳に向かって、織田は、勝ち誇った顔で言った。

「そんな甘っちょろい考え方で、他人を信用するなんて信じられないよ。なにもプロテクションをしておかなかったなんて、初歩中の初歩の失敗じゃないか。愚かとしか言いようがないね、まったく」

一言も発せない夏琳に、織田はさらに冷酷な視線を向けて言った。

「だから僕は言ったんだ。夏琳は昔っからそうだったよ。夏琳には、ビジネスなんて最初から無理なのさ。いつまでたっても完璧に子供だものな」

パートナーになるはずだった相手から、体《てい》よく門前払いを食わされ、呆然と立ち尽くしていた夏琳に、織田は容赦なく残酷な言葉を投げつけてくる。

「だいたい夏琳ときたら、表面的には、しっかり中国人の顔をしているくせに、中身はからきしだらしない。シビアさが欠如してるね。やっぱり、根は中途半端な日本人なんだよな。下手にビジネスに手を出して、痛い目に遭うのは、まあ仕方ないと言うべきかもしれないけど」

握りしめた拳が、ぶるぶると震えてくる。あまりに情けなく、悔しいときは、言葉ばかりか涙さえも出てこない。そのことを夏琳は、嫌というほど思い知らされたのである。

幼いころからのライバル心か、それとも隠しきれない嫉妬心《ジェラシー》なのか。あるいは、それらとはまったく別のなにかによってなのか。とにかく織田の非難は、限度を超えていた。これでもかと言わんばかりの執拗さで、夏琳に向かって浴びせられる残酷な言葉も、いや、そもそも彼が他人を罵倒する姿など、ほかでは決して見せないはずだ。

あの完璧なまでに善人を装い、利発で穏やかな外面を保っている織田のなかに、そんな一面が隠されているなどと、いったい誰が思うだろう。

だからこそ、そのとき、夏琳は心に誓ったのである。

いつか、きっと壊してやる。

あの仮面を剝《は》いでやる。今度はこの手で、あの男のすべてを打ち砕くのだ。そして、その日から今日まで、夏琳はひたすらそのことだけを胸に秘めて、準備を重ねてきた——。


冷たい水で、丁寧に手を洗いながら、夏琳はさきほどまで一緒だった倉津の顔を思い浮かべた。

「それにしても、倉津さんって、不思議」

夏琳がそう告げたときの、倉津の反応についてである。

「え？　僕が、不思議って、どういうことですか？」

倉津は、ゆとりの笑みを残したまま、訊いてきた。

「言葉どおりですわ。だって、私、倉津さんみたいな方って、本当に初めてなんですもの。だからこそ、もう一度なんとしてもお会いしたいと、強く思ったのですわ」

夏琳は、相手の目を見つめて、これ以上ないほどあでやかに微笑んでみせる。

「そうかな、平凡な男ですよ。どうしようもないぐらい」

シャンパンで上気した顔に、どこか自嘲気味な色さえ浮かべて、倉津は夏琳から視線を逸らさずに言った。だがそんな言葉が、彼の本心とは別のものであることは、その目が雄弁に物語っている。

本当に平凡な男ほど、自分を非凡と思い込むものだ。そして、内心で非凡だと思っている男ほど、口ではことさら平凡であるようなことを言いたがる。滑稽な話だと、夏琳は思った。だが、だからこそそういう男には、思いきりその隠されたプライドをくすぐってやることに意味がある。

夏琳は、倉津の目をしっかりと見つめ返しながら、静かに口を開いた。

「いいえ、私にはわかります。倉津さんは本当に貴重な存在ですわ。だって、これまで会った男の人のなかで、あなたほど隙のない人はいませんでしたもの。たいていの場合、しばらくお話をしてみると、どんな男性でもこの人はこの部分がアキレス腱だから、ここをこう突けばこう返ってくる、というのがすぐにわかるものです。なのに、倉津さんだけは、そういうところがまったくありません」

「買いかぶりでしょうな」

「違いますわ。だから、あなたにはとても興味がありますの」

夏琳は、思わせぶりに発した自分の言葉が、相手のなかに深く染みていくのを確かめるように、倉津の目のさらに奥を、じっと深くのぞきこんだ。

4

「元の切り上げは、まだ先のことだと思います」

昭和五洋銀行上海支店長室の大きなデスクの前で、沢野泰之《さわのやすゆき》はさっきから熱心に語っていた。

最初にまず結論めいた言い方をし、そこで言葉を切ってから、倉津の反応を確かめ、同意を求めるように倉津の顔をのぞき込む。それがこの男の癖なのだ。

先週、できあがったばかりの自動車ローン証券化案件の資料を持って、二人で南風汽車にプレゼンテーションを行なったが、その前後も含めて、このところ毎日何度となく、沢野はこうしてこの部屋に来ては、なにかと話し込んでいくようになった。

「そうだな」

倉津がうなずくと、安心したような表情になって、沢野は先を続ける。

「マーケットでは、切り上げが近いのではないかとかなり盛り上がっておりますが、この国はなんといっても中華思想の根強いところです。外国人が、自分たちの国に絡んで金を儲けるなんて、とても嫌がります。そんなこと許容できない国民なんですよ」

「それは、僕にもよくわかってきたよ」

倉津は、しみじみとうなずいた。

「昨年の春も、外国人投資家が人民元の切り上げを期待して、中国の国債を大量に買ったことがありましたよね。そうしたら、当局はいきなり金融引締めを実施しました」

「そうだったよな。あのときはみんなひどい目に遭った」

金融引締めで金利が上昇し、つまりは債券価格が下落して、多額の含み損を抱えた人間が続出した。元の切り上げ期待で、海外から国債を買っていた連中のなかで、痛手を負った人間はどれだけいたことだろう。倉津は同情に満ちた表情で、眉をひそめた。

「これだけ資本主義になってきた国ですが、どこかまったく次元の違うところで、この国には非常に利己主義な面がありますからね」

「そうだな。それにはまったく同感だよ。おそらく、当局がいずれ元を切り上げるときが来るとしたら、そのときは、マーケットの誰もが期待していないときを見計らって、アッというタイミングで動かすのではないかなあ」

倉津の言葉に、今度は沢野が同意する番だった。

「支店長のおっしゃるとおりです。ですから、きっとわれわれの計画も、早いに越したことはないということです」

「それにしても、南風汽車へのアプローチは、予想以上に好感触だったな。本店の平田常務の人脈が、あそこまで効き目があるとはちょっと予想外だった。もちろん、君が作ったあのプレゼン資料が、なかなかよくできていたことも大きいのだが」

　倉津は、沢野への評価も決して忘れない。いまはこの腹心の部下の存在が、なにより心強く思えるからだ。本店の平田を巻き込んだことも、自分にとっては飛躍のチャンスとなるのだろう。南風汽車との案件を成功させれば、いずれ本店に凱旋するときの、大きな手土産になるのだろうか。だが、あの平田を巻き込んだことは、同時に、大きな賭けであることも事実だった。失敗は許されない。倉津は、自分に言い聞かせた。

「ありがとうございます、支店長。先日のプレゼンでは、苦労はしましたけど、わかり易いようにいろいろと工夫した甲斐がありました。あとは、彼らの出方を待つのみ、ですね」

「だがな、沢野。下手な焦りは禁物だぞ。こっちはあくまで、余裕で構えているように見せたほうが、効果がある」

「承知しました。しかし、支店長。それにしましても、偶然とはいえあの二人がうちに持ってきた証券化のスキームは、あまりにも似ていましたよね」

「うん。織田と、胡が持ち込んで来た時期も、ほとんど同時期だったしな。どうも、あの二人は古い知りあいのようだ」

「どちらかがもう一方の真似をしたのか。それとも、どちらかが相手のアイディアを盗んだのか、そんなところでしょうか……」

「まあ、どっちもどっちだけどな」

「ただ、織田のほうは、彼の会社自体に確固とした信用や当局へのコネがないので、それを目的に、昭和五洋銀行を利用しようと考えた。それで、うちにあの案件を持ってきたわけですよね。それに較べて、胡夏琳さんのほうは、その当局とのコネをエサにして、われわれにアプローチしてきたわけです。実際のところ、どうも本音が読めません。いったい、あの二人を、どう考えればいいんでしょうか？」
沢野は、どうしても腑《ふ》に落ちないといった表情で首を傾げる。

「まあ、適当につきあっておけば、そのうち向こうのほうから正体を現してくるだろうさ。グローバル自動車からは、その後なにか動きがあったか、織田はなにも言って来ていないのか？」

「いえ、まだなにも。おそらく、グローバル社に対しては、われわれの存在は最後まで公にしないつもりでしょうから」

「あの男は、下手な悪知恵だけは働くからな。もっともそれがあの織田のとんだアキレス腱《けん》にもなり得るんだけど」

倉津は、織田の表情を思い浮かべていた。あくまで穏やかで、謙虚な物言いと、どこまでも人の気を逸らせない態度。そのくせ、ときおり垣間見える、自信たっぷりで、尊大にも思えるような目付き。考えてみたら、それらはすべて、あの夏琳にも、共通するものではないか。倉津は、あらためてそのことに気づかされるのだった。

「それにしましても、織田と胡、あの二人をうまく料理して、さらに完璧なスキームを完成させ、しかもそれをあの南風汽車に持っていくあたりは、なんと言ってもわれわれのほうが一枚も二枚も上手のワルだということになりましょうか？」

沢野は、さすがに声をひそめて言い、不敵な笑みを浮かべる。

「おいおい沢野、人聞きの悪いことを言ってくれては困るよ。わが行のスキームは、あくまでわれわれが独自に発案したものだ。決して人真似なんかではないのだからな」

「は、支店長。申し訳ありません。そうでした、そうでした」

どこまでも愉快そうに言って、沢野は頭を掻《か》いてみせる。

「しかし、支店長のセールス・トークには、おそれいりました。この案件を通じて、南風汽車の名前を日本の投資家にＰＲする絶好のチャンスだとおっしゃるのは、想像しておりましたが、これが成功すれば、いずれ東京市場への上場も、日本の自動車メーカーの買収も夢ではなくなる、とまで力説なさるとは、僕には考えもつきませんでした」

沢野の目には、倉津に対する尊敬の念があふれている。

「なんと言っても、走出去政策が控えているからな。南風汽車にとっても、なまじっか、夢の話では終わらないはずだぞ。だからこそ、われわれは、あの会社をターゲットにしたんだから」

走出去政策《ゾウチューチィヂョンツァ》。あえて日本語訳するとすれば、「海外進出促進政策」とでも言えばいいだろうか。

中国政府が、膨れ上がった貿易黒字を解消し、外貨準備高を減らすため、中国企業に積極的に海外進出を奨励していくのは目に見えている。最近では、中国企業が外国に直接投資する際の為替管理の緩和や、適格国内機関投資家（ＱＤＩＩ）に向けて一定額の範囲内で海外の証券投資を認めるといった、資本勘定の為替管理を徐々に自由化する方向で議論が行なわれている。そのことから考えても、いずれは、南風汽車に、政府側から指令が下るとしても不思議はない。そのチャンスを真っ先に狙うことに、なにも躊躇《ちゅうちょ》する理由はない。

「おっしゃるとおりです。案外、すでに国の指令が出ていたりしてね」

沢野のそんな冗談が、まさか本当になるとは、このとき二人はまだ思いもしていなかった。

5

まったく、ついてない。

今日は、朝起きたときからそうだった。

上海浦東《プートン》地区東方路《トンファンルー》にあるホテル、上海瑞吉紅塔大酒店《ザ・セント・レジス》のパーティ会場をそっと抜け出し、駆け込んだパウダー・ルームの大きな鏡の前で、森下未亜はさっきから胃のあたりに手をやったまま、立ちつくしていた。

朝、いつもより早めにベッドを抜け出したのも、この胃もたれのせいだった。

歯を磨こうと洗面所に立ったときから不快感があったのに、慌てて済ませた朝食のとき、苦いコーヒーと一緒に無理矢理流しこんだ半切れのトーストに、今朝に限ってバターなんか塗ったのがいけなかった。

そのあと、空港まで急いで駆けつけ、東京から到着したクライアントと合流して打ちあわせをしているときはそれどころではなかったが、会議を兼ねて同席した豪華な昼食の席で、失礼になってはいけないと無理して食べたのも災いした。

よりによってこんな大事な日に。

未亜は、鏡のなかの憔悴《しょうすい》しきった顔を見つめて、溜め息をつきたい気分だった。

朝からつきまとっている胃もたれは、かといって、いっそ吐いてしまうほどまでには至らない。

いったい、なんなのよ、こんな忙しい日にかぎって。

未亜は、掌でおおった鳩尾《みぞおち》のあたりに目をやって、声にならない叫びをあげた。

それにしても、これほど長引くのは、初めてのことだ。胃痛と呼ぶにはあまりにかすかな、とはいえ単なる胸やけで済ませてしまうにはあまりに歴然と、執拗なまでに居座っているなにかがある。

そこだけが熱を帯びたような、いや、身体のちょうど中心部で、まるでなにかを必死で訴えているような、どこか痺《しび》れにも似た、強い違和感。

「きっと、風邪なのよ。そうよ、ストマック・フルー。そうに違いないわ……」

未亜は、何度も自分に言い聞かせた。

「まったく、私はなにをしているんだか」

突き放すような声を発した途端、涙が出そうになってきた。

打ち消しても、いくらごまかそうとしても、消え去ってくれないものがある。

苛立ちの理由《わけ》は、よくわかっていた。そして、おそらくは胃もたれの原因も。

ただ、いまは、正面切ってそれと向き合いたくはない。

未亜は、激しくかぶりを振ってから、それまで胃のあたりに当てていた掌を、おそるおそる下腹部まで下げてみるのだった。

「ねえ、未亜。こんなことは前にもあったじゃない。ほら、もう忘れたの？　三年ほど前のことよ」

毎月のものが遅れるのは、なにもいまに始まったことではない。もとより、きちんと規則的に来ることのほうがめずらしい体質だったではないか。三年ほど前、仕事があまりに忙しすぎたせいで、四カ月も来なかったことがあった。

さすがに心配になって、産婦人科に駆け込んだが、結局はストレスが原因だろうということで、薬をもらって帰宅する途中、立ち寄ったデパートのトイレで始まった。

「あのときは、心配なんかしなかったのよね。だって、心当たりがなかったもの」

自問自答のなかで、未亜は力なく苦笑を洩らす。

「だけど、いまはあのときとは違う」

容赦なく突きつけられる「心当たり」を、未亜は鏡のなかからこちらを見ている青白い顔に問いかけてみる。

「あの人の？　織田一輝の赤ちゃん？　まさか……」

言ったあとから、即座に打ち消した。

だが、いまは下腹を覆う自分の手が、今度は無意識のうちに愛おしげに上下しているのを、未亜はその目で確かめる勇気がなかった。

6

「なんだ、未亜もここだったの？」

そのとき、大きな音をたててドアを開け、パウダー・ルームに飛び込んで来た胡夏琳は、すぐに未亜を見つけて声をかけてきた。

「うん。ちょっと息抜きしたくてね」

「私もなのよ。すごい人いきれなんですもの」

上気した頰を、純白のレースのハンカチで押さえたあと、夏琳は白檀《びゃくだん》の小さな扇子《せんす》で忙《せわ》しげに扇《あお》ぐ。

未亜は、突然迷い込んできた一匹の蝶でも見るように、夏琳の動きを目で追った。

目の覚めるような翡翠《ひすい》色のシルクのチャイナ・ドレスは、おそらく特別に仕立て上げられたものだろう。チャイナ・ドレス特有の細身のラインを活かしながらも、むしろ全体としてはヨーロッパのイヴニング・ドレスを思わせる。夏琳の自慢の華奢な肩を、もっとも美しく見せる角度に大胆にカットされた袖刳《そでぐ》りと、床に届く華やかなロング丈には、腰のあたりまで深いサイド・スリットがはいっている。

ついさっきまで、男たちの熱い視線をたっぷりと浴びてきたことは、そのうっすらと汗ばんだ剝き出しの腕が、雄弁に物語っている。忙《せわ》しなく動く夏琳のレースのハンカチを見ながら、未亜は思った。

「それにしても、今夜のパーティは、すごい人だわ」

それがなにかの罪ででもあるように、夏琳が言う。

「八百人を超えたって、さっき誰かが言っていたけど……」

上海を皮切りに、新しく中国進出を狙ってきた日本企業による今夜のキック・オフ・パーティは、本社からやって来た役員たちを迎えて、まさに宴たけなわというところだ。

「懲りない連中よね。今月も、これで日本企業は何社目だったかしら」

気のない返事をしながら、小ぶりのパーティ・バッグからコンパクトを取りだし、夏琳は突然驚いたように未亜を見た。

「どうかしたの、未亜？　顔色が悪いみたいだけど」

「大丈夫よ。たぶん、宿酔《ふつかよい》じゃないかしら。なんだか、胃のあたりがちょっと気持ち悪いだけだもの」

未亜は、無理にも笑顔を返した。

「また飲みすぎ？　困ったひとね。あら、だけど、昨夜は私も一緒だったわよね？　あなた、そんなに飲んでたっけ？」

夏琳の鋭さには、いつもどきりとさせられる。

「じゃあ、煙草の吸い過ぎだわ、きっと」

未亜は、今度は自嘲気味な声で言った。

「あのね、未亜。あなたは飲み過ぎでも、吸い過ぎでもなくて、ちょっと働き過ぎなんじゃないの？ここんとこ、忙しそうだったから、きっとろくに寝てないんじゃない？」

心配そうには言ってくれるものの、夏琳の視線はすでに鏡に向いていて、手は忙しげにパフを動かしている。

「まあね」

「ダメよ。もう若くはないんだし、そういうのは一番お肌に悪いんだからね。今夜のこんなパーティなんて、どうでもいいんだから、早く帰って休んだほうがいいんじゃないの？」

それでも、夏琳なりに未亜を心配しての言葉なのだ。

「だって、広報部長が……」

朝からずっと同行してきた広報担当者の、うんざりするような顔が浮かんでくる。

「ああ、あののっぺり顔の男ね？　アルコールがはいると、途端に大きなことを言いたがるのよね。いいから、あんなのうっちゃっておきなさいよ」

夏琳は形のよい眉をひそめ、蝿《はえ》でも追い払うように、顔の前で手を振った。

「そうはいかないわよ……」

そこまで言って、未亜はすぐに口を閉ざしてしまう。

夏琳のような気楽な招待客とは違うのだ。今夜のパーティが、未亜にとってどれだけ大事な仕事であるか、それをここで説明してもはじまらない。今夜のスポンサーが、おそらく今後数年間、未亜の年収の大半を支えてくれる上客になるはずの企業だと言っても、夏琳には所詮興味のないことだ。

　だが、と未亜はまたも下腹のあたりに手をやった。

　もしも本当に織田の子を宿しているのだとしたら、いまの仕事はどうなるのだろう。この仕事ができなくなったら、たちまち生活を考えなくてはならなくなる。

　それに、と未亜はさらに思う。

　その前に、今夜はすでにワインを三杯も飲んでしまった。煙草も、朝から一箱は吸っただろうか。どちらにしても、もしも本当に妊娠だったら、両方ともしばらくは止めなくてはいけなくなるのだろう。

　馬鹿ばかしい。

　そんなことがいったいどれほどのことなのだ。

　考えることは他にもっといくらもあるはずなのに、未亜の頭には、不思議に些細なことばかりで一杯だった。

「ねえ、未亜。どうかしたの？　本当に大丈夫なの？　あんまり無理しないでよ」

　黙り込んでしまった様子に、なにかを感じたのか、夏琳は心配顔で訊いてくる。

「あのね、夏琳……」

　思い切って、相談してみようかと思った。少なくとも、この鬱々《うつうつ》とした堂々めぐりを、この夏琳なら快活な一声で笑い飛ばしてくれるかもしれない。

　そんな気がして、口を開こうとした瞬間、それを遮って夏琳が思い詰めたような顔で言ったのである。

「実はね、未亜。あなたにちょっと頼みたいことがあるんだけど」

　そう告げた夏琳は、パウダー・ルームに飛び込んできたときとは別人のようにおずおずとして、彼女にしては珍しいほど殊勝な言い方だった。見つめるその目が、あまりに真剣で、未亜の背中に、えも言われぬ予感めいたものが走る。

「私に頼みたいこと？　なんなのよ、あらたまって。夏琳のほうこそ、なんだか浮かない顔をしているけど」

それには答えず、夏琳は未亜のほうに一歩近づき、未亜の耳に唇を寄せて囁いてきた。

「ねえ、未亜。私と一緒に、東京に行ってくれない？」

突然の申し出に、未亜は面食らうばかりだ。

「いいけど、いつから？　東京になにをしに行くのよ」

「早ければ早いほうがいいの。できれば、明日にでも行きたいぐらい。なにをしに行くのかは、一緒に向こうに行ってくれたらわかるわ。突然のことで、私自身もどうしていいかわからないのよ。とにかく私、一人で行くのが怖くて……」

言葉の終わりは、消え入りそうな声だった。

なんということだ。こんな言葉を吐く夏琳を、これまで一度だって見たことがない。

ただならぬものを感じながらも、いや、夏琳のなかにいままでとはまったく違った気配を感じたからこそ、未亜はあえて軽く受け流し、笑い飛ばそうとしてみたのである。

「一人で行くのが怖いですって？　怖いなんていう言葉が、夏琳の辞書に存在していたこと自体が信じられないぐらいだけど……」

冗談めかして言いながら、夏琳の反応に全神経を集中した。夏琳がここまで言うにはなにかある。きっとただごとではないはずだ。それをまず知っておかなければならない。

案の定、夏琳は冗談にはのってこなかった。

「私、どうしても、会いに行かなくちゃいけないのよ」

絞り出すような声だった。

「会うって、誰に？」

あえて、さりげない様子で未亜は訊いた。

まるでなにも聞こえなかった素振《そぶ》りで、しばらく黙ったまま唇を噛みしめていた夏琳が、やがて口のなかからなにかとてつもなく苦いものを吐きだすように、ぽつりとつぶやいた。

「……父によ」

思いもかけない言葉だった。

「え？　夏琳、いまあなた、なんて言ったの？」

だが、夏琳はそれには答えず、食い入るようにこちらを見つめてくる。

「ねえ、どうなの、未亜？　一緒に行ってくれるの、くれないの？　どっちなのよ」

たたみかけるように詰め寄ってくる夏琳の声には、苛立ちでもなく、いつもの威圧感でもなく、むしろ拗《す》ねたような響きが感じられた。そんなところも、今夜の夏琳を驚くほど弱々しく見せている。

未亜は、包み込むような目で夏琳を見た。

夏琳がついに父親に会いに行くというのなら、一緒に行かない手はない。そこに至る背景に、なにがあるかはいまは想像もつかないが、この際父親のことをもっと知っておいて損はない。ふと、織田のことが頭を過《よぎ》った。織田がこのことを知ったら、なんと言うだろう。

どちらにしても父親のことを確かめる、またとない機会だ。ましてや、直接会えるというなら、願ってもないことだ。

「あのね、夏琳。私がいままであなたの頼みを聞かなかったことが一度だってあった？」

穏やかで、優しげな言い方になっていた。自分のことは後回しにしても、夏琳のことを心配してやるのが、これまでの自分の役割だった。案の定、夏琳の肩のあたりから、急激に力が抜けていくのがわかる。

「ないわ。だから、あなたに頼んだのですもの」

駄々をこねて、甘える子供そのものの目だ。

「そう、夏琳はそれでいいのよ」

「え？」

なんのことかわからないのだろう。だが、それこそいつもの夏琳らしい。

「大丈夫よ。私がノーと言うわけないでしょ。ただし、いくら急ぐといっても、明日からなんて言わないでよ。今夜と明日、大事なイベントを終えて、クライアントが東京に戻るのをしっかり見届けてからなら、夏琳の望みどおり、地獄の果てまでもついて行ってあげるから」

半分本気で、未亜は言った。

ちょうどよかったのかもしれない。自分も近いうちに東京に行ってみたかったのだ。少なくとも、織田には一度東京できちんと会っておくべきだろう。勇気を出して身体のことを告げるにしても、いまはまだその段階でないにしても、一度はまっすぐにその目を見て、話しておかなければならないことがある。

「未亜、大好きよ！」

夏琳は、弾かれたように両手をいっぱいに拡げて、未亜の首に抱きついてきた。満面の笑顔は、開花したばかりの大輪の白い牡丹《ぼたん》を思わせる。

「いいのよ、夏琳。これもなにかの巡り合わせなのかもしれないもの……」

まるで母親にでもなった気分で、その美しい身体をしっかりと抱き留めながら、未亜は小さくつぶやいていた。

「え？　いまなにか言った？」

夏琳はふと顔をあげ、怪訝な表情で首を傾げる。

「あのね、私も夏琳のことが大好き、って言ったのよ」

未亜は、笑いながらそう答えた。

7

二日後、夏琳が手配してくれた午前九時十分上海発、日本航空七九六便のビジネスクラスで、二人は成田に向けて出発した。

機内では、夏琳はなぜかほとんど話をせず、未亜もひたすら眠りこけていた。ここ数日間の仕事の疲れがたまっていたせいだ。あれほど未亜を悩ませていたひどい胃もたれも、朝から続く不快感も、夏琳と一緒に東京に行くと決めた途端、不思議なぐらいに消えてしまった。

つまりは、気のせいだったのだ。

未亜は、そう思うことに決めた。

来るべきものはまだ来ていないが、考えても仕方がない。おそらくは忙しすぎた仕事のストレスで、少しばかり極端な不順になっているのだろう。

今回未亜が、なにも事情を聞かずに東京行きに同行することを、夏琳は心の支えに感じてくれているのは間違いない。だが、こうして夏琳が隣に座っていることが、同時に未亜にとっても、確かな安心感を与えてくるのも実感する。

あらためてそれを思うと、わけもなくこみあげてくるものがあって、未亜はすぐ隣のアームレストにある夏琳の細長い指に、思わずそっと自分の手を重ねた。

「どうしたの？」

何事かというようにこちらを見る夏琳に、未亜は小さく首を振った。

「大丈夫かな、って思ったの」

驚くほど冷たいその指に、自分の手を重ねたままで、未亜は言った。

「ありがとう、未亜」

意外なぐらい素直な言葉が返ってくる。

夏琳は、やはり変だった。いままでの彼女なら、決してこんな答え方はしない。いったいなにが夏琳をこんなふうにしているのか、彼女自身が言うように、それもこれも東京に行ってみれば、本当にすべてがわかるのだろうか。

東京に行けば……。

未亜は目を閉じたまま、心のなかでつぶやいてみる。

答えは、なにもかも東京にある。未亜が行くのを待っているのだ。夏琳の父親との真実も。そして、織田と未亜自身の真実も――。


やがて二人の乗った飛行機が成田国際空港に到着し、ターンテーブルで手荷物を受け取ったあと、到着ロビーに出ると、二人の男が待っていた。

一人は仕立ての良さそうなスーツを着た初老の日本人で、あとの一人は濃紺の制服から見て運転手のようだ。初老の男はすぐに夏琳を見つけて、近づいて来た。

「よくおいでくださいました」

男は、白髪の頭を深々と下げ、未亜に向かって島村肇《しまむらはじめ》と名乗った。

「その後の様子は？」

「はい。それがまだ……」

重苦しい口調で交わされる、夏琳と島村の短すぎるほどのその会話も、夏琳にとってはそれだけで十分のようだった。島村はその後も言葉少なに運転手に指示を出し、夏琳と未亜のスーツケースを手にして、待たせてある車のほうに案内してくれる。

その間、誰もほとんど言葉を交わすことがなく、夏琳はかなり緊張した面持ちで、先に立って足早に歩いていく。未亜も遅れないようにあとからひたすらついていった。

待っていたのは黒塗りの大型のメルセデスで、夏琳に続いて、当然のような顔をして後部座席に乗り込んでみたものの、どこから遣わされた車なのか、どこへ連れていかれるのか、見当もつかなかった。

夏琳は相変わらず固い表情のまま、前方を睨みつけるように見て黙っている。最後に島村が助手席に乗り込んで、車はすぐに動きだした。

だが、あらためて行き先を訊くことも、いや、声を発することすらも憚《はばか》られるような雰囲気だ。夏琳の気持ちを思えば当然かもしれない。未亜はただ黙って、後部座席だけスモーク・ガラスになっている窓から、久しぶりの東京の景色に目をやった。

これまで夏琳と一緒に旅をしたときは、必ず数多《あまた》の取り巻き連中や、みずからスポンサー役を買って出るような年上の信奉者たちが現れたものだ。だが、今回に限っては、そうした人間とはまったく無縁の旅になるのだろう。この車の行き着く先がどんなところであっても、自分は黙って夏琳に同行するだけだ。

車は見慣れた高速道路から折れて、そのまま築地方面に向かっているようだった。何度目かの信号待ちをしていたとき、道路わきに立っている標識で、未亜がようやく聖路加《せいろか》国際病院という文字を確認できたあと、車は静かに地下駐車場に降りていった。

広い駐車場で車を降りるとき、未亜は我慢できずに小さな声で訊いた。

「この病院に、お父さまが？　ご病気なの？」

夏琳は、固く唇を結んだまま、こくりとうなずいた。

島村に促され、地下の通路からエレベーターに乗り込むと、島村はすぐに九階のボタンを押した。エレベーターは混雑していたが、各階で止まるごとに次々と降りていき、九階に着いたときは三人だけになっていた。

エレベーターを降りると目の前に小さなラウンジがあり、西側と東側に病棟が分かれている。訪問者が西側の特別病棟にはいるためには、ここでセキュリティ・チェックを受けることになっているようだ。島村が、インターコムに向かって小さな声で何か話していたかと思うと、しばらくして静かにガラスの自動扉が開いた。

淡いミント・グリーンの壁は清潔感に満ちていて、各病室のドアとドアとの間隔もたっぷりと取られている。フロア全体が静まりかえっているが、病院というよりも、むしろ高級ホテルを思わせるようなたたずまいだ。

広い廊下を、島村のあとについて病室に向かいながら、未亜は、息詰まるほどの緊張感に大きく深呼吸をした。すると、夏琳がいきなり腕を強くつかんでくる。だが、その目は大きく見開かれ、まっすぐに前を睨みつけたままだ。

「大丈夫よ、夏琳」

未亜はそう告げて、その手の上に自分の手をそっと重ねた。

廊下をさらに進んだところで、島村がようやく病室の前に立ち止まった。未亜は夏琳の父親の名前を知りたいと思い、咄嗟にドアの周辺を見回したが、プライバシーを守るためなのか名札はどこにもない。

「私は、外で待っているわね」

さすがに病室のなかまでは遠慮したほうがいいかと思って、夏琳の耳元で囁いた。

「なにを言ってるのよ、未亜。一緒にいて」

心なしか震えているような声だった。極度の緊張感か、それともさすがに父親の容体を心配してのことか。いや、それともいまだに消えない父親への憎悪なのか。夏琳は、未亜の腕をつかんだ手に、痛いほど力をこめてくる。

島村がノックをし、ドアを開くと、病室のなかはクリーム色のカーテンで遮られていた。

「失礼します。ただいま、お着きになりました」

島村は静かに告げ、そのあと夏琳と未亜が、順に病室に足を踏み入れるのを確認してから、おもむろにカーテンをひいた。

広々とした病室の中央で、夏琳の父親とおぼしき老人がベッドに横たわっている姿が目に飛び込んできた。眠っているのか目は閉じたままで、酸素マスクをあてがった口許は、ぴくりとも動かない。

左手には点滴のチューブが繋がれ、部屋のなかは、規則的に落ちるその音までも聞こえてきそうなほど、静まりかえっていた。その手首に、白いプラスティックのネームバンドがつけられていたが、未亜のところからは、その名前までは見えなかった。

奥の壁側には天井までの大きな窓が二カ所もあるので、本来なら明るい部屋なのだろうが、いまは真ん中あたりまでブラインドが下ろされている。厳粛で、沈鬱な空気のなかで、未亜は、雑念をめぐらせている自分がひどく不謹慎に思えてくるのだった。

それにしても、これが夏琳があれほど嫌っていた父親なのか。目は閉じられ、酸素マスクをしているので、よくはわからないが、想像以上に柔和で、穏やかな面立ちだ。額や顎の輪郭が、どこか夏琳と似ていると言えなくもない。

かなり高齢のようだが、いったいなんの病気なのだろう。意識はないのだろうか。容体は深刻なのか。そしてなにより、夏琳は、何年ぶりでこの父親と会ったのだろう。

考えれば考えるほど、未亜は自分だけが場違いな存在に思えて、いたたまれない気がしてくる。夏琳の様子はと、そっとうかがうと、あれ以来ずっと石になったように無表情で、黙りこくっている。

「会長、夏琳さまですよ……」

島村がまたも言った。

「あ……」

未亜は思わず声をあげた。

島村の声に呼応するように、病人の瞼《まぶた》が動いたからだ。

息を詰めて見守っていると、もう一度、かすかな瞬きのような動きを見せた。そして、今度はゆっくりとその目が開かれたのである。

一瞬、夏琳があとずさりをするのがわかった。その背中を、未亜は無意識のうちに、強く前に押し出していた。

「夏琳か……、よく来てくれたね……」

嗄《しわが》れて、消え入りそうではあるが、思いのあふれた声だ。

夏琳は、それでも声を発しなかった。

たしかに声は一言も発しなかったが、そのかわりキッと見開いた瞳には、見る間に大粒の涙があふれてくる。そして、そのとめどなく流れ落ちるものを拭《ぬぐ》いもしないで、夏琳はただ立っていた。

あの高慢な夏琳が泣いている。未亜自身も、突き上げてくるものを抑えかねていた。

こんなに寡黙で、それでいてここまで取り乱した夏琳を見たことがあっただろうか。未亜は、自分の腕をしっかりとつかんでいた夏琳の手を離し、そっと病人の手の上に重ねていた。

もしかしたら自分は、これまで大きな誤解をしていたのかもしれない。

未亜は、いま初めて気づかされる思いに、愕然《がくぜん》とした。

だったら、これまで自分がしてきたことは、どんな意味を持つのだろう。織田に言われて、いや、自分から織田に働きかけるようにして、夏琳の周辺についての情報を逐一報告してきたのはなんだったのか。

頭を整理しなければならない。未亜は自分に言い聞かせていた。もう少しして、落ち着いてきたら、夏琳に問いただすのだ。めまぐるしく渦を巻くさまざまな要素を、ひとつひとつ解いていかないと、とんでもないことになる。

未亜は大きく息を吐き、今度こそ、ひとり静かに病室を出ていった。

8

久しぶりに白金の実家に立ち寄ったのに、またも父と衝突してしまい、今回もやはりひどく消耗させられてしまった。こんなことなら、なにもわざわざ実家に行くことなどなかったものを。

思い出しても腹立たしいばかりだが、織田一輝は、それでもなんとか気持ちの切り替えを図ろうと、週末も祝日も返上して、その後もあえて仕事に没頭して過ごした。

父との諍《いさか》いなど、いつまでも引きずるつもりは毛頭ない。自分には、無駄な時間を割いている暇はないのである。

そもそもあの父に、理解を求めようとすること自体が無理なのだ。昔ながらの古いビジネス・センスで生きていけるほど、いまの社会は甘くはない。言いたい人間には、なんでも好きなように言わせておけばいい。

仕事がはかどっていくにつれ、織田の気持ちも、次第に落ち着きを取り戻した。

弱い犬ほどよく吼《ほ》える。それは周囲を見渡せばすぐにわかることだ。物事の本質を理解する力もないくせに、吼えることだけ上手い連中は、世の中にゴマンといるではないか。このところ織田を追い回してきたマスコミ関係者のなかにも、そうした人間がどれだけ多かったことか。

要するに、と織田はまたも思う。

世の中、本当にわかっている人間なんて一握り。所詮は愚か者ばかりだ。だからこそ、彼らをうまく利用して、自分が動きやすい環境を作るだけだ。なにも迷うことなど要らない。挫折も、落ち込みも、自分には無縁なのだ。

これまでも、そしてこれからも、みずからが信じるまま、最大の効率をあげるため、このやりかたを貫けばいい。

自分のなかに、またも漲《みなぎ》っていく自信に、織田は満足していた。

そうして、来るべき勝利の日、自分が積み上げてきた成果を報告する相手は、少なくともあの父ではない。まもなく手にする確固たる栄光を、共に喜んでくれるのも、白金のあの父ではない。

ひどく醒めきった気持ちで、織田は自分に何度も言い聞かせた。

上海から帰国後の数週間、たまった仕事の処理に忙殺されている間も、織田は無性に岩根に会いたかった。そしてやっと仕事が一段落した週末、なつかしい田園調布の屋敷に、意気揚々と岩根剛造を訪ねたのである。

織田の会社が、グローバル自動車と正式にフィナンシャル・アドバイザリー契約を締結しようとしていることを聞いたら、あの岩根ならどんな顔をするだろう。いや、なによりもまず、あのグローバル自動車をビジネス・パートナーに選んだ織田の目を、褒めてくれるに違いない。

いつもは近くのホテルの駐車場に預けっぱなしにしてあるマセラティのエンジンは、何カ月ぶりかで主を乗せて走るのを喜んでいるかのように快調だった。織田は、気に入りのＣＤのボリュームをいっぱいにあげ、岩根の屋敷まで爽快な気分でドライブを楽しんだ。

剛造の屋敷が近づくにつれ、懐かしい景色が目にはいってくる。ずっと以前剛造に取り入るため、この周辺の道順を丹念に調べあげ、剛造を待ち伏せしていたころが蘇ってくる。緑にあふれた遊歩道の曲がり角から、いまにもまだ学生だったころの自分が、ジョギング姿の剛造と一緒に、並んで飛び出してきそうな気がしてくる。

剛造の屋敷は、一時期織田が居候《いそうろう》を決め込んでいたころとまったく変わりなく、閑静なたたずまいで、織田を迎えてくれた。

だが、屋敷に着いて、家政婦に来訪を告げると、奥から小走りにやってきて、玄関で織田を迎えてくれたのは、剛造ではなくて、妻のフキだった。

「まあ、一輝さんじゃない、あなた、お元気でしたの……」

嬉しそうな表情ではあるが、しばらく見ないうちにひとまわりほど小さくなってしまったようだ。急な老いを感じさせ、憔悴しきった顔をしている。

「よく来てくださったわね。主人の会社には行ってるそうだけど、この家のほうには長いあいだちっとも顔を見せてくれなかったから、どうしているのかと思っていましたのよ。本当にまあ、こんなに立派になって……」

フキは、感極まったように、織田にしがみついてくる。

「どうかされたんですか？　なんだか少しお顔の色が冴えませんが、お風邪でも召されたのではないですか？」

その痩《や》せた身体をしっかりと受け止めてやりながら、挨拶もそこそこに、織田は言った。

「具合が悪いのは、わたくしではないのよ。実は主人が、いま……」

その目には、うっすらと涙さえ浮かんでいた。

「え、おやじさんが、どうかされたのですか？　しっかりなさってください。泣いていちゃ、わかりませんよ」

大きな声でそう言うと、織田は母親を励ます息子のように、フキの背中を撫でてやる。

フキの話によると、剛造は三週間ほど前、風呂場から出たばかりのところで、急に不快感を訴えて倒れ、意識を失ったまま救急車で懇意《こんい》の医師がいる病院に運ばれたという。一時は、覚悟を決めなければいけないかと思いもしたが、手厚い看護の甲斐あって、幸い一命は取り留めたとのこと。

ただ、脳梗塞《のうこうそく》の後遺症で、左手足の運動機能や言葉に障害が残る可能性もあり、当分は入院生活を送って、リハビリに励むことになると医師に言われているようだ。

「びっくりしました。三週間も前のことですか。僕もこのところずっと仕事で上海に行っていましたので、なにも知らずに、申し訳ありません」

「いいのですよ。妙に知れ渡って、なにかと面倒になるといけませんので、このことは、社内でも、ごく限られた人間にしか伝えてありませんの。でも、お蔭さまで、最悪の事態は避けられましたから」

フキは、言うべきことをすべて吐きだしたせいか、表情もすっかり落ち着きを取り戻し、笑みを浮かべるゆとりも出ている。

「よかった。それをうかがって、僕もひとまず安心しました」

織田は、心から言ったのである。

「そうですか、あなたは最近は上海に行っているのですか。主人も若いころはよく中国には出かけていましたわね。海外にはわたくしもよく連れていってもらいましたよ。欧州へも、アメリカへも、それはもういろいろ行きましたのよ。ただ、中国だけは、一度も連れていってもらえなかったのですけど」

「それならぜひ、お元気になられたら、会長とご一緒にいらっしゃってください。僕が案内させていただきますよ」

「いいわね。そんな日が早く来るといいけど……」

フキは、淋しそうに顔を曇らせる。

「来ますとも、必ず、僕がお供しますから」

「でも、あの人ったら、ちょっと元気になった途端、仕事が気になるらしくってね。わたくしは、無理をさせないでくださいって、会社の役員連中にもうるさく言っているんですけどね。そばにいてもハラハラしていますわ」

「いまは大事なときでしょうからね」

「そうなのよ。今日も、お昼過ぎまで会社の人たちと、なんだか込み入った仕事のお話があるなんて言いましてね。わたくしには遠慮してほしいとかって、島村までが言うものですから、病院に行くのは夕方にしようかと思っていたのですけど」

「島村さんですか、懐かしいなあ。あの方にも、以前はずいぶんお世話になりましたが、いまもお元気でいらっしゃいますか？」

「ええ。あの人は、なんだか歳を取るごとに口うるさくなるみたいですけどね。でも、主人もすっかり不自由な身体になってしまって、いまは島村に頼りっぱなしでねえ」

情けないといった顔で告げたフキは、すぐに織田の顔を覗き込んだ。

「そうだわ、あなたもこれから病院まで一緒にいらっしゃる？　あなたの顔を見たら、主人もきっと元気になるでしょうから」

「はい。ぜひ、そうさせてください。僕もおやじさんの顔を見て、安心したいですからね。よかったら、僕の車でご一緒にいかがですか？　お仕度ができるまで待っていますから、どうぞごゆっくりなさってください。最近のおやじさんのことは、車のなかで、またいろいろと聞かせていただければ……」

「そうね、そうさせていただきましょうか。たまには若い人の車に乗せてもらうのも、気持ちが晴れていいかもしれませんものね」

織田の申し出に、フキはにこやかに答えた。

9

夏琳を残して、病室を出たあと、未亜はそっと廊下を歩いて、そのまま自動扉も抜け、ラウンジまで着いた。特別室に入院する患者用のラウンジになっているらしい。

父親と気の済むまで話をすればいい。夏琳のために、ここでいくらでも待っていよう。未亜はそんなふうに思ったのだ。

コーヒーを頼んでから、ふと見ると、壁になにか貼ってある。このエリアでは、マナー・モードにしておけば、携帯電話も使用可能だという告知だ。

その貼り紙を見ているうちに、急に思い立って、未亜は手にしていたバッグから携帯電話を取りだした。織田の携帯電話の番号は、しっかりメモリーをしてあるけれど、これまで一度もかけたことはなかった。それを暗黙のルールのように、勝手に思い込んでいたところがあったが、今回は特別だ。少なくとも夏琳のことは、伝えておいたほうがいいだろう。

東京に来ていることを知ったら、織田は喜んでくれるだろうか。

呼び出し音を十回聞いた。だが、織田は出なかった。そのときコーヒーが運ばれてきて、未亜は携帯電話を切り、悪いことをしているのを見つかったような思いで、そそくさとバッグにしまいこんだ。

だが、苦いコーヒーを一口すすってから、未亜は、もう一度携帯電話を取りだした。

今度は、呼び出し音を十六回まで聞いた。

「はい、織田です」

声を聞いたら、涙が出そうになった。

「私よ、未亜」

嬉しさのあまり、つい大きな声になった。だが、返事は返ってこない。未亜は、すぐにもう一度繰り返した。

「未亜です。ねえ、いまどこからかけていると思う?」

返事のかわりに、かすかな雑音が聞こえてきた。

「申し訳ありませんが、いま運転中でして……」

他人行儀な言葉遣いだ。おそらく誰か仕事関係の人間でもそばにいるのだろう。

「いま、都合が悪いのね? ちょっと、あなたにお伝えしておきたいことができたので、それでかけてみたの」

未亜は、自分の下腹部に手をやって言った。

「申し訳ありません。いま、ちょっと……」

一緒にいるのは、よほど大事な商談相手なのだろうか。だが、それにしてもあまりにつれない。

「わかってるわ。ごめんなさい。夏琳のことで、どうしても伝えておきたいことがあるんだけど、また、あとでかけ直してみるわ」

未亜は、こみあげてくるものをぶつけるように言って、自分から電話を切った。

「わたくしならいいんですのよ、一輝さん。お電話、お続けなさいな」

フキが、助手席から声をかけてくる。運転用のハンズフリーの携帯電話はイヤフォン形式になっているので、いまの未亜の言葉は、フキには聞こえていないはずだ。

「いいんですよ。別に、どうでもいい電話でしたから。それより、ご気分は悪くないですか？　いつもの車に較べると、助手席に乗るのは窮屈でしょう？」

織田はそう言って、フキへの最大限の気遣いをみせた。

「ありがとう。でも、わたくしは大丈夫よ。それに、もうまもなくですもの」

勝鬨橋《かちどきばし》の手前を、晴海《はるみ》通りから左へ折れると、真正面に薄いグレーの高層ビルが見えてきた。

「あれですか？」

「いいえ、あれは聖路加タワーですからね。主人のいる病院は、そのすぐ手前よ」

「ああ、あの建物ですね。わかりました」

織田は、フキを乗せた車を、まっすぐ聖路加国際病院に向けて走らせていた。

10

新天地《シンティエンディー》のはずれ、観光客や買物客であふれるモダンなエリアを出て、車でわずか二分ばかり来ただけなのに、この街にはいまもなおこんな地域が残っていた。

森下未亜は手にしていた地図から顔を上げ、圧倒されそうなたたずまいに、一瞬足を竦《すく》ませた。

道路から一歩足を踏み入れると、迷路のように入り組んだ路地。肌にじっとりと纏《まと》わりついてくるような湿気を帯び、明るい外気からも、時代の流れからも遮断されたような、煤《すす》けた煉瓦造りの長屋が並ぶ「弄堂《ロンタン》」。

新天地を、上海の「光の部分」に譬えるのなら、ここはまさにその裏側。現代中国の発展が生み出した影の地域とでも呼ぶべきだろうか。

狭い路地の両脇から迫ってくる汚れた壁の脇には、申し合わせたように黒い自転車が並び、一面に赤錆の浮いたリアカーが、モップや穴のあいた雑巾《ぞうきん》と一緒に放置されている。泥のついたままのゴム長に、埃まみれのポリバケツ。使い古したビニールホースに、あちこち傷だらけのアルミの洗面器。うち捨てられた塵なのか、はたまた日々の暮らしの道具なのか、他所者にはおよそ見分けのつかない、雑然とした物また物。

同じ形をした集合住宅の開け放たれた窓からは、どの建物も内部が丸見えだが、とはいえ部屋のなかは真っ暗で、人の気配は感じられない。

仄暗《ほのぐら》い昼下がりの不気味な静寂のなかで、頭上に吊るされたおびただしい洗濯物だけが、路地をはさんで渡された梁《はり》に並び、ここに暮らす住人の存在を主張しているようだ。

とうとうこんなところまで来てしまった。

未亜は、どこまでも続く弄堂（細い路地）を前に、思わず生唾を呑み込んでいた。

これから分け入って行こうとしている先には、なにが待ち受けているのだろう。限りなく滅入っていく気持ちを立て直すため、自分を奮い立たせるように胸を反らせた。

怪しげな話であることは、端《はな》から承知のうえだった。

女の身体の一カ所を針で一刺しするだけで、子供を堕《お》ろすことができる鍼灸《しんきゅう》治療院など、公然と開業できるわけがない。そんなことは嫌というほどわかっていたのだ。

なんでも、すごい効き目らしいわよ。

だから、いつも若い女性患者でいっぱいなんですって。

それでも友人の言葉にすがってしまう自分の危うさが、無性に哀れに思えた。だけど、あっという間に済んでしまうみたいよ。

あんなに悩んでいたのが、嘘のようだって、みんな言っているそうだから。

いまの未亜に、これ以上の救いの言葉があるだろうか。

すべてを鵜呑《うの》みにするほど、自分は愚かではないつもりだ。どこまで信憑性《しんぴょうせい》のある話なのか、どれほど信頼できる治療院なのかも定かではない。それでもなお、こうした噂を簡単に無視してしまえないまでに、自分は心底弱り果てている。

この子は生まれてきてはいけない子だ。未亜は、いまはそのことだけで頭が一杯だった。織田の子供を世に送り出してはいけない。夏琳と同じ不幸を繰り返してはいけないのだ。

だからこそ、無理にも平然と作り笑いを浮かべ、困っている友人のためだからと下手な嘘までついて、詳しい地図を書いてもらった。それを頼りに、ここまでたどり着くのに、どれだけの逡巡《しゅんじゅん》を越えてきたことか……。

目的の治療院は、さらに路地を行った奥にあった。

似たような狭い入り口がいくつも続くなか、これはと思うところから覗いてみると、足を踏み外しそうなほど真っ暗だ。それでも、一歩なかにはいってみると、長い年月ですっかり煉瓦の壁に染みついてしまったような、饐《す》えた臭いが鼻を突く。

ようやく暗さに目が慣れてくると、部屋は意外に広かった。

手前に待合室のようなところがあり、真ん中にもう一部屋小さな空間があって、その奥が治療室になっているのか簡素な木製のベッドが置かれている。中国茶で煮しめたような染みだらけのシーツの上に、誰かが背中をこちらに向けて横たわっているのが目にはいった。だが、それ以外には誰一人としていない。

未亜が、さらに一歩進もうとすると、どこからか老婆が現れた。

「你来這儿幹嘛《ニーライジャールガンマー》？　こんなところに何しに来た」

曲がった腰で、片足を引きずるようにしながらも、驚くほどの素早さで未亜のそばまで近づいて、大蒜臭《にんにくくさ》い息を吹きかけながら訊いてくる。

無造作に結い上げた白髪は、たったいままで仮眠でもしていたようにだらしなく乱れ、声を発するために顎をしゃくりあげるたびに、いまにも崩れそうに揺れた。

「え、あの、知りあいの方からここのことを教えていただいて……」

紹介者の名前を告げるようにと聞かされたことを思い出し、ありったけの勇気を振り絞って中国語で答えると、老婆は大きく白目を剝いて、未亜の身体に舐《な》めるような視線を這わす。

「ふん。愚か者がまた堕しに来たのか」

蔑《さげす》むような目だ。未亜は思わず一歩後ずさりをした。

その通りだ。たしかにそれを望んで自分はここにやって来た。だが、そうまで決めつけるように言われると、たじろいでしまう。

「私は、あの……」

「違うのか」

嗄れて、威嚇《いかく》するような声だった。

「いえ、それはその……」

未亜が後ろに下がる分だけ、老婆はさらに一歩迫ってくる。そして無言のまま、またも顎をしゃくるようにして、未亜の下腹部を目で指し示した。

カッと顔が熱くなり、無意識に下腹をかばうように手をやって、未亜は必死で言葉を探した。自分を正当化する言葉か、それとも弁解なのか。この子を取り巻く事情をいくら説明できたとしても、それがなんになろう。

未亜のいまの望みが、ここに宿った命を永遠に消し去ることであり、それがたとえこの老婆の言う通りだとしても、だからといってこの子まで蔑まれるのだけは耐えられない。

「你《ニー》是《シー》日本人《リーベンレン》吧《バ》！　おまえ、日本人だな」

突然表情が緩み、値踏みするような目になって、老婆は訊いた。

「ええ、まあ……」

竦みあがりながら答えると、にやりと不敵な笑みを浮かべている。荒れて乾いた薄い唇のあいだから、茶色く焦げたような前歯が覗いた。その列の片隅に、そこだけ場違いなほどの大きさで金歯が一本光っている。

「あの、あなたが鍼灸師《ヂェンジウシー》なんですね……」

「銭帯来《チェンダイライ》了《ラ》嗎《マ》？　金は持って来たんだな？」

未亜の問いなど無視して、またも訊いてくる。

「はい」

「一人ずつ順番だ。前の全部が終わるまで、そこで待て」

壁際にある傾いた長椅子を顎で示して、老婆は背を向けた。

「よろしくお願いします……」

未亜は、長椅子に浅く腰を下ろして、目を閉じた。

ここにやって来るまでの、迷いの日々が、鮮やかに蘇ってくる——。

11

あの日、病院の前ですれ違ったのは、やはり織田だったのだろうか。未亜は、すがるような気持ちで、記憶を反芻《はんすう》していた。

聖路加国際病院の九階で、織田にかけた携帯電話を切ったあと、特別室の患者用ラウンジで待っていると、いきなり背中を叩く者がいた。

驚いて振り向くと、目を真っ赤にした夏琳が立っている。

「さ、帰るわよ、未亜」

夏琳は、怒ったような声で言った。

「なんですって？　お父様は？」

久しぶりの親娘の対面なら、積もる話もあるだろう。たっぷりと時間が必要なはずだ。そう思ったから、未亜は一人病室を出て、ゆっくりとラウンジで待つことにしていたのだ。

「帰らないなら、先に行くわよ」

だが、あっけないほど早く父親の病室から出てきた夏琳は、未亜の返事も聞かずに、エレベーターまで行こうと背中を向ける。

「ちょっと待ってよ、夏琳。私も一緒に行くから」

慌てて乗り込んだエレベーターのなかでも、夏琳は未亜と一言も口をきかないばかりか、目を合わそうともしなかった。

聖路加国際病院はどこも人であふれていて、一階ロビーを早足で突っ切る夏琳のあとを追うようについて行くと、玄関にはタクシーが列をなして客を待っていた。夏琳は、その一番前の車にさっさと乗り込んで、こちらを振り返りもしない。放っておいたら未亜を残して、すぐにも走り去りそうな勢いだ。

「お願いだから、待ってよ、夏琳」

慌てて夏琳のあとからタクシーに乗り込もうとしたとき、未亜の視線のすぐ先を、派手な黄色の外車が、地下駐車場に向かって降りて行ったのである。

運転しているのは若い男。顔が見えたのは一瞬のことだ。サングラスをしていたのではっきりとはしなかったが、それでも未亜は、なにかに打たれたように動きを止めた。

いまのは、織田一輝？

まさか、こんなところに、あの男がいるはずはない。

ついさきほど携帯電話で話したときは、大事な商談中のようだった。それも、相当気を遣う人間を相手にしているらしく、私的な話はしにくい素振りだった。

だいたい、織田のことばかり考えているから、目にはいる若い男がみなあの男に見えてしまうのだろう。

そういえば、見慣れないサングラスだったし、髪形も違っていたような気がしてくる。だが考えてみれば、自分は織田が日本でどんな暮らしをし、どんな車に乗っているかすら知らないのだ。

それにしても、あの助手席にいたのは歳の離れた母親なのだろうか。和服姿の上品な老婦人に、楽しげに話しかけていた姿には、限りない優しさがあふれていた。

「未亜、未亜ったら……」

目の前を通り過ぎていく派手な外車のテールランプを、無意識に目で追っていると、またも夏琳の声が聞こえてきた。

「乗るの？　乗らないの？」

苛立ったその声に、急いでタクシーに乗り込み、シートに腰を下ろした途端、未亜はアッと声をあげた。

「いけない。荷物を預けてあったんだわ」

夏琳と未亜のスーツケースは、成田空港まで迎えに来てくれた島村の車のトランクに入れたままだ。

「ホテルは向こうが取ったのよ。荷物はあとで届けてくるわよ」

日本語で口にした未亜に、夏琳はなぜか中国語で苦々しく答えた。帰ると言ったので、このまま上海に戻るつもりかと思ったのだが、夏琳がホテルと言うからには、少なくとも自分たちが今夜そこに泊まるつもりであることを、相手に伝えてあることになる。

「だったらいいけど、でも、どうしたの、夏琳？　いったいなにがあったのよ」

それに答えるより先に、夏琳は運転手に行き先を口にした。

「インペリアル・ホテルまで行って」

英語で、怒ったように言う夏琳に代わって、未亜が日本語で言い直す。

「すみません、運転手さん。帝国ホテルまでお願いします」

「冗談じゃないわ……」

なにかを思い出したのか小鼻を膨らませ、憤慨したようにつぶやく夏琳の手に、未亜はそっと自分の手を重ねた。

「ねえ夏琳、落ち着いて。なにがあったのか教えてよ」

できるだけ静かに、中国語で話しかけてやる。

「父が弱っているからといって、過去のすべてを許すわけにはいかないのよ」

激しい怒りをぶちまけるような口調だった。断片的に語る夏琳の言葉は、説明にもなにもなっていない。

「許さないって、どういうこと？」

病室で父親との間に、どんな話が交わされたのかはわからない。だが、それで夏琳がひどく腹を立てて、我慢できずに飛び出してきたらしいことだけは想像がついた。

「私は私なの。父との血のつながりは認めるとしても、それとこれとは話は別だわ」

「それとこれって、どういうことなの？　なにがそれで、どれがこれか、どっちもなんのことかわからないわ。私にもわかるように、きちんと説明してよ」

病室で父親と会ったときの、さきほどのあの涙はなんだったのか。本当はそうも訊きたかった。

「もういいの。もういいから、今日のことは忘れてちょうだい、未亜」

「よくはないわよ。だったら、私はなんのためについて来たの？　こんなこと言いたくないけど、私だって大事な一日をつぶしてわざわざ東京まで来たんだわ。だから私には、事情を知る権利があるはずよ」

「そんなに言うなら、どうして未亜は、さっき一人で病室を出ていったのよ」

「だって、そんなの当然でしょ、あなたをお父様と二人っきりにしてあげたかったからじゃない」

「あなたも、自分の目で見ていれば、私の気持ちがわかってくれたはずだわ」

「そうかもしれないけど、案外そうでないかもしれない。私はね、思うのよ。あなたたち親子は、もっといろいろと心を開いて話をすべきだってね。事情はよくわからないけど、私はいまもそう思っているわよ」

「無駄よ」

「そうかしら」

「島村も同じようなことを言っていたけど、そんなのまったく無駄なことだわ」

吐き捨てるようにいい、夏琳はそれっきり口を閉ざしてしまった。

おそらくあの島村が、衝突する父親と夏琳との間にはいって、ひとまず落ち着くようにとホテルに向かわせたのだろう。未亜は、多くを語らない夏琳の言葉を繋いで、あれこれ事情を推測するしかなかった。

「まあ、とにかくホテルに行きましょう。とりあえず、少しゆっくりして、話はそれからだわ」

いまは、これ以上夏琳の気持ちを逆なでするようなことは言うまい。未亜は自分にいい聞かせた。こういうときの夏琳の扱い方は、これまでの経験からわかっている。なにがあったにしても、とにかく聞いてやるのが自分の役目だ。

12

ホテルに着くと、二人の名前で予約がはいっていた。

チェックインを済ませ、シングル・ユースのツイン部屋にそれぞれの荷物が届けられたのは、それからまもなくのことだ。荷物を届けにきたベルマンは、未亜の小振りのスーツケースと一緒に一通の封書も置いていった。開いてみると、島村が地下のラウンジで待っているという。話があるので、夏琳には内緒で降りてきてもらえないかと書いてある。

簡単に着替えを済ませ、地下に降りていくと、島村はメモにあった甘味処「とらや」の静かな席で、椅子から立ちあがって迎えてくれた。

「お呼び立てしまして、申し訳ありません」

穏やかな声ではあったが、心労が顔に滲み出ている。

「さきほどは失礼しました」

「長い時間はとらせません。ただ、ほんの少し、夏琳様のことでお話をさせていただきたいと思いまして」

「私もお聞きしたいと思っていたところです。夏琳は、あのあとお父様となにがあったのでしょうか？　病室から飛び出して来たとき、ひどく憤慨しているようでしたが」

未亜は、もっとも気になっていることを口にした。

「失礼ながら、夏琳様のご気性があそこまでとは思いませんでした。会長に似て大層頑固でいらっしゃる。やはり血は争えないとでも申しますか」

ほとほと手を焼いているという顔だ。

「よくわかります」

かすかに笑みを浮かべ、大きくうなずいた。そのことは、いつもそばにいる未亜が一番よく知っている。島村は、そんな未亜に急に親近感を覚えたのかもしれない。

島村の話は、いきなり勢いづいてきた。

自分は若いころから会長には絶大な信頼を寄せられてきた。どこに行くにも行動を共にし、夏琳親子のことについても、誰よりも心を痛めてきた。日本にいる本妻には内緒で、夏琳が誕生したときも、その後の別居暮らしにも、会長の代わりにどれだけ腐心してきたことか。そしていま、思いがけず病気になった会長の強い願いで、夏琳との面会が実現したというのである。

「これまでは、そんなことを一言も口にされなかった会長も、今回のご病気ではよほど弱気になられたのでしょう。心残りは夏琳様親子のことだけだとおっしゃいまして」

「それで、今回夏琳を東京に呼び寄せられたわけで？」

「はい、会長のたってのご要望で、一目会いたいとおっしゃいまして、それで私が連絡をさせていただいた次第です」

「夏琳も、今回のことは嬉しかったのだと思いますよ」

「森下さんは、本当にそうお思いになりますか？」

「彼女は、自分でも気付かないまま、強く父親を求めていたのではないかと思います」

ここ数日間、それは未亜のなかに大きく育ってきた確信であり、発見でもあった。

「本当にそうならいいのですが」

「私自身、夏琳の様子にはそばにいて驚いています。たしかに、口ではお父様のことをけなしています。憎んでいるような言葉も何度も聞きました。でも彼女、自分では気付いていないのかもしれませんが、心から父親を求めています。それはなにより彼女の言動に強く現れています」

「それならどうして……」

島村は、釈然としない顔で未亜を見る。

「彼女は一途で激しい女性です。それなりの人脈と、並外れた行動力もあります。ときとして、気持ちと行動とは、必ずしも一致しないかもしれません。ですから、私が一番恐れていたのは……」

「恐れていた？」

「はい。夏琳がなにかを計画していたのではないかということです。最初、私はそれをお父様の会社への働きかけではないかと、思っていたのですが。つまり、娘としての屈折した感情が、お父様の会社への復讐という形になって……」

「夏琳様が、会長に復讐を企てるというんですか？」

「私にもはっきりとはわかりませんが、少なくとも夏琳は、彼女自身のビジネスを通して、お父様の会社になにかとんでもないことを画策している気配が感じられるような……」

口ごもりながら未亜がそう告げると、島村は、突然愉快そうな笑い声をあげた。

「まさか、それはあり得ませんね。岩根家の奥様には息子様がお二人いらっしゃいましてね。そのお二人ともが、すでに岩根コーポレーションにとっては重要なポジションに就いておられます。ですから、この先も夏琳様が会社を継がれることこそありませんが、いまの夏琳様の事業には、これまでにも会長から多大な資金が出ていまして……」

「ちょっと待ってください。夏琳のお父様というのは、岩根コーポレーションの会長なんですか？ということは、あの岩根剛造……」

顔こそ知らなかったが、その名前は新聞や経済誌で何度も見たことがある。岩根コーポレーションといえば、日本の財界を代表わするコングロマリット、岩根グループの中核をなす総合商社。資産規模で八兆円を超えるという大企業だ。

「森下さんは、ご存じなかったのですか」

「ええ、そこまでは。でも、そうなると……」

以前、夏琳が憎々しげに何度も口にしていた言葉が蘇ってくる。あれはなんだったというのだ。

「ぶっ壊してやる」という乱暴な表現を使い、未亜にもその結末を見届けるようにと、夏琳自身の口で語っていた。

あの憎しみに満ちた企ては、誰に向けたものだったのか。

「おおかた、どこかのライバル会社のことでも口にしておられたのではないですかな。夏琳様はそのあたりも会長に似て、とても負けず嫌いでいらっしゃいますから」

「確かに、それはそうなんですが」

「とにかく、森下さんからも夏琳様を説得していただけませんか。会長は、夏琳様をそばに置きたがっておられます。できれば会長がお勧めするお相手と結婚して、お幸せになっていただきたいのです。男親は、娘がなにより可愛いものです。その気持ちは私にも、覚えがあります。なんといいましても、会長にとってお嬢様は、お一人だけですから」

「結婚ですか？」

なんということだ。まさか、夏琳がそんなことで憤慨していたのだとは思いもしなかった。

あっけないほどの状況に、未亜はわが身に悪態をつきたい気分だった。自分はこれまでいったいなにをしてきたのだろう。これでは自分の独り芝居。まったくの道化ではないか。夏琳の複雑な出生を思い、父親とのすれ違いの歴史を憂えて、なにか力になれることはないかと息巻いていたが、すべては自分の思い過ごし。空回りに過ぎなかったのか。

「でも、そんなことを説得しろと言われましても……」

「しかし、こればっかりは、私にも手の出しようがない。もし、森下さんが私の代わりに引き受けてくださったら、お礼はなんなりとさせていただきます」

「お礼なんて、そんなことは……」

「そうおっしゃらず、なんとかお願いできませんか。森下さんも上海ではお一人でお住まいなんだそうですね。こう言っては失礼ですが、海外で女性が一人暮らしをされるなんて、さぞかし大変なことではと思います。お若いだけに、ときには心細いこともおありでしょう」

「いえ、そんなこともないんですよ。毎日、結構気楽にやっておりましてね。私は、いたって暢気な性格ですから……」

言いながら、未亜はあえて笑顔を作ってみせる。

よくもまあ、こんな強がりを言えるものだ。いまのいま、厳しく突きつけられている逃げようのない現実があるというのに。

未亜はテーブルの下で、自分の右手をそっと下腹部に置いた。

「ですがね、森下さん。金なんていうものは、いくらあっても邪魔にならないものです。いや、失礼を承知で言っているのですが、本当にどんなことでも、なにかお困りのことがあったら、いつでも私におっしゃってくださいね」

「ありがとうございます……」

「そうだ。また東京へも、ちょくちょく夏琳様とご一緒においでください」

「はあ……」

「そう、それがいい。来週でも、再来週でも構いませんので、夏琳様を東京に連れ出して来ていただけませんか。また会長にお顔を見せてやっていただきたいのです。何度も言いますが、お礼はさせていただきます。ここに私の携帯電話の番号を書いておきます。いつでもご連絡いただければ、手配はこちらですべてやりますので」

島村は大層なことを思いつきでもしたかのように、なぜか急に弾んだ声になった。そして上着の内ポケットから名刺入れを取り出し、中から抜き出した一枚の裏にボールペンで電話番号を書き込んでから、未亜の目の前に差し出した。

13

翌日、夏琳と未亜が成田を発った上海行きの機内は、いつも以上に混雑していた。そしてその同じ便のビジネスクラス、わずか三列後ろの席にいて、平田光則《ひらたみつのり》はこれから赴《おもむ》こうとしている地に思いを馳せ、ゆったりと機内誌を拡げていたのである。

昭和五洋銀行常務取締役、法人部門国際部副責任役員として、上海支店を訪ねるのはこれが初めてのことだ。その支店長という立場で、あの倉津謙介《けんすけ》を上海に送り込んだのはこの自分だ。そしてその判断は、おおむね正しかったようだ。

ただ、昭和五洋銀行のすべての役員連中に、いや、できれば日本の金融業界の隅々にまでも、あまねくそれを認めさせるような成果を得るためには、いまひとつ、確固たる決め手となるものがなくてはならない。

今回の出張に、倉津とは入行年度が同じで国際部部長の加藤仁《かとうひとし》を同行させたのは、あの男にある種の緊張感を与えるためでもある。役員昇進というエサを目の前にぶら下げられて、二人がいまなにを優先させるべきか、ひしひしと感じているのは間違いない。互いに刺激しあい、どこまで実力を競い合うか。その結果次第で、自分が得られるものは倍増する。

できるだけ早く、そして確実に、しかもセンセーショナルななにかを手にすることだ。激動する中国に狙いを定めて、虎視眈々《こしたんたん》と機が熟すのを待っている競合相手に擢《ぬき》んでて、有無を言わせぬまでに、昭和五洋銀行の存在感と先見性を見せつけるためにも、いまはそれがどうしても欲しい。平田はそうも思っていた。

長引きすぎた後ろ向きの競争。金融当局から課せられた、気の遠くなるほどの不良債権処理の呪縛からもようやく解放された。だがそれは、日本のメガバンクにとって、次に始まる本当の意味での熾《し》烈《れつ》な競争の始まりを意味していた。とにかく、早い段階で頭ひとつ擢んでること。そんな焦りにも似た思いが、平田を取り巻いていたのである。

倉津から連絡があったのは、そんな矢先のことだ。

どうやら、なにかをつかんだらしい。平田はすぐに察知した。倉津は決して多くは語らなかったが、電話の向こうから聞こえてくるその声から、それがはっきりと伝わってきた。

「私も、一度はこの目で見てみないとな」

平田が言うと、倉津はさらに嬉しそうな声になった。

「そうですよ、常務。ぜひ上海においでください。こちらの空気を直接感じていただくと、きっと喜んでいただけると思いますから……」

あきらかに強い自信をうかがわせる声で、倉津は言った。

平田の乗った飛行機は、定刻どおりに上海浦東《プートン》国際空港に到着した。

機内持ち込みのできる大きめのキャリー・バッグで来ているので、バゲージ・クレームはそのまま素通りした。加藤と二人、逸る気持ちで到着ロビーに出ていくと、当然迎えに来ているはずの倉津の姿がない。

どうしたのかとあたりを見回していると、出口付近に立っていた若い男が二人近づいて来て、ぺこりと頭を下げた。

「常務、長旅お疲れさまでございました」

男は、倉津の部下の沢野泰之だと名乗り、もう一人の中国人の現地スタッフと迎えに来たという。沢野は、加藤からすぐに二人分の荷物を預かり、流暢な中国語で指示をして、現地スタッフに運ばせる。

「いや、上海へ来るのはずいぶん久しぶりだが、あらためて近いなと感じたよ。こんなに便利なら、たびたび足を運ばんといかんな」

「おそれいります。支店長からは、くれぐれもお詫びするようにと、強く言われてまいりました。なにせ今朝になって急な来客がありまして、支店長はどうしても席を離れることができなかったものですから」

「なんだよ、前々から連絡してあったのに……」

不満顔で言う加藤を、平田は笑顔で制した。

「いや、商売第一で、結構じゃないか。私は構わんよ。それより、急な来客というのは?」

「はい。ご存じのように、このところまたにわかに人民元の切り上げの噂が広がっていますので、そのあたりの情報が欲しくて来客が増えておりまして」

「こちらにいる日系現地法人なのかね?」

「もちろんこちらに在住のお客様も多いのですが、実際には日本国内の本社からもひっきりなしにお見えになるものですから」

「そうは言ってもだね、なにも常務がおいでになるときぐらいは……」

弁解じみた沢野の説明に、加藤は横から口をはさむ。

「まあ、いいじゃないか、加藤君。そういう客のアテンドも、海外駐在の大事な仕事なんだから」

「はあ、それはそうですが、それを効率良くこなすノウハウを身に付けるのも、海外支店長に問われる資質ですから……」

まだなにか言いたげな加藤の様子に、沢野は可哀想なほど緊張しきっている。

やがて四人はロビーを抜け、沢野は、現地スタッフが運転する車の後部座席に平田と加藤を乗せ、自分は助手席に乗り込んだ。そして、道中に簡単な上海のガイドを交えながら、そのまま昭和五洋銀行上海支店のオフィスまで直行した。

そのころ、早々に客を帰した倉津は、途中、携帯電話で沢野から連絡を受け、平田たちを乗せた車が着くころを見計らって、ビルの玄関まで出迎えていた。

ひととおりの挨拶を済ませ、高速エレベーターで三十階にある昭和五洋銀行上海支店のオフィスに着いた平田は、支店長室で倉津が勧めるソファに腰を下ろすやいなや切り出した。

「それで、やっぱり元の切り上げはあるのかね」

平田にしてみれば、いや、およそ金融業界に籍を置くものなら、当然の関心事だろう。こういう質問は、最近誰からも嫌というほど浴びせられる。

だが、それよりなにより、平田は南風汽車とのその後を訊きたいはずだ。正面切っては言わないが、今回わざわざ上海にやって来たのも、そのあたりを自分の目で確かめておきたかったからにほかならない。

それでも倉津は、そんな心中は決して顔に出さず、軽く一礼してから自分も平田の前のソファに、おもむろに腰をかけた。

「決して油断はできませんが、いますぐというのはちょっと考えにくいと思います」

倉津は、言葉を選ぶように、話を始めた。

「人民元の切り上げ絡みのニュースは、日本でも毎日のようにメディアに取り上げられているようですが、常務もご承知のように、中国株式市場の地合いはいまひとつ冴えません。といいますのも、政府が、過熱の一途《いっと》をたどってきた国内景気を冷まし、住宅投資のペースを落とす政策を取ってきたからで、当然の結果と言えなくもないのですが、このところ上海A株もB株も、ほとんど一方的に下げています」

「マクロで見る限り、経済成長率は落ちていないけどな」

加藤が、すかさず横から口をはさんでくる。

「はい。でも、中国株式の地合いは、やはり悪いと言わざるをえませんね。ですから、こんな時期に切り上げを実施すると、市場《マーケット》にとってはさらなるマイナス要因となりかねません」

「中国経済には不安定な部分があるからな」

そんな平田の言葉を捕らえて、倉津は大きくうなずいてみせる。

「まさにそのとおりなんです、常務。その不安定な部分を解決する前に、元の切り上げなんかしたら、中国経済は損失を蒙《こうむ》ります。他国のために自分たちが損をするなんて、許せないというのがこの国です。それはなんとしても避けたいというのが、胡錦濤《こきんとう》国家主席、温家宝《おんかほう》首相体制の基本的なコンセンサスでしょう。それともうひとつ無視できないのは、中国建設銀行と中国銀行の二行が、海外での株式上場をまだ実現させていないことです」

「対米の摩擦より、国内要因のほうが大事だというわけか。たしかに中国らしいといえば、らしい話だな」

「おっしゃるとおりですよ、常務。なんといっても、ここは中華思想の国です。彼らにとって、世界の中心は中国なんです。なにより面子《メンツ》を重んじ、外圧に屈するのを嫌う国民です。アメリカに対してだけではありません。たとえ相手が誰であれ、他国の牽制《けんせい》には決して屈したくない、いいえ、かえって頑《かたく》なになるようなところがありますから」

「かえって頑なに、か……」

「そうなんです。とにかく、自分たちのことで、他人が得をするようなことは許せないのです。私が上海へ来るまでにも、漠然とは聞いていましたが、実際にこの地で暮らしてみて、このことに関しては骨身に染みて実感しましたね。ビジネスでも、この点が一番の鍵になりますし、逆に言えば、なにより気をつけなければならないポイントかと思います。やり方を間違えれば、どんな話もまったく進みません。その点では、むしろ日本人とは正反対ですね」

倉津にしてみれば、人民元の見通しを語る形をとって、実は自分がこの上海でいかに苦労してきたかを匂わせたつもりだった。今回の南風汽車との案件についても、そうした地道な努力や、忍耐力があったからこそで、ここに至るプロセスがいかに大変だったか、平田に少しでもわからせたい。

「なるほど、さすがの倉津君でも、こちらでは苦労しているというわけだな」

さすがに鋭く察したのか、平田はにやりと笑みを浮かべる。

「おそれいります」

「だがな、倉津君。そうは言っても、人民元のことではアメリカも黙っちゃいまい。最近は、中国に対する突き上げも、ますますエスカレートしてきた感がある。米国議会では、元の切り上げコールの大合唱じゃないか」

「そんな議会の要求を受けて、先日アメリカ政府は、繊維製品の一部の緊急輸入制限《セイフガード》も発令しましたからね」

加藤が、またも横から言い添える。

「それなんですが、加藤さん。私はアメリカは馬鹿だなと、つくづく思います。どうして誰も言い出さないのか不思議なぐらいでして……」

「どういうことかね？」

「はい。常務もご存じのように、現在、日本と中国を足して、それに韓国と、それから台湾まで加えると、外貨準備高は世界のおよそ八〇パーセントを占めています」

「外貨準備高？」

案の定、平田は、いきなりなにを言い出すのかという顔つきになった。

「そうです。いまや二兆ドルに達するといわれている世界の外貨準備高は、その内の約七〇パーセントが米ドル建てですし、その大部分が米国財務省証券《トレジャリー》の形で保有されています」

「それが元の切り上げとなにか関係があるのですか？」

これだから嫌になる。加藤の言葉に、倉津は内心舌打ちをした。昭和五洋銀行国際部の部長ともあろう人間が、この程度の市場センスがなくてどうするのだ。生き馬の目を抜く為替市場で、ディーラーとして生き抜いてきた経験を持つ倉津の目からすれば、もどかしくてならなかった。だからこそ、要領がいいだけでここまできたような加藤にだけは、敗《ま》けるわけにいかないのだ。

だが、もちろんそんな思いを倉津が顔に出すことは決してない。

「日本の円高時代を見てもわかるように、たとえ人民元を切り上げても、それでアメリカの輸出産業にどれだけ好影響がありますかね。輸入がすぐに減るとも考えられませんし、むしろ中国が保有している米国債の評価損のほうが気になりますよ。そのせいで中国が米国債離れに転じたら、あれだけ巨額の財政赤字を抱えるアメリカにとっては、そっちのほうが問題でしょう。元の切り上げが、実は米国の国債市場、つまり長期金利に対して大きな影響力を持つことを、米国議会の愚かな連中は、まだほとんど気付いていないようでして」

「なるほど、人民元切り上げの副作用というわけか」

　平田は、感心したような声をもらした。

「米国の長期金利はいま不思議なほど安定しています。米国内の住宅バブルが崩壊しないのは、この安定があるからです。でも、もしも人民元が切り上げなんてことになって、それで中国が米国債の購入を止めたら……」

「一気にバブル崩壊ということか。いまやアメリカの住宅市場の、いやアメリカ経済の明暗を分けるキーパーソンは、米連邦準備制度理事会《FRB》議長ではなくて、胡錦濤という事態になってきたわけだな」

　平田は、皮肉な笑みを浮かべた。

「なにせ相手は中国ですからね。律儀でお人好しの日本と違って、いざとなったら、保有の米国債なんか平気で売るようなこともするでしょう。考えてみますと、アジアの強大な外貨準備は、これまではアメリカの財政をファイナンスしているぐらいにしか思われてこなかったのですが、これからはもっと違う方向性も見つけていくべきかもしれません」

「政治のツールに使えということかね？」

「その可能性大だと思いますね。もしもこうしたアジアの国々が協力しあって、外貨準備が政治的な力を持つようになったら、アメリカの将来なんてどうとでもなります」

「おいおい」

「少なくとも、金融市場においてドルの一人勝ちはなくなりますね」

「だけど、倉津さん。問題は、アジアの協力体制ができるかどうかでしょう」

「そうなんです。韓国は先日、外貨準備の分散を口にして、あまりの反響にか、それともアメリカからなんらかの圧力がかかったか、とにかく慌ててフォローしていましたよね。ただ、韓国は明らかにアメリカ離れを模索し始めている様子ですのに、日本は相変わらずですしね。こういう場面でも、中韓対日米という政治的構図が浮き上がってくるのかもしれませんが」

「アジアのなかで、日本が進むべき方向性をどこに定めるかだ。ひいては、そんな世界経済のなかで、わが昭和五洋銀行はどんな展望のもとに、独自の立ち位置を見いだしていくかだな。まあ、そうした背景を踏まえたうえで、われわれとしてはいかに実際のビジネスをだな……」

来たな、と倉津は思った。

「そこで、常務にご報告があります」

前置きは十分だ。ここからが、本当の見せ場である。倉津は、テーブルに身を乗り出すようにして、口を開いた。

第四章　黒《ヘイ》　洞《ドン》（ブラック・ホール）

1

一時間ぐらいは待たされただろうか。

ようやく老婆に呼ばれて施術室に行き、言われるままに服を脱いだ。ショーツとキャミソールだけの姿で、恐る恐る木製ベッドに身を横たえると、まるで苔《こけ》の上にでも寝ているように、じっとりと冷たいシーツの湿り気が肌に触れた。周囲を満たしているのは、澱《おり》のようにたまった重い空気。そして、言いようのない臭《にお》い。

薬草かなにかを煎《せん》じたもののようでもあり、かつてこの場に身体を横たえてきた、何人もの女たちの汗と涙の臭いなのかもしれないと、未亜は思った。

「ここで静かに待っていろ。準備をしてくるから」

老婆はそう言い残し、足を引きずるようにして、またどこかへ姿を消してしまった。

剝き出しの肌や髪にまで染みついてしまいそうなほどの、その強烈な臭気のなかで、未亜《みあ》は下腹に両手を当てたまま、すべてを観念したように目を閉じた。

なにをされても、堪えなければならない。

大丈夫、きっとすぐに済むわ。

ほんのしばらくの辛抱よ。そうすれば、みんな終わってしまうのだから。

はてしない逡巡も、思わずすがってしまいそうになるささやかな望みも、すべてはこの世から消えてしまうはず。

未亜は、自分を納得させるように、そう繰り返していたのである。

この子を生んではいけない。

織田《おだ》の子供を、この世に産み落としてはいけないのだ。

だが、そう思えば思うほど、薄闇のなかにあの男の顔が浮かんでくる。

濃い睫毛《まつげ》で縁取られた優しげな目。整い過ぎているほどの精悍な鼻梁《びりょう》。そして、意志の強さと、なにより頭の良さを物語る薄い唇。とりわけ未亜は、その形の良い唇が好きだった。

あの唇に、なんどこの身を任せたことか——。


「未亜、目を開けて……」

織田は、いつもあのとき、そう言った。

戯れあい、掻き立てられた欲望のままに、むさぼりあう互いの身体。

そして、未亜の奥深くまで達した織田が、いままさに果てようというそのとき、なぜか必ずその瞬間の自分の顔を、未亜に見届けさせたがる。

「未亜、さあこっちを見て」

「だって……」

恥じらいに、目を開けようとしない未亜を、あの男は許さなかった。

「ダメだよ、未亜。僕の顔をしっかり見るんだ。いいから、ほら……」

思い切って薄目を開くと、灯を落とした仄暗い未亜のベッドルームで、闇に浮かんだ織田の顔は、妖しげなまでに端整だった。

織田は、どんなときも自分が美しいことを知っている。ベッドのなかでは、未亜がいつも従順であることも。なにより、自分を見ろとは言うくせに、男の目は閉じたままで、決してこちらを見ていない。

ふと頭を過《よぎ》る、そんな邪念を払うために、未亜はまた目を閉じた。

「未亜、すごいよ、未亜。素敵だ、綺麗だよ、未亜……」

やがて、激しいあえぎのなかで、何度もそう繰り返し、登りつめ、さらに頂上を極めて、言葉が途切れたと思った次の瞬間、耐えに耐えてきた若さを、ありったけの勢いでほとばしらせる……。

あの瞬間が、好きだった。

少なくともあの一瞬だけは、織田は自分のものになる。

未亜は、切ないほどの確かさで、それを実感することができた。

だがそれも、長くは続かなかった。

ほんのわずかなあいだ、織田がすぐにベッドから立ち上がって、まるでなにごともなかったかのようにシャワールームに飛び込んでいくまでの、ささやかな数分間だけだ。

どうしてそんなに急いで行ってしまうの。

そんなに早く洗い流してしまいたいの。

いつまでも余韻のなかに漂っていたいと願う未亜を、振り返ることすらなく、そそくさとそばを離れていく若い背中に、だが未亜はそんなふうに声をかける勇気もないまま、いつも黙って見送ったものだ。

引き締まって、うっすらと汗を浮かべた艶やかな肌。まるで、自分との若さの差を見せつけるかのような、残酷なまでに無駄のない健康そのものの背中。

そんな完璧な外観の裏にひそんだ、織田の生まれながらの冷徹さを、知らなかったわけではない。

「ねえ、一輝《かずき》……」

伸ばした未亜の手は、織田には届かなかった。

「ゴメン、明日は朝が早いから……」

「でも……」

「大事な会議があってさ、大変なんだよ」

シャワーから戻ったあと、形の良い唇から発せられる言葉の隅々に、それとは意識させぬほどの小さな嘘が配されていることにも、気づかなかったわけではない。

「今度の商談相手は手強くてね。相当気合いをいれてあたらないと、厳しいかも」

終わったあとの織田は、なぜか饒舌だった。

巧みな駆け引きと、人知れぬ計算。相手が誰であれ、どんな場合であれ、あの男のなかには終始そんな小さな罠が潜んでいる。そんなことも、最初に会った瞬間からわかっていた。そうでなくても、相手が六歳も年下というだけで、女の側がどこかいつも負い目を引きずってしまう。そのことも嫌というほど自覚していた。

それでも、織田に惹かれたのだ。

いや、なにもかも気づいていたはずなのに、すべてに目を逸らし、あえてみんな呑み込んで、自分からあの男に飛び込んでいったのである——。

「話？　なんだよ、話って」

ホテルの部屋に戻ってから二度目に電話を入れたとき、織田の声はあまりに不機嫌だった。

夏琳《シャーリン》のことで島村《しまむら》に呼び出され、帝国ホテルの地下の喫茶室で、思いがけない話を聞かされたあとのことだ。

「何度も電話してごめんなさい。でも、あなたに相談したいことができちゃったの」

あなたと私のことよ。あなたと私のこれからと、二人の赤ちゃんのこと。

喉元まで出かかった言葉だったが、いまはそれ以上言ってはいけないと、なにかが強く未亜に訴えてくる。

「相談なんて、急に言われても……」

織田は、さらに迷惑そうな声で言った。電話をしたことも、いや、未亜が東京に来ていること自体が、煩《わずら》わしいと言いたげだ。

「時間は取らせないわ。ほんの少しでいいの。せっかくわざわざ東京に来たんですもの、会えないかしら？　どうしてもあなたに聞いて欲しいことがあるんだけど」

未亜の口調が、無意識に強くなる。

どうしてそんなに拒絶するの。私からこんなになにかを頼むことなんて、いままで一度もなかったのに。

あの思い出深い再会は東京だったが、それ以降、二人は上海でしか会ったことはない。織田が、東京に来いと言ったことは一度もなかったし、未亜が東京に来たときも、一度も連絡をしたことがなかった。

二人の時間は、二人が上海にいる場合だけ。どちらが言い出したわけでもなかったのに、それが互いに暗黙の了解のようになっていたのは、なぜだったのか。そしていま、自分はルール違反をしているのだろうか。未亜は、いたたまれない気持ちになってきた。

「僕だって会いたいんだけどね。どうしても仕事が抜けられないんだ。日本に来るなら来るで、前もって言っておいてくれないと無理だよ」

勘のいい男だ。無意識のうちに、なにかを察したのかもしれない。

「悪かったわ。でも、今夜はこちらに泊まるから、夜遅くてもいいのよ。夜中だってかまわないし、よかったらこのお部屋に泊まっていってもいいんだけど」

「今夜中にかたづけないといけない仕事があってね」

「朝までかかるの？　だったら、明日の朝早くでもかまわないわ。でも、お昼前にはチェックアウトしなくちゃいけないけど」

「そうか、明日はもう帰っちゃうんだね？」

声はあまりに正直だ。残念そうな口振りではあるが、未亜が一泊しかしないことを知って、安堵しているのが嫌でも伝わってくる。

「どうしてもダメなのね？」

「ゴメン。また、上海に行くからさ」

「今度はいつ？」

なんという愚かしい質問をしているのだろう。自分にそんなことを言わせてしまう織田が、無性に腹立たしい。

「いや、そんなに先の話じゃないよ。ただ、仕事次第だからね。いまはまだ僕にもはっきりとは約束できないんだ。あ、でも、必ず行くからね。そのときは、きっと未亜のところにも行くからさ。話はそこでゆっくり聞くよ。それでいいよね？」

すぐにも電話を切りたそうな声を聞いていると、未亜のなかに、ほんの少し残酷ななにかが生まれてくる。

「わかったわ。もういい。相談って、夏琳のことだったんだけど、でもいいわ。私一人でなんとかするから……」

どうしてこんなことを口にしているのだろう。未亜は、自分が不思議でならなかった。

「え、夏琳のこと？　どうしたんだよ、夏琳になにかあったの？　彼女、またなにか始めたのかい？」

織田は、あからさまなほど態度を変えてきた。

「一輝、あなた……」

激しく動揺していた。だから、未亜はまた言ったのである。

「私、彼女のお父様に会ったわ」

完全に打ちのめされた思いだった。

「なんだって？　夏琳の父親に会った？　それで、どんな人だったの？　教えてくれよ、未亜。夏琳の父親って、誰だかわかったの？」

性急に答えを求める織田の声が、未亜の耳に空《うつ》ろに響く。

「もういい。もういいのよ……」

これ以上、なにを言う気にもなれなかった。織田の関心事は自分ではない。自分に対する優先順位は、ここまで低いのだ。夏琳への興味のほうがはるかに強い。いや、そのことも、自分はすでに知っていたはずだ。

もはや悩むことはなかった。それがわかっただけで十分だ。これ以上、傷つく必要がどこにある。

「よくないよ、未亜。未亜ったら、ねえ……」

小さな携帯電話から聞こえてくる織田の声に、耳を塞ぎたくなるような思いがした。未亜は今度こそ、迷うことなく自分から電話を切っていた——。

2

南風汽車からの待望の返事は、意外に早く届けられた。

皮肉なことに、昭和五洋銀行本店からやって来ていた平田《ひらた》常務と加藤《かとう》国際部長が三日間の滞在を終えて、上海を発つのを待ちかねていたかのように、倉津《くらつ》のもとに電話がかかってきたのである。

「来ましたよ、支店長。ついに来ました」

支店長の代理として、倉津の代わりに電話に出た沢野《さわの》は、片手で送話口を塞ぎながら倉津を見て囁いてくる。相手の口調から強く伝わってくるものがあったのだろう、興奮のためか頰を紅潮させ、何度もうなずき、飛び上がらんばかりの喜びようだ。

「それで、なんて言ってきたんだ、先方は？」

極力小声に抑えたつもりだったが、倉津の声もつい弾んでくる。

「できれば、すぐにも会えないかと言っています」

「会いたいと言ってきたんだな？」

「はい。詳しいところまではっきりとは言いませんが、奴《やっこ》さんたち、どうやらかなり乗り気のようですよ。なんですか、上からえらくせっつかれているような口振りです。どうなさいますか、支店長？」

沢野の顔が、倉津の答えを急《せ》かしてくる。

「もちろん行くさ。こっちはなんとでも都合をつけられる」

「先方は、よかったら今日にでもおいで願えないかと言っていますが」

倉津の言葉を伝えた沢野が、送話口を塞いでまた訊いた。

「わかったよ。すぐに来いというのなら、こっちはいつでも準備はできているさ。そうだな、今日の午後にでもうかがいます、と伝えてくれないか」

「はい、ではそうします」

沢野は、倉津の言葉を流暢な中国語で丁重に伝え、今日の午後二時に、二人で南風汽車のオフィスを訪ねる約束をして、電話を切った。

「すごいですよ、支店長。よかったですね。彼らは相当積極的になっている様子ですよ。この分だと、すぐにもスタートしたいなんて言ってくるかもしれません。いやあ、楽しみな展開になってきましたよ。こんなにうまく行くとは思いませんでしたね。しかも、ここまで早くとは……」

沢野は手放しの喜びようだ。

「早まるなよ、沢野。まだ、話が決まったわけじゃない。とにかく気を引き締めて会いに行くことだ。慎重になるに越したことはないからな。喜ぶのはまだまだ先のことだ」

「はい、支店長」

沢野はいったん神妙な顔になって、だが、さらに嬉しそうに続けた。

「でも、平田常務も加藤部長も、あともう一日上海においでになればよかったですね。そうしたら、いい報告ができたかもしれませんのに」

「おいおい、だからいま言っただろうが。早合点は禁物だぞ。あんまり浮かれていて、足下を掬われても知らないからな」

倉津は、そう言ってたしなめはしたが、もちろん内心は沢野と同じ思いだった。


二人が南風汽車の本社ビルに着くと、前回と違って最上階にある役員会議室《ボードルーム》に通された。そしてミーティングは、沢野が予想していたとおり、以前にも増して友好的な雰囲気で進められた。倉津は、前回のプレゼンテーションのとき自分が力説したセールス・トークが、そのままの形で、いや期待以上に効果的に、相手に受け入れられていることに確信を持った。

会議に顔を出してきたのは、前回よりもさらに上層部の人間、董事長《CEO》の劉天武《リウティエンウー》を含む四人で、南風汽車の経営陣からも、今後の正式な契約締結を目指して、細部を詰めるという約束をとりつけることができたのである。

「倉津支店長がおっしゃっていたように、日本の投資家に南風汽車の名前を広く知ってもらうことはわれわれが強く願うところです。そのためにも、今回の昭和五洋銀行のスキームは非常に大きな効果が望めると判断しました。このビジネスが成功すれば、わが社の東京証券取引所への上場も、視野にはいってくるともあなたは言っておられたそうですね」

劉は、淡々とした口調で言い、通訳が癖のある日本語で告げてくる。向かい合って立てば、体格のよい倉津とはほとんど親子ほども違いそうなぐらい痩せて小柄な男である。声も低く穏やかで、第一印象はむしろ拍子抜けするほど物静かな印象があった。

だが、互いに握手を交わし、勧められるままにいざ会議のテーブルをはさんで正面から向き合って座ると、周囲を圧するような不思議な存在感がある。柔和な顔つきで終始笑みを浮かべているにもかかわらず、そのなかで、目だけがまるで別の生き物であるかのように、鋭くこちらを見つめている。

「はい、確かに申し上げました」

だからこそ倉津も努めて力強い声で言って、大きくうなずいてみせる。それを、隣の席にいる沢野が、やはり丁重な態度で中国語に訳していく。沢野の緊張は、倉津にもひしひしと伝わってきた。

「本当にそうなれば、われわれにはなかなか魅力的なことになりますなあ、支店長……」

愉快そうに言う声とは裏腹に、劉は探るような目になっている。

「それだけではございません。さらには、南風汽車さんが、どこか日本の自動車メーカーを買収なさることも不可能ではないと、私はいまも思っております」

答えながら、倉津はさらに揺るぎない視線を返した。

「それは結構ですな、倉津支店長。さて、それではどこかに手ごろな自動車メーカーはありませんかな。もしも、これはというところがあるなら、ぜひ昭和五洋銀行さんに、ご紹介いただきたいものです」

冗談めかしてはいるが、劉の目は半分は本気らしい。

おそらく、こんなに急に話が進展したのも、南風汽車の内部に、なにか確たる変化が起きたからに違いない。走出去政策がらみでなのか、中国政府からこの南風汽車に、なんらかの指令が出たのではないだろうか。倉津は劉の目の奥にあるものを、見極めたいと強く思った。

膨らみ過ぎた中国の外貨準備を減らすため、主だった国内企業に対して、政府が積極的に海外進出を図るようにと奨励しているのは周知のことだ。劉が、この場ではっきりと口にすることはもちろんないにしても、おそらく海外上場はもっかのところ南風汽車にとっては進行中の検討課題なのかもしれない。

ちょうどそんなところへ、倉津がタイミングよくこの案件を持って来たので、渡りに船といった具合だったのではないか。倉津は、わが身の強運を天に感謝したい思いで、ひそかにほくそ笑んだ。

「わかりました。その節には、ぜひ手前どもへ万全のご信頼をお寄せいただけますよう、今回の案件に関しましては、弊行の死力を尽くして、御社のために働かせていただきます」

倉津は劉に送る視線に、熱をこめた。

「さて、今回倉津支店長からご提示いただいた自動車ローン証券化に関するスキームにつきましては、われわれなりにずいぶん調べました。そしてその結果……」

相手の通訳がみなまで訳し終える前に、倉津が口を開く。

「劉先生は、この分野にはひとつ大きなハードルがあることがわかった、とおっしゃりたいのではないですか？　一点だけ、どうしてもクリアしなければならない問題点があると」

沢野がすかさず流暢に中国語に訳す。

「ほお、倉津支店長。さすがに察しが早い」

劉が、初めて本当に愉快そうに目を細めた。

「自動車ローンの証券化ビジネスが実現するのを、なんとしても阻止したがっているところがあると、ご心配になっているのでは？」

「どうしてそれを……」

あきらかに、劉の顔色が変わっている。倉津は満足げな笑みを浮かべた。

「われわれ昭和五洋銀行は、ビジネスに際しては、常に完璧な準備態勢を敷いて臨むことをモットーにしてきました。そのうえで、これはという厳選された案件のみに限定して、自信を持ってご提示してきたのです。だからこそ世界のトップを行くビジネス・パートナーのみなさまから、絶大な信頼を得られ、満足していただけたのだと自負しております」

倉津は、誘うような視線を投げる。

「つまり、このクリアしなければならないハードルに関しても、すでに昭和五洋銀行の側で手を打ってあると？」

劉も負けてはいない。

「もちろんです。と申しますより、そのことでしたら、話はいたって簡単ではありませんか？　切り札は、最初から御社の掌中に用意されていましたから」

倉津の答えに、南風汽車の通訳が役員たちのほうを振り向き、首をひねった。劉の両脇にいる役員も、隣の席同士なにやら囁き合っている。

「どういうことなんですか、倉津支店長」

訊いてきたのは、前回のプレゼンテーションを取りまとめた窓口の部長趙龍《チャオロン》だった。

「われわれの側に最初から切り札があるというのは、どういう意味なんでしょうか？」

腑に落ちない顔で、身体を乗り出さんばかりにして、さらに訊いてくる趙を、劉は静かに手で制した。

「まあ、待ちなさい。われわれ南風汽車と昭和五洋銀行は、利害が一致している。そういうことですな、倉津支店長」

劉は、にやりとして言った。倉津は、黙って大きくうなずいてみせる。

「弊行のほうにも、もちろん当局へのパイプはありますので、そちらはわれわれの側でも存分にプッシュしていくつもりです。ただ、当局については、当然ながら御社のほうがもっと影響力がおありです。さらに、Gの字に対してとなると……」

全部を語らずとも、わかっているはずだ。倉津は暗にそう言いたくて、劉をまっすぐに見た。

「わかりました。邪魔者に対しては、とっておきの秘策がある」

「それでこそ、劉先生。いざとなったら、G社との合弁会社から、南風汽車財務公司の預金を全額引き揚げると脅しをかけるぐらい、御社にとってはなんでもないことですからな」

倉津はそこまで告げて、意味ありげに笑みを浮かべた。

「あ、なるほど。そういうことでしたか。自動車ローンの証券化ビジネスが認可されると、一番困るのは資金調達の場でこれまで独占的に優遇されてきたグローバル自動車です。だから、あそこを黙らせれば、すべてはうまく行く。しかもグローバル自動車は、われわれとの合弁でビジネスを展開しているわけで……」

納得顔でそこまで言った趙は、倉津の顔を見て、あらためて感心したように続けた。

「倉津支店長。あなた、見かけによらず、なかなかの悪党だ」

「それはそれは、お褒めにあずかり光栄に存じます」

倉津は、余裕の笑顔で切り返した。

「いや、支店長。気に入りました。あなたとは、これからもぜひ長いおつきあいをお願いしたいですな」

「ありがとうございます、劉先生。どうぞよろしくお願いいたします。それでは、正式な調印に向けて、早速当局への働きかけを……」

「その点については、ご心配にはおよびませんよ、倉津支店長。当局に向けては、すべて、われわれサイドでなんとでも取り計らいましょう。これが実現すれば、上海にまたもうひとつビジネスの世界が誕生する。自動車ローン業界の画期的な飛躍だ。いや、自動車業界全体の力強い前進です」

「はい。自動車ローンの証券化ビジネスは、上海における新しい時代の幕開けであります。やがては各都市に向けて展開することになるでしょうが、その歴史的な場面に同席することができて、大変誇りに思っております」

「いや、その時代の重い扉は、われわれ南風汽車と、昭和五洋銀行さんの両者が、力を合わせてこそ、この手で開けることができるのです」

劉も、感慨深い声を漏らした。

「相互の末長い繁栄を願って」

劉が、握手を求めてくる。

「われわれ全員の幸福のために……」

倉津は全員の顔を見回し、両手でしっかりと握り返した。

3

すぐそばに人の気配がして、未亜はすぐに目を開けた。

しばらく姿を消していた老婆は、現れるときもいきなりだった。

「さあ、始めるぞ」

大蒜《にんにく》臭い息が、顔の上からふりかかる。

乾いて粉をふいたようなその顔は、嗤《わら》っているように見えたのに、目には涙が浮かんでいるようでもあった。

未亜の身体のあちこちを、なにかを探り当てるように触れる指先は、妙にべたついていて、ぞっとするほど冷たかった。その動きにじっと耐えているうちに、なぜだかわからないが、言いようのない焦りを覚えてきた。

不安だけではない、恐怖感というのともどこか違う。堪えきれないほどの不快感、いやこの場にいることに対する、どうしようもない違和感とでも言えばいいのだろうか。

未亜は、自分でもわからずに夢中で叫んでいた。

「あの、赤ちゃんは……」

「なに？」

突然の質問に、老婆は驚いたような顔になる。

「私の赤ちゃんはどうなるんですか？」

この期《ご》に及んで、いまさらなにを言っているのだろう。未亜は自分が発した言葉が、不思議に思えるほどだった。それでも、言わずにはいられなかった。とめどなく噴き出してきた冷たい汗が、未亜を限りなく追いつめる。

「どうなるって？」

「ですから、赤ちゃんはどうなってしまうのかと……」

「そんなこと、おまえは知っちゃいないだろう。心配ない。みんなわしに任せて、ただじっとしていればそれでいいのだ」

老婆はまた焦げたような歯を見せ、どこか愉快そうに、くぐもった笑い声をあげた。

女の身体に、針を一刺しするだけで、子供を堕ろすことができる。

たしかにそんな話に救いを感じて、こんなところまでやって来た。だが、自分の身体から無理やり引きずり出されてしまうこの子は、そのあといったいどうなってしまうのだろう。それを思うと、未亜の全身に戦慄《せんりつ》が走った。

「やめるのか？」

老婆は、焦《じ》れたように未亜を見た。

息を詰め、もう一度息を大きく吸って、未亜は答えた。

「いえ、お願いします……」

「わかった」

言われるままに目を閉じて、身体を開くと、目の前に、ひからびた胎児の姿が浮かび上がった。小さくても指の数まではっきりとわかる両方の手。それを顔の前にしっかりと握りしめ、丸く身体を屈《かが》めている。

いつか医学書で目にしたことがあるような、限りなく小さな自分と相似形の人間。

老婆の指先が、未亜の下腹部を弄《まさぐ》るように、またゆっくりと這い始めた。

怪しげに蠢《うごめ》く指のちょうど真下で、その子がふいに頭をもたげ、目を開いた気がした。

「あ……」

未亜の口から声が漏れた。その瞬間、未亜の体内でなにかが動くのを感じたからだ。

未亜の意志には関わりなく、自分のなかにまったく別に動きを始めたものがある。

この子は意志を持っている。

未亜はいま、はっきりとそれを実感した。

この身体のなかに、未亜自身のそれとはまるで関係なく、もうひとつの独立した意志が存在する。

そしていま、この子はその意志にもとづいて、自発的に動いている。かすかだが、確かな生命の感触。

自分とは別個の生きる力。

「やめて！」

そう思ったとき、未亜はベッドから跳ね起きていた。

そして、たたんであったジーンズに大急ぎで足を通し、残りの服とバッグをわしづかみにすると、そのまま後ろも振り向かず、裸足で治療院を飛び出していたのである。

4

契約の正式な締結に向け、力強い手応えを感じて、倉津は意気揚々と南風汽車を出た。

「お疲れさまでございました。みごとに支店長のおっしゃったとおりになりましたね。われわれが選んだ相手も、プレゼンのタイミングも、ズバリ的中したようです」

「ご苦労さんだったな」

「すべては支店長の功績です」

「いや、チームワークの勝利だよ」

倉津は、沢野の労をねぎらった。

「こうなると、見物ですね。あの若造はどんな顔をするでしょうね」

沢野は、愉快でたまらないという顔をした。

「なに、いまにわかるさ。奴さんは、早ければ明後日あたり、いや、遅くてもまあ一週間以内ぐらいになるかな。いずれにしても、血相を変えてやって来ることになるのだろうけど」

そんなふうに言った倉津の予言どおり、それから三日たった日の午後二時過ぎに、織田は憤慨して支店長室に怒鳴り込んできた。

ネクタイはかろうじて締めているが、シャツは無残なまでに皺《しわ》だらけだ。髪も起き抜けのようにボサボサで、うっすらと無精髭までが生えている。こんな織田の姿はこれまで見たことがない。

「倉津さん、いったいどういうことなんですか。説明をしてください、納得のいく説明を……」

声がうわずっている。よほどショックを受けたのだろう。

「どうなさったんですか、織田さん。なんだか顔色が悪いようですが」

言いながら、倉津は笑いを噛み殺すのに骨が折れた。

おそらく南風汽車は、早々とグローバル自動車になんらかの手をまわしたのだろう。普段は悠長な南風汽車も、さすがに今回のことに関しては、なにかにつけて驚くほど機敏だ。それだけ今回の案件に、収益チャンスを見いだしているということか。どちらにせよ、それを受けた織田は、取るものも取りあえず、慌てて東京を発ってきたらしい。

「時間はたっぷりあります。じっくりとうかがいますよ、織田社長」

倉津はゆったりと部屋に迎え入れ、いたわるようにその背中に手を添えて、わざとらしく織田を社長づけで呼んだ。

「じっくりもなにもないですよ」

織田は倉津の手を乱暴に振り払い、キッとこちらを睨みつけてくる。

「おやおや、なにかお気に障りましたか？」

「しらばっくれるのもいい加減にしてください。南風汽車に、僕のアイディアを売りつけたっていうのは、倉津さんなんでしょう？　一昨日いろんな問題点をクリアして、ようやくスキームを完成させたんです。だから、早速グローバル自動車にメールで送っておいたんですよ。そうしたら、今朝一番にジョージ・アンダーセンから電話があって、一部始終を知らされました。こんなやり方って、ありますか。いったい、なんだってあなたは……」

書類を持つ手は小刻みに震え、噛みつかんばかりに迫ってくる目は、血走っている。取り乱した織田の様子に、吹き出しそうになるのをこらえて、倉津はあえてゆったりとソファを勧めた。

「さっきから慌てて、なんのことをおっしゃっているんですか？　グローバル社が、どんな電話をしてきたっていうんです？　まあとにかく落ち着いて、こちらに掛けてください。いま秘書にうまいコーヒーをいれさせますから、それでも飲んで一息つかれたらいかがです？」

インターコムで秘書を呼ぼうとすると、騒ぎを聞きつけたのか、沢野が支店長室にはいってきた。

「とぼけるのはやめてくださいよ、倉津さん。それから沢野さんも、聞いてください。今回の僕の証券化スキームを、こともあろうに、あなたたちは南風汽車に持ち込んだんだ。完全な抜け駆けですよ。南風汽車は、政府との太いパイプを使って、当局になにか圧力をかけたのでしょう。オート・ローンの証券化ビジネスを認可することが決まったと言っていたそうです」

織田は、怒りをぶちまけるように一気に告げた。

「ちょっと待ってください。さっきから黙って聞いていたら、僕のアイディアだの、僕のスキームだのって、なんのことですか？　抜け駆けという言葉も聞き捨てならないですね。それに、自動車ローンの証券化ビジネスが実現するなら、上海の金融業界においても歴史的な快挙ですよ。それが本当だとすると、日本人投資家に証券化商品を売れることになる。われわれにとってもいいニュースじゃないですか」

あくまで穏やかに、落ち着いた声で、倉津は言う。

「冗談じゃないですよ。どこがいいニュースなもんですか。まさか忘れたわけではないでしょうね、倉津さん。僕らはグローバル自動車以外には、このスキームを提示できないことになっているんですよ。クソッ、あいつら、最初から証券化ビジネスなんかやる気はなかったんだ」

「おそらくね」

「え？　倉津さんは、それを知っていたのですか？」

「あそこは、業界のなかでも唯一資金調達に困っていないところですから」

「だったら、あのときそのことを……」

なぜ言ってくれなかったのだと責めたいのだろう。だが、織田はさすがにその先までは口にせず、思い直したようにまた口を開いた。

「だけど、いまさらそれがわかっても、僕らは手も足も出せませんよ、倉津さん。契約書にはっきりと謳っているのですからね。今朝、グローバル社から再確認するように厳しく言い渡されました。ですから、もしもあなたが南風汽車に持って行ったのだとしたら、即座に契約違反ということになる」

織田は、胸を反らした。これで倉津から一本取ったつもりでいるのだろう。

「それはどうでしょうかな。この際誤解のないように言っておきますが、われわれ昭和五洋銀行は独自のスキームを開発し、完成しています。それに、他社にアプローチしないという覚書を交わしたのは、あなたご自身だ。うちとは関係がない」

分野こそ違っていても、債権の証券化スキーム自体はほかにいくらでも例がある。それをもとにアレンジを加えて、特有のものを作りあげることも不可能ではない。実際、他社のスキームを解読し、それを応用して斬新な金融商品を売り出すことなど、よくある話だ。

「そんな馬鹿な……」

織田の顔が強ばった。

「そうですよ。他社に持ち込まない旨を謳ったグローバル社との約束というのは、織田社長がご自分でなさったことですよね。その覚書に、弊行の名前は出ているんでしょうか？」

沢野も横から言い添えた。

「いや、それは……」

織田は言葉を詰まらせた。

「その覚書から、われわれ昭和五洋銀行の名前をはずしたのも、あなたのほうでしょう。違いますか、織田社長？」

沢野は、容赦なく詰め寄っていく。

「だけど、それは……」

「あなたは、僕のスキームとおっしゃったが、まさにその通りです。要するに、織田さん自身の個人的なビジネスのことでしょう。覚書に弊行が関与していないとなると、それこそ抜け駆けをしたのは、あなたのほうだということになりますかな。もっとも、われわれはそんなことに興味もなかったし、とやかく言うつもりはまったくなかったのですけどね」

止《とど》めを刺すのは、自分の仕事だ。倉津は不敵な笑みを浮かべた。

「そうか。そうだったんだ。あなたの魂胆が、やっとわかったよ、倉津さん。あなたは最初からそのつもりだったんだ。グローバル自動車は、この業界でずっと一人勝ちをしてきた。だから、あの会社を罠にはめるつもりだった。それで、僕の会社を利用したんだ」

固く握りしめた織田の拳が、悔しさで小刻みに震えている。

「なんのことをおっしゃっているんですか、織田社長。それはあなたの考えすぎです」

倉津は笑いを含んだ声で言った。

真相を明かすつもりなど毛頭ない。そんな義務もないはずだ。織田は自分で掘った穴に、みずからはまってしまっただけだ。所詮は二十六の若造である。

「お気の毒に思いますよ、織田社長。なんといってもグローバル自動車は世界の覇者ですからな。失礼ながら、あなたの考えることがすべて先方に読まれていたとしても不思議はない。なにせ、ビジネスは熾烈な大人の戦場です。幅広い洞察力と、鋭く先を読む力、なにより大人としての器が要求される世界ですからな」

わざとらしい哀れみを浮かべて、倉津は織田の顔を見た。

「なにもかもわかってきましたよ、倉津支店長。あなたは、最初からそれを画策していたんだ。その実現のために南風汽車をうまくそそのかし、合弁会社としての立場からグローバル社を脅させて、それで当局から証券化ビジネスの認可を取り付けた」

この若造、案外わかっているではないか。だが、すべてはもはや手遅れだ。

「ちょっと待ってください、織田さん。そそのかすだの、脅すだのと、人聞きの悪いことをおっしゃるのはやめていただきましょう。そもそも、グローバル社にあなたの下心を読まれてしまい、弱みを握られてしまった時点で、あなたは負けたのではありませんか。それを、われわれのせいにするのは、おもちゃを取られて駄々をこねてる子供と同じだ」

倉津は、ことさら大人や子供という言葉を強調した。織田の気持ちを逆なでし、悔しさを倍加させるには、想像以上の効果があったことだろう。

「なんだって、グローバル社が格下げ？　だったら株価が……まさか、嘘だろう……」

いきなり織田が、悲鳴のような声をあげた。

その視線の先に、通信社のモニター画面がある。見ると、ニュース速報が流れていて、グローバル自動車の株価が急落していることを報じていた。おりからの原油価格の高騰と、経営の舵取りの失敗で、業績不振が懸念されてはいたのだが、あれほど盤石な経営を誇っていたグローバル自動車の社債が、米国の格付け機関によって突然投資不適格への格下げに追い込まれるとは思いもしていなかった。

「しまった……」

多くを語りはしないが、おそらく今回の証券化ビジネスの成功を見越して、織田は早い時期から相当な数の株を買っておいたのではないか。織田は今回のビジネスに猛烈に入れ込んでいた。おそらく一世一代の大勝負に出たつもりだったのではないか。そしてその思惑がはずれたばかりか、保有していた株まで急落しては、織田の受けたダメージは計り知れないものがある。部下に連絡を取るためか、織田は慌てて携帯電話を取り出した。

織田の顔が一瞬蒼白になった。聞こえてくる言葉から推測すると、どうやらファンドに資金運用を委託している投資家たちから、次々と金を引き揚げるという連絡が殺到しているらしい。投資家の情報網は緻密だ。どこかで織田の失敗のニュースが早々と流れたのかもしれない。そうなると投資家など冷たいものだ。自分の金を守ることを最優先させるのは当然の行為だ。織田の動揺ぶりは尋常ではなかった。

「支店長、お電話ですが」

そのときインターコムから秘書の声がした。

「誰からかね?」

ある予感を覚えて、倉津はわざとらしく訊いた。

「はい。あの、夏琳様ですが」

秘書はためらいがちに、だが、普段呼び慣れている名前のほうを告げた。その声に、織田がキッと振り向いた。目が真っ赤に血走っている。

「夏琳? もしかして胡《フー》夏琳のことですか。倉津さん、あなた彼女とも絡んでいたんですか?」

射るようにこちらを睨みつける織田の目つきには、言いようのない絶望の色が浮かんでいた。

5

マンションのドアを開けた途端、意識を失ったのか、織田一輝は部屋のなかに音をたてて倒れ込んできた。

「一輝？　どうしたのいったい、こんなになって！」

なかば悲鳴に似た声をあげ、未亜はその細い両腕で、しっかりと織田を抱きとめていた。

徐家匯路《シュージャーホイルー》と打浦路《ダープールー》の交差するあたりにある三十三階建てマンションの十五階。独り暮らしの住まいの玄関に、整然と並べてあった靴棚や観葉植物などが、よろめいた弾みに倒れ、あたりいっぱいに散らばった。

織田の身体は驚くほど熱かった。皺だらけのシャツには、べったりと泥がこびりつき、ところどころ裂けた袖のなかからは、どす黒い血の滲む腕が覗いている。汗なのか泥水のせいなのか、髪はじっとりと濡れて額に張り付き、左瞼の下あたりから耳にかけて、顔全体が大きく変形したかのように紫色に腫《は》れ上がっている。

「なにがあったのよ。誰かに襲われたの？　誰があなたをこんな目に遭わせたの」

腕のなかでぴくりともしない織田を抱いたまま、未亜は睨むような目であたりを見回し、居もしない誰かに向かって、大きな声で叫んでいた。

「やられたんだ。クソッ、あいつら……」

口角が切れた唇が、思いだしたようにかすかに動く。そのたびに血まみれの歯が見えたが、ほとんど声にはなっていない。無精髭の伸びた頬と顎も、ひどい擦り傷になっていて、乾いた泥と血液の上から、透明な液体が染みだしている。

「大丈夫なの、一輝？　痛むのね？　救護車《ジュウフーチャー》（救急車）を呼ぶわ。それから公安《ゴンアン》（警察）も。でも、その前に傷の手当てを」

起き上がる気力すらなさそうな織田を、未亜はひとまず玄関脇の小部屋に寝かせた。

「やられたんだよ、あいつら……」

熱に浮かされているのか、痛みのせいなのか、織田は固く目を閉じたまま、ときおり悔しげに顔を歪め、そのたびに身体を捩《よじ》らせて、うめき声をあげた。

「あいつらって、誰なの？　なにがあったのよ、一輝。しっかりして、ねえ、一輝ったら……」

遠のいていく意識を呼び戻そうと、必死で問いかけながらも、未亜はすぐに機敏な動きを始めていた。ひとまず冷蔵庫から出した氷で氷嚢《ひょうのう》を作り、ついでに冷たいミネラル・ウォーターも出してきた。すぐに洗面所に行って、お湯に浸して固く絞ったタオルで、顔を拭ってやる。

「待って、電話はしないで。ごめんね、未亜。ゴメン……」

力なく繰り返すものの、薄く開いた目にはまるで光がなく、焦点も定まらない。

やがて、突然上半身を起こした織田は、まるで一日中、一滴の水も口にしていなかった遭難者かなにかのように、ミネラル・ウォーターの入った大きめのグラスを両手で持ち、目を閉じたまま、音をたてて一気に飲み干した。

そして次の瞬間、食道のあたりから聞こえてくる濁った音と一緒に、噴水のようにすべてを吐き出したのである。胸から下に掛けてあったオフ・ホワイトの毛布の上に、ぶちまけられたのは、鮮やかな黄色の胃液に混じったどろりとした大量の血液。

手早く後始末をしてやりながら、未亜は心が騒いでならなかった。

このままでは、危ない。高熱といい、出血といい、なにがあったか知らないが、放置するととんでもないことになる。未亜は、身体が震えてくるのを感じていた。

「病院に行きましょう、一輝。大急ぎで救護車を呼ぶから、待っててね」

電話をかけに立ち上がろうとする未亜の手を、だが、織田は思いのほか強い力でつかんできた。

「いいんだ、未亜。病院には行かない」

「ダメよ、ちゃんとお医者さまに診《み》てもらわないと。このままでは死んじゃうわ」

「病院には、行けないんだ。僕は、大丈夫だから。すぐに治る……」

苦しそうな息の下で、織田は頑として病院行きを拒んだ。

「そんなこと言っても」

「大丈夫。大丈夫だよ、未亜……」

身体をくの字に曲げ、腹をかばうように苦しそうにあえぎながら、織田は無理に笑顔を作ってみせる。

そうまで言うからには、おそらくなにか事情があるのだろう。それがなにかはわからないが、とにかくいまは言われるままにするしかない。未亜は、深々と溜め息を吐いた。

それにしても、なんという変わり果てた様《ざま》だ。

まるで、一晩中誰かに拉致《らち》されて、一方的に暴行を受け、激しい乱闘の末、命からがら逃げ出してきたかのように、憔悴しきっている。

「本当にいいのね？」

「ああ、しばらく休めば、すぐに良くなるから」

そう言ってまた目を閉じたかと思うと、まもなく小さな寝息をたて始めた。やがてそれが低いいびきに変わり、織田は完全に眠りに落ちたようだ。

それを確かめるように、いや、織田が目の前にいること自体を確認するかのように、未亜はその頰にそっと手を触れた。

「未亜……」

織田はすぐに反応した。だが、未亜の手を払いのけるでもなく、逆に自分の手で未亜の指を包むようにして、寝返りを打った。

無防備な姿だ。安心しきって、すべてを委《ゆだ》ね、自分の前で眠りこけている。

可哀想に、と未亜は声に出してつぶやいた。

どこでなにがあったか知らないが、こんなになるまで痛めつけられ、追いつめられて、ようやく気を許せる場所まで逃げ込んできたのに違いない。

二度と、この男を部屋には入れまいと心に決めていた。

それなのに、織田はまたも当然のように、ここにやって来た。

あれだけないがしろにされ、もう顔も見たくないとまで思い詰めていたはずなのに、まるでなにごともなかったかのように、こんなにあっけなく織田を招き入れている。

まったく、なんということだ。

無防備なのは、自分のほうだろう。懲りもせず、またも最初から、同じことを繰り返そうとしているのだろうか。未亜は、織田の頰に触れていた手を離し、同じ手で自分の下腹部を愛おしそうに撫でた。

この子とは関係ない。

一人で生み、育てていくことを決めたいまは、もはや父親など存在しない。

そう決めた瞬間のことを、未亜は鮮やかに思いだした。

不思議な落ち着きがあった。心を決めた途端、不安が消えた。本来収まるべきところに、ものが収まったとでも言えばいいのだろうか。凛《りん》として、そのくせ穏やかで、自分は限りなく満ち足りていた。あんなに悩んでいたことが嘘のように晴れやかな思いがして、むしろ驚くほどの安堵感があった。

だから、この子とは関係ない。

未亜は、もう一度繰り返した。

だが、だからといって傷ついた者を放置できないではないか。目の前で助けを求めている人間なら、相手が誰であれ、見捨てることなどできはしない。

眠りについた織田の顔をまじまじと見ながら、未亜は、何度も自分に言い聞かせていた。


そのあとも、織田はたびたび、低く長いうめき声をあげた。

それは、言いようのない切なさにむせび泣いているような声でもあり、悔しさのあまり、なにかをひたすら訴えているようにも未亜には聞こえた。

ときおり身悶《みもだ》えしながら、なにかに脅えるような仕草を繰り返し、そのたびに額に大粒の汗を浮かべた。

たいていは意味不明の言葉だった。ほとばしる思いでなにかを伝えようとしているのに、完全な言葉になっていないような、もどかしいままの、音の羅列に過ぎないうめき声のなかに、未亜が唯一聞き取れたのは「倉津」という名前だけだった。

6

「どうだ、そっちのほうこそ元気にやってるのか?」

久しぶりに東京からかかってきた旧友の電話に、倉津は鷹揚に問い返した。

「いや、元気ないね。散々だよ」

意外な答え方をしてくる相手に、倉津は拍子抜けして、また訊いた。

「おいおい、どうしたんだよ、高井《たかい》。なんだかおまえらしくないじゃないか。いつものあの鼻息はどこへ行ったんだ?」

「いろいろあってさ……」

「なんだよ、いろいろって。身体の具合でも悪いのか? ちょっと忙しすぎるんじゃないか? あ、それともまさか、女の話か? まあ、おまえのことだからな。例の夏琳女史とは、その後もよろしくやっているんだろうけど」

倉津は、最後に会ったときの、彼女の慌てた顔を思い浮かべながら訊いた。白々しい言い方だと自分でも思う。さすがにこうして夏琳の名前を口にすると、心の片隅を、なにかがちくりと刺してくる。

だが、すぐにそんな思いを打ち消すように、倉津は小さくかぶりを振った。

「いや、あの娘とも、もうずいぶん会ってないんだよ、残念ながら」

高井はどこまでも屈託のない答え方をする。語尾に、ほんの少し未練を滲ませてはいるが、その言葉に嘘はないのだろう。

だがこの男は、彼女のほんの一面しか知らないはずだ。胡夏琳が本当はどんな女なのか。これまでどんなやり方で多くの男たちを操ってきたか。男に世話になっておきながら、一方で彼の親友にまで平気でその美しい触手を伸ばす。そんな彼女の姿など、この善人には想像もつくまい。

「そうなのか。もったいない話だな。あんな綺麗な娘、放っておくとそのうち逃げられるぞ。まあ、おまえは昔からいつもそうだったけどな。女の悩みとは、高井らしい話だ」

　ことさら冗談めかして、倉津は言った。

　たしかに夏琳の美しさは抜きんでていた。そして美しい女は、抑え難い激情にさいなまれたときほど、その真価を発揮するものだ。悠然と微笑んでいるときも魅惑的だったが、激しく動揺し、憤《いきどお》り、身も世もないほど狼狽《うろた》えたあの日の夏琳の顔は、これまで倉津が目にしてきたどんな女よりも、際立って美しかった。

「おまえな、違うだろう。いくらなんでも、この歳だよ。女のことでここまで悩むかよ。俺が言ってるのは仕事のことだよ、仕事」

　高井は相変らずの声で言った。

　おそらく、この男は、夏琳からなにひとつ知らされてはいまい。倉津と夏琳とのあいだに、あんな経緯があったことなど、知るよしもないはずだ。高井の様子からそれを強く確信し、だからこそ倉津は、いつもどおりの声で続けた。

「仕事がどうかしたのか？　そっちはだいぶ景気が良くなってきたように聞いているけど、おまえの業界はまだ厳しいのか？　最近は、うちのオフィスにもさっぱり顔を見せないし、なにも言ってこないってことは、うまく行っているってことだとばかり思っていたけど」

「いや、こっちの仕事は順調なんだ。クライアントの動きも、少しずつ活発になってきたしな。ようやく売り上げ総額の前年同期比でも、あと一歩で二ケタのプラスに転じそうだ」

「ほお、だったらいいじゃないか。悩むことなんか、なさそうだけど」

「それがな、そうとばかりも言えないのさ。問題はそっちのほうだよ」

「そっちって、こっちのことか。つまり上海支社に関しての……」

「うん。この前の反日運動のことが気になることもあるんだけど、それよりもなんというかな、仕事はあれど儲からない、っていうところかな」

「仕事はあれど、儲からない？」

「要するにな、仕事は無尽蔵なほどあるし、こっちがその気になりさえすれば、どこからでもいくらでも来るんだけど、そっちで雇っている日本人スタッフの給与が払えるまでにはならないという構造は相変わらずで、いつまでたっても少しも改善しないってことさ」

「日本人スタッフの給与が払えない？」

「そうだ。いくら上海でも、クライアントから要求されるのは日本国内並みの、質の高いサービスでさ、その割にこっちに支払われるのは中国価格なわけよ」

「なるほど」

「それじゃあ、うちとしてはペイしない。日本レベルのクオリティを提供するためには、日本人スタッフを雇うしかないわけだし、それじゃ会社として成り立たないわな」

「難しいところだ」

「まあ、仕事があるうちはやっていたい気持ちもなくはないし、せっかく上海に作った会社なんだから、これまでなんとなく続けてはきたけどさ。うちとしては、そろそろあの会社をどうするか、年内いっぱいぐらいに決めていかないといけないだろうな」

「中国から引き揚げるのか？」

「わからん。だけど、それも視野に入れての決断になるんだろうな」

「そうか……」

高井にしては、いつになく真摯《しんし》な物言いだ。倉津は答える言葉が見つからなかった。なんとか気の利いた冗談にできないかと思っていると、気分を変えるように愉快そうな声を出してきたのは、高井のほうだった。

「まあ、その意味では、うちの上海支社はいまにして思うと、まさにあの夏琳に似ていたのかもしれんな」

「高くついたってことか？」

「そうさ。まったくもって高くついた。そのかわり、めっぽう刺激的だったけどな」

「別れるのか？」

「こっちがあらためて言い出さなくても、とうに愛想を尽かされているさ」

高井はそう言って、乾いた笑い声をあげる。

「おまえなあ……」

その心中を思うと、倉津の胸にもかすかな切なさが過《よぎ》る。

「なあ、倉津。だけど、おまえは頑張れよ。中国は、まだまだこれからだ。いや、本当のおもしろさは、まさにこれから始まるのかもしれん。この先どっちを向いていくのか、ずっと長い目で見届けてやってくれ」

高井の声には、舞台を降りようとする者の、最後の科白《せりふ》のような寂寥《せきりょう》感《かん》があった。

「おいおい、年寄の遺言みたいなことを言うなよ、高井」

ほんの少し焦りを覚えて、倉津は言った。思えば上海に赴任する前、この高井に教えを乞うたのだ。

先にこの国に来た者として、口では散々けなしながらも、その目が中国の限りない魅力を雄弁に物語っていたものだ。それが、いまや立場は完全に逆転した。

「だけど、あの国のバブルがどこで弾けるのか。いや、それともこのまま弾けずにずっと膨らみ続けるのか、気になってしかたがないのは俺だけじゃないさ。そもそもあの国は、ブラック・ホールみたいな存在だから」

高井が言うのに、倉津は軽い笑い声をあげた。

「ブラック・ホールか。実にうまい言い方だな。たしかに、中国はいまや世界のブラック・ホールかもしれない。この国が持つ得体の知れない物凄い引力に、世界中が吸い寄せられている。人も、それから金も……」

倉津はいくらか芝居がかった口調で言い、はるか窓の外に広がる上海の空に目をやった。

ブラック・ホール。宇宙にあるとされる高密度によって生じた強烈な重力場。光さえも吸い込まれる引力を有する。倉津は、平田常務を思い、加藤国際部長の顔も思い浮かべた。そのうえに、なぜか織田や未亜の顔が重なってくる。

「問題は、どこで爆発を起こすかだろうな」

高井の言葉は続く。

「それと、いつ起こすか、もだけど」

倉津は、空を見ながら言い添えた。

「そうだな。そいつを一番知りたいね。開放政策で、急激に豊かになってきた沿岸地域の都市部と、発展の波から取り残された地方との格差は開く一方で、はかりしれない矛盾と軋轢《あつれき》のマグマを膨らませてきたわけだ。そんな中国を、いまの一党独裁体制が、はたしてどこまで維持していけるのか、世界中の目が集まっているさ」

「なんでも、その開放政策への大転換を図った鄧小平《とうしょうへい》が、その後にやって来るであろう体制の大変革に備える遺言とやらを残しているという噂があるけど」

「へえ、鄧小平が遺言をねえ……。本当にあるのだったら見てみたいもんだ。なあ、倉津よ。中国の場合は、撤退の際に税務関係などの事務処理が大変だということもあるけれど、どんな場面でも、引き際を見極めるというのは難しいもんだ。引き揚げる決断というのは、進出のときよりも勇気が要る」

「ブラック・ホールの爆発のトリガーってやつだな」

倉津は、またも澄み渡った上海の空を見た。

「トリガーは、明日にだって引かれる可能性があるさ。いま、世界中から集まってきているのは、欲の塊みたいな投資だ。その巨大な資金が、ある日突然大挙して中国から離れていく瞬間が来ないとも限らない。二〇〇八年の北京オリンピックまでなのか。二〇一〇年の上海万博までなのか。それとも、二〇一二年は、日中国交回復四〇周年だったか？　ゴールをどこに設定するかは人それぞれだろうけど、もしも引き揚げるなら、俺なら人よりほんのひと足は先に逃げ出したいと思うね。ババ抜きのジョーカーは引きたくないからさ」

高井は、電話の向こうで含み笑いを漏らした。

「ただな、高井。こっちの金融機関は、不良債権を増やしながらも、相変わらず融資をやめようとはしない。そもそもバブルが弾けるのは、そのあたりの問題に気づいた金融当局が引き締めに転じたときに起こるもんだ」

「だから言っているのさ。このところの当局は、相当強力に引き締め政策に転じていることはたしかだろう」

「まあな。人民銀行は、不動産ローンの金利優遇措置を撤廃して、事実上の利上げに踏み切ったし、温家宝は、不動産市場のマクロ的引き締めを議題にして、国務院（内閣）の常務会議を開いたしな……」

それに続いて、国家発展改革委員会や、国土資源部、建設部、中国人民銀行などといった関係官庁が、「住宅価格の安定に関する意見書」と題する通達を提出し、不動産の転売課税制度の導入や、開発業者による土地保有期限の設定、さらには未完成物件の転売を禁止するなどといった措置を導入する方針を発表したことも記憶に新しい。

「だったら、いまに中国も、日本や香港みたいに……」

高井は先行きを案じるような声を出した。高井自身、日本のバブル期の狂乱も、それに続く崩壊後の息が詰まるような閉塞感も、経験してきた世代である。

「いや、そうならないのが、中国の中国たるところじゃないかな」

「というと？」

思わせぶりな倉津の物言いに、高井はつられるように訊いた。

「そもそも中国の不動産業は、いまや国の経済成長を引っ張っている最大の牽引役のひとつなんだ。政府の連中のように、過熱の一途をたどってきた不動産価格の急上昇を抑えて、ソフトランディングをめざす、と言えば聞こえがいいけど、この国は、中央から地方まで、程度の差こそあれ、みんな不動産業の虜になっているんだよ。だから、銀行の不良債権問題は、地方に散らばる城市商業銀行、日本流に言えば地銀だけど、そっちのほうへ移っていく。問題意識そのものが分散してしまうんだよな。人口がとてつもなく多い分だけ、問題の先送りが可能になる」

「永遠のモラル・ハザードが可能な国というわけか」

「だからこそおもしろいんじゃないか、この国は」

それは倉津の実感だった。

「だから、世界中から、野望が集まってくる。金も人もな。俺だって、まさにその一人だった」

高井は感慨に満ちた言い方をした。

「そうだよ。おまえが脱落組だと言うわけじゃないが、仮にボロボロになって、命からがら引き揚げていく連中がいたとしても、そのすぐ隣で、そういう人間たちを横目で眺めながら、また別の人間たちが大挙して新しくこの国にやって来るんだ。それがいまの中国の現状さ」

「そうやって、新しい金がはいってくる限り、中国のバブルは永遠に弾けない。倉津はそう言いたいんだな？」

「いや、それもわからん。もっとも中国の魅力というのは、知ろうとすればするほどわからなくなり、学べば学ぶほど迷路に迷い込んでいくようで、かえってわからなくなってしまうようなところだとは思わないか？」

「たしかに、倉津の言うとおりだ。俺も、すっかり迷路にはまりこんだ口だからな」

自嘲するような言い方だ。

「迷路か……」

倉津はしみじみとした声を出した。自分が歩いている道は、どこに続いているのだろう。

「なあ倉津、おまえがどんなふうに思っているかは知らんさ。だがな、これだけは言っておくよ。あの国は、中国という国はな、決してまともな形では豊かになれない国なんだよ。あそこは、それこそ日本人の想像を絶するほどの貧富の差が存在する。そのうち、これまで搾取《さくしゅ》されてきた下層階級の人民が、数千万人、数億人という単位で気づき始めるはずさ。そして、いずれは『反日』などという仮想敵ではなく、もっと身近な相手に向かって石を投げ始めるんだ」

高井は、くぐもった声で告げた。

「そうかもしれないな。この国が抱える膨大な人口は、すべてを内包して、問題の先送りを可能にする、無尽蔵のショック・アブソーバーみたいなものかもしれん。それと同時に、その反面、最大の火薬にもなり得る危険を孕《はら》んでいる」

「巨大な自爆のエネルギーか」

「そうだ。もしも永遠のモラル・ハザードが断たれるとしたら、その火薬に火がついたときだ」

「火種は、もうすでにあちこちに生まれているさ。いまのところは、圧倒的な力で、かろうじて抑え込んでいるけどな」

もしも、いまあの天安門事件のような騒動が起きたら、それはそれで強力なトリガーになる可能性は大きい。

「火種か……」

言いながら、倉津の背中に寒気が走った。

ふと、脳裏に一人の男の顔が浮かんだからである。

7

織田が寝返りを打つたびに、未亜はハッとして、その顔を覗き込んだ。

うなされているときは、その痛々しい声にじっとしていられなくなり、逆に静かになると、今度は息をしていないのではないかと心配になってくる。

いたたまれない思いで、すぐに熱くなってしまう濡れタオルを取り換えているとき、ようやく待ちわびていた玄関のインターフォンが鳴った。

「ありがとう、よく来てくれたわ。待っていたのよ、凱《カイ》」

未亜は、ドアの前で所在なげに立っている若い男の手を引くようにして、急いで部屋に招きいれた。

張《チャン》凱は、一年ほど前から未亜がなにかと面倒をみてやってきたアルバイトの青年だ。いつか日本に留学するのがもっかの夢で、日本語を勉強するかたわら通訳のアルバイトにも精を出している。愚直なほどの素朴さといい、人懐こさといい、いまどきの日本にはついぞ見かけなくなったようなタイプの好青年で、そのくせ頭の良さも感じさせる。未亜は、生真面目に仕事をこなす八歳下の張の姿が、日本にいる弟にどこか面影が似ている気がして、初めて会ったときから親近感を覚えた。

簡単な通訳の仕事をまわしてやるだけでなく、ときにはほかの仲間たちと一緒に夕食をご馳走してやったり、日本への留学のことでなにかと相談に乗ってやったりしているのも、実家の両親を任せっぱなしにしている弟への、ひそかな罪滅ぼしのつもりだった。

医学部の学生でもある張は、そうした親切へのお返しだと言って、未亜の身体の調子が悪いときなどは、それとなく健康相談に乗ってくれたこともある。

織田が眠ってしまったあと、留守電になっていた携帯電話に何度もかけ直して、ようやくつかまったときは、救われたような思いがした。

狭い部屋に横たわっている織田を見た張は、一瞬強ばった表情で驚いた様子を見せたが、すぐに事情を察したのか、手慣れた様子で触診を始めた。まずざっと顔や頭を見て、首から胸、腹のあたりまでくまなく指で触れていく。女のそれのように華奢な張の指先が、身体のあちこちを探り、注意深く押してみたりするたび、織田は短く声をあげ、辛そうに顔をしかめた。

それを見て、痛みの位置を確認しながら、張は小さくうなずいている。さすがにすっかり目を覚ました織田は、張の指示に従って、眼球を上下左右に動かしたり、大きく口を開けたり、声を発したりしながら、さらには首や肩、腕や足などを動かしたりしてみせた。

「喧嘩《けんか》ですか？」

なにか訳があるらしいのをすぐに感じたからだろう。張は直接織田には訊かず、未亜のほうに振り返って、短くそれだけ訊いた。

「そうなんでしょ、一輝？」

未亜があらためて問うと、織田は、小さくうなずくだけだ。

「私にもよくわからないのよ。誰かに襲われたみたい。いきなりここにやって来て、倒れちゃったものだから、心配で、心配で。それであなたに電話をしたの……」

「しょうがない人ですね。未亜さんに、あまり心配をかけないでくださいね」

「すみません」

癖のある日本語で、張に諭すようにそう言われ、織田は、いつになく素直に日本語で応じた。

「見たところ、骨は折れていないようです」

「よかった……」

未亜は思わず安堵の声を漏らす。

「肋骨《ろっこつ》も、ひとまず大丈夫そうです。普段から相当鍛えているみたいですね。血を吐いたというのは、口のなかがかなり切れているせいでしょう。ただ、頭を打っていないか気になりますし、腹を蹴られた気配があるから、内臓も大丈夫か、きちんと検査しないとなんとも言えません。これからすぐに、うちの大学病院に連れて行きますか？」

今度は、張が織田のほうを見て訊くと、織田は懇願するような目で未亜を見て、首を横に振ってくる。

「それはできないのよ、凱。彼が、どうしてもイヤだと拒否しているの。理由は私にもわからないけど、でも、自分で立てるようになったら、私がなんとしてでもすぐに日本に連れて帰るわ。日本でなら、きっと病院に行くでしょう。ただ、問題なのは、そこまで放っておいて大丈夫かどうかなんだけど」

この先、本当に織田を連れて東京に行くことになるのだろうか。未亜は、自分の置かれている皮肉な立場を思いやった。あんなに冷たくされたことも忘れて、性懲りもなくまだこの男の面倒をみようとしている。

憎いのに、憎みきれない。懲りているのに、冷たく突き放すことができない。そればかりか、傷ついて、力尽きてしまった織田が、いまは愛おしくてならない。

未亜は、自分に愛想が尽きるような思いのまま、織田の額の乱れた前髪に手をやった。

「なんとも言えませんが、すぐに命に別条があるような傷ではなさそうです」

しばらくあれこれ調べていた張は、やがて落ち着きはらった声で告げた。

「だから言っただろう。僕は平気だよってね、未亜」

織田が、かすれた声でそう言って、嬉しそうな笑みを浮かべる。

「凱、本当に大丈夫なのね？」

それを無視して、未亜は張に確かめるように訊いた。

「わかりません。少なくとも、問題ないと断言はできません。精密な検査もしないで、いい加減なことは言えませんからね。でも、ざっと見た範囲では、たぶん大丈夫そうです。内緒で消炎剤《ボルタレン》を持ってきました。痛みを取る効果もあります。空腹で服用すると胃を荒らしますから、胃薬も一緒に入れてあります。これを飲んで、熱が下がれば、少し楽になるでしょう。だけど、僕がこんなことをしたのが見つかったら、大変なことになりますから、くれぐれも黙っていてくださいね」

「ごめんね、凱。でも、本当に助かったわ。ありがとう」

たっぷりの水で、織田が薬を無事飲み下すのを見届け、さらに擦り傷の手当てを終えてから、張は部屋の隅に行き、未亜をそっと手招きした。

「未亜さんの迷惑でなかったら、今晩はここにいてもいいですか？　一人にしておくのは心配ですから」

張は、少しはにかんで告げてきた。

「ありがとう。そうしてくれる？　夜中になにかあったら、どうしようかと思っていたところなの。凱がそばについていてくれたら、安心だわ」

「そのかわり、もしも急変したら、なにがなんでも病院に連れて行きますからね」

「もちろんよ」

織田の耳に届かぬよう、小声で囁く張に、未亜は大きくうなずいた。

「それから、もうひとつ……」

張は、考えを巡らせるような表情になって、言い淀んだ。

「どうかしたの」

「あの人の怪我の理由についてなんですけど」

「ごめんね。どうやら、なにかのトラブルに巻き込まれたみたいだけど、とりあえず、あの人がここにいることも、誰にも内緒にしておいてもらえないかしら。事情がわかったら、凱にもきちんと説明するつもりよ。ただ、しばらくはそっとしておいてあげたいの」

「それは、わかっています。ただ……」

「あなたまで巻き込んでしまって、本当に申し訳ないと思っているわ。でも、あなたには決して迷惑がかからないように、気をつけるからね」

「そんなことはいいんです。未亜さんのためなら、僕は。ただ、さっき大学を出てくる前、ちょっと変な噂を聞いたものですから」

　張の声は、さらに低くなった。

「噂？」

「はい。大学の友人が言っていた、昨夜の騒ぎのことなんですが……」

　張はそこまで言って、なぜか織田の顔に視線をやった。

「昨夜の騒ぎ？」

「ええ。僕の友人の話では、その大学の仲間が、昨夜、酒場で誰かに喧嘩をふっかけられて、物凄い乱闘騒ぎを起こしたとかって……」

　そこまで聞いたところで、未亜はすぐに張の腕をつかみ、部屋から廊下に連れだした。そして一緒に奥のリビングまで行って、ようやく向き合ったのである。

「なんなのよ、凱。その乱闘騒ぎって？　もしかして、そのことと一輝の怪我と、なにか関係があるとでも？」

　未亜は、思わず追及するような口調になっていた。

「すみません、ちょっと痛いです、未亜さん」

無意識に、張の腕をつかむ手に、力がはいっていたらしい。

「あ、ごめん」

未亜はすぐに手を離した。だが、気持ちは逸るばかりだ。

「ねえ、どうなのよ、凱？　その話は本当なのね？　一輝のほうから喧嘩をふっかけたっていうの？それで乱闘になって、あなたの友達の知りあいというのが、一輝をあんなに怪我させたってわけなの？」

「いえ、それは僕にもわかりません。でも、状況からして、考えられないことはないのかもと……」

張は、曖昧にうなずいてみせる。

だから張は、この部屋にはいってすぐ、初めて出会う織田の顔を一瞥しただけで、なにかを察知したような表情を見せたのだろうか。

「ねえ、凱。その話、もっと詳しく教えてよ」

「僕が知っているのは、それだけです。まさか今夜、未亜さんにこんなことを頼まれるとは思ってもいなかったので、それ以上詳しくは聞いていなかったものですから。ただ、もしもそうだとしたら、ちょっと厄介なことになるかもしれません」

張は、言いにくそうに言葉を切った。

「どういう意味？　厄介なことって、なんなのよ」

「問題は、その相手でして。友人から話を聞いている限り、どうも、ちょっと危ない男のようなので……」

「危ない男？」

「自分では、革命家を気取っているんだそうですが……」

「革命家って、つまりは反日運動ってこと？」

張は辛そうに顔を歪め、だが、はっきりとうなずいたのである。

8

その日、沢野は朝から浮足立っていた。

昭和五洋銀行本店から連絡があり、常務取締役の平田光則が、またも国際部部長の加藤仁を伴って、上海支店に出張してくることが決まったからだ。

早いもので、前回彼らが上海を訪ねてきてから、すでに三カ月あまりがたとうとしている。

「今度こそ、タイミングはバッチリですね、支店長。南風汽車との契約も、予定より早く正式調印できましたし、その後の進み具合も思っていた以上に順調です。これであの嫌みな加藤部長がなにを言ってきても、こっちは大きな顔をしていられますよ」

支店長室の窓辺に立ち、すぐ目の前に広がる黄浦江《ホアンプージャン》の景色を眺めていた倉津は、おもむろに振り返った。

「おいおい、加藤さんのことを、そこまで言うことはないだろう。ただ本店のほうでは、もしかしたら今度は頭取も一緒に、という話が持ち上がっているらしい」

「へえ、それはすごい」

「いまはまだわからないが、もしもそんなことになるのなら、できれば、もうひとつぐらいは上海土産が欲しいところだなあ、沢野」

「もうひとつ、ですか。どんな上海土産がいいですかね……」

沢野は、胸の前で両腕を組んだ。

「まあ、あんまり欲張るのはやめたほうがいいかな」

そう軽く言って、窓辺から離れ、倉津はまた支店長席のデスクに戻る。

「それにしても、支店長。あの若造は、あれっきりですね」

「若造?」

「例の織田一輝ですよ。あれ以来、三カ月もたちますけど、なんにも言ってこないんですよね。もっとごねてくるだろうと思っていましたのに、あんまり静かなんでね。拍子抜けするというか、かえってちょっと気になったりしまして……」

沢野は、首を傾げてみせる。

「あの青年も、今回の一件では、相当痛手を蒙っただろうからな。手回しが良すぎたというか、策に溺れたというか」

「そうなんですよ、支店長。今回のプロジェクトの成功を見越して、あの若造、早々とグローバル自動車の株をかなり買い込んでいたそうです。そこへきて、あの急落でしたからね。彼の会社の損失も、相当な額にのぼったんじゃないかと思います」

「人を差し置いて、自分だけ先回りしようなんて思うからいけないんだよ。抜け駆けしたつもりが、とんだ思惑違いだったというわけだな……」

言いながら倉津は、以前高井と電話で話していたとき、ふと織田の顔が過ったことを、思いだした。

「もはや再起不能ですかね。自業自得とはいえ、ちょっと可哀想な気がしなくもないですが」

沢野がそう言ったとき、秘書が支店長室に入ってきた。

「南風汽車からお電話です」

沢野が倉津に目配せをし、すぐにデスクの受話器を取って流暢な中国語で応対を始める。このところ、何度も見慣れた風景だ。

大きな声で、長い挨拶を交わしていた沢野が、なにやら嬉しそうな顔で何度かうなずいたあと、送話器を手で塞いで、倉津を見た。

「趙《チャオ》さんからなんですが、劉天武《リウティエンウー》氏が、また会いたいと言っているそうです。なんだか、いい話のようですよ。今回のディールについての、昭和五洋銀行の手腕を評価して、今後の両社の発展的なビジネスについて、折り入って話をしたいそうですから」

「発展的なビジネス？」

「ぜひとも倉津さんのお力を借りたいと、おっしゃっているようです。詳しくはお会いしてから、とのことですけど」

「だったら、早いに越したことはない。こちらにおいでいただくか、先方にうかがうか。いや、ちょうどいい。一度一緒に夕食でもいかがですかと、伝えてくれないか」

「承知しました」

「もちろんセッティングはこちらでさせていただく、と伝えるのも忘れるなよ」

「わかりました」

沢野が丁重に、倉津の意向を伝えると、南風汽車はすぐに乗ってきた。その結果、会食は翌週月曜日の午後七時から、昭和五洋銀行の招待で、場所は両者の幹部が集うにふさわしい特別なところを予約し、追って連絡することになった。

「発展的なビジネスって、なんなのでしょうね、支店長」

「なあ、沢野、どうやらどでかい上海土産が、むこうからやって来たのかもしれんぞ」

倉津は、自分の頬が、嫌でも緩んでくるのを感じていた。

9

虹橋路《ホンチャオルー》の大通りを北に折れると、細い道路の両脇に突然広大な緑《つ》が広がってくる。

上海虹橋迎賓館《シャンハイホンチャオインピングァン》。二十万平米もの敷地に、五十棟あまりのヴィラが点在するという、別荘様式のホテル。まだ浅い春の宵《よい》は、一斉に芽吹き始めた庭園の木々の上に、うっすらと墨色の紗《しゃ》をかけるようにして、穏やかに暮れようとしている。

ここはその三号楼。まさに迎賓館の名にふさわしいこの場所を、南風汽車との今夜の会食の場に選んだのは、やはり正しかった。

腕時計に目をやると、午後六時四十五分を指している。約束の時間まではまだ十五分もある。手入れの行き届いた芝生のロータリーをぐるりとまわり、玄関の車寄せに停めた社用車から降り立って、倉津は満足げにあたりを見回した。

決して派手さはないが、なにより格式を重んじた趣きのあるエントランスの階段を上がると、刺《し》繍《しゅう》をほどこした深紅のチャイナ・ドレスの女性たちが何人もやって来て、手際よくホールに案内してくれる。

広いホールは見上げるばかりの吹き抜けになっていて、周囲はそれぞれ対になった大理石の柱で囲まれていた。その太い柱に守られるようにして、ゆったりと半円を描いてソファが並んでいる。

その中央、ホールの入り口から見て真正面には、ひときわ贅《ぜい》を尽くした二つの貴賓席が設《しつら》えてあった。招く側と招かれる側、これから食事を共にする双方のトップたちが、細工を凝らしたゴールドのテーブルを挟んで、それぞれ肩を並べるようにして横一列に並び、しばし歓談するのが、中国式の作法だ。

倉津はひとまずその片方に腰を下ろした。同行させてきた沢野たち三人の部下と一緒に、会食の準備や手順に手抜かりがないかを再確認しながら、まもなくやって来る客たちの顔ぶれに思いを馳せる。

南風汽車の董事長《CEO》劉天武《リウティエンウー》の腹心、趙龍《チャオロン》から、会いたいとの電話がかかったとき、じっとしていられないほどの高揚感を覚えたのはなぜだろう。

できれば一緒に夕食をと、切りだしたのは倉津のほうが先だったが、そう考えていたのは劉も同じだったという。

試されている。

そのとき、倉津はなによりそれを強く意識した。

親しく会食をして、互いに胸襟《きょうきん》を開き、本音で話をしたい。さらに深い信頼感を築くために、互いに倒れるまで、白酒《パイチィウ》を酌《く》み交《かわ》わそう。アルコール度数四〇度を超える白酒の杯を通して、相手が信頼に足る人物かどうかを判断する。

そんな乱暴ともいえる中国式の接待の洗礼は、倉津も上海に赴任した直後から、何度経験してきたことか。それぞれの取引相手と、幾晩も続くこうしたはてしない宴席で、無理をして杯を重ねる愚かさも、嫌というほど味わってきた。着任早々で慣れない駐在員が、この種の接待の犠牲になり、身体をだめにしたという話はよく聞かされたし、なかには生命を落とした例もなくはない。

だが、なぜか南風汽車だけは例外だった。

この春から上海で初めての自動車ローンの証券化ビジネスを正式スタートさせるパートナーとして、ここまでに至る過程では、こうした宴の場を設けようと倉津も何度か試みてきたが、どういう訳か、実現にまでは至らなかったのである。

　もちろん失礼のないようにとの心遣いは感じられ、あくまで丁重な態度ではあったものの、いつも体よくはぐらかされてきた感があった。だから倉津としては、若いころから欧州で教育を受けたという劉の、それが彼ならではの流儀なのだと理解し、それはそれで歓迎すべきことだと思うことにしていた。

「会食はオーケーだそうですよ、支店長。驚きましたね。これでついに、南風汽車と初めての会食が実現することになりますよ」

　先週、夕食への招待を電話で伝えた沢野が、彼らの返事を倉津にそう告げたときの高揚した顔が、いまでも目に浮かぶようだ。

「すぐに適当な場所をセッティングしてくれ」

　倉津の指示に、沢野は心強い笑顔を見せた。

「承知しました。ですが、支店長。これはやっぱり、なにかありますね。先方は発展的なビジネスなんていう言い方をしていますが、これまでとは違うなにかを感じます」

　沢野もあのとき、倉津と同じものを察知していたのだろう。強い手応えを確信できるほどの、その予感めいたものを、なんと呼べばいいのかはわからない。だが、確かにこの身体に響いてくるのは、自分がいまとてつもない大きな波の前に立っているということだ。

　それは強運の波。しかも、なにもかもが呑み込まれてしまいそうなほどの大きな波。そして、そのあとの自分をいったいどこへ運んでくれるのか、まったく予想のつかない生涯初めての波。

　倉津は、腹の底からこみあげてくる笑みを、抑えきれそうになかった。

　すべての幸運は、この上海にやって来たときから始まった。

苦労は決して少なくはなかったが、なにひとつとして無駄にはなっていない。ここまでの道で播《ま》いた種は、この上海虹橋迎賓館の庭の緑のように、いま驚くほど見事に芽を出し始めたのである。受けてやる。と、倉津は思った。

五十二年の人生で、ようやく手にする幸運ならば、いまはそのすべてを味わい尽くしてやるだけだ。

そのとき、エントランスの方角で人の気配がして、三人の部下を従えた劉が先頭を歩いてくるのが見えた。すぐ脇に、見慣れない男の顔がある。その男に対する劉の仕草を見ていると、彼がどれだけの立場の人間かが察知できる。

劉と同じように小柄で、柔和な表情だが、数歩遅れてあとに続くチャイナ・ドレスの女性たちの緊張ぶりを見ても、彼の周囲を圧するような存在感が、並外れたものであることを実感させられる。

倉津が気持ちを引き締め、急いでソファから立ち上がると、劉は一歩前に出て、握手の手を差し出しながら、満面に笑みを浮かべて近づいてきた。

10

怪我の回復は、予想以上に早かった。ただ、身体の傷がすっかり癒《い》えたいまになっても、あのときの悔しさだけは時間の経過とともに倍加するように、織田には思える。

あの晩、倉津の裏切りを知ったことへの怒りを、どこへぶつける術もなく、織田は昭和五洋銀行を飛びだしたあと、一日、上海の街をあてもなくさまよった。ふと気がつくと、冬の短い日はすでにとっぷりと暮れ、大学街の安酒場にたどり着いていた。ぶつぶつと言葉にならない独り言をつぶやきながら、ひたすら浴びるように安酒を飲んでいた。

偶然、隣のテーブルに居合わせた大学生たちと、つまらないことから青臭い議論になったところまでは覚えている。だが、なにをそんなに話し込んだのかは、まるで記憶にない。議論は、やがて激しい口論になった。

いや、もともと最初から喧嘩を吹っ掛けるつもりで、自分のほうから彼らに声をかけたのかもしれない。最初に手をあげたのも、たぶんこちらのほうが先だった。

「金儲けのなんたるかも知らない学生が、偉そうに市場経済を語る資格なんかないね」

織田は、たぶんそんな意味の言葉を吐いたのだろう。詳しいことまでは、もう定かでないが、隣の席から突然からんできた酔っ払いに、学生たちが驚いた様子で一斉にこちらに顔を向け、睨みつけてきたところだけは、いまもはっきりと目に焼きついている。

どこかの経済誌から借りてきたような、ステレオタイプの正論をふりかざし、甘いばかりで、生意気な外資批判をしている学生が鼻持ちならなかった。

もっとも、もしも素面《しらふ》のときだったら、それこそ時間の無駄だと、うっちゃっておいたに違いない。無知で愚かな素人《しろうと》を相手にして、本気で市場経済を語る必要など、どれだけの意味があるだろう。もしも自分が、あそこまで精神的に追いつめられた状況でなかったら、学生たちの戯言《ざれごと》などにかかわっているほど暇ではなかったはずだ。

だが、あの日はなにもかもを一時にして失った気分だった。

苦心の末に作り上げた成功のチャンスを。何年もかかって蓄積してきた膨大な金を。そしてなにより、これまでの自分を支えてきた確固たる自信を。

だからあのときの織田にとっては、嚙みつく相手は誰でもよかったのである。

「おまえ、日本人なんだろう?」

学生のなかの一人が、椅子から立ち上がって訊いてきた。すると次々に全員が立ち上がり、織田の席をぐるりと取り囲んだ。少なくとも十人以上はいたはずだ。自分に向けられた、その蔑むような目が、織田のなかに一日中くすぶっていたものに、火をつけた。

燃えさかってくるものを、かろうじて抑え、黙っている織田に、誰かが次々とまた叫んだ。

「そうだ。おまえ、日本人なんじゃないか？」

すでにしたたか痛飲し、テーブルに突っ伏していた織田を、汚れた雑巾でも見るような目で見下ろし、唾でも吐きかけんばかりの勢いだ。一瞬、耳が痛くなるほどの静寂があった。殺《や》られる、と織田は思った。

だから、キッと頭を持ち上げた。

「日本人かだって？　俺を馬鹿にする気か！」

反射的に口をついて出た言葉だった。いつも使っているような北京語ではなくて、無意識のうちに、なぜか上海語になっていた。日本人だということを否定したつもりではない。ましてや、中国人になりすまそうと思ったのでも決してなかった。

案の定、周囲の目は明らかに変化した。

あれほどの張りつめていた空気が、見る間に解《ほぐ》れていくのがわかる。それは間違いようのない事実だった。

だが、それを見ても、誤解を解こうとしない自分がいる。俺は日本人だ。そう告げることを、必死で抑えているもう一人の誰かがいる。そしてそのことが、織田にはどうしても許せない気がした。

頭のなかで、はっきりとなにかが音を立てて、無残に引きちぎられるのを感じた。

ナショナリズムなどという言葉は、どこかの臆病な評論家が、苦し紛れに口にする常套句《じょうとうく》だ。その本当の極限のところに、一度として身を置いたことのない者だけが使える安易な言葉でしかない。

織田はやおら立ち上がり、一番近くにいた男につかみかかっていった。周囲のなかで、もっとも体格がよく、屈強そうな男だったとわかったのは、その横面を一発殴ったあとのことだ。

腕力には自信があった。毎週ジム通いをして、鍛えてきたのは伊達《だて》ではない。一番強そうな男なら、積もりに積もったさまざまな思いをぶつける対象として、相手に不足はなかった。倍ほどの勢いで、パンチが返ってきたのは、すべてに気づいたあとのことだ。

よろめいて、手をついたら、テーブルごとひっくり返った。ものすごい音が聞こえたが、食器の割れる音なのか、周囲の怒号なのか、それとも自分が誰かに蹴られている音だったのか、区別はつかなかった。

遠くで、甲高い女の悲鳴がする。倒れた織田の胸を、泥だらけのスニーカーが踏みつけていく。容赦なく押しつけられる背中を伝って、大勢の野次馬たちが集まってくる地響きが聞こえる。さながら見せ物小屋のようだ。織田は笑い出したい気分だった。

殴りかかったのは織田のほうで、いくら鍛え抜いた身体でも、多勢に無勢では結果は明らかだ。ましてや、どの相手も自分より五、六歳は若い。

両手で襟首をつかまれて、誰かに引きずり上げられた。すぐ顔の前に迫ってくる男の目は、真っ赤に血走って、明らかな憎しみが見てとれた。人間の憎悪をこんなに間近で見たのは生まれて初めてのことだ。

その感情が、もしも織田が日本人であるが故に向けられるものだったとしたら、と想像した途端、背筋に戦慄が走った。

だが、織田は喧嘩を止めなかった。殴られていることに、不思議な満足感があったといえば、嘘になるだろうか。

同じ日本人の倉津から、あれほどまでに裏切られ、なによりあの胡夏琳の物笑いの種にさせられてしまった。そんな無様で滑稽な自分を、自虐的に痛めつけようとして、学生たちに殴らせているつもりでいたのだろうか。

だが、殴っても殴っても、倒れてもまた向かってくる織田に怖《お》じ気《け》づいたのか、若者は去っていこうとする。それをさらに追いかけて、織田はまた自分を殴らせた。

薄れていく意識を呼び戻したのは、誰かが浴びせたバケツの水だったのだろう。織田は、ようやく立ち上がり、壊れた椅子やテーブルを片づけているウェイトレスらしい若い女に、財布にはいっていたありったけの紙幣を差し出した。

日本円にすると三〇万円分ほどの元札だったと思うが、脅えきった目のウェイトレスは、雑巾を持っていた両手を背中にまわし、泣きそうな顔をして、激しく首を横に振るだけだ。

金など受け取れないと言うのだろう。受け取らないなら、こうするだけだ。

織田は、その札束を天井にめがけて散蒔《ばらま》いた。

背中のあたりで嬌声《きょうせい》が湧いた。紙幣を拾おうと、先を争って集まる人間たちを見たくはなくて、織田は足を引きずりながら、その場をあとにした。

やりきれない思いのまま、そのあとどこをどうやって歩いたのか、どこからタクシーに乗ったのかも覚えていない。

どうにか未亜のマンションに着いたときは、すでに意識は朦朧としていた。それでも力を振り絞り、ようやく部屋にまでたどり着いて、そのまま二晩を過ごしたらしいが、そのときの記憶は途切れ途切れで、ほとんど残っていない。

未亜のマンションに、見慣れない若い男がいたような気もしたが、それを知ったところで、別段嫉妬心は湧かなかった。

これまでも、そしてこれからも、自分が上海の住まいに未亜を訪ねるのは、限られたときだけだ。それ以外の時間を、彼女が誰とどんなふうに過ごしていようと、そこまでとやかく言うつもりはなかった。

未亜は優しい女だ。そのことを、今回ばかりは身にしみて感じた。

三日目の朝、未亜のか細い腕に抱かれるようにして、やっとの思いで東京に帰り、病院で検査を受けた。もっとも未亜は、その夕方まで病院につきそってくれただけで、そのままそっと姿を消してしまったらしい。

薬のせいか、それとも東京に帰ってきたという安心感のせいなのか、すっかり眠り込んでいたあいだのことで、未亜がどんなふうに病室を出ていったのか、いや、出ていったことにすら気づかなかった。

入院は、その日と翌日の二晩だけで済んだ。

三日目には、検査結果も問題がないということで、結局、怪我のことも、入院していたことも、白金の両親には知らせないことにした。

それやこれやで、都合五日ばかりは仕事を休むことになったけれど、それ以前に会社が受けた多大なダメージに較べると、身体の怪我だの、治療だのと、悠長に言っていられる状況ではなかった。

委託資金のファンドからの引き揚げを、なんとか思い止まってくれるようにと頼み込むのに必死だった。事情説明の資料を持って、何件も顧客の投資家たちをまわり、這いつくばるようにして頭を下げては、罵声《ばせい》を浴びたり、詫びをいれたり、それ以外はわずかに残った資産の処分などに追われて、不毛な一日があっという間に過ぎていく。

　こういうときこそ、頼もしい社員が一人ぐらいいて、身を挺してでも社長を支えるものではないかと思いもしたが、所詮は無理な話だった。前の職場でクビになったところを拾ってやり、これまでずっと目をかけてきてやったはずの山中達也《やまなかたつや》は、さっさと織田を見限って、真っ先に逃げ出すようにして辞めていった。いざというときに本当に信頼して仕事を任せることなどできはしない。そればかりか、秘書も、ほかの社員たちも、相変わらず口先ばかりで、会社自体の今後よりも、頭にあるのは自分たちの退職金をいくらもぎ取れるかということだった。残務処理ぐらいは社員に任せて、せめて夜ぐらいはゆっくり休ませてほしいとも思ったが、他人に落ちぶれた姿を見せるのが嫌で、かといって姿をくらますことも自分のプライドが許さず、恥を忍んでどこへでも出かけていった。

　そういえば退院のとき、病院の支払いをしようと思ったら、未亜がすべて済ませてくれていたのには驚いた。むしろ、病院の会計から、余った分だと言われて釣りまで渡されたのには閉口した。おそらく、事情が事情だけに彼女らしい気遣いをして、未亜はわざと小さな開業医を選び、かなり多めの金を渡して、怪我人を託していったのだろう。

　入院中も、退院直後も、会社の整理や顧客への対応のことばかり気になって、退院したことの連絡も、その後の様子についても、電話一本かけてやる心のゆとりがなかった。

　ようやく一息ついて、一言だけでも礼を言おうと思いたったのは、未亜に肩を抱かれて東京に帰ったあの日から、一カ月半ほどもたってしまってからのことだったろうか。

　だが、未亜のマンションの電話は何度試してもなぜか繋がらず、携帯電話にもかけてみたが、回線の具合が悪いのか、何度かけてもうまくいかなかった。もっとも、これまでこちらから携帯電話にかけたことがなかったので、メモしてあった番号が間違っていたのかもしれない。

未亜にしてみれば、あれだけ面倒をかけておいて、長い間一言の礼すらも言ってこない自分に嫌気がさしたに違いない。いや、あんな騒ぎを起こした男とは、もうこれ以上関わりたくないと思ったとしても不思議はない。

未亜は、自分のほうから離れていったのだ。なぜそんなことに気づかなかったのだろう。

そう思うと、途端に気持ちが冷めてきて、なんとか行方を探さなくてはと、必死になって何度も電話をかけた自分が、ひどく滑稽に思えてきた。未亜という女は、自分がなにをしても受け止めてくれ、どんなわがままも許してくれる、そんな都合のいい存在だと思っていた。煩わしい説明などなにもしなくても、未亜なら黙って待ってくれている。そう思い込んでいたのはなぜだろう。

どこを見ても、目まぐるしい変化に驚くばかりだ。自分を中心に回っていたはずの世界が、少しずつ、だが確実に、その軸をはずし始めているらしい。

冗談じゃない、と織田は思った。そうしたものに一方的に翻弄されている弱腰の自分なんか、耐えられない。

それならそれで、なにも無理に探すことはないのだ。もともと未亜とはそういう仲だった。未亜がなにかを求めてきたことはなかったし、自分もなにかを約束した覚えもない。去っていきたいなら、そうするがいい。このうえは、むしろそっとしておいてやるのが未亜のためだ。こんな酷い暮らしは自分一人でたくさんだ。未亜まで巻きこむことはない。それが男の優しさというものだろう。

なにもかも、後ろ向きの作業は萎《な》えるばかりだった。

それからの一カ月あまりも、ほとんど会社の後処理に追われるばかりで、無為に過ぎていった。なにより、ただ立ち止まっていることが悔しくてならなかった。手足を縛られ、身動きが取れないことに、無性に苛立ちを覚えた。

なんという様《ざま》だ。こんなはずではなかったのに。

あの倉津さえいなければ、そうだ、あの倉津さえいなければ、いまごろ自分は限りない栄光のなかにいた。そう思うと、いてもたってもいられないほどの焦燥感に襲われる。

怪我はもうすっかり癒えたというのに、心の傷は一向に消えることがなかった。それどころか、倉津との経緯についていては、思い出すたびに無念さが倍加していく。

だから織田は、あえて何度も思い出そうとした。

この悔しさを風化させてはいけない。自分は決してこのままでは終わらない。

考えてみれば幼いころ、生まれて初めて株の売買を経験したとき、こっぴどくやられたものだった。あのときは、悔しさのあまり父に向かって泣きながら思いをぶつけたものだったが、いまから思えば所詮は子供の戯事《ざれごと》にすぎなかった。

本当の挫折など、一度も味わったことのなかった織田の人生で、いまこそ初めて知った屈辱感。与えられてばかりの生活で、初めて失うことを覚えた経験だった。

知らないうちに、季節が変わろうとしている。寒気が緩み、東京の都心の街路樹に春の気配がしても、織田は窓の外に目をやることすらしなかった。ひたすら外との交流を断ち、人とも会わず、俯《うつむ》いたままパソコンに向かって、ひそかに計画を練っていたのである――。

11

東京の本店との電話会議は、思っていた以上に順調に終わった。

すべては、平田常務が丹念に根回しを済ませておいてくれたからにほかならない。

倉津は、上海支店の大会議室の椅子に座ったまま、秘書たちが手際よく後片づけをしている様子に目をやりながら、椅子の背にもたれて、大きく伸びをした。

たまりにたまっていた疲労が、一気に噴き出してくるのを感じる。無理もなかろう。ここ数日間、今日のこの会議のために、ほとんど寝食を忘れて働いてきたのだから。

「お疲れさまでした、支店長。万事、完璧な出来でしたよ」

二時間近くにわたった電話会議による極度の緊張から解き放たれて、沢野は上気した顔をほころばせて言った。

疲れ切って、椅子から立ち上がる気力すら残っていないのは、倉津と同じなのだろう。そして、それ以上に心地よい達成感と、しみじみとした満足感を味わっているのも、同様のはずだ。

東京本店側の会議への出席者は、いつもより大人数になっていた。平田常務や加藤国際部長が中心だったのはもちろんだが、そのうえに、さらに海外顧客の審査部門と、昭和五洋銀行としての与信方針を決める管理部門の担当者たちが加わったからである。

倉津が上海支店に赴任してきてから、まだ一年もたたないのに、ここまで大きな案件をまとめることになるとは幸運としか言いようがない。ただ、向こうから転がり込んできたようなこのチャンスを、確実にものにするには、まだいくつものハードルがあった。

その最初の関門が、今日のこの会議だったというわけだ。取引相手が日系企業でないことや、金額の大きさからして、本店の決裁を受けるのは当然というべきだろう。

なんとしても本店の決裁を得ること。しかも、わずか四日間でだ。そのことを告げられたとき、沢野が真っ先に困りはてた声をあげた。

「支店長、お気持ちはわかりますが、それはいくらなんでも無茶ですよ」

「無茶？」

「相手は南風汽車です。大手の日系企業ではないんです。しかも、三〇億元もの案件ですよ。円貨にして四〇〇億規模の協調融資《シンディケート・ローン》です。支店長がおいでになる前から、本店とは何度もこういうやりとりをしてきましたが、こんな大きな案件は初めてです。これまでの例から言いまして、もっとずっと少額のものですら、本店決裁を得るには通常でしたら最低でも二、三週間は覚悟しないといけません。どんなに急いでも、十日が限度です」

沢野は必死の形相《ぎょうそう》で、訴えてくる。

「それじゃ、ダメだ。その半分でやり遂げるんだ」

「しかし、支店長……」

「遅い仕事なら誰でもできるよ。そこをなんとかするのが、昭和五洋銀行上海支店の腕の見せどころじゃないか」

「確かに支店長のおっしゃるとおりなんですが、これればかりは私の力では如何《いかん》とも……」

「なあ沢野、おまえ、やってみたいと思わないか？　上海で、邦銀がシンディケート・ローンの主幹事を取るのは、これが初めてのことなんだぞ。こんなでっかい案件だ。ほかの邦銀だったらみんな腰が引けるに違いないさ。だけどな、いや、だからこそだよ、一番乗りを自分らのこの手でやってみたいと思わないのか？」

「それはもちろん、私も……」

沢野の顔つきが変わってきた。この男の性格はすでに十分すぎるほどわかっている。倉津はにやりと笑みを浮かべた。

「だったら、やるしかないだろう。言い訳などは要らん。やれるところまで、やってみるだけだ。与えられた四日間で、徹底的に準備をして、本店の審査部門を攻略するんだ」

徹夜作業が始まったのは、その日の夜からだった。

準備に抜かりはなかった。今回の案件に関して、本店からたとえどんな質問を受けても、一瞬たりとも言い淀むことなく答えられるように、すべての力を結集した。予定された会議の前日までにあらかじめ詳しい資料を送り、さらにその資料への補足説明や、それらがなにを根拠にしたものであるかを示す説得力のある事例を思いつく限り用意した。

はては、考えつくあらゆる想定問答集を用意し、それこそ会議の一分前まで万全を期してきたのである。

「ご苦労だったな……」

倉津は、心から部下たちの労をねぎらった。

南風汽車から持ちかけられた、この新しい大型プロジェクトが成功すれば、上海における昭和五洋銀行の存在を、中国全土に知らしめることも可能になる。いや、それだけでなく、誰よりも今回のプロジェクトの立役者として、昭和五洋銀行上海支店長倉津謙介の名前が、この国の金融当局にも響き渡ることは間違いない。

「ここまできたら、あとは来週の役員会だけですね、支店長」

「そうだな……」

「でも、それもこの調子ではきっと問題ありませんね」

「いよいよだな、沢野」

倉津はそう言って、ようやく椅子から立ち上がった。

すぐ目の前に、壁全面の窓ガラスを通して、東方明珠塔《トンファンミンヂューター》が迫ってくる。急激な発展を続ける上海のシンボル、この街が未来に続くことを告げているかのようなアジア第一位の巨大なテレビ塔。

どんよりと曇った天空を指し示す尖塔と、どぎついまでのピンクの球体と、眼下を流れる濁った黄浦江《ホアンプージャン》の流れ。その対比を見ていると、倉津の脳裏に先日の上海虹橋迎賓館《シャンハイホンチャオインビングァン》でのことが、鮮明に浮かんでくる。

南風汽車の董事長《CEO》、劉天武《リウティエンウー》が、南京西路《ナンジンシールー》の一角に、自社ビルを建設する計画について切り出したのは、選りすぐりの素材を使った一五品目に及ぶ豪華なメニューが、そろそろデザートに移ろうかというときのことだった。

「土地買収に関してはほぼ確定しています。売り手との交渉もおおむね最終段階で承認済みです。方案設計の審査も問題ありません。それだけでなく、もちろんそれ以外の一切の問題も生じていませんが。こちらには、それ相応の手立てがありますからな」

劉は、そう言って、ちらりと隣の男の顔に目をやった。劉の従兄弟だと紹介された彼は、終始無言で、ほとんど無表情のまま食事に加わっている。倉津が名刺を差し出したときも、含みのある笑顔を返すだけで、詳しく身分を名乗らなかった。劉の身内であれば、それで十分だ。なにか訳があるのだろうと感じたので、それ以上の詮索はしなかった。

劉は相変わらず穏やかな笑みを浮かべていたが、その目は、鋭く倉津を見つめている。そして、やおら同じ言葉をゆっくりと繰り返した。

「われわれは、土地買収はほぼ確定しています。売り手との交渉もほとんど最終段階にはいっています。方案設計の審査もまったく問題はありません」

ただ、それまでの歓談とひとつだけ大きく違っていたのは、ここまでの会話がそれぞれの通訳を使った中国語によるものだったのに対して、ここから突然、英語に切り替わったことだった。

つまり、余計な訳者を介さず、倉津と直接にやりとりをしたいという劉の並々ならぬ思いを表わしているのだろう。これだったのか、と倉津は思った。

「ほう、それは素晴らしい。ご同慶の至りです」

倉津は鷹揚に笑みを浮かべ、ゆっくりとした英語で答えた。試されていると感じたのは、やはりこのためだったのか。倉津はこのとき、みずからの予感が的中していたという確信を得た。

「ありがとうございます、倉津支店長……」

淡々と続く劉の説明を聞きながら、倉津は上海に赴任してきたばかりのとき、沢野から受けた丁寧なレクチャーを思い出していた。

「ご承知のように、ここは社会主義国家でありますから、中国では、土地の所有権はすべて国に属します。ただ、その『土地使用権』が認められていまして、自由に売買できることになっています」

「言うなれば、日本の定期借地権みたいなものなんだな？」

「その通りです。ただ、その有効期限は、日本と若干違っておりまして、居住用の宅地で七〇年以下、工業用地で五〇年以下、その他の総合用地で五〇年以下と定められています。一般のマンション用地が七〇年以下、オフィスビルでは五〇年以下です」

「日本だと、一般定期借地権は五〇年以上だし、建物譲渡特約が付いている借地権なら、たしか三〇年以上だったな。事業用借地権は一〇年以上、二〇年以下だったと記憶しているが」

「さすが支店長。おっしゃる通りです。さらに中国の場合は、期限後の延長も認められておりまして、土地使用権を購入する際には、その開発目的を当局に提出し、その承認の範囲内で、開発が許されるというわけです」

劉の説明にあった、方案設計というのは、中国でビル建設の許可を得るために提出するもので、基本的には、上海市の「建設委員会」と「土地企画局」が審査を担当する。そうした手続きに関しても、倉津は支店長の常識として、すでに概要を心得ていた。

「なにより驚かされますのは、完成までの建設工事期間の短さです。日本での常識では、考えられないことですよ。と言いますのも、なにせ、こちらは二十四時間体制で建設が進みますからね。しかも、年中無休の完璧な三六五日ベースです。ちょっとした普通のオフィスビルでしたら、たいてい一年半か二年もすれば完成で、すぐに竣工式ですよ」

「二十四時間労働の、年中無休？　おいおい、大丈夫なのか？」

倉津は思わず声をあげた。

「それがこっちの常識でしょう。労働時間の規制なんて、関係ない世界です。それに、中国では鉄を使わず、コンクリートのRC工法のビルが多いですからね。日本のゼネコンがしっかりとしたビルを建てるのに較べると、こちらではコストは六割程度は安く建てられているかもしれません」

あのころ受けた沢野からの詳しい説明が、こんなときに役立つとはありがたい。

ふと、大きな丸テーブルの先に目をやると、沢野がこちらを見て、しきりに目配せをしているのがわかった。その目のなかに、ひそかに訴えるものがある。倉津は、沢野にだけ伝わる仕草で、そっと目で合図を送り、おもむろに口を開いた。

「劉先生が、ここまで具体的な計画を口にしてこられたということは、わたくしども昭和五洋銀行に、御社のご計画に協力するようにと？」

言ったとたん、劉が嬉しそうにうなずいた。

「最近、歳のせいか、どうもせっかちでいけませんな、倉津支店長。人生は一度きりの饗宴と申します。こういう素晴らしい宴の場で、こんな話を持ち出すのは、無粋きわまりないことなのですが」

「いえいえ、劉先生。せっかちなところに関しては、私もあなたには負けないかもしれません」

「それは心強い。さすがは、私が見込んだだけの人物だ」

劉はそう言って、赤ワインの残ったグラスを高々と掲げ、声をあげて愉快そうに笑った。

「それで、わたくしども昭和五洋銀行には、どんな役回りを用意していただいているのでしょうか？」

「出資の部分を除いて、融資部分《ローン》についてのまとめ役を御行にお願いできればと」

試すような目つきだった。

「つまりは、協調融資を、という意味ですか？　そして、その主幹事を、わたくしども昭和五洋銀行上海支店にやれとおっしゃっているのですね？」

倉津は、意識的に一語ずつ明確に発音し、質問をした。

「その通りです。声をかけるシンディケートのメンバーは、倉津支店長におまかせします。特別に条件はありません」

劉は語調をまったく変えることなく、淡々と答えてくる。

「それで、ローンのサイズは？」

思わず問いかけた声が、裏返っていた。倉津は、慌ててわざとらしく咳払いをした。

提示されたのは、期待以上の手土産である。ここまでの話になるとは、よもや想像もしていなかった。逸る心を抑え、努めて鷹揚な態度を心がけ、倉津はさらに詳しい状況を質問していった。

12

織田が、独りマンションの部屋に閉じこもっていることが、どういう経緯で白金の実家に伝わったかはわからない。どうせおせっかいな取引銀行の担当者あたりが、織田の会社の経緯と一緒に、よけいなおしゃべりをしたのだろう。

父の昭光《あきみつ》はともかくとして、母の聡子《さとこ》だけはそんな息子の様子に心を痛めているらしく、なにかと言っては毎日のように織田の部屋まで電話をかけてよこした。とはいえ、なにかを訊いてくるわけでもなく、織田が仕事に失敗したことや、多額の損失を出してしまったことなどについては、あえて一言も触れようとはしなかった。

母が知らない振りをしてくれるのは、なによりの救いだった。それに、さほど用もないのに、わざとらしい話題を作って、まるで織田が部屋にいることを確かめるためだけのように毎日電話をかけてくるのが、どこか不憫《ふびん》にも思えた。だから織田は、大儀そうな声を出しながらも、とりあえず電話には出ていたのである。

「ねえ一輝さん。あなた、毎日お部屋に閉じこもって仕事ばかりしていると、身体に毒だわ。外はいいお天気よ。一度、思い切って出かけてみて、こちらにも顔を見せてちょうだいよ。あなたの好きなグリーンピースのご飯を作って、待っているから」

あれこれと考えては、一人息子をなんとか実家まで誘い出そうとするところは、やはり心配だからに違いない。

「うん。そのうち行くよ」

母の気持ちがわかるだけに、織田も邪険にはできなかった。

「そのうち、そのうちって、いつになったら来てくれるの？」

愛想のない息子との不毛な会話でも、声が聞けるだけでも安心だと思うのか、聡子はめげずに何度も電話をかけてくる。そんなある日、織田がマンションの近くの小さなイタリア料理の店で、遅い昼食をとっていると、携帯電話の着信音がした。見ると聡子の携帯電話からだ。

「もしもし、僕だけど……」

「あ、一輝さん。ねえ、いまどこにいるの？」

聡子の声はいつになく弾んでいた。

「外で昼メシ食ってるんだよ」

「どうせマンションの近くなんでしょ？　なんていうお店なの？　私も、いま近くまで来ているのよ。ちょっと出たついでに、いろいろお買い物をしていたら、ずいぶん珍しい人に会ってね。本当に世界って狭いわよねえ」

母が上機嫌なのは、外出先で偶然懐かしい旧友に会ったかららしい。わざわざ電話をしてくるほどのことではないが、それもいつものことだった。いずれにしても、自分とは関係ない。織田は相変わらず、気のない返事をした。

「どうしましょうか？　これからそっちのお店へ行ったほうがいいかしら？　それとも、一輝さんのほうがこっちへ来る？」

聡子は、織田にもその相手と会わせたいらしい。いつになく執拗に訊いてくる母が、面倒になってきて、食事が済んだら、こちらから出向く旨を伝えて、電話を切った。待ち合わせの約束をした、広尾にあるオープン・カフェ、「カフェ・デ・プレ」に着いたのは、それから小一時間ほどあとのことだ。広い店内にはほとんど客の姿がなく、なかほどのテーブルにいる母はすぐにわかった。

「一輝さん、こっちよ。あら、あなた、なんだかまた痩せたんじゃない？」

「ごめん、すっかり待たせちゃったね。なんだ、母さん一人なの？」

聡子の向かいの席には誰もおらず、テーブルには空のティーカップが残されている。織田の到着が遅いので、おそらく相手は待ちくたびれて帰ったのだろう。

「いま、ちょっとお化粧室に行っているのよ。でも、すぐに戻ってくるわ」

そのとき、やってきたウェイターに注文をしようと、振り返った織田の視界に、予想もしていなかった顔が飛び込んできた。

「夏琳？　どうしてここに……」

織田は、思わず大きな声をあげた。

「ね、一輝さんもびっくりしたでしょう。夏琳が東京に来ているなんて、わたくしも全然知らなかったもの。さっきプラチナ通りのブティックで、おばさまって、声をかけてくれる人がいるじゃない。誰かしらと思って、振り返ったら、夏琳が立っていたの」

聡子の声がますます弾んでくる。

「わたくし、すぐには夏琳だってわからなかったわ。だって、もう何年振りになるかしら。あの小さかった夏琳が、こんなに綺麗なお嬢様になっていたなんてねえ。でも夏琳のほうは、わたくしのことがすぐにわかったんですって。昔は一緒によくお食事もしたものね。あんまり懐かしくって、それからいままで、もうずっと二人でおしゃべりしていたの……」

聡子は、驚くほど饒舌だった。

やがて、テーブルまでやって来た夏琳が、いたずらっぽい顔で、会釈を送ってくる。

「聞いたわよ、一輝。あなたもあの男に、ずいぶんやられたんですって？」

夏琳は、挨拶もしないで、いきなり言った。一瞬、言葉に詰まったが、織田は観念したように答えたのである。

「そうさ。完璧にやられたね。笑いたければ、笑うがいいよ。弁解はしない」

聡子の前で、これ以上詳しく語るつもりはなかった。だが、夏琳は、優雅な仕草でまず椅子に腰をかけ、長い足をゆったりと組んでから、おもむろに織田に向かって口を開いた。

「実はね、私もなの」

その顔は妙に平然としていて、心の動きまでは読み取れない。

「まさか……」

「でも、そうなのよ、一輝。あの男には完全に出し抜かれたわ。完敗よ」

「夏琳もあいつに？　本当なのか？」

「ええ、悔しいけどね」

「僕はてっきり、君は倉津とグルになっているのだと思っていたよ。それで、二人して僕を嘲笑っていたのだとね」

信じられない思いで、織田は訊いた。

「途中までは、私もそのつもりだったの。でも、彼は私を利用しただけよ。いえ、最初からそうするつもりで、気をもたせておいて私に商談を持ち込ませたんだわ。結局私が甘かったのね。情報も、アイディアも、長年かかって築いた人脈まで差し出して、あいつに根こそぎやられちゃった。お金こそ無くさなかったけれど、プライドも、胡夏琳としてのメンツもこれでズタズタよ。今後ビジネスを続けるうえで、もっとも大切な信用を失ってしまったわ」

「あいつに君の人脈を差し出した？　なにをやっているんだよ。馬鹿だなあ……」

「そうなの、不覚よ。ほんとに愚かだった。だけど、それは一輝も同じでしょう？」

「ああ、たしかにそのとおりさ。不覚だったけど、完全にしてやられたね。せっかく途中まで完璧に進行していたのに、最後の最後で詰めが甘かった。やっぱり夏琳と同じかもな」

そこまで口にしたら、急に笑いがこみあげてきて、織田は思わず噴き出した。二人の間に、奇妙な連帯感が生まれているのを感じた。声をあげて笑ったら、長い間、腹の底に溜まっていたものが、一気に消えていくような感覚もあった。これまであんなにいがみ合っていたのは、考えてみたら近親憎悪のようなものだったのかもしれない。似た者同士ゆえのライバル心。相手の存在を意識するがあまりのジェラシー。そして、ほんの少し屈折した、相手への執着と反発がない交ぜになったいびつな愛情表現。

そんなことに気づいてみたら、なぜだか、なにもかもが可笑《おか》しくてならない。事情がのみ込めず、きょとんとしている聡子の前で、夏琳も織田もいつまでも笑いを止めることができなかった。

「それで、一輝。あなたまさか、このままなにもしないで、泣き寝入りするつもりではないでしょう？」

散々笑いこけたあとで、夏琳が言った。誘うような目をしている。

「もちろんだよ。俺を誰だと思っているんだ」

織田は、きっぱりとうなずいたのである。

第五章　爆　発

1

浦東《プートン》地区の最高級ホテル、グランド・ハイアット上海。金茂大厦《ヂンマオタワー》の六十三階にある、このグランドスイートの部屋に住み始めてから、もうどれぐらいになるだろう。

胡夏琳《フーシャーリン》は、熱いシャワーを浴びたあと、高層階の窓の下に広がる夕暮れの黄浦江《ホアンプージャン》を見ながら、いつものようにシャンパンのグラスを手に立っていた。

独り暮らしを始めると決めたとき、この部屋を選んだのは、もちろん風水師のアドバイスからだった。

「水辺を探しなされ。水にゆかりのある地をな……」

夏琳の二、三倍はあろうかと思えるほどたっぷりとした胴回りに、すっかり禿《は》げ上がった頭。白く、てらりと艶のある丸い顔に、ナマズ髭が妙に似合っている。なにかに導かれるようにして飛び込んだ、通りがかりの占いの館で、老風水師は、突然やってきた若い娘を見るなり、にやりとした。

「水のそばに引っ越したほうがいいという意味ですか？」

「そのとおりじゃ。おまえさん、若いのになかなか強い骨相をお持ちじゃな。金には一生不自由しないじゃろう。しかし、可哀想じゃが家族の縁には薄い。誰にも頼らず、独りで強く生きていきなされ。おまえさんはそれができる骨相じゃ。その吉相を、さらに活かすには、風水の助けを得るのが賢明というもの……」

老風水師は、鼻の上の小さな老眼鏡をずらし、すくいあげるような視線を向けてゆっくりと告げた。

「どうすればいいのですか？　もっと詳しく教えてください。おっしゃるとおりにしますから」

自分が生まれてからこれまでのことを、その短い言葉が、ずばりと言い当てている。夏琳は、思わず椅子から腰を浮かし、大きな声を出していた。

「周囲をぐるりと水に囲まれた場所は、強い運気をもたらしてくれるものじゃ。いまよりもっと豊かに暮らしたければ、迷わず水のそばに引っ越すことじゃな」

「具体的には？」

夏琳は、すぐに地図を拡げて指さした。

「われらが中国全土を鳳凰《ほうおう》に譬《たと》えるとしたら、上海はまさに喉の位置。わかるかな？　喉は空気を吸って、心臓を動かすところ。つまり、上海は世界の気を吸い込んで、中国の経済を動かす地なんじゃ」

臈長《ろうた》けた風水師は、あのとき夏琳を見つめながら、またも思わせぶりな笑みを浮かべた。

「その上海で、三方を水に囲まれた地となれば、ここが良かろう」

「浦東地区ですね」

「ご覧なさい、あの東方明珠塔《トンファンミンチューター》をな。三つの珠が串刺しになったようなあの塔は、風水の世界では完璧な形なのじゃ。あの最上部の球は『時』を表わし、中層部の球は『人』を表わしている。そして、下層部の球は『場所』の意味じゃ。これは『三元合気』と言ってな、風水では最上のものとされる……」

磁石を片手に、二人して数カ所探し回ったあと、夏琳はこの地に立ちいたった。

「三元合気。良い時を得て、良い人を集め、良い場所となって素晴らしい発展を遂げるというわけですね」

「そうじゃ、そのとおりよ」

満足そうにうなずきながら、空を仰ぎ、老風水師は目を細めた。

「決めたわ。私のオフィスはこのホテルのなかにする。グランド・ハイアットの部屋にするわ」

かくして、二十二階に長期契約で部屋を借り、夏琳の経営する二つ目の企業、投資顧問会社はここからスタートした。愛車のポルシェを使えば、母の家まではここから十五分の距離だ。だが、意気揚々とオフィスを開いた夏琳は、通い始めて一週間で音をあげた。朝の道路は凄まじいまでの渋滞で、一時間近くもかかることに、どうしても耐えられなかった。

それならいっそと、この同じホテルのグランドスイートに住まいを移すのに、さほど時間は要しなかった。通勤などにばかげた時間を浪費するぐらいなら、その時間をフィットネスクラブで汗をかいて過ごしたほうが、よほど健康的だと思ったからだ。

快適な環境と、順調で刺激的な仕事。そして、なにもかも満ち足りた暮らし。これ以上、なにを望むものがあるだろう。夏琳は心から満足していた。

目の前にそびえたつピンクの塔を見ていると、いつもどこからかあのときの老風水師の太い声が、聞こえて来るような気がする。

「いいかな。運は自分で育てるものじゃ」

「育てる?」

「そうじゃ。およそこの世のなかに、偶然なんぞというものはありえない。この世で出会うものみな、出会うべくして出会うもの。自分から引き寄せるから、会えるのじゃ。たとえどんなことに遭遇しても、それは必然。意味なく出会うものなぞ、この世にはなにひとつ存在しない」

「偶然なんかありえない？」

「この世のすべてと、人は会うべくして出会うものじゃ」

「でも、私は先生の館の前を偶然に通りかかって……」

「いや。たとえおまえさんがどのように感じていようと、すべては必然。私に会いに来たことも、決して偶然ではない。みんな前から定められていたこと」

風水師は、自信たっぷりにそう言い切った。

「それが本当なら……」

と、夏琳はそっとつぶやいてみる。

この前久しぶりに訪れた東京で、思いがけなく織田《おだ》一輝《かずき》の母と出会ったのも、偶然ではなかったことになる。そして、急にひらめいて、その場であの男と会ってみようと思うに至ったのも、すべては定められたことだったというのか。

夏琳は、空になったグラスにまたシャンパンを注ぎ、なにかを確かめるような顔をして、暮れていく窓の外を見渡した。考えてみれば、聡子に会ったところまでは、予想外のことだったが、あのあと聡子に連れられて、何年ぶりかで織田と会う気になったのは、必然だったかもしれない。

その数日前、彼が倉津に裏切られたことと、そのせいでとんでもない損を出したことを聞いた瞬間から、自分のなかでなにかが変わったことも強く自覚していた。あれほど憎み、張り合ってきた織田という男が、自分と同じように倉津にだまされ、同じ苦しみを味わったと知った途端、なにかをひょいと乗り越えたように感じたのはなぜだろう。

いまさらながらに思うのは、織田一輝というのはつくづく不思議な男だということだ。

今回久しぶりに顔を見て、それをあらためて確信した。

あんなに嫌っていたはずなのに、出会って一言声を発したら、堰《せき》を切ったように懐かしさがこみあげてきたのには、正直なところ驚いた。

つまり、それだけあの男が、常に自分の意識のなかにいたということだろうか。

織田は、夏琳が少女のころ、自分にひれ伏す数多《あまた》の少年たちのなかで、どうやっても操縦できなかった唯一の存在だった。それゆえに、いつも気になって、激しいライバル心を掻き立てられたのだろう。簡単に自分になびいてこないだけに、よけいにこちらを向かせたいと、かえって意地になったものだ。彼にだけは、なにがなんでも負けたくないと思ったのは、夏琳にとってはこれ以上ないほど当然のことだった。

いまにして思えば、どうしてあんなにムキになっていたのかと、不思議にさえ思えるのだが、とにかくあの織田にだけは、すべてにおいて勝っていなければならないと、自分に言い聞かせてきた。

生涯のライバルだと思い、勝つことにこだわっていたときは、あれほど手強い男はいなかったが、いざ倉津という共通の敵を得て、同じ立場として味方になった途端、あの男ほど心強い存在はいないことも、いまになってよくわかった。

織田は、自分と同じなのだ。ただ、そのことに気づかなかっただけだ。

いや、気づかない振りを続けてきたのかもしれない。自分のなかにある、目を背けていたい陰の部分を、あの男も同じように持っている。そのことを見せつけられるのが、耐えられなくて、自分はあの男の存在を、ひたすら否定し、拒み続けてきたのではなかったか。

夏琳はふっと笑みを浮かべ、思い出したように二杯目のシャンパンを飲み干した。

この世に偶然など存在しないのなら、幼いころあの男と出会ったことも、幼児期を一緒に育ったことも、必然ということになる。

日本と中国の狭間に生まれたこと。そして、自分のなかに奥深く存在する二重のアイデンティティー。それゆえに、ずっとさいなまれてきた、言いようのない疎外感。

いつも必ず光のなかにいた夏琳だったからこそ、「陰」は決して誰の目にも触れることなく、そしてその分よけいに濃く、湿った重苦しさをともなって、存在していた。

あの老風水師が言っていたように、自分がそうした境遇に生まれたことも、人知の及ばない、なにか大いなる存在によって定められたことなのだとしたら、その裏側に潜むどうしようもない歪みや苦悩は、あの織田のなかにもあるはずだ。

外には決して出さないが、そんな秘めた思いを互いに見透かしていたからこそ、かえってあれほど反発し、嫌悪し合ってきたのだろう。

けれども、と夏琳はいま心から納得する。

それこそが、間違いなく二人が同類だった証《あか》しなのだ。所詮は同じ嘘を抱えた、男と女だったのだと。

2

南京西路《ナンジンシールー》を、西に向かって走る車のなかで、倉津謙介《くらつけんすけ》は次第に高まってくる興奮を抑えきれない思いだった。プラザ66を経て、静安寺《ジンアンスー》を越えると、目的地にはまもなく到着する。助手席の沢野《さわの》が、待ちきれないように声をあげた。

「もうすぐですよ、支店長。まもなく現場が見えてきます」

沢野も、倉津と同じ思いだったのだろう。予想以上の渋滞のため、窓の外に、もどかしいほどゆっくりと景色が流れていく。見慣れたビルの街並みと、行き交う人の流れに視線を泳がせながら、沢野はうわずった声で語りかけてくる。

「それにしてもすごい混雑ですね、支店長……」

「この時間帯だからな」

「それだけ注目のエリアだということですよね。このあたりは何度来ても、やっぱりいい気分です。なんだか、完成したわれわれのビルの姿が、いまにも見えてきそうです」

「相変わらず気の早いヤツだな。起工式が来週なんだぞ。ビルの完成は、どんなに早くても再来年の春だろう」

沢野と同じ方向に目をやりながら、倉津はあきれたように言った。とはいえ、沢野の気持ちは痛いほどわかる。ここまできたら、一日でも早く完成した建物を目にしたい。沢野の言葉は、そのまま倉津の心境を代弁していた。

「ですが、支店長。今回のプロジェクトでは、本当に大変な思いをしましたからね。よくぞここまでこられたものだと、つくづく思いますよ」

「たしかにな……」

「いまだからこそ言えるんですが、一時はどうなることかと本気で心配しました。これもすべては支店長のご尽力です」

「いや、チーム全員の努力の勝利だよ」

倉津は、今度も心から告げた。

「ですが、支店長。やはり、あの役員会のときの支店長の素晴らしいスピーチがなければ、本店があそこまで動いてくれたかどうかは疑問ですよ。いえ、絶対動いてくれなかったと思いますね。南風汽車とも、かなり強気のやりとりでしたから、いまになってみると、よくぞトラブルもなくここまで無事にきたものだと。天に感謝したいぐらいです」

たしかに、今回の南風汽車とのプロジェクトは、倉津が強引に押したからこそ前に進んだといえる。本店の連中は、平田《ひらた》常務一派をのぞくと、誰もが消極的な反応しか示さなかったし、南風汽車にしても、自分たちはリスクを取らず、ほとんど昭和五洋銀行に委ねようという姿勢が感じられた。

「大丈夫なのかね、倉津君」

会議に出席するため、久しぶりに帰国してきた倉津を、役員たちは斜《しゃ》に構えた態度で、迎え入れた。ようやく処理に目処《めど》がついた国内での不良債権を、いまさら海外で増やすようなことになってはたまらないと、慎重になるのは、やむをえない発想だろう。

「いまは、どこの邦銀でも、中国向けの融資は手控えているんじゃないのか？」

審査部門でのゴー・サインは出ているのに、役員連中の慎重派は、予想外に根強く残っていた。倉津は会議に出るまでの限られた日数を、思いつく限り東京に電話をし、メールを送って、個別の説得に費やしてきた。

それなりに同意を得られたという手応えがあったにもかかわらず、いざとなると、慎重論の発言が続いた。こんなことは、珍しいことだ。

試されている。あのとき、倉津はまたも感じたのである。

この感覚は、最初、南風汽車の劉《リウ》との会食のとき、強く感じたものでもある。どうやら自分は、自分自身の運命とやらに、試されているのかも知れない。倉津はそんなことまで思った。突然やってきた強運が、自分をそれに値する人間かどうか、値踏みをしているのではないか。

「はたして、このリスクを取れるものか?」

倉津は何度も自問していた。ビジネス上のリスクは、そのまま倉津の人生のリスクでもある。五十歳を超えたこのときに、ここまでの決断を迫られるとは思ってもいなかった。これは一か八かの賭けかもしれない。

中国の金融システムには、倉津自身、不安がないわけではない。それでも、ここで引き下がることなどできはしない。倉津は意識して背筋を伸ばし、一度大きく息を吸って、毅然とした声で告げた。

「だからこそなんですよ、みなさん。国内の処理に目処がついたからこそ、われわれは攻めに転じるべきなんです」

とうとう、走り出してしまった。もうあとには引き返せない。これが、俺の人生で、最後の勝負になるだろう。上海に渡ってから、自分に向かってきた強運の波。その、とてつもなく大きな波に、目をつぶって飛び込むのだ。

倉津はいったん言葉を切って、会議室の隅々まで見渡した。そして、参加者の全員の顔を、ひとりひとり確かめるように見て、倉津はまた言葉を継いだのである。

「いまこそ、わが昭和五洋銀行は、積極的な攻めの経営方針を打ち立て、世界に打って出る時期です。いまリスクを取らずして、いつやるんです? 先んじた者が、他を制するのです。他行がやらないうちに、われわれは世界に向けて勝負をかけ、勝ちに行くべきなんです」

手応えがあるからこそ、前に進もうとしているのだ。無謀な話なら、乗りはしない。倉津は信念を持って訴えた。

「たしかに倉津君の言うとおりかもしれない。ただし、本当に勝てるものならな」

皮肉をこめた言い方だった。発言の主は須藤禎《すどうただし》。平田常務と対立する専務派に与《くみ》する取締役の一人である。どの企業にも、いや、どんな組織にも存在しがちな、いわゆる抵抗勢力とでも呼びたい一連の顔ぶれだ。国際部の加藤《かとう》部長が、なにかといえば尻尾を振っている連中でもある。

倉津は、決然と顔をあげ、声の主へまっすぐに顔を向けた。

「勝負というのは、勝てるのではなく、勝つものではないでしょうか。どんなときも受け身ではなく、能動的であるべきものでしょう。十分な準備を整え、武器を揃えて、勝ちに行くからこそ勝てるのだと、私は思います。昭和五洋銀行が勝ち続けることこそが、グローバルな競争が激化する一方の金融界で、邦銀が生き残れる唯一の手段ですから」

自分たちが、みずからの持てる力を信じないでどうするのだ。倉津は内心、そうも言いたかった。

「ほう、大きく出たな。倉津君は、上海なんかにいるから元気なんじゃないか。君はディーラー出身だから、攻撃は最大の防御なり、と言いたいのかもしれんがな」

専務取締役の富岡國浩《とみおかくにひろ》は、嗤《わら》いを含んだ声をあげた。

「専務のおっしゃるとおりだ。だいたい君は、現状を楽観視しすぎているのではないかね。中国のなかでも、元気なのは上海と、あと数カ所の都市部だけだろう。地方へ行けば、地銀はみごとに不良債権の山だそうじゃないか」

須藤が、わが意を得たりという顔で口をはさむ。

「お言葉を返すようですが、われわれのプロジェクトに声をかける先につきましては、厳しいうえにもさらに厳しく条件を設定して、慎重に吟味しています。それはこの資料をご覧いただければ、おわかりのはずですが」

「だが、そもそも中国の出してくる数字自体が疑問だしな。だいたい彼ら自身が、数字なんか信用していない人間なんじゃないのかね。中国政府はずいぶん控えめな数字を出しているけど、格付け機関のなかには、融資全体の四割が不良債権だとまで言っているところがある。今回の資金調達主の南風汽車もそうだけど、それだけじゃなく、シンディケート・ローンに加わる中国側の銀行も心もとないしなあ」

富岡は一歩も退《ひ》かぬという顔をしていた。

倉津は、いまもあのときのやりとりを思い出すと、掌に汗が滲んでくる。

「いえ、いま中国の民間企業、とりわけ金融機関は、大変な勢いでアメリカでの上場に向けてチャンスを狙っています。すでに実際に上場をはたした中国企業の株式も、市場ではすごい人気で、ここ五年間で最高の上昇率を記録したそうです。つまりは、それだけ中国への期待感が大きいんです」

必死で説明をしながら、倉津は内心胃の痛む思いだった。

「所詮はチャイナ・バブルじゃないのかね？　だったら、いずれは崩壊するぞ。そのときの無残さは、われわれは十分過ぎるほど知っているはずだが」

会議は予定時間を超え、倉津は周囲から一身に集中砲撃を浴びるような格好になった。

それでも、どんな声にも決して動じなかった。すべての質問は、あらかじめ想定していたとおりだ。本店への出張に同行して、久しぶりに帰国した沢野は、会議室の隅に控え、終始祈るような視線を投げかけていた。

「あのときの支店長は、格好良かったですよ。結局、最後はみんなを黙らせてしまわれたんですからね」

沢野は、また助手席から後部座席を振り向いて、言った。

「おいおい、上司をからかうもんじゃない。それより、現場の状況はどうなんだ……」

倉津は、まんざらでもない顔をしながら、報告をうながした。今日わざわざ建設予定の現場を訪れることにしたのは、その後の経過をこの目で確かめるためである。

「はい、支店長。そっちのほうはご安心ください。すこぶる順調です。なにも問題はありません。そうそう、報告が遅れましたが、小島ビルディングさんからも、昨日またその後の経過報告が届きました」

沢野は持っていたブリーフケースを開き、クリアファイルにはいった書類を取り出して、助手席から身を乗り出すようにして手渡してきた。今回の南風汽車大厦《タワー》建設のプロジェクトについては、日本から小島ビルディングをからませることができた点も評価すべきだろう。

近年のめざましい躍進で、日本の不動産業界でもっとも目立って収益をあげている小島ビルディングは、不動産業界と金融業界を融合させたような先端的ビジネス・チャンスにいつも敏感な反応を示してくる。

「例の件は、先方は了解してくれたのか」

「さすがに小島ビルディングだけのことはありますね。ものわかりがいいというか、こういう事情に慣れていらっしゃるというか、こっちが詳しく説明する前に、先に動いてくださるので助かりますよ」

「それで?」

「はい。なんでも陳《チェン》さんのお嬢さんの英国留学について、小島ビルディングさんのほうで一切面倒を見るという話になったとかで、先方はすっかり大喜びだそうです。お嬢さんの留学の受け入れ先から、費用まで全部丸抱えしてやるというのですから、そりゃあこれ以上文句はないでしょう。掌を返したように、その後の話が一気に進んだって、小島ビルディングの担当者がおっしゃっていました」

上海市の当局との折衝では、共産党関係者の口利きがあれば、驚くほど話が速い。そのために見返りを用意する必要があるのも、ある程度やむを得ないのだが、今回は小島ビルディングの担当者が、その微妙な部分まで請け負ってくれたというのである。

なかにはいって、便宜をはかってくれた陳氏には、正面切って賄賂を渡すようなことをせず、裏で娘の留学費用を肩代わりしてやるという条件を提示したあたり、さすがと言うべきだろう。

「それともうひとつ……」

「まだあるのか?」

「はい。姜《ジアン》さんのほうですが。こっちも小島ビルディングさんが手をまわしてくださったようです。姜さんのご親族が経営している会社というのがありまして、どうも中国茶の卸業《おろしぎょう》らしいんですけど、そこからいろいろと商品を納入させるとか、ビルが出来たときには、一階のラウンジに出店させるといった話を進めるようなことも検討中だとおっしゃっていました」

「なるほど、細かいところまで手をまわして、文句を言わせないようにしてくださっているわけか」

「そうなんです。うちの銀行の内部では、こういうことはなかなか出来ないことですのでね。そのあたりも察して、小島ビルディングさんのほうで受けてくださったのだと思います。おかげでこっちは仕事がずいぶんやり易くなりました。南風汽車のほうでも、喜んでおられまして、口にこそ出されませんが、支店長の株はこういうところでも急上昇です」

陳にしても、姜にしても、いずれにせよ、あの夏琳の紹介でできた人脈が、こんなところで活きてくるとは思わなかった。小島ビルディングの上層部も、こうした裏でのかけひきを呑んでくれるのはありがたい。

それにしても、この国はすべてが裏金次第だ。それも決して大それた額ではない。

「誰もがほどほどに、だけどちゃっかりと、っていうところだな」

高井がしみじみと語っていたものだが、今回のプロジェクトを通じて、倉津もさまざまな場面でそれを痛感させられる。

ビルを建てるための審査を経る際にも、審査会の委員には、それぞれ「お車代」と称して、相当の金を用意する必要があった。表向きは、どの委員がどの案件の審査を担当するか、名前などは伏せられているはずなのに、実際にはすべての情報が易々と漏れてくるのには、倉津もあらためて驚かされた。小島ビルディングの担当者が、そのあたりをわきまえていてくれなかったら、倉津も昭和五洋銀行のなかで、あちこち裏工作に奔走させられるところだった。

「そろそろ、見えてきましたよ。支店長」

沢野の声で、倉津は現実に引き戻された。

取り壊しが終わった古いビルの残骸や、うずたかく積まれた瓦礫《がれき》が視界にはいってくる。立入禁止のはずなのに、そのなかを、平然と歩いている人間の姿もあった。見ると、斜めに崩れ残った煉瓦の塀《へい》に沿って、腐りかけたようなトタン板を張った掘っ建て小屋のようなものができている。前回この場所に視察に来たときは、見かけなかったものだ。

「おい、沢野。見てみろ、あれはなんだ？」

「どれですか？」

沢野は、間延びのした声で、倉津が指さした方向を見る。

「建設用地の奥のほうに、なにか残っているじゃないか。まさか、まだ人が住んでいるんじゃないだろうな。立ち退《の》きはとうに済んでいるはずだろう？　南風汽車もそれは何度も強調していたよ」

さらに目を凝らすと、解体が済んでいない古いビルの一部には、窓の奥に毛布のようなものが吊されている。

「ああ、あれですか」

沢野は驚いた様子もない。

「あれですかって、おまえ、どうみても、人が住んでいる様子だぞ。見てみろ、あの窓の奥にも、結構人が居そうな気配があるじゃないか」

「はい、そうなんです。黒戸口《ヘイフーコウ》ですよ」

黒戸口と呼ばれ、生まれつき戸籍を持たない人間たちが存在することは、以前にも聞いたことがある。つまりは、十三億人といわれるこの国の人口に加算されない人間たちだ。地方の貧しい農村部から、逃げるようにして都市部にやって来て、立ち退きの済んだあとの空きビルに、いつの間にか住み着いているらしい。

「しかし、ここは立入禁止だろうが」

「それはそうなんですけど、こっちでは、空き地や、空きビルには、どこにでもいますからね。放っておいても、建築が始まる前にはちゃんと出て行きますよ」

そんなことまで気にしていたら、神経がもたないとでも、言いたげな顔だ。

「ああいう連中が、民工《ミンゴン》にもなっているわけでして、工事現場から次の工事現場に流れていったりもするのです」

民工というのは、いわば日雇いの労働者。現在の狂気にも似た上海における建築ラッシュを、陰で支える労働力とでもいえばいいだろうか。だが、戸籍を持たぬがゆえに、子供を居住地区の学校に通わせることもできず、心のなかには幾多の不満をくすぶらせながらも、表面は平穏なまま、中国の格差社会を生きている人間たちである。

「そうは言ってもな。沢野……」

「大丈夫ですよ、支店長。ご心配には及びませんから。とりあえず、現場の人間には言っておきますが、起工式の式典が始まるまでにはまだ日があります。その前日までには、綺麗に空けさせておきますから」

沢野はこともなげに言ったのである。

4

その朝、夏琳はいつもより一時間も早く目覚めた。

新しい目標が定まった途端、身体の底から湧き上がってくるような昂揚があった。新しい目標と同時に、今度は新しいパートナーも得た。

夏琳は窓の外に流れる黄浦江《ホアンプージャン》に向かって大きく伸びをし、強い興奮と同時に、背筋を這い上がってくるような緊張も覚えた。弾むような、だが、反面怖いような、相反するふたつの感覚。

「再出発にふさわしい朝だわ」

洗面所で顔を洗いながら、夏琳は鏡のなかの自分に向かって、声に出して言ってみる。

「そうよ、胡夏琳はこうでなくっちゃ」

そんな久しぶりの気分そのものが、嬉しかった。

そして、手早く身支度を整えると、秘書に電話をしてホテルの玄関まで車をまわさせ、運転手に行き先を告げた。織田と約束したとおり、指定された場所に向かうためだ。

目的地は復旦《フーダン》大学。一九〇五年に創立し、北の北京大学に対して南の復旦大学と言われるほどの、上海屈指の名門大学は、上海市の郊外、楊浦《ヤンプー》区の邯鄲路《ハンダンルー》に面した緑あふれる広大な敷地を有し、アカデミックな雰囲気をたたえていた。

「ずいぶん長い間忘れていたわ……」

近づいてくる正門を目にして、夏琳は誰に言うともなく、つぶやいた。

北京大学とともに、中国の歴史にも多大な影響を与えてきたこの大学で、静かな学生時代を送ったのは、ロンドンに留学する前のわずかな期間だった。

正門からは、すぐ奥にある毛沢東《マオヅートン》像が見えた。この大学のこの像だけはいまも健在だったのか。変わらぬ像が見えた途端、無性に懐かしさがこみあげてくる。

「ここでいいわ、車を停めて」

夏琳は正門の少し手前で車を降り、そこからは歩いてキャンパスにはいっていった。織田と会うことになっていたのは、第三教学楼。そのなかの第三一〇八号教室に来て欲しいと指定してきた。

勝手知ったキャンパスだ。昔を思い出し、そのつど周囲に目をやりながら歩いていると、ほどなく「燕園《イエンユエン》」にさしかかった。木立のなかにひっそりとある庭は、この大学の発祥の地だと聞いている。

夏琳はふと思い出して、石碑の場所を探しあて、その前に立ち止まった。

大学名の由来にもなっている『尚書《シャンシュー》』からの引用、「日月光華《リーユエグアンホア》、旦復旦兮《ダンフーダンシー》」の文字は、いまも変わらずそこにあった。

大学の建学の精神であるこの言葉どおり、たゆみなく向上を目指すことを、この場に立つたびに繰り返し、みずからに課していた若き日の無垢《むく》な私。

夏琳は、思わずあたりを見まわしてみた。一途《いちず》で、がむしゃらだった大学生のころの自分が、いまにもふいに木の陰あたりから現れてきそうな気がしてくる。

そのとき、何人もの学生たちが、なにやら声高に議論しながら夏琳のそばを通り過ぎていった。三人、さらに五人と、徐々にその数を増やし、同じ方向に歩いていく。織田が指定した教室に向かう学生なのだろうか。

こうした若者たちを集め、織田はこのあといったいなにを語り、どうやって彼らの心を摑《つか》もうというのだろう。はたしてそれがなにに向かい、どんなものをもたらすのか。

夏琳の脳裏に、なにかに憑《つ》かれたような織田の顔が浮かんできた。

5

「あいつらのプロジェクトは、いまのところ無事に進んでいるようだ」

思いがけない再会の三日後、東京で二度目に会ったとき、織田はどこで手に入れたのか、分厚いファイルを見せながら言った。

「嘘みたい。ここまで話は進んでいたのね。南風汽車の自社ビルを建設するっていうわけ？」

夏琳は、腹立たしげに言い、音をたててファイルを閉じた。

「そうなんだよ。僕と夏琳のアイディアをうまくミックスするようにして、自動車ローンの証券化ビジネスが始まったからな。あの銀行にも、南風汽車にも相当な金がはいったはずだ。それだけじゃなくて、あの倉津は中国のビジネス界で、実績だけでなく、信用というものまで、得たというわけさ。そこにあのグローバル社までもが加わって、今後もより一層飛躍的なビジネス展開を可能にさせるためのビルなんだそうだ」

織田も憎々しげな声で言う。

「その資金調達にも、昭和五洋銀行が一役買おうっていうわけなのね」

「そのうえさらに、手数料を稼がせてもらおうというんだな。あの倉津もよくやるよ。すでに当局の認可も無事に下りているらしい。かなりのコネを使ったという話だけど」

「冗談じゃないわ。そのコネは、私が紹介してあげたものなのよ」

「そういうの、日本じゃ盗人に追い銭っていうんだよ。馬鹿だな、夏琳は。相変わらずだ」

言葉とは裏腹に、織田はひどく愉快そうな顔で言う。

「あら、あなただって、同じじゃない。あの男にアイディアを出してあげて、一緒に華々しいステージへ昇っていくつもりが、途中ですっかりハシゴをはずされて、奈落の底に転落してしまったのは、どこのどなたでしたっけ？」

夏琳も笑いながら冗談めかして言い返す。そんな辛辣な言葉の応酬《おうしゅう》も、いまは互いに面と向かって、不思議なほどあっけらかんと口にできるようになった。

「倉津は僕らの共通の敵だ。だから、これから一緒におもしろいゲームを始めるんじゃないか。とっておきのやり方でね。あの男に心底思い知らせるために」

「笑っちゃうわね。あなたがまったく同じことを考えていたのは、これが初めてのことじゃないけど。またしても、って驚くばかりだわ。でも、あの倉津がどんな顔で狼狽《うろた》えるか、見物よね。そのときのことを想像すると、ゾクゾクしてくるもの。でもね、一輝。あなたはいったいどうしようっていうのよ。それと、私はなにをすればいいのかしら？」

織田の顔を正面から見据えて、夏琳はゆっくりと訊いた。

これはゲームだ。

子供のころから、心のなかでずっと望んでいたのに、一度も実現しなかった二人だけのゲーム。織田と一緒に力を合わせて経験する、ワクワクするような初めての遊びなのだ。

夏琳は心のなかで、自分に言い聞かせるように何度も繰り返していた。

「まあ、そんなに焦るなよ、夏琳。僕に任せてくれれば、すぐに凄い方法を考えつくから。いまはまだいろいろと準備が必要だけど、とにかくでっかいことをしでかそうよ。ただし、用意周到にゲーム・シナリオを構築しないとね」

「最小限の労力で、最大限の効果が期待できるものがいいわ」

「そうだな。それに復讐するといっても、僕らがやる限り、絶対にスマートにやりたいしね。だから、まず、倉津がなにを一番恐れているかを考えないといけない。そこをピン・ポイントで攻められるような」

夏琳の手から取り戻した資料のファイルを、もう一度ペラペラとめくりながら、織田が言った。

「あら、それなら簡単よ。今回のプロジェクトを失敗させて、彼の出世をはばむこと」

織田の手から、再度ファイルを取り上げようとした夏琳の指が、一瞬織田の手に触れた。

「だけど、あいつらの契約はすでに正式な調印まで済んでしまっている」

「それなら、今後、彼の野心の実現を根こそぎ覆すことよ。仲間や部下の裏切りなんてどうかしら?」

「いや、ちょっと弱いな。それに具体性にも欠ける」

首を傾げた織田の顔が、夏琳の目の前まで迫っていた。

「だったら、周囲からの軽蔑は? 世間の前でなにか大きな恥をかかせるようなことも効果的かもね。あれだけプライドの高い銀行マンですもの、精神的なダメージは大きいはずだわ。もう二度と顔をあげては日本に帰国できなくなるぐらいまで貶《おとし》めるとか。それから……」

淀みなく答える夏琳を、織田は不思議な生き物のようにじっと見た。プライドや面子《メンツ》をなにより重んじるのは、中国人の大きな特徴といえるだろう。その意味では夏琳が言うのもよくわかる。一般に中国の社会で、相手の誇りを傷つけ、面子を潰すと大変なことになるのは、織田も肝に銘じて知っている。

「いま夏琳が言ったのはすべて正解なんだけどさ。日本人のプライドなんて中国人に較べると底が浅いからね。なにかもっと、強烈なインパクトがあるものが見つからないかな」

「だったら、やっぱり昭和五洋銀行の失態でしょう。不祥事をあばくとか?」

「そうだろうな。日本の銀行は、世間の評判にとても拘《こだわ》るからな。愚かなことだが、金額的な損失よりも、レピュテーション・リスクのほうを極度に心配する傾向がある。とくにいま日本では、これまで盤石だと思っていた大企業が、ちょっとしたミスとかクレームで社会の信用を落として、それがもとで企業全体がガタガタになってしまうケースが増えているんだ。一度地に落ちた企業の信頼性は、そう簡単には回復できない。だから、とても神経質になっているんだ」

「だったら、ちょうどいいじゃない。昭和五洋銀行は、即座に倉津を切り捨てるわ。そうなれば、他の銀行への転職も不可能になる」

「ただ、そう都合よく、あいつらのなかに隠された不祥事というのが、あればいいんだけどさ。スパイを送り込むなんていうのもありかもしれないけど、現実味がないしな……」

そのとき、夏琳はパッと目を輝かせた。

「なければ、作ればいいのよ。そうだわ。倉津が私たちから奪って、成功を独り占めした、いまのプロジェクトで、逆に世の中に昭和五洋銀行の失態を知らしめるというのはどうかしら？」

「知らしめる？」

「それも、上海とか、日本なんかだけじゃなくて、できれば、そうね、倉津がどんなに酷《ひど》い人間で、あの銀行がどれだけいい加減なところかを演出して、世界中に向けてアピールできるような事件を起こさせるのよ」

夏琳は、自然に織田の手を取っていた。

「いいね。それができたら、あの憎き倉津のやつ、二度と日本に帰れないし、社会にも復帰できなくなる」

織田も、その手を強く握り返した。

「ね、おもしろそうだと思わない？」

「よし、その線で、いくつか策を練ってみるよ」

「それじゃあ、私も今度会うときまでになにか考えておくわ。どうすれば、彼の失態を世界中に知らしめることが可能か。どんな方法があるかを、調べてみる」

「おもしろくなってきたぞ。夏琳と二人なら、相当のことが実現可能になってくるさ。ところで、君は上海にはいつ戻るの？　そのときは、一緒に俺も行くから」

「来週早々には帰るつもりよ。このまま東京に長居すれば、父に無理やりにも、結婚を決められてしまいかねないもの」

そう言って、夏琳は肩をすくめ、大げさに溜め息を吐いてみせる。

「結婚？　夏琳、結婚するの？」

なんの気なしに漏らした言葉だったが、織田が異様なほど敏感に反応したのには驚いた。

「馬鹿ね。私が結婚なんかするわけないでしょ。父の顔を立てる意味と、私の後見人になっている父の側近があんまりうるさく言うから、一度だけお見合いというのを経験させられたんだけど、退屈な男ったらなかったわ」

「お見合い？」

「ええ。なんでも、父は私に結婚させたがっているらしいんだけど、その相手の男というのを、後見人はどうやら良く思っていないみたいなのね。そんな相手に興味なんかないから、名前までは聞いていないんだけど、とにかく、やたらとお見合いを勧められて辟易しているのよ」

「だったらいいけど、結婚なんかするなよ、夏琳。いいね？」

織田がじっと見つめてくる。

「もちろんよ」

そう答えながら夏琳は、心の奥底まで覗き込もうとするかのような織田の視線に、なぜか急に頬が火照《ほて》ってくるのを感じていた。


芝生のキャンパスを通り、プラタナスの街路樹の道路を経て、めざす第三一〇八号教室はすぐ目の前にあった。

「ここも変わっていない。昔のままだわ……」

夏琳は、またもそっとつぶやいてみる。

白い木製の窓枠越しに、教室のなかを覗くと、すでに織田が着いていて、教壇のあたりで何人かの学生たちを前に話をしているところだった。

ゲーム・シナリオは、まだ聞かされてはいない。

それから織田が、どんなつもりで復旦大学のキャンパスを、今日の集合場所に選んだのかについても、わからなかった。

だが、夏琳はどうしても思い出さずにはいられなかった。織田が意図したのかどうかはわからないが、この第三一〇八号教室が、特別の部屋だということについてである。

彼がこの教室を、最初の待ち合わせ場所に選んだこともまた、不思議な因縁を感じないではいられない。なぜならこの教室は、一九八九年の天安門事件のとき、心ある学生たちが上海でも集会を開き、熱いものを抱えて集まった場所でもあるからだ。

「一輝。まさか、あなたが考えたシナリオというのは……」夏琳は、声にならない言葉を漏らした。

だが、それがどんなものであっても、いまさら引き返すことはできない。

夏琳は、いままさに織田と一緒に成し遂げようとしていることの正体を直感し、そのとてつもない大きさに、全身が震え出すほどの戦慄を覚えた。

6

産むと決めたあとも、決して迷いが消え去ったわけではない。

だが、そんな母親の心の揺らぎを見透かしたように、お腹の子供は強《したた》かだった。何度危うい場面に遭遇し、もはやこれまでかとあきらめかけても、気がつけばいつのまにか元気に生き抜いている。

未亜は、そんなわが子の強運と、それにも増して強い生命力を頼もしくも思い、同時に、どこかでほんの少し疎《うと》ましくも感じていた。

織田を一人東京の病院に残し、限られた時間内に、思いつくほとんどのことをし尽くしたあと、逃げるようにして上海に戻ってきた。疲れはてて、這うようにしてマンションにたどり着いた途端、立っている気力さえ失せて、そのままベッドに倒れ込んだ。

まだ織田の匂いが残っているシーツのなかで過ごした、それからの二日間は、ところどころ記憶が欠落している。相次ぐ心労は、想像以上に母体を衰弱させていたらしい。

食べることすら忘れて、眠りこけていた未亜を、攫《さら》うようにして、この学生街に連れてきたのは、医学生の張凱《チャンカイ》だった。

「狭くて、汚い部屋で、ごめんなさい。でも、しばらくは我慢してここにいてもらいます。未亜さんには目の届くところにいてもらわないと、僕は心配で心配で……」

八歳も年下だからと、これまで弟のように思って接してきた張だったが、このときばかりは有無を言わさぬ命令口調だった。彼が通っている医学部の宿舎のすぐ近くに見つけてくれたのは、学生向けの古びた五階建てのアパートで、歩くと床が軋むような二階の廊下の奥にある小さな部屋である。

「凱の気持ちは嬉しいけど、私、こんなことをしている場合じゃないのよ……」

急いで起き上がろうとする未亜の額に、張の手が伸びてくる。

「動いてはいけません。まだ熱が完全に下がりきっていませんからね」

穏やかな、慈しむような目をしている。

「大丈夫よ、凱。それより私、仕事があるから……」

その手を振り払うようにして、未亜はまた上半身を起こそうとした。

「仕事のことなら心配要りません。事務所の方に事情を話して、しばらく休むと言ってあります」

「どうしてそんな勝手なことをするのよ。冗談じゃないわ。凱は知らないでしょうけど、そんなことされたら、私が困るのよ。だいたい、フリーランスで仕事をしている人間にとって、仕事を休むことがどういう意味なのか、あなた、わかってるの？」

言ってから、すぐに言い過ぎたなと、後悔した。すべては、未亜の身体を心配するがゆえのことである。

「ええ、僕にはわからないですね。身体を休める必要があるときは、仕事を休むものです」

張は憮然として答える。その気持ちは痛いほどに伝わってくる。未亜は、それでも言ったのである。

「あのね、凱。私たちのようなフリーランスの世界では、仕事を断るってことは致命的なの。もう二度と仕事がこなくなったら、どうしてくれるのよ」

悲鳴にも似た声だった。自分が苛立っているのはわかっていた。このところ、常に心のどこかに焦りがはびこっている。それをわかっていながら、どうしようもなくて、悪いと思いながらつい凱にやつあたりをしてしまう。

「大丈夫ですよ。未亜さんなら、またいくらでも仕事のチャンスは巡ってきます。だいいち、こんな身体で仕事もなにもないでしょう。もしもなにかあったら、僕が代わりに行ってきます。これでも僕、通訳の仕事もだいぶ慣れましたからね。ですから未亜さんは、この際なにもかも忘れて、ゆっくり身体を休めることです」

どんなときも、凱は変わらず優しかった。穏やかで、自分よりずっと大人の分別すら感じられた。だからこそ、よけいに素直になれない自分がいる。

「そう言ってくれるのは嬉しいけど、そういうわけにもいかないの。仕事なんて、そんな安易なものじゃないのよね」

若い凱に甘えることなどできるはずがない。未亜はひそかに首を振る。森下未亜は誰よりも強い女のはずなのだ。なにも持っていなかったかわりに、大きすぎるほどの野心を抱えて、単身上海にやってきた女が、ずっと誰の力も借りずに生きてきたのだ。人を人とも思わずに、自分のためになることなら、周囲を蹴散らしてでも進むことのできる女に徹してきたはずだった。

それなのに、いまはなんという様《ざま》だ。これまでかろうじて自分を保ってきたエネルギーも、虚勢も、根こそぎどこかに持って行かれてしまったようではないか。そして、その代償として、たった独りで守らなければならないものが、この身体のなかに残された。

未亜は、聞こえよがしの溜め息を吐いてみせる。

「ダメです。未亜さんがなんと思おうと、ここでは、僕の言うとおりにしてもらいます」

「凱が心配してくれるのはありがたいけど、あなたじゃわからないことが、たくさんあるの……」

「ダメと言ったら、ダメなんです。そんなこと言って、お腹の赤ちゃんにもしものことがあったら、どうするんですか！」

ついに激しく語気を荒げて、張は言った。たまりかねての言葉だったのだろう。こんなに怖い顔をした凱を見るのは初めてだと、未亜は思った。

「凱、あなた、どうしてそれを……」

さすがに、動揺を隠せなかった。

「僕はこれでも医者ですよ。まだ卵ですけどね。それでも、未亜さんのことなら、誰よりもよくわかります」

毅然とした言い方である。それだけ、張の思いが伝わってくる。

「私、あの、つまり……」

どう説明すればいいのだろう。まっすぐな張の目を見ていると、未亜は自分がひどく汚れているように思えてならなかった。

「なにも言わなくていいですよ。どうせ、あの男は気づいていないんでしょう？」

なにもかもわかっているという顔だった。いや張は、これ以上なにも聞きたくないと、言いたげでもあった。織田とは、この前彼の怪我を診てもらったので、会っている。この子の父親が、織田だとわかっているのだろうか。未亜は、ただ口を閉ざして張を見返すだけで、うなずくことも、否定することもしなかった。

「でも、未亜さん。心配しなくてもいいですからね。僕は、誰にもなにも言っていませんので。事務所の方にも、もちろん、ほかの人にもです」

「ごめんね、凱」

なにに対して謝っているのか、自分でもわからない。だが、未亜がかろうじて言えたのは、それだけだった。

「なにも謝ることはありませんよ。それに、そんなことはどうでもいいんです。その子の父親が誰かなんて、僕には関係ありません。未亜さんは、本当に華奢な身体つきだし、赤ちゃんもちょっと発育が遅れ気味のようですから、お腹がほとんど目立ちませんからね。このことを知っているのは、担当医を除けば、この世で僕だけです」

張は、どこか誇らしげにさえ見える表情で言ったのである。

「凱、あなた……」

未亜の心を、静かに満たしていくものがある。荒《すさ》みきった気持ちのなかで、必死に強《こわ》ばっていたものが、ゆっくりと解けていく。

「安心して、ゆっくり静養してください。ここを借りている学生は、いまアメリカの大学に行っていまして、あと半年間は帰ってこないそうです。未亜さんのマンションに較べたら、ないものだらけで、あまりに質素な部屋ですけど、少なくともここなら誰にも知られませんからね。どんなことにも煩わされることなく、好きなだけ眠っていられます」

張の声は、どこまでも頼もしかった。無事出産を済ませるまで、一時的にせよ姿を消すことができたら、どんなにか気が楽だろうというのは、未亜も考えていたことだ。だが、かといってどこへ身を隠すこともできず、そんなことは無理だとあきらめていた。

若くて、頼りなげにしか見えなかった張の存在が、これほど心強く思えるとは。未亜の願いを見透かしたような張の気遣いが、いまは限りなく胸にしみてくる。黙ったままの未亜に、張は大人びた顔で、また静かに言った。

「人生のモラトリアムなんだと思えばいいのじゃないですか?」

「モラトリアム?」

「そうです。つかの間の猶予期間。あとのことは、あとになってから考えればいいんです。答えは、赤ちゃんが生まれたら、自然に出てくるものかもしれないし……」

張は、未亜の額にかかっている前髪をそっと整えながら、穏やかに言った。

「答えが、自然に?」

「はい。無理に答えを出そうとするから、辛いのですよ。時がくれば、自然に答えは出るものです。だから、僕が望むのはただひとつ、いまは未亜さんがとにかく元気な赤ちゃんを産んでくれることだけです」

「凱、あなたって人は……」

思わず涙がこぼれそうになる。

今日までの、悶々としてきた日々が、一気に蘇ってくるようだった。

あの怪しげな鍼灸師のところを飛び出してからも、未亜の心に平安はなかった。自分の身体のなかに、確実に存在する織田の子供と、どう対峙していいか途方に暮れるばかりだった。子供を産もうと決心はしたが、どうやって育てればいいか、いまは想像もできない。思いは定まっても、なお残る迷いは拭いきれなかった。

「人間なんて、そんなに強いものじゃないわ」

「でも、だからといって、案外弱くもないんだけど」

妊娠二カ月とわかってから今日まで、未亜が、自分に向かって愚かしく繰り返してきた二種類の言葉である。

子供と二人で生きると決めたとき、日本に帰ることは完全にあきらめた。織田を一人病院に置いて、成田を発ったときも、二度と東京には戻るまいと固く心に誓った。

一度だけ、思い切って秋田の実家に電話はしてみた。だが、母と話を始めてわずか三分で、すぐに電話したことを後悔させられた。ますます気難しくなってきた父や、物見高い親戚たち。それから、狭い世界のなかだけで安穏としている同級生たち。母は未亜がなぜ電話をしてきたか尋ねることもせず、他人の噂ばかりを並べ立てる。

「まあ、こっちもいろいろあってね。それで、そっちはどうなの？　仕事はうまくいってるのよね？」

長い長い世間話の末、ようやく切り出した母に、未亜はもうすっかり話をする気力すら失せていた。

そんな郷里の人との関わりの窮屈さと、あの息苦しさは、二十三歳で飛び出したときよりも、さらに耐え難いものになっている。結局、最後まで妊娠のことを打ち明けることなく、電話をしようと思い立ったとき以上に醒めきった気持ちで、そそくさと電話を切った。

この子を連れて、日本にはどこにも帰るところはない。それがわかったとき、未亜はこの先もずっと、上海で住もうと心に決めたのである。帰るのは、凱旋のときだけ。惨めな帰国だけは絶対にしない。そんなことをするなんて、この私自身が許せないと、何度も自分に言い聞かせた。

だからといって、敗北感が消えたわけではない。若かったあの日、誰にも見送られることなく、それでも雄々しく旅立って、一人上海にやってきたが、いったい自分はなにをしてきたのだろう。成功を夢見て、自分にあえて苦労を課すようにして上海に渡ったことを、否定することだけはしたくない。

自分はいつからこんな弱気な人間になってしまったのだろう。どうしてこんなに守ることばかりを考え、前を向けない女になっているのか。

身体のなかに、自分とは別の動きをする存在がある。宿った生命を実感するとき、想像を超えたその神秘的な感触を、穏やかで、しんと静まりかえったような心境で受け止めてきた。だが、だからといって、いま自分に降りかかっている事態を、不本意だと思わなかったわけではない。

女であるがゆえに突きつけられる現実と、その先に透けて見えるまやかし。確かな手応えと裏腹の、焦りにも似た憂い。頼もしさと、不甲斐なさと。そんなプラスとマイナスの両極は、織田への思いにも共通していた。

愛おしさと、同じ分量の恨めしさとの狭間で、際限なく揺れているいまのわが身。いつまでもそんな気持ちに引きずられ、鬱々と後ろ向きにしか思いが至らなかった今日までの自分。

それがいま、八歳も年下の張が発した、人生のモラトリアムという言葉で、救われた気がしている。

もしかしたら人は、十カ月もの長い月日を、母親の胎内で逡巡を続けた末に、答えを選び取るのかもしれない。この世に生まれ落ちるかどうか、みずからの生きる選択を。

「わかったわ、凱。私、答えが出るまで、ここにいる」

未亜は、すべてを吹っ切るように告げていた。

「そうです。それでいいんですよ、未亜さん。ここでは、よけいなことは忘れましょう。つかの間の思考停止期間です。あなたは、ご自分と赤ちゃんのことだけを考えていればいいんですよ。それから、必要なものはなんでも言ってくださいね。買物は全部僕がしますから、たっぷりと栄養をつけて、なにも考えず、未亜さんには好きなだけ、この部屋でのんびりしていてほしいんです」

「だけど、それでは凱に迷惑が……」

「なにを言っているんですか。これまでは、僕が未亜さんに世話になってきたのですから、今度は僕が未亜さんの世話をする番でしょう？　欲しいものがあったら、本当に遠慮なく言ってくださいね。着るものとか、食べたいものとか、なんでも必要なものは僕が買ってきます。未亜さんと赤ちゃんにとって、必要なものは全部僕が用意しますから」

それならこの子の父親を。ふとそんなことを口走りそうになって、未亜はひそかに首を振った。どこまでも生真面目な張を見ていると、未亜は、とんでもなく残酷なわがままを言って、困らせてみたくなる。

だが、いまの張なら、もしも本気で未亜が頼めば、それも用意するとでも言いかねない。いや、自分が父親になるとまでも言い出すのではないか。

「ありがとう、凱。でも、いいのよ。なにも欲しいものはないから」

未亜は、小さく微笑んだ。

その日から始まった暮らしは、未亜にはまるで幼いころのままごとのように思えるものだった。研究室での仕事や、アルバイトの合間に、張は毎日何度も未亜を訪ね、ついでに簡単な診察めいた健康チェックをしていった。

よほど体調が悪い日でないかぎり、二人はよく近くに散歩に出かけた。そのとき張は、必ず未亜と手をつなぎたがった。学生街の居心地の良さと、屈託のなさは、おそらく世界共通のものなのかもしれない。隣人たちも二人を好奇の目で見ることはなく、二十五歳の張と一緒にいると、未亜は、自分も同じ年齢に戻ったように錯覚したし、この世にまだなにも怖いものがなかったころを思い出すことができた。

二度ばかり、気分のいい日を選んで打浦路《ダープールー》の自分のマンションに戻り、身の回りの物や着替えの類を取ってきたが、仕事のことは一切考えなかった。たまっていたメールも開けず、留守電のメッセージもあえて聞かず、一時間ほどでまた部屋を出た。

世の中のことに背を向けていても、一日はあっという間に過ぎていく。

大学の近くの店へは、二人で買い出しにも行った。スーパーマーケットと呼ぶには小さすぎる店だったが、張とあれこれ商品に文句を並べながら、冷やかし半分に歩き回るのは、格好の気晴らしになった。

棚からこぼれ落ちんばかりに雑然と並べられた袋入りのジャンクフード。脂の浮いたポテトチップスと、塩分の強すぎるナッツ類。インスタントのカップ麵に、賞味期限切れのビーフジャーキー。醬油と辣油、埃をかぶった紹興酒の瓶。

かつて織田や夏琳たちと過ごした、洗練された都会の空気はここにはない。そのかわり、たっぷりの陽射しを浴びて得る、かけがえのない心からの安らぎが、日を追うごとに未亜を健康にしていった。

こうして、未亜にとっての運命の日、出産予定日までの三カ月あまりは、順調に、そして穏やかに、復旦大学のすぐ近くの小さな部屋で過ぎていったのである。

7

そんなころ、まさかこの復旦大学のそばに、未亜が住んでいるとは思いもせず、織田は学生たちと、激しい議論を闘わせていた。

決して思いつきだけではなく、考えうる限り用意周到に、これまでの仕事のなかで、おそらくもっとも注意深く、織田は準備に余念が無かった。

「多くの人間は必要ない。卓越した知性と、なにより真の度胸を備えた人間だけが集まればそれでいい」

織田は、ことあるごとにそんな言葉を繰り返し、若者の心を摑んでいった。

「選ばれた人間」という殺し文句が、相手の行動を促すうえで、どれほど効果があるかを知り尽くしている。とくに、普段から満たされない思いを抱き、はかりしれないほど屈折した感情を溜め込んでいる人間たちにとっては。

夏琳は、長い眠りから目覚めるような感覚で、それを知った。こんなふうに、誰かの言動の一部始終を、そばでじっと見守ることなど、生まれて初めての経験だ。いつも自分が輪の中心にいて、世界が自分を核にして動いているとしか思っていなかった夏琳にとって、それはこれ以上ないほど新鮮な時間だった。

それが織田であるだけに、なおさらのことだ。いや、織田はいま、夏琳の分身なのだ。そして、自分もまた、織田自身なのかもしれない。

「この国を救えるのは、僕らしかいない」

織田は繰り返した。最初は、破れかぶれの復讐劇のつもりだったのに、このごろの彼の目つきは違ってきている。

「この案件だけがすべてではない。全国で暴動や紛争が起きているのは諸君も周知のことだ。だけど、みんな分散状態で、体よく当局に抑えられている。大事なことは、一カ所に集合すること。われわれの力を一点にまとめることだ。いいか、聞いてくれ。地方政府の仕事は、ただ地図の上に線を引いて、区画整理をして業者に簡単に売り渡すだけだ。そこに住む人民のことなど、これっぽっちも構っちゃいない。政府の横暴と、私利私欲を追求する外資のために、生きる地を奪われた農民が全国で四千万人を超えている」

夕暮れが迫る時刻を選び、やがて活動の中心となるメンバーが定期的に第三一〇八号教室に集まってくる。そんな学生たちの前で、織田のアジテーションは続く。

「土地開発というのは、実にうまみの多いビジネスなんだ。農民や土地所有者から二束三文で取り上げた土地を、彼らは恐ろしく高値で売っている。その利益の八割以上は、自分たちのポケットに入れて、実際に農民たちに渡るのは一割以下というのが現状だ。政府と開発業者が結託して、裏でどれだけの金が動いていることか。諸君、いま、中国全土で起きているゆゆしき矛盾の象徴として、われわれはいまこそ立ち上がらなければならない。この機会をおいて、正義を貫くチャンスはない」

その、魂にまで響くような低い声は、ひそかにインターネットを通じて、若者たちが呼ぶところの「世界中に点在する革命の同志」に届けられた。

「いいか、同志たちよ。失敗は許されない。無様な失態は後世に残る恥だ」

決して声高にならず、あくまで知的で、抑制の利いた口調は、集まった青年たちにまっすぐに染み渡っていくようだ。それが、農民の権利奪回という論旨から、いつのまにか「外資憎し」、「日本憎し」、そして「邦銀憎し」に転化していったとしても、誰もそれを疑問に思わないほど、織田の弁舌は爽やかで、キレがあり、なにより説得力があった。

「この手で国を変えるのだ。社会を動かすのは、君らの意志だ。愛国無罪《アイグオウーズイ》。選ばれたその手で、世界を振り向かせるのだ。邪悪な勢力は、君たちの行動をもって、制圧するしかない。中国人民不可辱《チョングオンレンミンブーカーチー》。中国人民を辱《はずかし》めるな！」

織田が発する言葉を嚙み締めるように、夏琳は黙々とノートに書き留めていた。

それにしても、中国語はなんと端的で、美しい言葉なのだろう。そして、織田はそれを操る天才だ。夏琳は、形のよい織田の唇から、絶え間なく生み出される完璧な語句に、溜め息を吐きたい気分だった。

その歯切れのよい語調。短く、そして雄々しく。完全なまでに無駄を削《そ》ぎ落とした、一篇の詩歌のように、相手の心を掻き立てるのに、あまりあるエネルギーを秘めた言葉選び。本来、中国語という言葉自体が備えている強いリズムをこれ以上ないほど生かし、華麗なまでの演説調になっている。

夏琳は、なぜか幼いころに習ったピアノ講師を思い出した。

「はい、ここでクレッシェンド。次第に強く弾いて、もっと力強く、大きく……」

その演奏形態に似て、織田の語調は次第にクレッシェンドされていく。絶妙なテクニックで、聴衆を一人残らず惹きつけて離さない力は、おそらく天性のものだろう。彼らの身体のなかで、血が沸き立つような感覚は、息を止めて聴き惚《ほ》れている彼らの顔を見るだけで、十分伝わってくる。

だからこそ、と夏琳は思う。

いまにも最高潮に達しようとしているこのエネルギーの行き着くところは、いったいどこなのだろうか。織田が誘導している爆発は、なにをもたらすのだろう。

夏琳は、また大きく息を吸いこんだ。そうしないと、息をするのを忘れそうなほどの緊張が自分を支配している。限りない恐怖と背中あわせの快感。愚かしい幻想と、崇高な使命感。そして、罪悪感と同時進行するこの自己陶酔。

ひとつだけ、はっきりとわかっているのは、自分がいま時代の渦のまっただなかにいるということだ。いや、そのうねりがまさに始まろうとする地点に立っている実感だった。

だからこそ、うねりを倍加させるための役割も買って出た。夏琳のほうでも、独自に動きを開始していたのである。ニューヨークの友人に連絡をとり、ひそかに動いてもらって、アメリカのメディアにも話を持ちかけようというのだ。織田と、彼が募った同志たちが、確実に計画を実行するときは、その全容を世界に向けて報じるためだ。

一連の出来事を事件と呼ぼうが、どんなふうに位置づけようが、それはそれで彼らの自由だ。ただ、織田の計画がより効果を高めるために、テレビによる実況中継は欠かせない。提案は夏琳がしたのだが、メディアの連中があんなに簡単に乗ってくるとは思わなかった。

「ねえ、一輝。ニュースは、創られるものなのよ。社会正義よりも、アイ・キャッチの高いもののほうを欲しがるマスコミ関係者の生理的な欲求によってね」

「生理的な欲求?」

「ええ、そうよ。日々、ニュースを探しているのは、彼らの生理なの。身体のなかに刷り込まれたマスコミ人間の飢えたDNAが求めてしまうのね」

学生時代から親しかった友人の顔を思い出しながら、醒めた口調で夏琳は言った。

「正義感よりも、映像になりやすいほうに目が向くというわけか」

織田も皮肉な笑みを浮かべる。

「そうよ。あなた、天安門事件直後の虐殺報道について批判した評論を読んだことがある？　人間の判断力って、簡単に変形されるものなのよ。世論もしかり。誤解は簡単に国境を飛び越えていくわ。いったんバランス感覚を失った人間は、それを取り戻すまでに時間が必要なの。その時間差が社会をとんでもない方向に動かすものよ」

「だったら、それを利用しない手はないね」

「でしょう？　これで、私たちの計画は完璧になる」

「よし、そっちのほうは君に任せるよ」

織田とのやりとりはそれだけだった。最前線を織田が担当するなら、自分は後続の位置にいて、援護射撃をすることだ。そう思ってサポートにまわったのだが、夏琳はそんな自分自身の心の動きにも、驚いていた。

ロンドン留学中に仲のよかったマギー・マクディーンは、ニューヨークに帰ってすぐに望みどおり新聞社に就職を決めていた。この前会ったのは、二年前に上海に取材に来たときだったが、久しぶりにかかってきた夏琳からの電話を、心から歓迎してくれた。

「またおしゃべりができて嬉しいわ、シャーリン。退屈でデスクにじっと座っているのに飽き飽きしていたの。とりあえず、テロも一段落したし、昨日まで追っていた凶悪犯も、警官に撃たれて解決しちゃったからね。さしあたってこれといった事件もなさそうで、困っていたところなのよ」

昔からおしゃべりだったマギーは、向こうからスキを見せてくる。

「あら、事件が解決したなんて、よかったじゃない」

「まあ、それはそうなんだけどね。ニュースがないと、われわれは途端に干上がってしまうのよ。まったく、どこかで地震でも起きてくれないかしら。あら、私がこんなこと言ったなんて言わないでね。不謹慎きわまりないジャーナリストって、たちまち批判されちゃうもの」

「言わないわよ、誰に言うっていうのよ」

「でも、この世界はどこにどんな落とし穴があるかわかんないのよね。先週も、一年後輩の男に先を越されちゃって、悔しい思いをしたばかりだし。そいつったら、大したスクープでもないくせに、私の前で大きな顔をするのよ。癪《しゃく》な話ったらなかったわ。なんとか挽回して、あいつの鼻をへし折ってやりたいんだけど」

マギーは欲望を隠さない。人一倍強い功名心と、終わりのない野望は、学生時代から夏琳と共通するものだったが、いくつになっても消えるものではないらしい。

「ねえ、シャーリン。本当に冗談じゃなくて、あなた最近アジアで起きた面白い話をなにか知らないかしら？」

みずから罠にとびこんでくる獲物があるものだ。夏琳は思わず笑みを浮かべた。

「そうね、起きた話は知らないけど、いまにも起きそうという話は知ってるわよ。ただ、本当に起きちゃったら、私の国はどうかなってしまうぐらいに大変なことだけど」

「あら、いいじゃない。そっちのほうが十倍面白そうだわ」

案の定、マギーは強い興味を示してきた。

「それはなんなの？　いま中国がどうかなっちゃったら、世界中が慌てるわ。どういうこと？　ねえ、焦《じ》らさないで早く教えてよ、シャーリン」

マギーに乞われるまま、夏琳は織田のことを話してきかせた。もちろん、織田の名前や、夏琳との関係は適当にデフォルメしての概要だ。事前に漏れてしまうようなことになれば、すぐに当局の手が伸びる。それだけは、なんとしても避けなければならない。夏琳はその点を繰り返し強調した。

そんな夏琳の慎重さは、かえって話の信憑性を増す効果がある。マギーも途中から声をひそめ、詳しい話に聞き入った。

「その男がその行動に成功する確率はどの程度あるの？」

また確率論か、と夏琳は思った。アメリカ人は、数字で物を判断しすぎる傾向がある。

「復讐のエネルギーほど、人を駆り立てるものはないものよ。数字にすると、そうね、私自身は七十九パーセントって言いたいところね」

「ずいぶん細かいわね。でも、あなたの分析力は、昔から私が嫉妬を覚えるぐらい正確だったのよね、シャーリン」

マギーの声には実感がこもっていた。

「それはどうも。あなたの直感力も衰えていないわ」

「ところで、当局への申請は出ているの？　抗議デモなんかの場合は、届け出る義務があるはずでしょう？」

「きっと出していないでしょうね。だから私は心配しているのよ。無届けのものほど、当局との衝突も大きいし、それだけ騒ぎも深刻なものになるはずですもの」

止《とど》めの一言のつもりだった。マギーはそれにもしっかり食いついてきた。

「なるほど、そういうことね。よくわかったわ」

「ねえ、マギー。中国社会は乾いている。潤っている部分は、ごく一部の地域だけですもの。恵みの雨が降っている場所の存在が、日々報じられて知れわたってきたから、よけいに自分たちの渇きを実感するものなのよ。だから、火を点《つ》けるのはそれほど難しいことじゃないわ」

「たっぷりと潤いを享受しているあなたが言うから、よけいに現実味があるわね。それで、いつなのよ？　干し草に火が点くのは」

「そんなに先のことではないと思うけど。察知したら、すぐに連絡してあげるから、そのときはそっちも迅速な行動が必要よ」

「わかったわ、あとは私に任せておいて。大丈夫よ、これでもそれなりのキャリアを積んできたから、テレビの世界にも信頼できる友人がたくさんいるのよね。相互利益のための協力なら、惜しまない連中よ。ただし、確実な情報を頼むわよ。新聞もテレビも、世界中のメディアを巻きこんであなたの国をウォッチしてあげる。うわあ、ゾクゾクしてきたわね。なにか動きがありそうに感じたら、すぐに私に電話してちょうだい。連絡は、早ければ早いほうがいいわね、シャーリン。もしも可能なら、火が点く前にわかると最高なんだけど」

マギーが、そばかすの散った鼻に皺を寄せ、電話の向こうでウィンクをしているのが目に浮かぶようだった。

火は、すでに点いてしまっているのかもしれない。乾いた草に燃え広がる火は、ときとして、人間の手に負えないほど勢いを増していくものだ。枯れ草はこの国の全土に存在する。それらに一斉に飛び火することになったら、果たしてその火を消すことなどできるのか。

夏琳は、もはや自分の手では制御不可能な勢いを感じ、身震いするような思いで、受話器を置いた。

8

その朝、前夜からの緊張のままに、倉津はいつもより二時間も早く目を覚ました。

いや、目を覚ましたというのは正確ではないかもしれない。一晩中、考えるともなしにあれこれ浮かんできて、そのたびに弾んでくる気持ちを抑えきれず、とうとうまんじりともせずに、朝を迎えてしまったのである。

カーテンの隙間から差し込んでくる、七月なかばの朝の光は、すでにじっとりと湿気を帯びて、息苦しいほどの真夏の陽射しだ。

「さあ、いよいよだ……」

自分を奮い立たせるようにつぶやき、倉津は思い切ってベッドから起き出した。そのままバスルームに飛び込んで、熱いシャワーを浴びていると、睡眠不足のツケがまわってきたのか、急に眠気が襲ってくる。

このところ夜遅くまでオフィスに居残って、本店と電話会議を繰り返し、その後この部屋に帰ってからも、書きかけのメールを仕上げたり、さらには資料の整理などについ時間を取られ、気がつくといつも深夜になっていた。

疲れは、着実に身体に現れ、嫌でも五十三歳という年齢を自覚させられる。倉津は、思い直したように冷たい水で乱暴に顔を洗い、急いでバスルームから出た。バスタオルを身体に巻いたまま、ダイニングに行って食パンをトースターに入れ、慣れた手つきでインスタント・コーヒーをいれる。胃袋のなかには、昨夜の打ち上げの酒が、まだ執拗に残っている。

この地に赴任して以来、なまじ東京から気軽に通ってこられる距離だけに、妻や娘のわがままを許してしまったのが悪かった。そのせいで、この歳になってまで、こんな単身赴任生活を続けることになってしまった。二週間に一度程度の部屋の掃除と、身のまわりの片づけや洗濯ぐらいは、金を払えば業者に頼めるが、日常の細々としたことを、気遣ってくれる者は誰もいない。

だが、それもあとしばらくの辛抱だ。倉津は、焼き上がったトーストを立ったまま口に押し込み、ついでにいつもの胃薬も放り込んで、マグカップのインスタント・コーヒーで、一緒に喉に流し込んだ。

洗面所の鏡の前で、ドライヤーを使っていると、最近前髪のあたりがめっきり薄くなってきたのがわかる。こんなところにまで、ここ一年あまりの激務の結果が現れていた。

だが、それもこれも、あとほんの少しで楽になる。倉津は鏡のなかの自分に向かって、ねぎらいの言葉のひとつもかけてやりたい気分だった。

倉津の朝の動きは素早い。クローゼットの引き出しから、先週買ったばかりの新しいワイシャツを取り出し、もう一度洗面台の鏡の前まで戻って、ネクタイを締める。娘からプレゼントされた真っ赤なパワー・タイを選んだのは、今日が特別の日だからだ。

起工式の式典は、南京西路《ナンジンシールー》のビル建設予定地で行なわれるので、今日は一日炎天下で過ごすことになる。きっと汗だくになるのだろうが、それでも晴れの日の装いは完璧でなければいけない。

「行ってくるぞ」

まるで、部屋に妻や娘が居て、声をかけるかのように、言ってみる。そしていつものように部屋のドアをロックしながら、倉津はいま一度気合いをいれた。

いよいよ出陣だ。

今日の起工式には、本店からは平田常務はもちろんのこと、昨日は頭取までも早々と上海に到着し、ほかの役員たちと共に列席を決めている。そんな彼らの前で、無事晴れの舞台をこなしたら、自分の職務は完結する。

エレベーター・ホールに向かう倉津の足取りは軽かった。階下に下り、エントランスに出ると、迎えの車が待機していた。運転手にうやうやしく後部座席のドアを開けられ、倉津は普段と変わりなく、ゆっくりと車内に乗り込み、朝刊を開いた。いつもなら車での通勤時間はおよそ四十分。だが、今朝は晴れの起工式に、直接このまま出向くことになっている。

マンションの前の道を出たときは、いつもの朝と変わりはなかった。いつもとは違ったルートで現地に向かいながら、倉津はしみじみとした気分で、わが身の強運に思いを馳せた。

今回の成功に対して、昭和五洋銀行本店は、予想以上に高い評価を下し始めている。もちろん、称賛は功労者の倉津に対してのものだ。南風汽車大廈《タワー》のビルが完成するころには、おそらく平田に呼び戻され、華々しい勲章を胸に、東京に凱旋することになる。

そういえば、つい先日、沢野が妙に不安顔で支店長室にやって来て、聞いてきたことがあった。

「支店長は、いずれ東京にお戻りになるんですよね？」

「さあ、どうかな」

倉津は鷹揚に笑みを浮かべて答えた。沢野の誘導尋問に乗せられるほど、自分はもう若くはない。

「どうかなって、そりゃあ支店長、そうに決まっていますよ。これだけの功績を残されたのですから、二十三階にしっかりお席が待っているに違いありません」

沢野が口にした二十三階というのが、東京にある本店ビルの役員専用フロアを意味しているのは、昭和五洋銀行の行員なら誰もが知っていることだ。思えば、平田から上海支店への異動を言い渡されたとき、倉津はあまりにも唐突な話に面食らったものだった。ついにあの役員専用フロアの住人になれる。飴色の重厚な木製壁と、分厚いワインレッドのカーペットを敷き詰めたあの特別な階に自分の個室を持てるのか。

「そう簡単なもんじゃないさ」

謙虚に言ってはみたが、おのずと頬が緩んでくる。沢野に言われるまでもなく、倉津は湧き上がってくる期待感に、息苦しいほどの昂揚を覚えた。

「そのとき、僕はどうなるんでしょうか？　もしかして、倉津支店長が執行役員になって東京に戻ってしまわれたら、上海支店の次の支店長は……」

「そりゃあ、自動的に決まるだろう。難しい人選ではないだろうさ」

沢野が欲しがっている言葉はありありとわかったが、倉津はあえて曖昧に言葉を濁した。自分に代わって、沢野が支店長になることなど、おそらくいまの時点では考えられない話だが、それを告げたところで喜ぶ者は誰もいない。

沈黙が、結果的に沢野によけいな期待を抱かせたとしても、それを誰が責めるというのだろう。沢野がどう思おうと、どんな夢を描こうと、それは本人の勝手というものだ。

「ありがとうございます、支店長……」

「おまえも頑張ってくれたからな、沢野」

感謝の気持ちに嘘はなかったが、さすがにその目を直視することはできなかった。

その沢野も、いまごろはすでに現地に着いているころだ。倉津は、読んでいた朝刊から目を離し、腕時計に目をやった。

ふと窓の外に目を移すと、車は異様なほどゆっくりと走っている。朝刊を読みふけっていて気づかなかったが、どうやらひどい渋滞に巻きこまれたらしい。

「おい、どうしたんだ」

普段から交通量の多い道路ではあるが、今朝の混みようは尋常ではない。ほとんど歩くほうが早いほどのスピードに、苛立ちを覚え、さらに車の四方の窓から見回すと、歩道を埋めるほど大勢の人が歩いている。

「なんだ、今日はどこかでなにかの催事でもあるのか？」

いくら朝の通勤ラッシュでも、これほどの歩行者は見たことがない。後部座席で足を組み直し、読んでいた朝刊を軽くたたんで、大儀そうにあくびをしながら、運転手に問いかけてみる。

「はあ……」

運転手は、困ったような顔で口ごもった。

「えらい混雑じゃないか。この歩行者の群れはどこへ向かっているんだ？　今日は特別な祭りでもあるんだろう？」

「ええ……」

なにを訊いても、要領を得ない。この運転手は、いったいいつになったら日本語を覚えるつもりだ。思い直して、携帯電話を取り出し、沢野の携帯の番号を押した。十分に時間の余裕をみてマンションを出てきたが、このままでは大事な起工式に遅刻しかねない。とにかく沢野にこちらの事情を伝えておかなければならない。

だが、電話は何度かけても話し中だった。

「おい、君。ラジオだ。ラジオをつけてニュースを聞いてみてくれないか」

倉津が指さしたので、運転手はすぐにカーラジオのスイッチを入れたが、所詮は中国語の放送である。状況を把握しようにも、なにを言っているかわからない。必死で説明を試みる運転手のたどたどしい日本語も、ほとんど意味不明で、倉津はただ、のろのろと車を進めさせるしかほかに手立てがなかった。

その後も、歩行者の流れは少しずつ増えているようだ。とくに変わった様子はなく、整然と規則正しく列をなしていて、切れ目なく続いている。最初はそれほどでもなかったのに、気がつくといつの間にかその列は倍ほどに膨らんでいて、そのうち歩道をびっしりと埋めるほどの人数になりそうな勢いで、はてしなく延々と連なっている。

「なあ、君。それにしてもやけに人が多いよな。なんか気持ち悪くないか？　いつもの通勤時の雰囲気とは、どうも違うような気がするんだけど」

運転手に同意を求めてみても、意味が理解できたのかどうか、うなずいてはみせるが、どうにも心もとないばかりである。

そのとき、倉津の携帯電話が鳴って、やっと沢野と繋がった。急いで電話機を耳にあてると、絶叫するような声が、耳に飛び込んできた。

「支店長、大変です。テントが、テントが……」

だが、その声は雑音でよく聞き取れない。

「テント？　テントがどうしたって？　沢野。落ち着け、しっかりするんだ」

「それが、ものすごい数のテントなんですよ、支店長……。テントが……、びっしりと建設予定地を埋め尽くすように、張られていて……。なんでこんなところにテントなんか……」

沢野は、叫ぶように「テント」という言葉を繰り返すばかりだ。

「気を落ち着けて、きちんと説明するんだ、沢野。なんでそんなところにテントが張ってあるんだよ」

「わかりません。それに、僕は昨日もここに来ているんです。ですが、夕方見たときには、そんなものひとつもなかったんですよ。間違いありません、今日の起工式のために、この目で確認したんです……。なのに、どうしてこんなことに……。夜のうちに、誰かが忍び込んで張ったとしか……」

電波の状態が悪いためか、沢野の声は耳障りな雑音に何度も遮られ、途切れ途切れにしか聞こえてこない。

「テント？　誰がいったい、なんのために」

「それもわかりません。ただ、ものすごい野次馬の数で、なかにはいれなくて。不思議なんですが、なんのためかも……。あ、支店長。聞こえますか、ヘリコプターが何機も頭上を旋回していますよ。きっとマスコミのものでしょう。誰かが通報したか、なにかを嗅ぎつけてきたんでしょうか……」

「そんな早くにマスコミが？　それより小島ビルディングの担当者は？　役員連中もそろそろ到着するはずだろう？」

「見つかりません。こんな群衆のなかでは、見つけようがありませんよ」

「それなら公安《ゴンアン》は？　公安は来ているのか？」

「もしもし、支店長……。聞こえますか……？」

問いかけても、回線が乱れて、沢野の返事は途切れがちだ。噛み合わない会話に、倉津は歯噛みする思いだった。

「おい、沢野。どうした、聞こえるか？」

再び繋がった回線からは、緊迫した声が響いてきた。

「もしもし、支店長。大変です。これはデモですよ。完全な抗議行動です。殺死小日本《シャースーシャオリーベン》というプラカードを掲げた人間が見えてきました。日本人をぶっ殺せと言ってるんです。誰か、黒戸口《ヘイフーコウ》を扇動しているヤツがいるのかもしれません。いや、中心になっているのは学生か、それとも、ああ……」

あとは雑音にかき消され、やがて沢野の声は、完全に途切れてしまった。

9

這うようにして進んでいた車の流れは、もはや完全に止まってしまった。

それでも倉津は、しばらくのあいだ忍耐強く車のなかでじっと我慢していたのである。

「おい、なんとかならんのか」

運転手に言っても仕方がないとは百も承知で、それでも何度繰り返したことだろう。電波事情の悪い携帯電話など、いっそ力まかせに、ぶち投げてしまいたいぐらいだ。

倉津の苛立ちは、すでにピークに達していた。

歩道を歩く人の群れは、さらにその数を増し、停っている車のすぐそばまで迫ってきている。ときおり、手にしたコインかなにかで、これみよがしに車体をこすっていくような音がする。そうかと思うと、わざとらしく窓から車内をじろりとばかりに覗き込み、口のなかでなにかつぶやきながら、不躾《ぶしつけ》な視線を投げかけていく者もいた。

「おまえら、なにを見ているんだ」

口許からこぼれそうになる言葉を、だが、倉津はかろうじて飲み下した。

なにをされても、この車はもう十センチだって動けない。完璧に俎板《まないた》の上の鯉なのだ。

沢野が言っていたように、これがなにかのデモなのだとしたら、もしかしてビル建設予定地での、強制撤去に対する抗議行動だということも考えられる。ならば、こちらも関係者の一人として、言動には細心の注意が必要だろう。

彼らとはできるだけ視線を合わさぬように、彼らの感情を逆なですることがないように、倉津は自分にそう言い聞かせて、ひたすら姿勢を崩さず、まっすぐ前を見つめていた。

「くそっ、もうだめだ。これ以上、我慢できない」

ついに耐えきれぬように大きな声で悪態をつき、倉津は、ぴくりとも動かなくなった車の後部ドアに手をかけた。

「あ、支店長さん……」

運転手が、心配そうな顔で倉津の動きを止めようと振り向いた。それを無視して、外に飛び出そうとすると、すぐに自分も運転席のドアを開け、追いかけようとする。倉津は慌てて手で制した。

「おい、君は出てくるな。いいから、残って車を守れ。でないと、どんなことになるか……」

目をやると、案の定、車体の横にはできたばかりの無残な削り傷が、何本も並んではいっている。これは銀行の社用車だ。このままここに放置すれば、この先、なにをされるかわかったものではない。

「急いで会社に連絡をしろ。そろそろ誰か出社してくるころだ。早くこの事態を報告するんだ。それから、動けるようになったら、君はすぐに車をどこか安全なところへ移動させるんだ。くれぐれも気をつけるんだぞ。いいか、車には誰も近づけるな。あいつらからできるだけ離れて待機しろ。それから、君自身も車から出るんじゃないぞ。空車にして、火でもつけられたら、たまったもんじゃないからな」

運転手の耳元に口を寄せ、囁くように、だが一気にそれだけを告げた。はたして彼にどこまで理解できたのか、心もとない思いは強く残る。だが、いまは非常事態とでも言うべきときだ。仮にも昭和五洋銀行の行員なら、自分なりになにをすべきかぐらい少しは考えて行動しろ。倉津はそうも言いたかったのである。

「支店長さん……」

脅えるような目で、運転手が言った。

「日本語、ダメです……」

「え、なんだって?」

問い返したが、運転手はただ激しく首を横に振るだけだ。日本語が理解できないということだろう。そんなことは、とうにわかっている。倉津はうんざりするような思いでうなずいた。

「支店長さん、日本語ダメです」

もう一度、囁くような声で言う。

「わかっているよ。君は日本語がしゃべれないから、いま言った指示が理解できなかったというんだろう。そんなことは知ってるよ。とにかく、なんでもいいから車を守れ。いいな」

「違う、支店長さん、日本語、ダメダメ」

なにに拘《こだわ》っているのか、運転手は聞き取れないほどの小さな声で、またもダメを繰り返すばかりだ。こんなときに、まったく役に立たない男である。どこまでいっても嚙み合わない会話に、倉津は仕方なくうなずいてみせるしかなかった。

「わかった、わかった。言葉がダメなんだな。だったらもっと勉強しておけ。どっちにしても、君では役に立たん」

必死に訴えるような目で、何度も手を振りながらこちらを見ている運転手を、無理やり車内に押し戻すようにして、倉津は思いきりドアを閉めた。

一人になり、これまで乗ってきた車に背を向けて、あらためて群衆に向き合うと、背筋をぞくりと走るものがあった。異様なほどの熱気が伝わってくる。だが、そのわりに人々の目は意外なほどどうつろだった。学生らしい若者たちが大半を占めているが、それだけではない。ごく普通の通行人といった風情の男女から、どうみても野次馬としか思えないような肥《ふと》った腹を突きだした老人も混じっている。

その表情に読み取れるのは、決して悲壮感というのではなく、あきらめともどこか違う。かといって、必死になにかを訴え、希求するというのでもなく、むしろなにかにひたすら従っているような、従順な動きとでもいえばいいだろうか。その一方で、なにかを否定し、嫌悪する情念。いや、誰かの力によって掻き立てられ、そう仕向けられているような排他的感情。

いったい、こいつらはなんなのだ。

倉津は心のなかでつぶやいてみる。

自分たちの意志とは別なところで、まるでなにかに操られるかのように、ひたすら歩みを進めているだけではないのか。自分のなかに、ふつふつと湧いてくる限りない疑問を、倉津はひとつずつ反芻するように歩を進めた。

これは抗議か。暴動なのか。その一人ひとりの肩を揺さぶり、目を覚ませと叫んでみたくなる。なんのためにこれほど大勢の群衆が集まり、どこを目指して、なにを求めて進んでいるというのだ。

群衆の冷静さは、倉津にかえって限りない恐怖感を呼び起こした。

だが、とにかく建設予定地まではなんとしても到着しなければならない。できるだけ早く、ことのなりゆきをこの目で見て、しかるべき対処をするために。

頭上には、すでにすっかり昇りきった真夏の太陽が感じられた。強い陽射しが肩のあたりに容赦なく照りつけ、じりじりと音を立てて倉津の首筋を灼《や》いてくる。全身は、とうに汗みずくだったが、上着を脱ぐのは躊躇《ためら》われた。シャツ一枚では、いくらなんでも無防備すぎる。

背筋を伸ばし、ようやくひとつ大きな深呼吸をして、倉津は車道から進み出た。そして心を決めたように、一歩、歩道の人混みのなかに足を踏み入れる。

途端に、周囲から異様なほどの圧力が伝わってきた。目には見えない重圧感に、圧倒されながらも、自分を鼓舞するようにして列に割り込んでみたが、案の定身動きは一切取れなかった。

人を押しのけて前に行くことはもちろん、流れに逆らって、その場に立っていることすらできない。好むと好まざるとにかかわらず、人々が向かう方向に足を出し、進むしかないのだ。そのくせ、後ろから押されるようにして反射的に踏み出した歩幅は恐ろしく狭く、倉津の革靴のつま先は、すぐに前の人のかかとにぶつかってしまう。

バランスを失い、前のめりによろめいて、倉津は不自然な格好のままかろうじて倒れないようにと持ちこたえた。

それでもなんとか人の隙間に身をすべりこませて、少しでも前に出ようとする。途端に微妙な動きで阻害され、かえって後ろに押し戻されて、思うようには動けなかった。

何度も抵抗を試みたあと、ついにあきらめて、いざ列の流れのなかに身を置いてみると、あたりにはなんともいえない臭いがあるのに気づかされた。

人間の汗と、体臭。いや、膨大な数の人体が繰り返す皮膚呼吸が、そこだけ空気の色まで変えてしまっている。

とてつもなく濃密な臭気と、正常な思考能力を麻痺させるほどの強烈な湿気。粘着性を帯びた大気が、見えない膜のようになって、四方からじっとりと身体にまとわりついてくる。まるで大量の蜘蛛《くも》の糸にからめとられ、容赦なく判断力を剝ぎ取られてしまうかのようだ。

急激な脱力感を覚え、息苦しさのあまりに、倉津はまた大きく肩で息を吐いた。この先で、糸の先を引き寄せている人間は誰なのだろう。それは、やがてはわかるはずだ。だが、いまは人の流れにただ身をまかせ、ひたすら俯き加減に歩くだけだ。

遠く前方から、大きな声が聞こえた。

言葉の意味まではわからなかったが、どうやら群衆を束ねる蜘蛛の糸は、やはり誰かの手に委ねられ、ゆっくりとたぐり寄せられているらしい。周囲はそれぞれにうなずきあい、迷うことなく、ましてやその存在を疑うこともせず、ただ黙々と歩き続けている。

またもう一度、今度は列のかなり後方で、大きな声で指示が出され、倉津はその方向に首を捩《ね》じった。

そのとき、背後から肩を叩く者がいて、しきりとなにかを尋ねている。

ひどく癖のある上海語で、もちろん倉津にはなんのことか理解できない。思わず、日本語で答えようとして、相手の血走った目に、倉津はハッと言葉を呑み込んだ。

日本人かと問われているのではないか。

なぜそう思ったのかはわからない。そして、次の瞬間、日本人と思われてはいけない、と強く感じた。明確な根拠はなかった。直感としか説明のしようがない。倉津は反射的に、首を激しく横に振っていた。

そして、ようやく気づいたのである。

運転手は、そのことを倉津に伝えようとしていたのだ。声を発しないこと、決して日本語を口にしないこと。つまりは、自分が日本人であることを知られないように、なんとしても隠し通すのだと。

でないと、この身にどんな危険が降りかかるかわからないと。

倉津のなかに、ほんの一瞬申し訳ない思いが過《よぎ》る。だが、いまはそれどころではなかった。

すぐ背後の男は、もう一度不審げな目つきで、なにやら言葉を浴びせかける。

おそらく、「本当なのか」とでも訊いたのではないか。日本人なんだろうと、再度確かめたのに違いない。周囲を取り巻く人間たちが、一斉に自分に注目する。それまでうつろだった目に、はっきりと怒りの色が浮かんでいた。

倉津の心臓が、どきりと音を立てる。

慌てるな。落ち着くのだ。

自分に言い聞かせた。握りしめた掌に、じわりと汗がにじむ。背中を伝う一筋の冷たい汗を感じた。

次の瞬間、倉津は気を取り直し、キッとした目で顔を上げた。そして、やおら強い不快感を顔に浮べ、とんでもないという雰囲気で、手を振ったのである。

冗談じゃない。俺を誰だと思っているんだ。日本人なんかと間違えられてたまるか。

そんな思いをあえて全身にみなぎらせ、周囲を威嚇するような目で、ゆっくりと見返してやった。

いまは、なんとしても自分が日本人であることを隠し通さないといけない。なにが起きているか把握できていないいま、この地で自分の身を守るためには、日本人であることがマイナスになる。

認めざるを得ない現実を前にして、倉津は自分自身をなだめるように、ゆっくりと苦いものを呑み込んだ。

10

「この調子だと、すごい規模になってきそうよね、シャーリン」

最新式のアメリカ製超小型ウォーキー・トーキーを使って、撮影スタッフに次々と細かい指示を出しながら、マギー・マクディーンは夏琳に向かって、そっと片目をつぶってみせた。

「いよいよ、本番っていう雰囲気ね、マギー」

夏琳も、うわずった声で答える。

「こんな言い方は、不謹慎なんだけど、なんだかゾクゾクしてくるわ。久々のスクープですもの、武者震いがするのね。だって、ここまで大がかりな騒ぎになるとは、ちょっと想像していなかったんですもの。でも、感謝しているわ。あなたのおかげよ、シャーリン」

マギーは、昨日からの夏琳の協力にしみじみと礼を言った。ニューヨークから、マギーたち一行が上海に着いたのは、昨日の午後。長時間のフライトと、時差ボケとで、相当の疲労感があるはずなのに、マギーの行動は俊敏で、まるで無駄がなかった。

夏琳は、久しぶりで再会するマギーを空港まで出迎えたのはもちろん、その後もつきっきりで世話をした。極秘の情報が事前に当局に漏れないよう、最大の努力はもちろん怠《おこた》らなかった。

翌朝早くから起きる大規模なデモのために、マギーたちに取材のベスト・ポジションを見つけること。さらには、当局の目から逃れ、どうやって長く撮影を続けられるかといったシミュレーションを含み、事前の入念なロケーション・ハンティングにも同行した。

それだけでなく、今回の事態に関する予備知識や、周辺情報についてのレクチャー、取材相手とのアポイントメント作りから、通訳の手配まで、これ以上は望めないというほどの緻密さで、サポートを買ってでたのである。

海外メディアの特派員たちから寄せられる質問には、できるだけの資料を用意しておいたし、それを補完するためにも、口頭で詳細な説明を加えた。それもこれも、すべては織田たちの行動が、マギーをはじめとする海外メディアを通じて、国内はともかく、広く世界に報じられることを意図してのことである。

「問題は、当局が取り締まりにやってくる前に、どこまで撮影ができるかという点ね」

マギーは、スタッフの顔をぐるりと見回しながら告げた。

「とにかく細心の注意を払って、無駄な時間を取らないようにしてね。撮影後のデータの扱いについても、できるだけ慎重にね」

「バックアップを取っておくのは、必須だということね、シャーリン」

「そうよ。まず考えられる当局の対応としては、中国国内で観ることができるテレビ放送は、該当部分が一切放送中止になると思うの」

「ということは、米国のＣＮＮや、英国のＢＢＣ、日本のＮＨＫなんかの有線放送については、国内ではカットされてしまうってわけ？　こんな二十一世紀の現代に、信じられないことだけど」

マギーはおおげさに肩をすくめてみせる。

「だけど、それがこの国の現実なのよ。私も経験があるんだけど、ときどき部屋でＮＨＫを観ていて、突然ぷつっと画面が真っ黒になったことがあるの」

「それ本当なの？」

信じられないという顔で、マギーが訊く。

「そうよ。たいていは、この国にとって都合の悪い事件に関する報道なんだと思うけどね。おそらく今日も、この現場はいずれ公安《ゴンアン》が封鎖するわ。そうなると、外国メディアの関係者は一人として近づけなくなる。われわれも、見つかった時点で即刻退去でしょうね」

「でも、そんなことがまかりとおるのかしら？」

マギーはまだ信じられないという表情である。

「だって銃を持った公安に物々しく囲まれて、『あなたの安全のためだ』とか、『あなたを保護するためだ』なんて言われたら、こっちは従うしかないでしょう？」

「それはそうだけど」

「現実に、ある日本の新聞社の特派員が、デモの取材中にうっかり日本語をしゃべったばっかりに、公安の人間にバレてしまったのだそうよ。結局、彼はそのまま終日公安に拘束されたって聞いたわ」

「せっかく現場に到着していながら、気の毒な特派員……」

「新聞記者に対する尾行とか、電話の盗聴なんていうのは、当然のように行なわれていると思うわ」

「まあ、それはどこの国でもないとはいえないけど」

「さらには、政府にとって都合の悪い人間に取材しようとすると、突然その取材対象が姿を消すということがあるんだそうよ」

「それは、私も以前同僚から聞いたことがあるわ。彼は、北京にしばらく赴任したことがあったんだけど、取材対象が突然逮捕されて、話が聞けなくなってしまったって、こぼしていた。それ以外にも、マスコミ関係者は赴任中に居住を許されていたのが、二カ所のマンションだけだったらしくて、政府が取材をされたくないときは、突然マンションからの外出を禁じられたりしたことがあったんですって」

「ひどい……」

「それでも、記者なんてそれほど従順じゃないから、彼も言う通りにしなかったそうなの。そうしたら、最終的にビザの延長はしないって、公安から脅しをかけられたそうよ」

「とにかく、手際よくやることね。当局に見つかる前の限られた時間が勝負だから」

「了解」

マギーは歯切れのいい声で答え、夏琳も最後の準備に手抜かりがないか、確認作業に取りかかった。

翌日、デモの当日は、日の出前から、学生たちがひそかに現場に集まり始めた。

マギーが率いる撮影用の地上グループも、分かれて空撮を担当するテレビ局側のヘリ部隊も、まったくトラブルなく予定していた作業に取りかかることができたのは、ひとえに夏琳たちの前日までの準備の成果といえるだろう。

「それにしても、すごい規模になりそうね」

マギーは、またも上気した頬で夏琳を振り返った。

「驚いているのは私も同じじよ、マギー。まさか、こんなに大規模の抗議行動になって、ここまでの騒ぎになるとは、私自身も想像していなかったもの。きっと、今日にいたるまで、途中で摘み取られて、無残に踏みつけられてきた抗議の芽が、一斉に噴き出したっていうことなんでしょうね」

「摘み取られて、踏みつけられてきた芽？」

どんな雑踏のなかでも、夏琳の言葉をマギーが聞き逃すわけはなかった。

「そうなのよ、マギー。この上海では、南京西路《ナンジンシールー》の一角だけでも、こういう抗議デモは頻発したの。二〇〇五年の八月には、一時期は毎週水曜日の夕方になると、申し合わせたようにどこかの建設予定地で起きていたものよ。ただし、もちろんせいぜいが百人ほどのごく小規模なものだったけどね。それも、なぜか一カ月でぷっつりと消えてしまった。九月のなかばには、あとかたもなくね」

　思わせぶりな言い方をする夏琳に、マギーはさらに問いかけてくる。

「どういうことなの、シャーリン？　なぜ毎週水曜日だったの？　どうして一カ月で消えちゃったのよ」

「つまり、それはね……」

　夏琳は、周囲で耳をそば立てている記者たちを意識して、ゆっくりと語り始めていた。

「このところの数年間というもの、この上海には、国内や国外から、膨大な資金が流れこんでいるのはあなたも知っているとおりよ。土地の再開発事業と称して、かなり強引な地上げが行なわれ、各地で新しいビル建設が進んでいるわ」

「上海市内には、十六階以上の高層ビルが、すでに四千棟を超えるんですってね」

　マギーがすかさず口をはさむ。

「そうよ。信じられないぐらいだけど、世界でもっともビルの数が多い都市なのよ」

「そして、その拡大はいまも続行中ってわけね。つまりは、住み慣れた土地から、やむなく立ち退きを要求された地元民たちの、悲劇のストーリーには事欠かないっていうわけね。そういうお決まりの話は、なにも上海だけに限らないわ。世界中にころがっていることだもの」

　マギーは、なにもかも了解しているとでも言いたげな顔だ。

「あるとき、見知らぬ不動産屋の男がやってきて、留守番をしていたおばあさんに、立ち退きを受け入れるという書類にハンコを捺《お》させたなんていうのは、どこにでもある話よね。もちろんそのことでも、住民たちの小さな不満は募っていたの。でも、それがもっと大きな動きになったのは、ある事件のせいよ」

「事件？」

「ええ、あるとき、烏魯木斉路《ウルムチルー》という名前の路にある里弄《リーロン》の中で、火事が起きたの」

「里弄って？」

「上海特有の棟続きになっているテラス・ハウスとでも言えばいいかしらね。上海は公道がとっても少なくて、街区が大きいから、どこも敷地のなかに細い路地を形成しているの。建国前、一九二〇年代ぐらいを中心にして、外国系の開発業者によってこうした里弄住宅がたくさん建築されたんだけど、上海の人たちがずっと大切に住み続けてきた、古いアパートメントなのね。古いけど、上海らしい味わいがあって」

「で、その里弄が火災になったことと、デモとはどういう関係があるの？」

マギーは、性急に話の続きを催促してくる。

「再開発で、上海の街からはこの里弄がだいぶ姿を消していったんだけど、ここの住人は、ずっと立ち退きを拒否していたのよ。それで……」

「まさか、居座っている住人を強制的に撤去するために、誰かが放火したなんてことはないわよね」

「それが、そのまさかだったわ。しかも、放火犯はある政府系企業の担当者だったというから話は厄介な方向に展開するわけね」

「政府系企業の人間が、立ち退きを進めるために放火をしたですって？　そんなばかな……」

マギーは、そばかすの浮いた鼻に思いきり皺を寄せ、信じられないというように首を振る。

「でも、それが事実なの。さらに最悪なのは、その火災で、逃げ遅れた犠牲者がいたってことよ」

「誰か亡くなったの？」

「ええ、焼け跡から、お年寄りのご夫婦の焼死体が見つかったのね」

「惨《むご》い……。こういうとき、いつも犠牲になるのは、子供か老人なのよ」

マギーは、さらに顔をしかめてみせる。

「そうね、本当に酷い話だわ。本当は、その老夫婦は逃げ遅れたのではなく、あえて避難せずに室内に踏みとどまった、という噂もあるんだけど」

「オー、ノー。でも、犯人は特定されたのよね？」

救いを求めるような目で、マギーが訊いた。

「警察は、一応容疑者を逮捕したわ。その政府系企業の担当者と、幹部たち合計三人をね」

「だったら、ひとまずは一件落着ってわけね。でも、一応って、どういうことなの？」

首を傾げて、夏琳を覗き込む。

「どういうわけか、裁判所は彼らへの判決に執行猶予をつけてしまったの」

「わかったわ。だから、市民のなかからそのことに抗議するためにデモが起き始めたってわけね。昔から住んでいた大切な土地を強引に奪われ、おまけに政府関係者だけでなく、司法の世界もグルだったとなると、許せないわ。住民にとっては救いがないもの。開発業者への憤りは、当然政府にも向けられてしかるべきよね」

ようやく納得がいったという顔で、マギーは何度もうなずいた。

「小規模ではあったけど、抗議デモは一時期、毎週のように続けられたわ。デモがあった場所というのは、南京西路にある『上海国際展覧中心』というところの前でね、上海の市議会にあたる『上海市人民代表大会』が開かれる場所だったんだけど、そこでなんらかの会議が開かれる日をみはからって、上訴に集まったのがデモの始まりだったと聞いているわ。おそらく、市人代の常務委員会かなにかだと思うんだけど」

「それが水曜日だったってわけね。だからデモも水曜日に……」

「そのあたりは、諸説あってはっきりしないけど、ときには木曜日だったときもあったみたいだし、そのうちかなり頻度が上がっていったの。関係する開発業者の名前とか、事件を担当した裁判所の裁判官の名前、ついには共産党のトップまで名指しで批判するようなプラカードを掲げてね。ところが……」

「なによ。まだ、なにかあるの？」

「そうしたデモは、だんだんエスカレートするかに見えたわ。およそ一カ月ぐらいは続いたかしらね。でも、あるとき、いつもの市民デモのかわりに、道路は大勢の警察官で埋め尽くされた。そしてその日以来今日まで、デモのために集まる人の姿は一人もいなくなってしまったの」

「突然消えたの？」

「ええ。ただね、マギー、その後も、違法な強制退去を進める業者はあとを絶たず、状況はなにも変わってはいないの。住民の苛立ちは募るばかりよ。だけど、抗議行動をすると政府が黙ってはいない。抑圧された住民たちの鬱憤は、深く水面下に押しこめられたまま、内へ内へと溜め込まれていくばかり……」

「そうなのね、表面は落ち着いていても、いつ爆発してもおかしくない状況が、このところずっと続いていたんですもの、今日の騒ぎは、起きるべくして起きたってわけね。昨日インタビューした住民のなかには、溜まった怒りを日本企業に向けている人もいたわ。『日本は戦争中にあんなに中国を滅茶苦茶に痛めつけておいて、いまはそんなことをすっかり忘れて、裕福な暮らしをしている。それなのにわれわれはいまだにこんなに貧しい。これはいったいどういうことなんだ』って、顔も真っ赤にして息巻いていたって」

マギーの疑問に、夏琳は大きくうなずいた。

「ビル建設のプロジェクトには、日系の企業がいくつも関わっているし、なかでもとくに大きなプロジェクトが進行しているからだと思うわ。昭和五洋銀行が資金調達の主幹事を務めた、今回の南風大厦《タワー》のビルは、そうした再開発地のビル建設の案件のなかでは、トップクラスの規模を誇るプロジェクトですもの、住民の怒りが集中するのは当然かもしれない」

「うちの記者が事前取材で聞いたところによると、案件が進行する過程で、企業内部に不正が見つかっているとか、関係者と政府との癒着を口にする住民もかなりいたらしいわ」

マギーのスタッフたちが、夏琳が紹介した以外にも手を拡げ、昨日のうちにあれこれ精力的に取材をしていたのは知っている。

「それはきっと事実でしょう。まあ、おそらくこの国では、残念ながらその手の話はよくあることでね。むしろ、そういうこととまったく無縁の案件を探すことのほうが難しいぐらいなんじゃないかしら」

「でも、それじゃ一般の人間はたまったものじゃないわ。だからこそ、切り捨てられる弱者は声をあげる機会が必要なのよね。やりたい放題で、人を人とも思わない開発業者の横暴と、それに加担する政府の実態は、われわれメディアが取り上げて、国際世論のなかで糾弾《きゅうだん》していくしかないのよ」

あたりの雰囲気に影響されてか、マギーは頬を上気させて声高に言い、「私に任せて」という顔で、頼もしげに胸を叩いた。

「抗議を、世界中にも広めるのね」

「そうよ。それが私たちの仕事ですもの。それに、こういう市民による暴動は、なにも上海だけじゃないわ。ますます深刻化していく格差社会への、人間たちの当然の抵抗かもしれないし、いまや世界中に飛び火しているわ。やはり二〇〇五年の秋以降、パリ近郊の各地で、数千台を超す車への放火といったかたちで暴動が起きたことは、シャーリンも知っているでしょう。あれだってフランス政府に対する北アフリカからの移民たちの切実な抗議行動だったわ」

警官に追われた二人の少年が、変電所に逃げ込んで感電死したことがきっかけとなって始まったパリの一連の暴動も、住居の深夜の火事が発端だったことは、なにかの偶然だろうか。

パリ十三区にある、アフリカからの移民が住む六階建ての老朽化したそのビルについては、衛生面でも運営面でも問題が指摘されていたという。フランス政府が点検に厳しく力を入れ始めた、こうしたアフリカ系住民が住みつく溜まり場のような古いビルから、突然出た原因不明の火は建物を全焼させ、十七名の生命を奪って約三時間ほどで消えた。犠牲になったのは、十四人の子供たちと、妊婦を含む大人三人。全員がアフリカから移住してきた黒人たちである。

「上海の今回のケースとは、少し意味合いが違ってはいるけど、どっちにしても格差が生んだ社会のひずみというか、長いあいだくすぶっていた市民の不公平感が爆発したという点では、共通するものがあるのは確かかね。黒いパリジャンたちも、ハリケーンの被害を受けたニューオリンズの人々も、社会の格差のなかで生きている」

夏琳は、これまでを振り返るような遠い目をして、夏空を仰いだ。

織田とも、何度こんな議論を繰り返したことだろう。遅い夕食を一緒にとりながら、学生仲間と夢中で話し合っているうちに、朝を迎えたこともあった。当初は、そうした人間たちの心理をとらえ、彼らの鬱屈した不満や、若者たちの正義感をうまく利用するつもりで始めたのが、今回の二人の計画だった。ひとえに、倉津憎しという思いで進め、昭和五洋銀行の信用を失墜させ、最終的には倉津に一泡吹かせてやるつもりの計画だった。

だが、このところの織田の目には、なにか別のものが宿り始めている。その行動は自信に満ち、その奥に底知れぬ使命感すら秘めているようで、ますます頼もしさを感じさせる。一輝は、明らかに変わってきた。当初の企てとは少しずつ違う方向に動き始めてきたのではないか。

何度も浮かんでは、そのつど打ち消してきた疑問に、夏琳はまたそっと首を横に振る。

上海の空は、今朝も排気ガスに曇りがちだ。きっと暑い日になる。とびきり、じっとりと暑い日に。

「どちらにしても、つくづく不可解な存在だわ」

マギーが、ぽつりとつぶやいた。まるで夏琳の心境を代弁するような言葉だった。

「人間が不可解だって言いたいの？　それともこの国そのものが不可解っていう意味？」

だから、訊かずにはいられなかった。

「両方よ、もちろん。ついでに言わせてもらえば、あの彼のこともね。私にとっては実に不可解な存在だわ。もっとも、だからこそおもしろいんだけど……」

額に流れる汗を乱暴に拭いながら、マギーは意味ありげに織田のほうを顎で指し示し、夏琳に向けて思わせぶりなウィンクを送ってきた。

11

復旦《フーダン》大学近くの小さなアパートで、未亜の暮らしは順調だった。

心穏やかで、満ち足りていて、張《チャン》のこまやかな思いやりに包まれた日々を、未亜はこれ以上ないほど安らかな気持ちで、感謝しながら過ごしてきた。

お腹の子供の成長もこのうえなく順調だった。自分の身体が、自分だけのものではなく、ひとつの身体を子供と二人で共有しているような感覚にも、最近はすっかり慣れてきた。まもなく迎える出産の日への準備は、未亜以上に張のほうが心を砕いて、あれこれしっかりと整えている。

このまま、張の好意のなかで、のんびりとした一生が続けばどんなにいいだろう。

張の優しさに慣れっこになっていく自分を戒めながらも、いつのまにかそんなふうに考えている自分に気づいて、ハッとすることもある。

驚くほどせり出してきた腹部をかばいながら、朝からいつものようにのんびりと部屋の掃除をしていた未亜は、かかってきた携帯電話にゆっくりと出た。

大学病院に出勤しているあいだも、張はこうして一日何度も電話をかけてくる。出産予定日を目前にひかえた今週になってからは、その頻度がさらに高まった。

「気分はどう、未亜?」

「ええ、とってもいいわ。ありがとう」

「なにか、変わったことはない?」

毎回短く交わされるただそれだけのやりとりが、いまはどれほど心強いか、張の行動は、いつも未亜の望むものをすべて知り尽くしているかのようだった。

だが、その朝の電話は、いつもとは少し違っていた。

「ねえ、未亜。さっき学生仲間から聞いたんだけど、南京西路《ナンジンシールー》が大変なことになっているらしいよ」

「大変なこと?」

張は、デモの騒ぎの様子をざっと伝えてくる。

「うちの学生たちもずいぶん大勢参加しているようでね。みんな興奮状態で、手がつけられないみたいだ。未亜は、あんなところにまでは、間違っても行くことはないだろうけど、でも気をつけてね。

デモから帰ってきた学生が、変に暴れたりするといけないからね。もしもなにかあっても、とにかく関わらないこと。必要な買物があったら僕に電話すればいいよ。僕が買って帰るからさ。いまは大事なときなんだから、なにがあっても今日は部屋から出ないほうがいい」

心配でならないという声で、張は細々と注意してくる。

「わかったわ、凱《カイ》。でも大丈夫よ。まったく、凱は本当に心配性なんだから。そんなに心配しなくても、今日はどこにも出かける用はないし、買物も間に合っているわ。大丈夫だから、安心して」

未亜は、笑って答えたのである。

電話を切ってから、すぐにテレビをつけたことに、特別な思いはなかった。最近はテレビを観ることがほとんどなかったが、ＮＨＫの日本語放送だけは、一人で過ごすゆったりとした午後の時間など、たまにつけることがあった。

それにしても、たったいま張から聞いたデモの模様が、日本のニュースで流れていることなど、予想もしていなかった。

「あ、当局から報道規制があった模様です。デモの様子を撮影していた外国人記者が、警官と衝突しています……」

いきなり画面に現れた光景に、未亜は思わず目を奪われた。デモの様子をリポートしている白人記者が、緑色の制服を着た人民武装警察と揉み合っている。武警《ウージン》は、人民解放軍を想起させるその制服に、ヘルメットと胸甲《きょうこう》や脛当《すねあ》てをつけ、もちろん拳銃も携帯している。日本の機動隊のような盾を手に、ずらりと五列横隊になって道路を塞いでいる。

「あら、夏琳？　こんなところでも仕事していたのね」

武警に嚙みついている白人記者からやや離れた後方で、カメラマンとなにやら夢中で話をしているのは、間違いなく夏琳だ。

おそらく、海外メディアの関係者から、通訳を引き受けているのだろう。人手が足りなくて、みずから現場にかけつけたのかもしれない。もしも自分がこんな状況でなかったら、いまごろこの現場にいて、仕事をしていたのだろうか。

と、そんな思いに囚《とら》われたときである。カメラがゆっくりと角度を変え、現場の様子を俯瞰《ふかん》しようと動き始めた。そして、デモに参加した学生たちを束ね、先導している人物の一人と見られる男の顔を映し出したのである。

「これは……。まさか、一輝？　一輝じゃないの？」

大映しになった織田は、誇らしげな顔でそばの学生たちに指示を出している様子だった。

「あなた、どうしてこんなところに……」

未亜は、テレビの画面にかじりついた。

こみあげてくるものを、なんと呼べばいいのだろう。もう長いあいだ、自分のなかから遠ざけて、忘れたはずの感情だった。自分の人生から完璧に除外し、抹消し、無縁になったはずの人間だった。

だが、未亜の手は、なかば反射的に、画面に映る織田の端整な顔に伸びていた。この指が、この男を覚えている。切ないほどに、鮮やかに。

そして未亜のもう一方の手は、無意識に大きく成長した下腹部を撫でていた。内側からはげしく蹴って、その存在を訴えているこの子供も、父親の顔を見たがっているのだろうか。いたたまれない思いに、立っていることもできず、未亜はその場に座り込んだ。

次の瞬間、画面の中央で、織田にものすごい勢いで警備の一人が衝突した。その若い顔が、田舎育ちの素朴さと訓練で鍛えられた精悍さをたたえた武警の横顔が、画面いっぱいに映し出された。

「危ない、一輝！」

　未亜が思わずそう叫び声をあげた途端、画面は一瞬にして暗転し、味気ない砂嵐にとって変わったのである。

12

　張《チャン》が、息を切らせて部屋に飛び込んでくるまで、それから三十分もたっていない。

「未亜、大丈夫か？　未亜……」

　迫ってくる悪い予感を必死で頭から追いやりながら、未亜の名前を呼んで、寝室やキッチンを見て回った。

「未亜、どこにいるの？　ねえ、未亜ったら……」

　電話を切ったあと、大学の研究室で張が偶然目にしたのも、同じＮＨＫの画面だった。そして、もしやと思ったら、いてもたってもいられず、仕事を放りだして、未亜の部屋に向かっていた。

「未亜、返事してよ。そこにいるんだろう？」

　狭い部屋の隅々まで、バスルームやトイレのなかまで探してまわった。

「どこへ行ったんだよ。なにやっているんだ。予定日はもうすぐなんだよ。そんな身体で、いったいどうやって……」

　何度名前を呼んでも、答えはない。

　階段をころげるようにして下り、近くの道も走り回った。

「あいつなのか。あいつに会いに行ったのか。なあ、未亜、答えてくれよ……」

さっき、テレビ画面いっぱいに映っていた、織田の顔が浮かんでくる。消そうと思っても、すぐにあの顔が浮かんでくる。おそらく未亜は、あのニュースを見たのだ。それで、我慢できなくなって、現場にかけつけたに違いない。

「くそ、なんでなんだ。なんであんなやつのために、未亜は……」

張は、道路にへたりこんだ。

両手で地面を叩き、何度も悪態をつく。

哀しいというより、むなしかった。悔しさよりも、腹立たしさでいっぱいだった。

その頭上高く、じっとりと湿気を帯びた真夏の空に、ヘリコプターが忙《せわ》しげに、まるで張を嘲《あざけ》るかのように、轟音を響かせて旋回していた。

13

どれぐらいの時間、歩き続けただろうか。

容赦なく照りつける真夏の太陽と、息苦しいまでの湿気。耐え難いほどに鈍い群衆の動きと、むせかえるような人いきれのなかで、歩くというより、仕方なく身体をただ引きずられているような感覚だった。

暑さのために朦朧としていく意識のなかで、倉津は、ほとんど反射的に足をひたすら前に出していただけのような気がする。

苛立つほどに遅々とはしていたが、それでもやがて南京西路《ナンジンシールー》にさしかかった。

いくつもの交差点を経て、一歩また一歩と、南風汽車大厦《タワー》の建設予定地に近づいてくる。それにつれて人の流れはさまざまな方向から合流し、ひしめきあって、膨大な人数に膨れ上がってきた。

車を降りて歩き始めたころに較べると、あきらかに反日デモの様相が濃くなっている。沢野が言っていたように、ビル建設予定地の強制撤去に対する抗議行動だとばかり思って心配していたのだが、どうやらそれだけでもないらしい。

黙々と人の流れに身を潜め、群衆に埋没するように進みながら、倉津は、身震いしそうなほどの恐怖感と闘っていた。すぐ前方に、深紅の横断幕が見える。大きく書かれた文字は、「懲倭自強《チョンウォーズーチャン》」。つまりは、日本をこらしめ、自らを高めるとでもいった意味だろう。白地に赤の大きな文字で、「日本政府、良心何在?」と読めるものもある。

書かれたそれぞれの文言を、大声で叫ぶ声があちこちから湧き上がる。スローガンを書き並べたメモを手に、シュプレヒコールを先導している男がいる。幕の周囲を囲んで無数に掲げられたプラカードが、地の底から湧き上がるような人々の怒号に合わせて、何度も上下しているのが見えた。「打倒《ダーダオ》日本帝国主義《リーベンディーグオヂューイー》」、「抵制日貨《ディーヂーリーフオ》」、そして「殺死小日本《シャースーシャオリーベン》」。

血の気の多い中国語は、倉津には正確には聞き取れないまでも、彼らが力の限り声を張り上げ、「日貨排斥」と訴え、「日本人をぶっ殺せ」と煽《あお》っていることは、嫌でも伝わってくる。模造紙を繋ぎ合わせた素朴な手書きのプラカードも、列が合流するたびに、驚くほどその数を増していった。

そのなかには、見慣れた日本の武永《たけなが》首相の顔写真が、大きく引き伸ばされ、その上から墨汁で黒々と不吉な髑髏《どくろ》が描かれているものが増えてきた。血糊《ちのり》のようなペンキで、大きくバツ印が描かれたものもある。

ときおり、目を血走らせた学生風の若者が、突然道路脇の塀によじのぼったかと思うと、無残に引き裂かれた日本の国旗を高々と掲げ、ライターで火をつける。

倉津のすぐ鼻先で、燃え上がる日の丸を見せつけられたときは、さすがに背中に寒気を覚えた。国外で見る日の丸には、国内で見るときとは違って、独特の思い入れが生じるものだ。ましてや真っ黒な煤を上げながら、恥ずかしいぐらい呆気なく燃え尽きてしまう母国の国旗を見るのは、いたたまれないものがある。ふりかかる火の粉を払いもせず、奇声を上げて狂ったように日の丸を足蹴《あしげ》にする男たちは、倉津に底知れぬ恐怖心を抱かせた。

武永首相の巨大な顔写真を貼り付けたプラカードに、バーナーで火を放つ者。そのすぐそばから、見るまに炎に包まれていく首相の顔を、憮然とした顔をして、消火器で消していく警察官の姿もある。

なんということだ。

倉津は目の前で展開する事態に息を呑み、ただ呆然と目を奪われていた。

すべては、テレビのニュース番組で何度も見たことのある光景である。国旗を焼くシーンも、首相の写真を土足で踏みつける抗議のパフォーマンスも、どこか既視感に満ちたものばかりには違いない。その意味で言えば、たしかにこれは、これまで中国全土で頻発してきたというこの国の人民の抗議行動のひとつに過ぎないのかもしれない。

だが、これは現実だ。

画面のなかのできごとではない。自分自身がそのうねりの中心に身を置いているのだ。

差し迫ってくる恐怖のなかで、倉津は何度も自分に言い聞かせた。

コントロールの利かない群衆の義憤は、土地収用をめぐる官民の闘いの域を越えている。高まる怒りの矛先は、住民に強制退去を命じた体制批判を飛び越えて、日本と日本企業に向けられている。自分がこれまで深く関わり、心血を注いできたプロジェクトに集中しているのである。

倉津には、この先どんな災いがふりかかってくるのか、予測すらつかなかった。

それにしても、なぜこんなことになってしまったのだ。

ここまで緻密に積み上げてきた努力が、ようやく目に見える形で実を結ぼうという矢先ではないか。今日は、本店から大勢の幹部がこの地を訪れている。倉津にとって待ちに待った見せ場となる日だった。どうしてそんな人事な日に、よりによってこんな皮肉な事態にぶつかってしまうのだ。

悔しさのあまり、倉津のほうこそ大声で叫びたくなってくる。

どうせやるなら、なぜほかでやらないのだ。相手を間違っているのではないか。

家を追われた民衆が、格差社会を助長し《し》続けている国家体制に向けて、怒りの声をあげるのは心情的には理解できる。無理な立ち退きを強いられ、くすぶった不満が人々を駆り立て、抗議行動となって爆発するのも、やむをえないだろう。だが、その対象が南風汽車大厦《タワー》になるのは納得できなかった。再開発の現場ならほかにいくらでもあるだろう。もっと糾弾すべき事例は、探すまでもなく容易にみつかるはずだ。なのにあえてこの南風汽車大厦《タワー》を選んだ理由はなんなのだ。

倉津には、どうしても釈然としないものがあった。

なぜなら、その点こそ倉津がこれまで必死になって対応してきたことだからである。もっとも回避すべきリスクとして、人一倍神経を配ってきた。もとより南風汽車がプロジェクトへの参加を打診してきたとき、倉津が最初に懸念したのが先住者との衝突だった。昭和五洋銀行の幹部は、企業イメージを重要視する。なにかあってマスコミ沙汰になり、社会的な信用を失うことを、なにより怖れる企業だ。

だからこそこうしたリスクを避けるため、考えられるかぎりの十全な事前対策を講じてきた。当局への根回しはもちろんのこと、地元へは特別な配慮も怠らなかった。立ち退きについてのトラブルだけはなんとしても避けたいと、南風汽車の担当者に疎《うと》んじられるほど何度も確認をしてきた。一方で地元民からのヒアリングを重ね、必要な金を投じて、不満の種をひとつずつ入念に消し込んできたのである。

火種は元から断ってきた。それは自信を持って言い切れる。自分の知るかぎり、少なくともこのプロジェクトでだけは、こうした形での抗議行動が起きることなど考えられない。倉津は何度も首を横に振った。

14

「なんだよ、あの腰抜けの警官らは……」

織田は、いまにも暴徒と化すほどに興奮しはじめた学生たちをかろうじて抑えながら、こみあげてくる違和感を抑えかねていた。

公安《ゴンアン》の到着は、予想していた以上に早かった。その動員数も急激に増えているのが実感できる。ただし紺色の制服を着た彼らは、どこからみてもいわゆる町の警察官だった。こういうことでも起きなければ、いつもはそのあたりで交通整理や違反者の取り締まりを日常業務としているような、ごくありふれた警官である。

贅肉のついた腹をこれみよがしに突きだして、使命感よりもわが身優先といったような、巡査レベルである。こんな反日デモを取り締まるために、怪我をしてまで職務を果たそうなどと、殊勝な考え方をする者など一人としていないらしい。口先ではデモ隊鎮圧に努力しているような振りを装っているが、所詮は腰が引けている。デモ隊側の若者たちに少しでも凄まれたら、振り上げた拳をそそくさと下ろし、見て見ぬ振りを決め込むような、そんな程度の連中でしかない。

驚いたのは、公安の広報車が出てきたことだ。デモに参加しているのが、学生たちと判断したせいなのか、彼らはスピーカーで説得を始めたのである。

「デモに参加している同志諸君、よく聞きなさい。君たちの愛国的熱情は、すでに十分に発揮された……」

慣れた様子でアナウンスが続く。子供を諭す大人のような口調だった。彼らはあくまでデモ隊との全面対決を避けたがっているのだ。

「同志諸君だって？　愛国的熱情はすでに十分に発揮された？　なにを寝ぼけたことを言っているんだ」

織田はふんと鼻を鳴らした。

「君たちの意見の表明が終わったら、速やかにこの場を立ち去りなさい。愛国の情熱の発露は、法に従った形で行ないなさい」

雑音まじりで、神経を逆なでするような声は淡々と続く。

「繰り返します、君たちの愛国的熱情は、すでに十分に発揮されている。意見の表明が終わった者は速やかにこの場を立ち去りなさい。愛国の情熱の発露は、法に従った形で行ないなさい」

人々の気持ちを逆なでするような高圧的な物言いは、ひたすら繰り返されていた。

「馬鹿ばかしい」

織田は吐き捨てるように言って、周囲を大きく見回した。

「ご覧になりましたか？　この先のほうに、何台も空のバスが停めてあるんです」

そばにいた一人が告げてくる。

「バス?」

「はい。公安は僕らを説得して、学校まで帰そうとするんですよ。そのためにバスを用意しているんです。以前のデモのときもそうでした。金のないヤツは助かりますからね」

「あの天安門事件のときだって、公安は同じようなことをやっていたって聞いたことがあります。公安が学生たちを説得して、学校までバスで帰したんだそうです。学生の側もそのへんはよくわきまえていて、どこの大学の出身かバレないように、わざと別の大学の門の前で降りるんです。そのあと自分の学校まで歩いて帰ったりしましてね」

隣から、訳知り顔でつけ加える者がいる。

紺の制服姿の公安に較べると、緑色の制服を着た人民武装警察は違っていた。高度な訓練を受けているだけあって精悍な顔つきの若者たちで、見るからに統率が利いている。

「だけど、許せないですよ、あいつら」

なかでも一番若い学生の声があがった。

「武警《ウージン》がどうかしたのか?」

織田は、鷹揚な顔で問う。

「さっき道路のバリケードを乗り越えようとしたら、殴りかかってきたんです。威嚇射撃をしてくるヤツもいましたよ。本当に撃たれるかと思いました。だから僕、愛国無罪《アイグオウーズィ》って、叫んでやりました。警察流氓《ジンチャーリウマン》、中国人民不可耻《チョングオレンミンブーカーチー》ともね」

国を愛する行為に罪はない、中国人を辱めるな、と叫んだというのである。もちろん群衆も声を揃えて、唱和した。

「武警の連中は、どんな顔をしていた?」

織田は、笑みを浮かべてうなずきながら、若い学生を見た。武警とて、所詮は地方から出てきた若者だ。同年代の学生たちから痛いところを突かれたというわけである。

「はい。さすがに動揺していたみたいです。だって、日本人を守るために、僕らを殴るんですよ。中国人として恥ずかしくないわけがありませんからね」

学生は胸を反らして、誇らしげに言った。

織田が気になったのは、それ以外に私服の警官が紛れ込んでいることだった。この抗議行動を指揮しているのは誰なのか。首謀者は誰で、どういう人間が過激な行為に走っているか、冷静に観察しているのが遠目にも見てとれる。

「よく見てみろ。あれは公安のスパイだ。あいつら、カメラを持っていて、俺たちの写真まで撮っているぞ」

「投石している人間には、必ずシャッターを切っています」

織田のすぐ背後からも声があがった。

「表面的には、民衆との直接対決を避けるように見せておいて、あいつらは夜動くんだ。写真を証拠に俺たちを捕まえようという魂胆だよ。デモから帰ったあと、夜にこっそり家まで押しかけて、一人ずつ確実に逮捕していこうというつもりさ。みんな気をつけろ」

「関係ないですよ。気にしていませんから」

誰かが大きな声で言い、興奮しきった学生たちは、さらに気炎をあげる。

「よし、それでいい」

あらためてゆったりと見回し、織田は大きくうなずいた。

15

南風汽車大厦《タワー》の建設予定地が視界にはいってきたとき、倉津は目を疑った。世界一を誇る上海の高層ビル群のなかで、ひときわ壮大なスケールを誇示するようにデザインされた天を衝く斬新な外観は、倉津も企画の初期段階から大層気に入っていた。地上百八階、地下四階からなるこの超高層ビルが完成するときを、自分はどこで迎えるのだろう。

たとえ東京の本社に凱旋した後だったとしても必ず立ち会おうとひそかに思っていた。

思えば一昨日の夕方、起工式を目前に控えて、最後にこの地に立ったときは、誇らしさのあまり、不覚にも涙ぐみそうになったものだ。

それが、このありさまはなんだ。

倉津は、変わり果てた建設予定地を前に、呆然と立ち尽くしていた。

一昨日までは、起工式を前に、廃墟の残骸はひとつ残らず撤去されていた。きれいに整地されたあとは広々として、瓦礫の代わりに緑の草が埋め尽くしていた。頑丈な塀でかこまれ、セキュリティ管理が行き届いていることを顕示していたのに、どうしてこんなことになったのだ。

起工式に出席する賓客のために用意した瀟洒な式台は、特別に発注して丁寧に作らせた。ずらりと並ぶ椅子にはそれぞれ名札を貼りつけ、厳しく吟味した席順に不手際がないようにと、最後まで細心の注意を払った。

晴れの日のために用意された完璧な舞台は、いまは何者かによって無残に壊され、テープカット用のゲートも叩き割られている。その代わり、いつのまに運び込んだのか、用地内には古ぼけたテントが所狭しと張られ、そこかしこに張り巡らされたロープには、これみよがしにみすぼらしい洗濯物が干されている。

生活臭あふれるガラクタが当然のように散乱し、錆びた自転車が何台も並べられ、まさにいままでここに多くの貧しい生活者がいたかと思えるほどの演出である。

これは、仕組まれたデモだ。意図的な嫌がらせなのだ。さもなくば、本来ならばあり得ないことだが、誰かが計画した大掛かりな芝居なのではないか。

倉津のなかに、確信めいた思いが湧き、近くに沢野の姿はないかと目を凝らした。沢野なら、なにか情報をつかんでいるかもしれない。

そのとき、激しく肩を叩く者がいる。倉津は弾かれたように振り返った。

「とんでもないことになりましたね。倉津さん」

頭取や役員たちに同行してきた国際部長の加藤仁が、本店からひき連れてきた若手の行員二人を従えて、固い表情で立っている。

「いったいなにがあったんですか。今朝はずいぶん早く家を出たのに、現場に到着するまで予想外に時間がかかってしまいましてね。いまようやく着いたところなんです。もの凄い混雑だったので、途中で車を降りて歩くしかなかったものでね」

嫌な男に会ってしまったと思ったが、ひとまず事情を訊くしかない。

「あなた、知らなかったんですか？　信じられんな、まったく。大事な式典がこんな事態になっているのに、肝心の責任者は不在なのか」

加藤は露骨なまでにあきれた顔をした。

「あのね、倉津さん。本当に知らないんなら教えてあげますよ。われらが昭和五洋銀行の名前が、世界中に知れ渡ってしまったんだ。実に不名誉な形容詞つきでね」

「不名誉な形容詞?」

「そうです。アメリカの大手メディアが、こぞって住人たちの抗議行動を集中的に実況中継したんですよ。おまけに、デモ隊のやつらに、うちの銀行を名指しで批判させてくれた」

「うちを名指しで?」

「不名誉な批判はそれだけじゃない。土地収用の際の情け容赦ない強制撤去というだけでも、うちにとっては相当なダメージなのに、どうやって調べたのか知らないが、当局関係者との癒着や、贈賄疑惑なんていうことまで言い出してね」

「そんな馬鹿な。誓って言えますけど、うちはそんなことに一切関与していませんよ。それに、どうして今回に限ってそこまで報道を……」

「まあ、事実関係はともあれ、一度流れてしまった報道は、握りつぶすことができませんからね。もちろん日本国内でも大騒ぎになっているでしょうよ。まったく、デモの首謀者は、実に巧妙な手口でやってくれたもんだ」

大げさに溜め息をついてみせる加藤に、倉津は憮然として口をつぐんだ。この男では埒《らち》があかない。倉津は、もう一度群衆のなかに沢野の姿を探した。そんな倉津の内心を見透かしたように、また加藤が言う。

「沢野君ならいませんよ。だいぶ前、病院にかつぎこまれましたからね。他の行員たちも危険なので帰しました」

「沢野が病院に? あいつがどうかしたんですか?」

倉津は、キッと加藤を睨みつけた。

「あの男、身体を張って阻止しようとしたんだな。僕らの手前、気を遣ったのでしょう。相手は見境のない学生連中なのにね。馬鹿なヤツだ。どんな教育をしているのか知りませんが、倉津さんも酷いことをさせますよ」

「私はなにも……」

「だけどあの男、よっぽど支店長への忠誠心を見せたかったのでしょうな。なにもそこまでやってみせることはないんだ。こんな茶番劇のために自分が死んでしまったら、起工式もなにもあったもんじゃないのにね。それどころかプロジェクトのことも、いや彼自身の出世だって意味がなくなる……」

「まさか、沢野が死んだんですか？」

加藤の胸ぐらをつかんで、倉津は訊いた。訊きながら、無性に腹が立ってくる。

「いや、生命がどうのというところまではいってないんじゃないかな。まあ、かなりあちこち骨折はしているだろうけど。そりゃそうでしょうよ。あれだけ派手にやられたんだからな……」

沢野の怪我が一番ひどかったのは、ほかの部下たちに決して手を出させなかったからだという。あの沢野のことだ、その代わりに、自分が一身に騒ぎの矢面に立ったということか。自分がもう少し早くここに到着していれば、彼にそんな思いはさせずに済んだものを。

倉津は、無念さと、沢野への申し訳なさとでいっぱいになる。

「それで頭取は？　役員のみなさんたちはどうなさいました？」

見たところ、周辺にはどこにも姿はない。倉津はひたすら無事を祈るような気持ちだった。

「いや、それは心配要らないですよ、倉津支店長。そっちのほうは、あなたが留守のあいだに、私が全部うまくやっておきましたからね。こんなところに長居は無用です。当然ながら、途中ですみやかにUターンしてもらいました。おたくの秘書に手配させたから、今日の午後の便は予約が取れているはずだ」

　加藤は嫌味たっぷりな言い方をした。

「もう、帰国してしまわれるのですか」

「頭取が、すぐに記者会見を開くとおっしゃっている。昭和五洋銀行始まって以来の不祥事だ。大きな信用問題だと、いたくご心痛の様子でね。もちろん告訴も辞さない姿勢でいきたいところだけど、なにせ相手が相手だけに話はかなりやっかいだ。一刻も早く東京に戻って、信用回復に努めなければとんでもないことになる。役員たちも大慌てでしたよ」

「平田常務は？」

　一縷《いちる》の望みのつもりで、倉津は問うた。

「もちろん頭取とご一緒ですよ。起工式のあとはのんびりゴルフをやる予定だったのに、まさかこんな一日になるとは誰も思っていないですからね」

　倉津には返す言葉がなかった。次期頭取の椅子をめぐって、熾烈な競争のなかにいる平田が、すべてを投げ打って倉津のために止まってくれるとも考えにくい。

「考えてみれば、みんな冷たいもんですな。役員連中は一人残らずわが身大事でそそくさと帰っていったわけだし、僕だけが危険を冒してまでここに居残ったのは、同期入社の倉津支店長に対する、せめてもの武士の情けだと思ってもらえるといいんですけど」

　加藤らしい恩着せがましい物言いだ。

「申し訳ないと思っています」

　倉津はうなだれて、唇を噛むしかなかった。この男とも、あと一歩で水を空けられるところだったのに。

「しかし、あなたもついてないですな。倉津支店長」

同情に満ちた口振りだが、その目の奥に、明らかな嘲りの色が滲んでいる。つられて迂闊《うかつ》なことは決して言うまい。倉津は強く自分に言い聞かせた。

「いまだから言いますけどね、本店での承認会議のときも、実は僕はちょっと案じていたんだ。あなたも相当強引なやり方でしたからな。いや、倉津さんの気持ちはよくわかりますけどね。僕だって、こんなところに飛ばされたら、かなり焦るだろうからさ。ただ、点数稼ぎも度がすぎると、こんなかたちでしっぺ返しが来るんだよな……」

哀れむような言葉の裏に、勝ち誇った思いがあふれている。

「いや、強引だなんて、そんなことは断じてないと言い切れます。それよりも、たぶんこのデモには裏があるのじゃないかと……」

言ってから、すぐにしまったと思った。この男があれこれ言いふらす前に、早く真相を究明しなければならない。

「へえ、裏がある？　倉津さんは、首謀者になにか心あたりがあるんですね？」

「いや、それはまだこれから調査が必要です。どういうことなのか至急調べて、頭取にはすぐにも私から直接ご説明を……」

「まあ、説明は僕からもしておいてあげますよ。それより倉津さん、あなたには事態の収拾のほうが先だ。残念だろうけど、当分のあいだは本店に帰ろうなんて考えないで、しっかり後始末に精を出すことですな」

言いたいことだけ言い終えると、加藤は屈強な体格の部下二人に両側から守られるようにして、倉津に背を向けた。

16

「ねえ、もっと早く走れないの？」

未亜は怒ったような声をあげた。両手でかばうように腹を抱きながら、小刻みに息を切らして呼吸している。

「ダメなんだよ。これ以上は走ろうとしても、この道路の混みようじゃ無理だね。なにか事故でもあったのかなあ。それより、あんたのほうは大丈夫なのかい、お客さん？」

白髪頭のタクシー運転手は、何度もバックミラーに映る未亜の姿を見ながら、心配そうな声で訊いてくる。

「私のことはかまわないで、大丈夫だから、早く行って……」

「かまわないでって言ったって、そのお腹ではねえ。そろそろ三十七、八週目ってとこじゃないのかい。いや、うちにも先月孫が生まれたばかりだから、気になってさ……」

人の善《よ》さそうな老運転手は、前を向いたままでまた言った。

「もう四十週目にはいったわ。でもいいの。ぜんぜん平気よ。私が大丈夫って言っているんだから、大丈夫よ」

未亜は、自分に言い聞かせるように繰り返した。力を抜くと、すぐに痛みが走りそうな予感がある。それを陣痛と呼ぶのかどうか、まだわからない。未亜は確かめるように腕時計を見た。

さっきタクシーに乗った直後に痛みが走った。二十分近く前になるだろうか。もしもそれより前に、またあの痛みが来たら、要注意だ。

「痛みが、十五分間隔で続くようになったら、すぐ病院に来なさい」

出産予定日直前の産婦へのアドバイスとして、担当の医師が告げた言葉を忘れてはいない。未亜は仇《かたき》でも睨みつけるように、何度も腕時計を見た。

テレビのニュース番組で織田を見つけ、しかもデモ現場で警官ともみあっているのを見た途端、頭のなかでなにかが弾けた。冷静になれと言うほうが無理だ。もはやなにも考えることができなくなり、そばにあったバッグをひったくるようにして、未亜は部屋から飛び出した。

ただ、そのあとどうやって階段を下りたのか、どんなふうにして道路に出たのかは定かではない。普段はタクシーなどなかなか拾えない場所なのに、そのときにかぎってすぐに空車に出くわしたのも、なにかのめぐりあわせだったのかもしれない。

不安顔の運転手を説得して、ようやくシートにゆったりと腰を下ろし、気持ちを落ち着けようとして深く息を吸った途端、腹の底のほうが強く捩《ね》じれるような痛みを覚えた。

「痛……」

無意識に声が出る。未亜は横に置いてあったバッグを握りしめた。もう一方の手で、助手席の背もたれにしがみつく。シートでもなんでも、とにかくなにかにつかまっていなければ、耐えられない痛みだった。こんな激しい痛さはこれまで一度も味わったことがない。

「がんばって、私の赤ちゃん。お願いだから、もう少しだけ、待っててちょうだい」

未亜は小刻みに何度も息を吐き、痛みを紛らそうとした。

「大丈夫かい？　あんた、そんなに急いでどこへ行こうというのか知らないが、無理をしちゃだめだぞ。このまま病院へ連れてってやろうか？」

さすがに気が気ではないのだろう。運転手は車のスピードを緩める。

「なにをしてるの、早く行ってちょうだい。南京西路《ナンジンシールー》に早く、お願い……」

タクシーは思うように進まなかった。

痛みは、ほどなくおさまったが、未亜の頭は混乱していた。大急ぎで部屋を飛び出してはみたが、自分がなにをしようとしているのか、わからなかった。お腹の子は織田に会いたがっているのか。それとも、未亜を止めようとしているのか。そもそも織田に会ってどうするのだ。仮に会えたとしても、いったいなにを話せばいいのだろう。

「痛い……」

ふいに激痛が走り、未亜はまた声をあげた。痛みは下腹部だけでなく、全身に広がっていく。腰も背骨も、胸の先まで痛みがあった。未亜は目を閉じ、歯を食いしばり、脂汗を流して身体を震わせた。

凝視していた腕時計は、あれからちょうど十七分間経過したことを告げていた。いったん治まった痛みが、またやってくるまでの間隔は、まちがいなく縮まっている。

「ああ……」

音にならないかすれたうめき声が漏れた。

右手はバッグを強く握りしめ、左手ではまたも助手席の背をわしづかみにする。古びた布製の背に、親指の爪が食い込んでいくのが見えた。

「あんた、大丈夫かい？　もうこれ以上無茶はやめたほうがいい。車のなかで生まれたなんて、子供があとで聞いたら母親を恨むぞ。いいから、俺に任せておきな。たしかこの近くに病院があったはずだ」

運転手は、未亜の返事も聞かずにハンドルを切った。

17

建設予定地の騒ぎは続いていた。

夏琳は少しずつ治まりを見せ始めた現場を、満足げに見回した。

マギーたちメディア関係者は、予想していた以上に早く現地に到着した武警の誘導によって、全員仕方なく現場から退去させられていった。とはいえ、当初の目的は十分果たせた。予定どおり国際世論に訴えるための報道は実現し、昭和五洋銀行への影響もかなり大きいものになったはずだ。

騒乱はそれなりに衝撃的ではあったが、銃を持った武警が、暴走しそうな学生たちを止めるため、二、三度威嚇射撃をしたのを聞いた程度で、少なくとも流血騒ぎだけは免れた。

彼らは、表立って群衆と衝突することを最後まで避けたいらしい。その代わり、織田が言っていたように今夜にでも、帰宅後を見計らってこっそりやって来て、目立った行動をした人物を逮捕していくつもりだろう。慌てることはない。逃げる手立ては確保してある。

それにしても、中国語はなんと美しい言葉なのだ。おそらく世界中の言語のなかで、これほど演説に向く言葉はないのではないかと、夏琳はあらためて気づかされた。

生まれて初めての経験ではあったが、デモの途中、群衆のなかから自然発生するかのように、先導者とでもいうべき人物が次々と現れるのにも驚いた。誰に指示されたわけでもないのに、みずから率先してメモを書き、陶酔したような顔で滔々《とうとう》と読み上げる者がいる。

中国語本来のパワフルな音と、弾けるように短くシャープな語調が、聞く者の血を掻き立て、じっとしてはいられない気持ちにさせる。

まるで詩人だ、と夏琳は思った。立場も忘れてその場に足を止め、つい聞き入ってしまう場面すらあった。

「打倒日本帝国主義《ダーダオリーベンディーグオヂューイー》」

「懲倭自強《チョンウオーズーチャン》」

「抵制日貨《ディーヂーリーフオ》」

「愛国無罪《アイグオウーズイ》」

「殺死小日本《シャースーシャオリーベン》」

最高の気分だった。ありったけの声を張り上げて、唱和しているうちに、夏琳はただ反射的に繰り返しているにすぎない言葉によって、自分自身が洗脳されていくのを実感した。

どこからともなく、歌が聞こえてくる。

義勇軍進行曲、中国の国歌の大合唱が始まったのだ。

起来《チーライ》！　不願做奴隷的人們《ブーユエンズオヌーリーダーレンメン》……　　奴隷になることを望まない者よ立ち上がれ……
中華民族到了《ジョンホアミンズーダオラ》最危険的時候《ズイウェイシエンダーシーホウ》……　　中華民族は今最大の危機にあり……
起来《チーライ》！　起来《チーライ》！　起来《チーライ》！　　立ち上がれ、立ち上がれ、立ち上がれ
我們万衆一心《ウォーメンワンヂョンイーシン》　　万の民が心を一つにし、敵の砲火を掻い潜り前進せよ
冒着敵人的《マオヂャディーレンダ》炮火《パオフオ》、前進《チエンジン》……　　敵の砲火を掻い潜り、前身せよ、前身せよ、前進せよ……

地の底から湧き上がってくるような合唱に、今度は中国共産党党歌とされる「インターナショナル」が続き、さらにスローガンが重なっていく。

「愛国無罪《アイグオウーズイ》！」

「殺死小日本《シャースーシャオリーベン》！」

夏琳も、なかば無意識のうちに歌を口ずさみながら、ふとわれに返った。

だが、もしもこの身体に流れる血の半分が日本人だというのなら、敵とはいったい誰を意味し、殺すべき相手は誰なのか。排斥すべきはなんなのか、自問しないではいられない。

周囲に同調して声を発し、拳を振り上げれば上げるほど、自分のなかに溜まっていく違和感がある。やるべきことや本当にやりたかったことと、いま自分が実行していることにますます乖離《かいり》を生じるような感覚がある。

夏琳は、息苦しさのあまり大きく息を吐《は》き、ゆっくりと周囲を見回した。

見渡す限り、びっしりと人で埋め尽くされた建設予定地周辺。敷地内に張られた無人のテントは無残に引き倒され、群衆が投げ込んだ夥《おびただ》しい数のペットボトルや煉瓦のかけらなどで、さながらゴミ集積所のようになっている。

この騒ぎをお膳立てし、火をつけたのは間違いなく織田と自分だが、いまはもはや二人の手を離れ、無軌道に増殖を続けている。すでに二人の許容量や、コントロールを超えて勝手に動いているような群衆は、いったいいつまでこの騒ぎを続け、どんなかたちで収拾するのだろう。

ふと、斜め前方から強い視線を感じ、夏琳は顔を向けた。

「まさか、君の仕業だったのか……」

男は、そう言いながら、まっすぐに近づいてきた。

髪は乱れ、埃まみれの顔と、いまにも汗が滴《したた》りそうなほど変色した皺だらけの上着。消耗しきった身体を、怒りの感情だけを支えに、かろうじて保っているような姿だったが、倉津の顔を見間違うわけがない。

彼と出くわすことは予想していたとはいえ、夏琳は一瞬身体を強ばらせた。

「首謀者が君だったとはな。よくもやってくれたな。いったい、どういうつもりなんだ……」

突き刺すような視線を向けながら、近づいてくる。

「どういうつもりもなにも、答えは明白でしょう。あなた自身が、自分の胸に訊いてみればいいのじゃないかしら」

夏琳は、咄嗟に上海語で告げた。

「なんだって？　わからないよ。日本語で言えよ」

あふれる憎しみをぶつけるような倉津の言い方に、夏琳は肩をすくめ、はっきりと首を横に振った。

「嫌だわ。ここは上海なんですもの、あなたが中国語を話せばいいのよ」

日本語を話そうとしない夏琳に苛立ちながら、だが倉津はあきらめずさらに言った。

「今回のデモは、俺への仕返しのつもりなんだな。だけど、そんなものは俺個人に向ければいいじゃないか。なにも、こんなかたちで反日感情を煽る必要がどこにある？　そんなことをして、君は自分の父親に申し訳ないとは思わないのか。なあ、夏琳。君はなにが望みなんだ。君自身も、半分は日本人だって言っていたじゃないか。だったらなぜ、父親の国をそこまで貶《おとし》めたい……」

「関係ないわ、あなたには」

夏琳はぴしゃりと言ってのけた。

「わからないよ、夏琳。君の身体の半分を流れている日本人の血に対して、恥ずかしいとは思わないのか。きっと君の半分が泣いているよ。どうしてなんだ。こんなことをしてなにがおもしろいんだ。君は、二つの国籍をうまく操って、コウモリのようにおもしろおかしくゲームをしているつもりなのかもしれないけど、これは遊びじゃないんだぞ。自分たちがやっていることがどういうことなのか、君は本当にわかっているのか？」

　周囲を気にしてか、倉津は声を潜め、その代わりに強い目をして訴えてくる。

「なにを言っているの。あなたのほうこそ、卑劣じゃないの。自分がしてきたことを、よく考えてみなさいよ」

　夏琳も決してめげなかった。もちろん日本語を使うつもりもない。

「違うね、夏琳。君は間違っている。

俺は、なにも自分のためにこんなことを言っているんじゃないんだ。もっと考えて行動しろと言っているんだよ。君は、中国人と日本人の二つの顔と、二つの言葉を適当に使い分けて、二重のアイデンティティーのなかを、気楽な気分で両方を行ったり来たりしているつもりだろう。だけど、それがどんなに無責任なことかをもっとわきまえないと……」

　倉津も、もちろん怯《ひる》まなかった。なるべく周囲に聞こえないようにと気遣っているようだが、次第に声が大きくなってくる。すぐそばにいた学生の一人が振り向いた。夏琳の顔に緊張が走った。

「だったらあんた自身はどうなんだ？」

　そのとき、すぐ横から大きな声がして、倉津は驚いて声の主を振り返った。

「織田、やっぱりおまえも一緒だったのか……」

　削ぎ落とされたように痩せた頬には、うっすらと無精髭が伸び、乱闘のさなかにいたせいか、カッと見開いた目の奥には、一瞬狂気すら感じさせる。これまで知っている織田のどの顔とも違う。倉津はまじまじとその姿を見た。

「わかっていないのは、あんたのほうだ。僕らの二重《デュアル》のアイデンティティーを責めるなら、あんたのほうはどうなんだよ。日本人としての、シングル・アイデンティティーか。結構だね。だけど、あんたたちのどこに、そんなしっかりとしたものがあるのか、聞きたいもんだ」

織田の唇から、ほとばしるように日本語が漏れる。

「なんだって……」

虚を突かれたように、倉津が言葉を詰まらせた。

「アイデンティティーだの、国籍だのと、軽々しく言わないでもらいたいね。あんたなんかに、僕らのことがわかってたまるもんか。否応なしに二つの国の狭間に立たされて、僕らがどんな思いで生きているか、あんたがどれだけ知っているっていうんだ」

「それは……」

「わかったふうなことを言うんじゃないよ。僕らを二重国籍だの、どっちつかずだのとなじる前に、あんたたち日本人自体はいったいどうなんだよ。そもそも日本という国自体にも、確固たるアイデンティティーがあるのか、本当に自覚があるのか、聞かせてもらいたいね」

織田は物凄い剣幕でまくしたて、倉津も負けてはいなかった。二人の衝突は、思わぬ方向にエスカレートしていく。

「お願い、一輝。それから倉津さんも……」

夏琳が、見かねて声をあげた。日本語を口にすることに、異様なまでに緊張感がある。

「あなたたち、お願いだからいまは止めて。そんな大きな声で日本語を話していたら……」

声をひそめて二人を止めにはいったとき、夏琳のジーンズのポケットで携帯電話が鳴った。急いで着信画面を見ると、東京で入院している夏琳の父親の側近、島村《しまむら》からだ。夏琳は顔色を変え、おそるおそる電話に出た。

「もしもし……」

島村は興奮した声で、いつになく早口で一気にしゃべり続けている。だが、電波のせいか、声は途切れがちで、夏琳は携帯電話とは反対側の耳を手で塞ぎ、何度も聞き返した。そして、しばらくのあいだやりとりをしていたが、やがて夏琳は、驚いたように大きな声をあげた。

「なんですって、父が？　本当なの？　父がそんなことを……」

信じられないという表情でそれだけ叫んで、夏琳は言葉を詰まらせた。

「どうかしたのか、夏琳。もしかしてお父さんになにかあったんじゃないのか？」

織田が心配そうな顔で訊いてくる。もしや危篤状態に陥ったのではないかと、気遣ってくれているのだろう。夏琳は送話口を手で塞ぎ、すぐにかぶりを振ってみせる。

「ううん。父は元気よ。あの人は、したたかですもの。ちょっとやそっとではダメになんかならない人よ。日本のテレビ・ニュースで今日の騒ぎを見たらしいの。私たちも映っていて、それで島村がびっくりしてかけてきたのよ。それより驚いたわ。父は一輝を知っていたのね。そして一輝と私を……」

と、そこまで言ったときだ。

「日本人だ！　ここに日本人がいるぞ」

三人の会話を聞きつけたのか、誰かが叫び声をあげ、一斉にこちらに向かって突進してくるのが見える。織田を取り巻く側近たちにも、緊張が走った。

「ボス、あなたは日本人だったのか」

完璧なまでに流暢な言葉をあやつり、夏琳と同じ胡《フー》を名乗っていた織田のことを、首謀格の学生が問い詰めてくる。

「落ち着け、落ち着いてよく聞くんだ」

慌てて なだめようとする織田を振り払うように、後方から突然飛びだしてきた若い学生風の男が、倉津に殴りかかってきた。

「やめろ！　みんな落ち着くんだ」

倉津をかばうように、学生を諭そうとした織田の声は、別の若い声にかき消される。

「黙れ。日本人。殺死小日本《シャースーシャオリーベン》！」

そのとき、集団から飛び出したもう一人の学生が、武警《ウージン》に向かって突進した。そしてなかの一人に体当たりで衝突して、銃を奪ったのである。

「みんな聞くな、この男は日本人だ！　裏切り者だ。こんな男の言葉に惑わされるな！」

銃を振りかざした若い男と、それに追随するように、見覚えのない学生たちが何人も迫ってくる。

いったん静まりかけたかに見えた騒乱が、最悪の状況で再燃し始めた。

夏琳の背中に戦慄が走った。

その気配は、武警たちも敏感に察知したのだろう。手がつけられなくなる前に、必死で抑えようと考えたとしても無理はない。ジュラルミンの盾を並べた最も近い武警の一角から、一斉にこちらに銃口が向けられるのがはっきりと見えた。

18

一瞬、なにが起きたかわからなかった。

耳をつんざくような破裂音がしたのは覚えている。

ツンと鼻孔を突き抜ける刺激臭がして、目が開けていられなかった。抑えようにも、とめどなく涙があふれてくる。

「目をこするな！　口にタオルを当ててるんだ。催涙弾《さいるいだん》だ……」

誰かがくぐもった声で叫ぶのが聞こえる。夏琳は急いでハンカチを取りだし、鼻と口をしっかりと覆った。

しばらくして、ようやく目が落ち着いてきても、薄目を開けるのがやっとだった。

すぐ先のほうに、誰かが倒れているのがかろうじて見えた。

「どうしたの？　誰か撃たれたの？　大丈夫なの？　ねえ、答えて」

声をかけようにも、かすれて出ない。夏琳は激しく咳き込んだ。

「暴発だ！　バカヤロー、武警の催涙銃が、暴発したんだ」

倉津が、狂ったように叫んでいる。

「暴発？」

流れる涙のまま、夏琳は周囲を見回した。倉津が呆然とした様子で、立ち尽くしている。その身体が大きく震えているのがはっきりとわかった。

「織田！　大丈夫か？」

その場にしゃがみこみ、倉津は倒れた男に手を差し伸べている。

「え、一輝が？　一輝がどうかしたの？」

夏琳は二人のほうに向かって突進した。

「こいつ、物凄い力で俺を突き飛ばしやがった。だから、俺が倒れたんだ。間違いない。きっとなにかが飛んできたんだろう。だから咄嗟に俺をかばって、織田のヤツ、俺を助けようとして……」

倉津の声は、途中で何度か途切れた。

「一輝！」

夏琳の手からハンカチが落ち、長い悲鳴があたりに響き渡った。

「おい、織田。しっかりしろよ、織田……」

俯《うつぶ》せに倒れた織田の頭のすぐそばに、べっとりと血溜まりができている。肩からの出血か、それとも頭からなのか、夏琳には判別ができなかった。噴き出した織田の血は、隣にいた倉津のところまで飛び散ったらしく、シャツの胸が細かな赤の斑点に染まっている。

思わずその背中にすがると、倉津の身体の激しい震えが、夏琳の掌にはっきりと伝わってきた。

「しっかりして、一輝」

遠巻きに次々と人が集まってきたが、ただ言葉もなく狼狽《うろた》えているばかりで、誰もそれ以上に近づこうともせず、手を出そうともしない。

「なんでだよ、織田。なんで、俺をかばったりするんだ。おまえはバカだよ。バカヤローだ」

「ねえ、答えて。なんとか言ってよ、ねえ、一輝」

震える手で、夏琳も織田の身体にそっと触れた。

「救急車だ。救護車《ジュウフーチャー》を呼べ。誰か、電話だ。早くしろ」

それぞれが、ようやくわれに返ったように、あたりは急に騒然となった。

「バカヤロー、そんなこと言ってたら手遅れになるぞ」

倉津が怒鳴りつける。

「でも、病院に運ばなくっちゃ」

「この周辺は物凄い混雑だ。救急車なんか待っていたら、いつになるかわからん。そんな悠長なことを言って、手遅れになったらどうするんだ。どけ、俺が運んでやる。たしかこの先に病院があったはずだ」

　倉津は汗みどろの上着を脱ぎ捨て、すぐに立ち上がった。

　傷口を清潔な布で手早く覆い、止血のために肩のあたりも強く縛った。だが、倉津が背中にかつぎあげても、織田は目を閉じてぐったりと意識を失ったままだ。どうやら左の上腕部と左耳のあたりをやられたらしい。頭から顔の左半分も血まみれだった。

「どけ、邪魔だ。人が一人死にかけているんだ。こんなときに、中国人も日本人もかまっていられるか！」

　倉津は、堂々と日本語で言った。滴る血を目の当たりにしたせいか、ざわめいていた群衆がまたも水を打ったように静まり返った。そして、周囲を取り囲んでいた学生たちが少しずつ左右に譲り合い、倉津の目の前に自然に細い道が開かれる。夏琳が涙で鼻まで真っ赤にして、二人に遅れまいと、そばに駆け寄ってきた。

「お願い、一輝。死なないで！」

　織田に、というよりも、天に祈るような声だった。

「大丈夫だ。この男はこんなことぐらいで死ぬようなヤツじゃない」

　シャツ一枚の倉津の背中に、織田の焼けるように熱い体温がはっきりと伝わってくる。熱が出てきたのだろうか。深い傷を受け、炎症を起こし始めているのかもしれない。

「死ぬな、織田。こんなことぐらいで死ぬんじゃない。夏琳がついている。俺もついていてやる……」

　歩きながら、倉津は無意識のうちに繰り返していた。織田の体重がずしりと肩にのし掛かってくる。

危ないのではないか。織田はこのまま自分の背中で息絶えるのではないか。そう思うと、倉津の足はガクガクと震え、涙があふれて止まらなかった。

「生きていてよ、一輝。さっき島村が電話で言っていたわ。日本で流れたニュースを見て、父が、あなたのことを話していたそうよ。私と結婚させたがっていた相手というのは、本当はあなただったんですって。誰も、いままでなにも言ってくれなかったけど……」

絞り出すような夏琳の声は、悲痛な叫びにも似ていた。

「なあ、起きろ、織田。夏琳とおまえが結婚だってさ。そいつはいいじゃないか。また、二人で悪企みができるぞ、織田」

倉津は、涙と土埃で真っ黒になった顔を捩じって、背中に向かって声をかけた。無理にも冗談めかした口振りで、答えぬ相手に向かって必死で語りかける。

だが、聞こえているのかいないのか。織田はぴくりとも動かなかった。

「そうよ、一輝。父が私と結びつけようとしていたのは、あなただったなんて、私はどうしてこれまで気づかなかったのかしら。それに、一輝が父と関係があったのも知らなかったわ。ずっと以前、一億円を預けたら二年で倍にした男がいた、なんて笑っていたけど、きっとあなたのことだったのね」

夏琳は憑かれたように、織田の背中に向かって語り続けた。きっと少しでもなにか話していないと、心配でたまらないのだろう。

「あんな父のことですもの、狙いは、またあなたを利用したいだけでしょうけど。だけどねえ、一輝。いいチャンスだから、父からたっぷりお金をふんだくって、二人でもっとおもしろいことをしましょうよ。ね、一輝」

「そうだぞ、織田。しっかりしろ。おまえは隙だらけで、突拍子もない馬鹿者だけど、いつもいい根性をしていたじゃないか。おまえはしっかりと持っていたんだ、いまの日本の若いヤツがもうすっかり忘れてしまったものをな。自信たっぷりで、いつも怖いもの知らずでさ。相手に向かってがむしゃらに向かっていく」

そんなおまえが眩しく思えるときもあった。まるで、若いころの自分自身を見ているみたいだった。倉津は、そうも言いたかった。この男の不遜なところや、無謀さを強く嫌悪しながらも、心のどこかで無視できなかったのは、そんなせいだったのかもしれない。倉津はいまさらながらにそう感じていたのである。

「そうね。がむしゃらで、必死に突進していくくせに、変に詰めが甘いのよ。そんなところなんかも、倉津さんにそっくりかもしれない」

「たしかにな」

夏琳が言ったので、倉津は小さく笑い声をあげた。

「またがむしゃらに向かって行きましょうよ。ね、一輝。昭和五洋銀行なんかにかかわって、これ以上時間を無駄にするのはもったいないわ。だから、しっかりしてよ」

無理にも笑ってみせながら、夏琳は何度も目をしばたたかせた。

「おい、怖いことを言っているぞ、織田。懲りない女だよな、夏琳は」

「なにを言っているの、倉津さん。上海の女は前しか見ない。後ろを振り返っている暇なんかないのよ」

夏琳は、涙を拭うこともせず、凛と胸を張って言った。

「そうだな。そのためにも、織田は俺が助けてやる。絶対に死なせはしない」

倉津は、もう一度織田の身体をかつぎ直し、さらに歩を早めた。

そのとき織田の手が、かすかに動いたような気がした。倉津が振り返り、夏琳がすかさずその手を握りしめた。

「動いているわ、一輝。大丈夫よ、もうすぐだから、しっかりして」

公安《ゴンアン》が用意した帰宅用のバスが見える。学生たちが次々と乗り込んでいる。あれだけ緊迫した事態だったのが、いまはまるで憑き物が落ちてしまったかのようだ。騒ぎが急激に静まり、長かった一日が終わろうとしていた。だが、倉津のなかには、未消化の疑問符ばかりが連なっていた。さっきまでのあの騒動は、いったいなんだったのだろう。織田が火を点けたものは、はたしてどこへ消え去ってしまったのか。

かくして、この国にはまたも燃え残りが燻《くすぶ》り続けることになる。抜けきらなかった不穏なガスは、人々の心のさらに奥深く、追いやられてしまったのではないだろうか。そして、そうであるかぎり、自分がここでやらなければならないことが、この先も続くのかもしれない。

「ねえ、倉津さん。私と一輝って、本当はものすごく憎み合っていたの」

なにを思ったのか、夏琳が突然言い出した。

「え？」

「私たちは、子供のころから知っていてね。でも、いろんな経緯があって、気持ちがぶつかってね。お互いに変な意地を張り合っていたから、長いあいだ私はずっと一輝が大嫌いだったわ。顔を見るのも嫌なぐらいにね」

学生たちで満杯になったバスが、静かに動き始めるのが見える。

「それは知らなかったよ」

「でも、人間って不思議ね。そんな二人の激しい憎しみとか、感情の衝突は、実はお互いの存在が気になってしかたがなかったからだった。それが、やっとわかったの。いつまでも過去を引きずって、お互いに相手に負けたくないと思ってばかりでね。でも、あんなにいがみ合っていたエネルギーは、実はそのまったく正反対の感情から発していたのだって、最近になってようやくわかった」

バスの行方を目で追うその姿は、まるで学生たちに向かって語りかけているようだった。

「本当は惹かれ合っていたのに、憎みあっていたわけだ」

倉津は、自分も織田や夏琳に対して、いまとても素直な気持ちになっているのを感じる。

「ねえ、この国と日本の関係もそうなのかしら？　さっきのデモで、あんなに激しく衝突した両側の人間たちも、もしかしたらいつかは、そんなふうに……」

夏琳の声が倉津の胸にも静かに染みてくる。

「そうであってほしいけどなあ……」

汗で濡れた薄いシャツの背中をとおして、織田の鼓動も伝わってくる。その確かな感触が、倉津にはなにより嬉しかった。

「たぶんそれも、俺たち次第なのかもしれないな。この織田だって、咄嗟のときは俺をかばってくれたんだ。こいつが助けてくれなかったら、俺はきっとあの時点で死んでいた。そう思った途端、この織田に抱いていたわだかまりが一瞬にして消えていたよ。なあ、夏琳。やっぱり人間って、そんなに捨てたもんじゃないんだな。俺も、まだこの国から逃げ出すわけにはいかなくなったし、上海に来たばかりの時期に比べると、自分でも不思議に思えるほどこの国での暮らしが気に入っている。まあ俺もしばらくは、この上海で前だけを見ていくさ。また、君らと一戦を交えることになるのだろうけど……」

それは倉津の本心であり、決意でもあった。

「いつでも受けて立つわよ、倉津さん」

冗談めかして言う夏琳の声も、晴れやかに響く。

「頼もしいね。俺だって、今度は負けちゃいないよ」

背中から伝わってくる織田の体温を確かめながら、倉津は力強い声で言った。

すぐ目の前に、病院が見えた。

エピローグ

　病室にはいったときは、すでに数分刻みで痛みが続いていた。

　そのたびに、一秒たりとも立っていられないほど身体が硬直する。陣痛分娩回復システム《LDR》の部屋は、一見普通の病室だが、いざとなるとそのまま分娩室《ぶんべんしつ》に早変わりする。未亜《みあ》はベッドに横たわり、両足を開いて台に乗せた。

　考えなければいけないことが山ほどありそうな気がしたが、そんな余裕などまるでなかった。絶え間なく迫ってくる激しい痛みを、ただ全身で受け止めながら、未亜は腹の両脇からコードで繋がれた、超音波装置のモノクロ画面に、じっと目を凝らした。

　画面のなかで子宮が動いているのがわかる。そのなかの子が、いままさにこの世に生まれ出ようとしている。そのたびに腹が極限まで張ってきて、未亜の全身に激痛が走る。まるで潮の満ち干のように、圧倒するような勢いでやってきては、また去っていく痛み。生まれて初めて経験する数分間隔の波が、やがてピークに達してくる。

「子宮口が十センチまで開いてきました。さあ、頑張っていきんでください」

　この痛みから早く逃れたい。本能的にそう思った。額から絶え間なく汗が噴きだし、涙が滲む。未亜は固く目を閉じ、大きく息を吸った。

　部屋のドアが開いた音は、わからなかった。助産師が耳元でそっと囁いた。

「お父さんが来られましたよ」

次の瞬間、右手を温かく包むものがある。

「あ、凱《カイ》……」

よほど急いで来たのだろう。激しく息を切らしている。

「運転手さんから連絡をもらったんだ。携帯電話を差し出して、ここにかけてほしいって叫んだんだってね。嬉しかったよ。僕はここにいるから、もう安心していいからね。頑張れ、未亜」

張《ヂャン》の優しい言葉にも、耳を傾ける余裕がなかった。押し寄せる猛烈な波に挑むように、未亜は全身に力をこめた——。


頭が出たあとは、もう力をこめてはいけない。

そのあとは、嘘のように簡単だった。すべてがスローモーション映像を見ているように、朦朧とした未亜の目の前で展開していく。飛び上がらんばかりの張の顔と、笑みを浮かべた助産師の顔。

医師が、手際よく後産の処置をしながら、臍《へそ》の緒を切ったばかりの子供を未亜と対面する格好で腹にのせてくれたとき、ようやく未亜に実感が生まれた。

「おめでとう、未亜。女の子だよ。大きな子だ。三千四百グラムだって」

凱の声が、はっきりと聞こえた。

その目に、うっすらと涙が浮かんでいる。

未亜は、ただ何度も大きくうなずいていた。

自分の腹の上で俯《うつぶ》せになって、まだ目も開かないまま、懸命に動かすあまりに小さな手足。産湯《うぶゆ》の前の血まみれで、べったりと濡れた髪。その温かい体温が、未亜の腹に直《じか》に伝わってくる。

これがわが子。いままで長い間、自分の身体のなかに育っていた娘。あんなに自分を迷わせた、新しい生命。

母の乳房を求めて、驚くほど力強く動く娘を、未亜はどう扱っていいか、わからなかった。

「なんて元気な子なの。でも、なんだか、ねずみみたい」

「ひどいな未亜、僕らの娘をねずみだなんて」

張がこちらを睨むような目をして言う。

「僕らの娘……」

未亜は、嚙みしめるように繰り返した。

「今日までの三カ月、僕はこの子をずっと大事に思ってきた。もちろん今日からも、それは変わらない。この子の父親としてね。いいだろう、未亜？」

はにかんで、上気した顔だ。

「落ち着いたら、三人で一緒に日本に行こう。未亜のご家族にもきちんとご挨拶がしたいから。みんなに僕らの娘を見ていただくんだよ。いいね、未亜」

だが、どこまでも晴れやかな声だった。

「凱、でもあなたはまだ……」

「歳なんて関係ないよ。すぐに一人前の医師になるさ」

「でも、私は……」

「国籍も関係ないよ」

未亜の言いたいことを、先回りするかのように張は言った。

「この子は、中国人ではありません。だけど、日本人でもありません」

少しおどけた口調だった。

「え?」

「そう、この子はアジア人。僕らと同じアジア人なんだよ」

張の顔が誇らしげに輝いて見える。

未亜は、その目をじっと見つめ返した。

思えば、この子は自分のすべてを変えてくれたのかもしれない。人間は変われるのだ。これまでの自分中心だった性格も、家族や周囲の人たちの思いなど気にもとめないような、野心に満ちて打算的でしかなかったものの見方も、この子が身体に宿ったころから、いつの間にか大きく変化していた。新しい未来が生まれたのだ。この子が大人になるころは、日本と中国は、いや、このアジアは、どんな時代になっているのだろう。

たったいま授かったものの重みをしっかりと確かめ、祈るような思いで、未亜はみずからの身体にそっと目を戻した。

腹の上を這い上がってきた娘が、そのときようやく未亜の乳房を探り当てた。


(完)

追　記

本文中、人民元の切り上げや中国四大銀行の上場についての記述、日本と中国の経済環境やそれを取り巻く世界経済に関する数値などは、連載当時のままにしてあります。その後、中国は、二〇〇五年七月二十一日、人民元の為替レートを対ドルで約2％引き上げ、固定相場制から前日比0.3％までの変動とする管理フロート制へ移行し、さらに中国四大銀行のひとつ、中国建設銀行は、二〇〇五年十月二十七日、香港で株式を上場しました。

あとがき

「そうだ、上海に行こう！」

旅行会社の宣伝文句のようだが、この物語はまさにそんな一言から始まった。

上海へなら成田空港から飛行機でわずか二時間半。東京から大阪へ行くような感覚である。こんなに近い国なのに、私にとって中国は、これまでまったく未知の世界だった。

二〇〇六年二月末には、中国の外貨準備高はついに日本を抜いて、世界一の地位に躍り出た。ドル買い介入で残高が膨張したこともあるのだが、貯め込んできたドルのほとんどを米国債で運用している中国の今後の動向は、米国だけでなく世界の金融市場を左右しかねないほどの影響力を持ってきた。

ここ数年、市場がもっとも注目してきた原油価格の高騰も、猛烈な勢いで経済成長を続ける中国のエネルギー需要の急騰が大きな原因のひとつになっている。原油だけでなく、他のエネルギー源についても、いや、鉄鉱などの素材、さらにはお金や人材、食品や水までも、いまの中国はその強力な「引力」によって、ありとあらゆるものを世界中から引き寄せ、その巨大な体内に取り込んで急成長を遂げている。そう、まるで宇宙にあるというブラック・ホールのように。

日本や世界の経済だけについても、もはや中国を抜きにしては語れなくなってきた。

ならば行ってみるしかないではないか。とにかく一度中国の地に立ってみれば、きっとなにかが見つかるはずだ。月刊「中央公論」で新連載を始めるにあたって、担当編集者と私は互いに顔を見合わせ、迷わず上海行きを決行したのである。あえてなんの準備もせず、十分な予備知識も持たず、現地の空気をひたすら浴びに行くようなつもりだった。

生まれて初めて上海の地に降り立った私は、久々に、身体の奥底から震えがくるほどの興奮を覚えた。上海は不思議な街だった。そこに住むすべての人たちと同様に、良きにつけ、そうでないにつけ、やはり強い「引力」に満ちた街である。

流れる空気までが濃密で、目にはいるなにもかもが強烈なエネルギーを発している。これまで漠然と持っていた「常識」がみごとに書き換えられていく。私はその迫力に圧倒され、打ちのめされ、どうしようもないほど上海の虜《とりこ》になってしまった。どうしていままで一度も来なかったのだろう。街を歩きながら、私は何度も自問していた。

わずかなりとも輪郭が見えてくると、逆にわからない部分が増えてくるものだ。もっともっと知りたいと、私はむさぼるように本を読み、資料を漁り、可能なかぎりの人々と会って、なにかに取り憑かれたように、手当たり次第に中国の話を聞いた。

中国の「引力」に引き寄せられ、あるいは企業からの赴任で、上海に移り住んだ多くの人たちから語られる話は、私の想像をはるかに超えていた。中国がひとつの「極」ならば、そのまわりをひたすら回り続ける頼もしい「周極星」が無数に存在していた。

どこであれ国家のことを、容易《たやす》く理解しようなどというのはもちろん傲慢なのだが、それにしても中国というのは、知れば知るほどわからなくなってくる国である。下手な予断など持とうものなら、いとも簡単に覆されてしまうのである。入り口はいくらでも見つかるのに、行き着く先はまさにブラック・ホールの中心のようで、つかみどころがない。そんななかで何度も出会ったのが、「政冷経熱」といういかにも陳腐な言葉だった。日本と中国の関係を象徴的に表わした言葉で、経済の世界では熱い交流があるのに、政治の世界では冷えきった関係のままという意味だ。

「二十一世紀はアジアの時代」

一年前に上梓した『日銀券』のラストで、私は女主人公にこんなふうに言わせているが、それを予感させるさまざまな状況が、いまも少しずつ現実のものとなっている。もちろんこれは、アジアが利己的になって覇権を握るべきだというのでは決してなく、二十一世紀はアジアのはてしない潜在力が試され、存在意義が問われる時代になるということだ。

だが、もしも彼女の言葉が本当になるとしたら、その核になるのはいったいどの国なのだろう。そのとき、はたして日本はどうなっていることか。目先の小さな古い川に、橋を架けることすらできず、アジアの国々が、互いの大切な将来に向けて大きななにかを失うことがないように、私たちはいま一度原点に戻って考えてみるときなのではと、強く思う。

いつものことながら、今回も作品を書き進めるうえでたくさんの方々に支えていただいた。

怖いもの知らずで、どこへでも無遠慮に飛び込んでいく私を、そのつど温かく受け止め、親切にご教示くださった多くの方々の存在がなければ、とにもかくにもこの作品の完成はなかった。私にとっては、「政冷」でも「経熱」でもなく、「民温」とでも呼びたい大切な出会いだ。

みずほコーポレート銀行常務執行役員で上海支店長の花井健氏、中国建設銀行東京支店資金為替部長の柾木利彦氏、三井物産上海貿易有限公司総経理（当時）の瀬戸山貴則氏、日本国駐上海総領事館領事の河邑忠昭氏、復旦大学経済学院の陳雲博士、そして通訳の疋田美和氏……、それ以外にも数えきれないほどの方々から貴重なご教示をいただいた。

作中には特定の人物モデルを設定したわけではないが、いずれも各分野の最前線で活躍中の方々で、幸運にも上海という街が私に引き合わせてくれなかったら、この物語を書き続けることはできなかった。ここにすべてのお名前を挙げることができないのがとても残念だが、あらためて心からお礼を申し上げたい。

ありがとうございました。

幸田真音

二〇〇六年四月六日

この作品はフィクションであり、登場する人物、会社等は実在するものとは関係ありません。

初出：「中央公論」二〇〇四年一〇月号～二〇〇六年二月号。
なお、単行本化にあたって大幅な加筆修正をしました。

周極星《しゅうきょくせい》

二〇〇六年五月一〇日　初版発行

著　者　幸田《こうだ》　真音《まいん》
発行者　早川　準一
発行所　中央公論新社
〒一〇四-八三二〇
東京都中央区京橋二-八-七
電話　販売部　〇三（三五六三）一四三一
編集部　〇三（三五六三）三六九二
URL http://www.chuko.co.jp/

印刷・製本　大日本印刷

Published by CHUOKORON-SHINSHA, INC.
Printed in Japan　ISBN4-12-003730-4 C0093
定価はカバーに表示してあります。
落丁本・乱丁本はお手数ですが小社販売部宛お送り下さい。
送料小社負担にてお取り替えいたします。